Blütenträume im Herzen

Die Autorin

Lori Wilde ist eine New York Times Bestseller Autorin und lebt in den USA. Dort hat sie bereits etliche Auszeichnungen für ihre Bücher bekommen. Sie ist berühmt für ihre romantischen Geschichten. Mehr über die Autorin unter www.loriwilde.com

Lori Wilde

Blütenträume im Herzen

Roman

Aus dem Amerikanischen von
Marie Henriksen

Weltbild

Die amerikanische Originalausgabe erschien 2011 unter dem Titel *The Welcome Home Garden Club* bei AVON BOOKS, an Imprint of HarperCollins*Publishers*, New York

Besuchen Sie uns im Internet:
www.weltbild.de

Dieses Werk wurde vermittelt durch die Literarische Agentur Thomas Schlück GmbH, 30161 Hannover
Übersetzung: Marie Henriksen
Projektleitung & Redaktion: usb bücherbüro, Friedberg/Bay
Umschlaggestaltung: Johannes Frick, Neusäß
Umschlagmotiv: © Johannes Frick unter Verwendung von Motiven von Arcangel Images (© Lee Avison) und Shutterstock (© Pics721, © Saddam)
Satz: Datagroup int. SRL, Timisoara
Druck und Bindung: GGP Media GmbH, Pößneck
Printed in the EU
ISBN 978-3-95973-837-8

2021 2020 2019 2018
Die letzte Jahreszahl gibt die aktuelle Ausgabe an.

Dieses Buch ist allen gewidmet, die um einen Soldaten bangen. Euer Opfer bedeutet uns allen sehr viel.

Prolog

Gestreifte Nelke: Tut mir leid, ich kann nicht mit dir zusammen sein.

So wie die Dinge sich darstellten, beschäftigten sich die braven Bürgerinnen und Bürger von Twilight, Texas, mehr mit dem toten J. Foster Goodnight als mit dem lebenden.

Zahlreiche Blumengestecke und Sträuße mit militärischer Aufmachung waren zu sehen – weiße Lilien, rote Rosen, blauer Rittersporn und rot-weiß gestreifte Nelken mit blauen Schleifen –, als die Leute in ihren Sonntagskleidern den Steinpavillon über dem Brazos River verließen. Aber niemand weinte, die meisten dachten wohl eher an das üppige Testament von J. Foster. Einige lächelten sogar.

Caitlyn Marsh konnte das gut verstehen. Der Tod von J. Foster hatte ihrem Blumengeschäft mehr Umsatz beschert, als sie im gesamten letzten Quartal eingenommen hatte. Im Leben hatte er – der Großvater ihres einzigen Kindes – ihre Jugendliebe umgebracht, so sicher, als hätte er selbst geschossen.

Noch heute, acht Jahre nach dem Mord an Gideon, schmerzte sie jeder Gedanke an ihn. Er war so gut gewesen, ein so stattlicher junger Mann, unglaublich stark und mutig. Sie selbst war im Alter von fünfundzwanzig Jahren schon mit einem anderen verheiratet gewesen und wieder verwitwet. Aber ihr Herz würde immer Gideon Garza gehören.

Aus der Ferne hörte sie das Dröhnen eines Motorrads. Der kühle Wind verwehte das drückende Aroma der vielen Blumen, fuhr in Frisuren und riss ein paar Programmblätter weg. Auf den Blättern war ein Foto des Verstorbenen zu sehen, wie er in einem Ledersessel saß, einen schwarzen Stetson auf dem Kopf. Eine Hand lag auf dem Nacken seines Jagdhundes, eines Bluetick Coonhound. In der anderen Hand hielt er ein Glas Scotch. An der Wand hinter ihm war ein volles Waffenregal zu sehen, daneben einige Trophäen, die Köpfe toter Tiere. Das Foto hätte nicht typischer sein können. Er war reich gewesen, privilegiert, grausam und stolz darauf. J. Foster war einer von diesen wohlhabenden, hartgesottenen alten Typen gewesen, die Texas einst ausgemacht hatten: laut, verschlagen, unglaublich arrogant und zäh wie das Alligatorleder seiner Stiefel.

Bei der Auswahl und Ausstattung seines Sarges hatte man keine Kosten und Mühen gescheut. Das Teil war aus Kirschholz, eine Flagge lag darauf, und es hatte ein Schubfach für seine wichtigsten Erinnerungsstücke: die Punktekarte mit dem Hole in One, den er an seinem fünfundvierzigsten Geburtstag im Country Club von Pecan Valley geschafft hatte, das letzte Halsband seines alten Hundes, eine Zigarre, die angeblich aus Cuba stammte und ihm von Lyndon B. Johnson geschenkt worden war, seine Navy-Abzeichen aus dem Vietnamkrieg und eine Taschenbuchausgabe von *Weg in die Wildnis* von Larry McMurtry. Die Sarggriffe waren aus massivem Gold, die Innenausstattung aus reiner Seide, maßgefertigt und mit einem Druck voller Cowboyromantik versehen, der einen Viehtrieb im alten Westen zeigte.

Neben dem Sarg standen zwei weiß gekleidete junge Navy-Soldaten. Und rund um den Pavillon, in Habachtstellung, die Patriot Guard. Auf Motorrädern mit amerikanischen

Flaggen hatten sie den Trauerzug vom Bestattungsunternehmen *Schattiger Ruheplatz* zu dem Hügel begleitet, wo viele Soldatinnen und Soldaten aus Twilight beerdigt waren. Der Anblick dieser unerschütterlichen, pflichtbewussten jungen Männer trieb Caitlyn die Tränen in die Augen. Sie hatte J. Foster gehasst, wohl wahr, aber er hatte seinem Land gedient, und deshalb gebührte ihm Respekt, so schwer es ihr auch fiel.

Während der Ansprache des Pfarrers hörte Caitlyn nur mit halbem Ohr zu. Sie wusste, wie J. Foster wirklich gewesen war, und sie legte absolut keinen Wert darauf, zu hören, wie man sein Leben schönredete. Stattdessen überlegte sie, wie lange sie und ihre Helferin brauchen würden, um die Blumen, die ans Grab gebracht werden sollten, in den Laderaum ihres Vans zu verfrachten.

Das Geräusch der Motorräder wurde lauter. Die jungen Soldaten falteten die Flagge mit wohltrainierter Präzision zusammen. Sobald sie damit fertig waren, übernahm die Ehrengarde, drei Veteranen mit Gewehren, die gemeinsam und absolut synchron drei Salutschüsse abgaben. Das laute Geräusch ließ Caitlyn zusammenfahren. Bei jedem Schuss zuckte sie zusammen, während die Patronenhülsen auf den Betonboden fielen.

Ein unheimliches Knallen hallte über den Friedhof. Der Fluss warf ein Echo, bis man kaum noch wusste, aus welcher Richtung das Geräusch kam. Sie spürte, wie sie eine Gänsehaut bekam und wie sich ein Kloß in ihrem Hals zusammenballte. Das waren keine Schüsse, sondern Fehlzündungen! Als sie sich umdrehte, sah sie ein schwarzes Motorrad die kurvenreiche Straße zum Pavillon herauffahren.

Das Knallen hörte auf, jetzt war das Motorengeräusch wieder wahrzunehmen, viel lauter als vorher.

Eine Indian. Sie erkannte sie sofort, weil Gideon eine gehabt hatte. Eine 2000 Indian Chief hatte er sich gekauft, nachdem er ein Jahr lang seinen Lohn als Schreinerlehrling gespart hatte. Ein Jahr nach dem Highschoolabschluss war es soweit gewesen. Sie war sehr gern mitgefahren, die Arme um Gideons feste Mitte geschlungen, hatte den Wind auf der Haut gespürt und das Vibrieren des unverwechselbaren Motors unter dem Sitz.

Wer kam da jetzt noch zur Beerdigung?

Immer näher kam das Motorrad. Für einen Augenblick verschwand es hinter einer Kurve und einem Zedernwäldchen. Dann tauchte es wieder auf, gerade als die beiden Navy-Soldaten die zusammengefaltete Flagge an Goodnights nächste Verwandte übergaben, salutierten, die Hacken zusammenknallten und abmarschierten.

Die Indian hielt hinter der Wagenreihe am Straßenrand an. Einige Köpfe wandten sich ihr zu, ein Raunen lief durch die Menge, als man den Neuankömmling bemerkte.

Der Fahrer trug eine Lederkluft, und sein Gesicht war hinter dem Helm und der Schutzbrille verborgen. Jetzt schwang er sich vom Motorrad und schlenderte auf die Gruppe zu, die ihn wie gebannt beobachtete.

Caitlyns Herz setzte einen Schlag aus, als sie ihn erkannte.

Gideon!

Sie spürte, wie ihr die Luft wegblieb.

Gideon?

Nein, es war nicht Gideon. Er konnte es gar nicht sein, obwohl dieser Mann da die vertrauten Bewegungen jenes Jungen zeigte, den sie einmal mehr geliebt hatte als ihr eigenes Leben. Wie oft hatte sie das schon erlebt? Wie oft hatte sie schon einen Fremden in der Menschenmenge mit ihrem lange verlorenen Liebsten verwechselt? Hunderte Male? Tausende?

Der Mann kam an dem Pfeiler vorbei, an dem Caitlyn stand, zitternd, mit staubtrockenem Mund.

Das Herz schlug ihr bis zum Hals, sie hatte wachsweiche Knie. In ihrem Kopf herrschte ein einziges Chaos. Ihr war schwindelig, ihr Blick war verschwommen.

Er war nicht Gideon, das konnte nicht sein. Sie wusste es, und doch …

Dann nahm er den Helm ab, schob die Schutzbrille hoch.

Und Caitlyn starrte in die Augen eines Toten.

Eins

Hibiskusblüte: Zarte Schönheit

Drei Wochen zuvor

An einem Sonntagnachmittag Anfang Februar hatte Caitlyn eine Weile gebraucht, um zu begreifen, dass sie jemand mit Namen angesprochen hatte. Ihre Hände steckten in Arbeitshandschuhen und waren in fetter, lehmiger Erde vergraben, der kräftige Geruch von Winterboden neckte ihre Nase mit wunderbaren Verheißungen.

Zuerst hatte sie gedacht, sie hätte ihre Lieblingshenne gehört, eine schöne lachsfarbene Faverolles-Henne namens Colette, die einen fetten, saftigen Regenwurm gefunden hatte und deshalb gackerte. Sie hatte nicht sehr darauf geachtet. Das Graben in der Erde half ihr beim Nachdenken, und sie musste dringend nachdenken, denn sie suchte verzweifelt nach einer Möglichkeit, ihren Blumenladen und ihr geliebtes Haus zu retten.

»Caitlyn?«

Ihr Blick fiel auf die beiden Elberte-Pfirsichbäume, die sie zu Ehren der beiden Männer gepflanzt hatte, die sie verloren hatte: ihr Ehemann und ihre große Liebe. Beide Bäume trieben schon mutig erste Knospen aus, als wollten sie Mutter Natur herausfordern, doch ruhig noch einmal mit einem bösen Frost zuzuschlagen, bevor der Frühling offiziell ins Land zog. Sie forderten den Tod heraus, diese Bäume, genauso wie die beiden Männer.

»Es lohnt sich nie, ein Risiko einzugehen«, murmelte sie vor sich hin, klopfte ihre Hände ab und stand auf. »Achtet auf meine Worte, ihr beiden Schätzchen, wenn ihr so weitermacht, gibt es diesen Sommer keine Pfirsichbowle.«

»Was sagst du, Liebes?«

Caitlyn drückte den Rücken durch, streckte sich und drehte sich um. Da standen sie im Halbkreis um sie herum, alle zehn Mitglieder ihres Gartenclubs. »Ich habe nur mit den Bäumen geredet.«

»Wenn die mal nicht der Frost erwischt. Es ist doch noch viel zu früh für Knospen.« Dotty Mae Densmore, mit fünfundachtzig Jahren die älteste in der Gruppe, schüttelte den Kopf.

Caitlyn war überrascht, Dotty Mae in einem rosafarbenen Kleid und passendem Jackie-Kennedy-Hütchen plus Clutch zu sehen. Tatsächlich wirkten alle diese Frauen ein wenig zu feingemacht für diesen Tag.

Ein unbehagliches Gefühl ließ ihr die Nackenhaare zu Berge stehen. Sie zwang sich zu einem Lächeln und versuchte, ihre Fantasie nicht zu sehr ins Kraut schießen zu lassen. Dann zog sie die Gartenhandschuhe aus und schob sich eine verirrte Locke aus der Stirn. »Das sage ich ja gerade. Unartige Bäume! Das schöne Wetter lässt sie über die Stränge schlagen wie Teenager in den Frühlingsferien. Was gibt‘s?«

»Wir müssen reden«, sagte Patsy Cross, die im Stadtrat saß.

Patsy war ebenfalls Witwe, aber sie war mit ihren sechzig Jahren schon fast drei Mal so alt wie Caitlyn. Ihr gehörte auch der Kuriositätenladen am Stadtplatz, der den Namen »Der blaugrüne Pfau« trug. Ihre aschblonden Haare trug sie geschnitten wie Diane Sawyer, und in letzter Zeit hatte sie nicht nur abgenommen, sie lächelte auch viel mehr. Heute trug sie eine dunkelblaue Hose, eine orangefarbene Seidenbluse und dunkelblaue Stiefeletten. Und ihr Gang war so entschlossen wie der eines Generals. Als Caitlyns Mann Kevin vor sechs Monaten ums Leben gekommen war, war Patsy als erste aufgetaucht, eine Großpackung Papiertaschentücher und einen Hähncheneintopf unterm Arm. »Es ist ziemlich dringend.«

»Was ist denn passiert?« Caitlyn fuhr sich mit der Hand über den Nacken.

»Eigentlich gar nichts«, bemerkte Flynn Mac Gregor Calloway beruhigend. Flynn war nur ein paar Jahre älter als Caitlyn und frisch mit Patsys Neffen Jesse verheiratet. Sie machte gerade eine Ausbildung zur Grundschullehrerin und war instinktiv fürsorglich, sodass sie auch gleich spürte, wenn Caitlyn sich aufregte. Eine wilde dunkelbraune Lockenpracht umrahmte ihr hübsches Gesicht, und wenn sie lächelte, sah man ihre vielen Sommersprossen noch mehr als sonst. Flynn hatte während der chaotischen Tage vor Kevins Beerdigung auf Caitlyns siebenjährigen Sohn Danny aufgepasst. »Stadtangelegenheiten, wir brauchen deine Hilfe.«

Caitlyn spürte, wie die Erleichterung sie durchströmte. Gott sei Dank, es war nichts passiert. Sie warf einen schnellen Blick auf ihre Uhr und sah, dass sie noch eine Stunde hatte, bis sie Danny bei seinem Freund abholen musste.

Sie deutete auf ihr Häuschen. »Dann kommt doch rein, ich setze Teewasser auf.«

Im Gänsemarsch gingen die Frauen ins Haus und versammelten sich um den runden Esstisch, der aussah wie auf einem Bauernhof. Caitlyn holte ein paar Stühle aus den anderen Zimmern, damit alle eine Sitzgelegenheit hatten.

Während sie noch dabei war, füllte die ruhige Christine Noble, den Wasserkessel in Form eines Huhns und stellte ihn auf den Herd. Christine war Olympiateilnehmerin gewesen, bevor sie bei einem Unfall schwer am Bein verletzt worden war. Ihr gehörte die Bäckerei in Twilight, und sie und Caitlyn arbeiteten oft zusammen, wenn Hochzeiten, Abschlussfeiern oder Jubiläen anstanden. Christine sorgte für den Kuchen, Caitlyn für die Blumen.

Tatsächlich waren sie gerade mit der bevorstehenden Hochzeit eines Clubmitglieds beschäftigt, nämlich mit Sarah Collier. Sarah war Kinderbuchautorin und seit Neuestem mit Travis Walker verlobt, dem Wildhüter der Gegend. Er hatte eine Tochter, die ein Jahr älter war als Danny. Sarah war sehr zurückhaltend, und auch jetzt hatte sie sich den Platz gleich bei der Tür ausgesucht. Caitlyn und Sarah waren gleich alt, die beiden jüngsten Frauen im Club.

»Danke dir«, sagte Caitlyn zu Christine.

Christine lächelte scheu und humpelte zu dem riesigen weißen Schaukelstuhl, den Caitlyn von der Veranda geholt hatte. Sie zeigte auf eine braune Papiertüte, die auf dem Küchenschrank lag. »Kekse habe ich auch mitgebracht.«

»Was für welche?«, fragte Marva Bullock, eine schöne Afroamerikanerin Ende vierzig, die Leiterin der Highschool in Twilight. Vor langen Jahren war sie Caitlyns Mathematiklehrerin gewesen. »Ich muss das wissen, bevor ich entscheide, ob ich meine Diät über Bord werfe.«

»Zitrone«, sagte Christine.

Marva stöhnte leise. »Meine Lieblingssorte!«

»Wofür brauchst du denn eine Diät?«, schnaubte Raylene Pringle. »Du hast doch eine Superfigur!«

Marva klopfte sich auf den Bauch. »Irgendwie muss ich diese Plauze aber unter Kontrolle halten.«

»Warum denn bloß?«, insistierte Raylene. »G.C.? Glaub's mir, Männer sind das Theater nicht wert. Am Ende verlassen sie dich doch.«

Raylene war mal Cheerleader bei den Dallas Cowboys gewesen, zur Zeit von Tom Landry. Sie war inzwischen sechzig, aber ihre Figur war immer noch jugendlich. Sie war direkt bis zur Grobheit und manchmal ganz schön frech. Aber nachdem sie und ihr Mann sich nach vierunddreißig Jahren getrennt hatten, war sie in eine tiefe Depression gerutscht. Sie hatte aufgehört, sich die Haare blond zu färben, und trug keine kurzen Röcke mehr. Ihre Freundinnen vom Gartenclub wussten noch nicht so recht, was sie von der neuen Raylene halten sollten.

Marva schaute alarmiert drein, als Caitlyn den Teller mit den Zitronenkeksen auf den Tisch stellte. Sie schüttelte den Kopf. »Ich werde brav sein und den Teller gleich weiterreichen.«

»Wie bitte?«, fragte Raylene. »Glaubst du echt, dass es deine Ehe rettet, wenn du dünn bist? Männer sterben entweder weg, oder sie hauen ab, wenn es hart auf hart kommt.«

Keine der anderen Frauen hatte das Herz, ihr zu sagen, dass ihr Mann gute Gründe für sein »Abhauen« gehabt hatte.

»Ray …«, sagte Patsy leise und legte ihre Hand sanft auf Raylenes Unterarm. »G.C. ist nicht Earl. Er wird Marva nicht verlassen.«

»Ach, nein? Wisst ihr, ich hätte auch nicht gedacht, dass Earl mich verlässt. Wie soll ich denn nur die Kneipe ohne ihn führen?« Raylene sah aus, als würde sie gleich in Tränen ausbrechen. Die anderen schauten sie verstört an. Normalerweise glitten alle Schwierigkeiten an Raylene ab wie an der Haut einer Kröte – deshalb vielleicht auch der Name ihrer Kneipe, »Horny Toad« – Krötenechse.

»Also«, sagte Caitlyn, um möglichst schnell das Thema zu wechseln. »Was haben wir zu besprechen, das nicht warten kann bis zum nächsten Clubtreffen?«

»Ah ja, der Grund, warum wir zu dir gekommen sind.« Die immer fröhliche Belinda Murphey schenkte Caitlyn ein strahlendes Lächeln, nahm sich einen Zitronenkeks und kaute drauflos.

Belinda war mollig, hübsch und Anfang vierzig. Sie war Mutter von fünf wilden Rabauken und leitete die Partnervermittlung »Sweetest Match«. Aus der romantischen Stadtlegende hatte sie ein blühendes Geschäft gemacht.

Diese Legende besagte, dass Jon Grant und Rebekka Nash, zwei junge Liebende aus Missouri, in den Bürgerkriegswirren getrennt worden waren. Aber sie hatten nie aufgehört, daran zu glauben, dass sie füreinander bestimmt waren. Eines Abends fünfzehn Jahre später trafen sie sich in der Abenddämmerung am Ufer des Brazos River. Und weil es in der Abenddämmerung gewesen war, bekam die Stadt, die sie gründeten, den Namen Twilight. Einem Gerücht zufolge wurden Menschen, die eine Münze in den Stadtbrunnen warfen, mit ihrer Jugendliebe vereint. Dieser Brunnen war zu Ehren von Jon und Rebekka errichtet worden und befand sich in der Mitte des Sweetheart Park. Die vielen Münzen, die Touristen in den Brunnen warfen, leisteten jedes Jahr einen schönen Beitrag zum Budget der Stadt.

Caitlyn war auf mütterlicher Seite eine Ur-Ur-Urenkelin von Jon und Rebekka. Sie und Danny waren die letzten noch lebenden Nachkommen der beiden. Aber Caitlyn hatte keine Ahnung, ob an der Legende etwas dran war oder nicht. Die ursprüngliche Geschichte war ohnehin stark ausgeschmückt und mit viel Fantasie weitererzählt worden.

»Es gibt da einen Wettbewerb«, sagte Emma Parks.

Emma war eine zierliche, lebhafte Rothaarige mit dem Gesicht eines Lausbuben. Sie war das neueste Mitglied des Gartenclubs, Anfang dreißig und Schauspielerin. Bevor sie zurück nach Twilight gezogen war, hatte sie am Broadway gespielt. Jetzt war sie wieder mit ihrer Jugendliebe zusammen, Dr. Sam Cheek, dem Tierarzt.

Der Wasserkessel pfiff, und Caitlyn schaltete den Herd ab. »Was für ein Wettbewerb?«, fragte sie.

»Ein Gartenwettbewerb!«, fügte Terri Longoria hinzu, die letzte in der Gruppe. Sie war kompakt gebaut, hatte dunkle Haare und war Ende dreißig, Mutter eines kleinen Sohnes und Frau des Chefarztes am örtlichen Krankenhaus. Außerdem leitete sie das *Hot Legs*-Fitnesscenter und hatte schon mal zehntausend Dollar gewonnen, weil sie in einer Fernsehshow eine Eimerladung Regenwürmer in weniger als zehn Minuten verspeist hatte. Caitlyn bewunderte Terris Unerschrockenheit. Nie im Leben hätte sie so etwas fertiggebracht.

Die Sache mit dem Gartenwettbewerb weckte allerdings Caitlyns Neugier. Sie goss heißes Wasser in die elf Becher und brachte sie auf einem Tablett zum Tisch, dazu die verschiedensten Teebeutel: grüner Jasmintee, Earl Grey, Chrysantheme, Orchidee, Ingwer, Oolong, Assam, Orange Pekoe, Kamille, Hibiskus, Früchtetee und Karamell.

Es war immer wieder interessant, von der Teeauswahl der Leute auf ihre Persönlichkeit zu schließen. Die schüchterne Christine nahm den unauffälligen Orange Pekoe. Die praktische Patsy entschied sich für einen sachlichen Oolong. Die liebe Dotty Mae trank gern Kamille, tat aber immer einen Schluck Pfefferminzlikör hinein, was darauf hindeutete, dass sie doch nicht so sanft war, wie es den Anschein hatte. Belinda griff zum Karamelltee, was schon deshalb gut zu ihr passte, weil alle ihre Kinder Namen mit K hatten. Die lebhafte Emma trank Früchtetee, die vertrauenswürdige Flynn den guten alten Earl Grey. Und die wagemutige Terri nahm Ingwer. Die unabhängige Sarah entschied sich für Chrysantheme, die kühne Raylene für den kräftigen Assam, und die gesundheitsbewusste Marva nahm grünen Jasmintee.

Caitlyn selbst mochte blumige Tees, vor allem Hibiskus mit einem Löffelchen Honig. Sie fragte sich, was das über sie aussagte.

»Also, was ist das für ein Gartenwettbewerb?«, fragte sie jetzt, setzte sich auf den letzten freien Stuhl und schaute die anderen an.

»Es geht um einen Erinnerungsgarten für unsere Soldaten. Der Wettbewerb wird von der Frau des Gouverneurs gesponsert«, erklärte Belinda. »Deshalb haben wir uns ja auch so feingemacht. Wir waren mit dem Buchclub in Austin bei einem literarischen Brunch, und da haben wir davon gehört.«

Patsy holte ein spiralgebundenes Heft aus der Tasche. »In ganz Texas werden die schönsten Gärten prämiert. Ich habe ein Exemplar der Ausschreibung ergattert, und wir dachten uns, wir müssen uns spontan treffen, um die Teilnahme von Twilight zu besprechen.«

»Es gibt fünf Kategorien«, ergänzte Terri. »Bester Kleinstadtgarten, bester Stadtgarten, bester Blumengarten – und dann werden noch der kreativste und der romantischste Garten ausgezeichnet.«

»Ja, und es muss alles Bio sein«, bemerkte Flynn.

»Nachdem Twilight ja für Romantik steht, sollten wir wohl da mitmachen.« Marva trank einen Schluck Tee.

»Und du musst den Garten planen, Caitlyn«, sagte Dotty Mae. »Du hast den grünsten Daumen im gesamten Norden von Texas, und dein Garten ist der schönste in unserer ganzen Stadt.«

Caitlyn war vollkommen überrascht von diesem Ansinnen. Sie schaute in die Gesichter ihrer Freundinnen und legte eine Hand auf ihre Brust. »Ich soll einen Erinnerungsgarten planen und anpflanzen, mit dem unsere Stadt an einem Wettbewerb von ganz Texas teilnimmt? Ist das euer Ernst?«

Zehn Köpfe nickten einmütig.

»Aber ich bin viel zu jung dafür! Ich bin doch erst fünfundzwanzig! Ihr seid alle viel älter als ich.«

»Aber keine von uns hat auch nur halb so viel Talent wie du«, erklärte Christine.

Das Kompliment ließ Caitlyn erröten. Es war ihr immer ein wenig peinlich, wenn sie gelobt wurde. Sie führte ein sehr einfaches Leben und wünschte sich eigentlich nur zwei Dinge: ihren Sohn zu einem gesunden, glücklichen Menschen zu erziehen und sich um ihre Pflanzen zu kümmern.

»Vielen Dank, dass ihr an mich gedacht habt«, sagte sie. »Aber wisst ihr, ich bin ja noch dabei, mein Leben wieder zusammenzusetzen. Kevin hat mir einen finanziellen Scherbenhaufen hinterlassen. Der Blumenladen hat schwer zu kämpfen, Danny hat Probleme in der Schule …«

»Ich dachte, Danny geht es wieder besser, seit Crockett sich für ihn interessiert.« Flynn zwinkerte ihr zu. »Und für dich.«

Crockett war der jüngere Sohn des reichsten Mannes in der Stadt. Caitlyn neigte nicht dazu, andere Menschen zu hassen, aber wenn überhaupt, dann hasste sie J. Foster Goodnight. Dafür hatte sie gute Gründe, die sie für sich behielt, die es ihr aber schwer machten, den Sohn dieses Mannes zu akzeptieren. Andererseits, hatte sie ein Recht, ihn zu verurteilen? Hatte sie nicht selbst Jahre gebraucht, um den Einfluss ihres eigenen übermächtigen Vaters abzuschütteln?

Crocketts Laden mit Baseball-Andenken befand sich gleich neben ihrem Blumenladen am Stadtplatz, und wenn die Geschäfte nicht so toll liefen, kam er manchmal rüber und erzählte ihr witzige Geschichten aus der Zeit, als er als Halbprofi gespielt hatte. Sie musste zugeben, dass es ihm besser als sonst irgendjemandem gelang, sie aufzuheitern.

Trotzdem schüttelte sie jetzt den Kopf, als sie Flynn ansah. »Crockett und ich sind einfach nur Freunde.«

»Ehrlich?« Terri zog grinsend eine Augenbraue hoch. »Das hat Flynn über Jesse auch gesagt.«

»Lass dich bloß nicht mit Crockett ein«, warnte Patsy. »Der Kerl hat nur eins im Sinn. Ich traue ihm keinen Meter weit.«

»So übel ist er gar nicht«, warf Belinda ein. »Bei Sweetest Match ist er jedenfalls sehr beliebt, die Frauen finden ihn toll. Er weiß schon, wie er den Damen einen schönen Abend bereitet.«

»Na, ich weiß nicht. Irgendwas stimmt mit dem Kerl nicht.« Dotty Mae zog die Augenbrauen zusammen. »Er erinnert mich an Eddie Haskell in *Mein lieber Biber*. Immer so höflich und ›Ja, Madam, nein Madam, was für ein hübsches Kleid Sie heute tragen, Ms Densmore‹, aber man weiß doch, dass hinter diesen dicken, dunklen Wimpern irgendetwas vor sich geht, was nicht ganz koscher ist.«

»Na ja«, sagte Raylene. »J. Foster hat seine Frau mit seiner Art zu leben in die Klapse gebracht. Das geht an einem Kind doch nicht spurlos vorbei. Wie alt waren die Jungs damals, als ihre Mutter in der Zwangsjacke weggebracht wurde? Sechs und zehn, würde ich sagen.«

»Sein Bruder hat das alles ganz gut weggesteckt«, sagte Terri.

Patsy schnaubte. »Bowie? Da wäre ich mir aber nicht so sicher. Der hat doch eine Zornstörung, wenn es so was gibt. Läuft ständig mit grimmigem Gesicht durch die Gegend und grummelt vor sich hin.«

»Ich glaube, das macht er nur, um J. Foster zu täuschen. Wenn man mit dem Alten klarkommen will, muss man ein echter Kämpfer sein.« Terri stellte ihren Becher hin. »Bowie ist ein Mann mit einem großen Herzen. Er war der erste, der kam und Blut spendete, als vor ein paar Jahren die Touristen bei dem Bootsunglück so schwer verletzt wurden. Und ich werde es ihm nie vergessen, wie er loslief und Gerald im allerletzten Moment vor dem Lieferwagen wegriss. Er hat meinem Sohn das Leben gerettet, ganz klar. Gerald hatte gerade laufen gelernt und riss sich von meiner Hand los, um auf die Straße zu rennen.« Terri schossen bei der Erinnerung Tränen in die Augen.

Christine klopfte ihr sanft auf den Rücken. »Ist ja gut, es ist ihm ja nichts passiert.«

»Ja, ich weiß, aber seitdem hat Bowie Goodnight bei mir einen Stein im Brett, das kann ich dir sagen.« Terri legte eine Hand auf ihr Herz.

»Ehrlich«, bemerkte Emma, »ich kenne die beiden Goodnight-Brüder gar nicht richtig, aber es klingt so, als hätten sie einen ganz schön großen emotionalen Rucksack zu tragen.«

»Absolut.« Flynn nickte heftig und schnappte sich noch einen Keks.

»Keine Sorge, ich werde wegen Crockett Goodnight weder den Kopf noch das Herz verlieren«, versicherte Caitlyn ihren Freundinnen. »Und ich mache mir absolut keine Illusionen über ihn.«

»Man kann's ja mal probieren. Ich meine, habt ihr euch den Kerl schon mal richtig angesehen? Ein Hintern wie ein griechischer Gott, ein Gesicht wie ein Engel und ein Lächeln wie der Teufel. Hab deinen Spaß mit ihm und lass ihn dann fallen wie ein gebrauchtes Taschentuch. Behandel ihn so, wie die Männer uns behandeln.« Das kam von Raylene.

»Raylene!«, riefen die anderen.

Sie schaute grimmig in die Runde und schnippte mit den Fingern. »Ruhe jetzt, Schnaps auf den Tisch, Dotty Mae.«

»Weißt du, Ray, vielleicht kommt Earl ja zurück«, murmelte Belinda. »Er liebt dich immer noch.«

»Ja, ganz bestimmt. Sieh zu, dass du ihn dir schnappst«, sagte Raylene entschieden zu Caitlyn und goss sich Pfefferminzlikör in ihren Assam. Dann hielt sie die Flasche hoch. »Sonst noch jemand?«

»Zurück zum Thema. Der Gartenwettbewerb«, sagte Patsy und lenkte das Gespräch wieder in die richtige Richtung.

»Versteht mich nicht falsch«, sagte Caitlyn. »Es ist mir eine große Ehre, dass ihr mich gefragt habt, und ich bin wirklich dankbar dafür, aber ich habe im Moment einfach keine Zeit für ehrenamtliche Arbeit. Ich habe sogar schon daran gedacht, den Gartenclub zu verlassen, weil ich vielleicht einen Teilzeitjob annehmen muss, um finanziell über die Runden zu kommen.«

Oder den Blumenladen verkaufen.

Sie schob den Gedanken zur Seite. Caitlyn war fast so gern Floristin wie sie Mutter war, und sie würde alles Menschenmögliche tun, um den Laden zu behalten. Solange sie ihren Vater nicht um Geld bitten müsste. Denn das würde sie nicht tun. Eher würde sie auf dem Schwarzmarkt eine Niere verkaufen.

Aber nachdem sie keine richtige Ausbildung hatte, würde eine Teilzeitstelle wohl darauf hinauslaufen, dass sie in einem Fastfood-Laden Burger und Pommes verkaufte. Sie war Ehefrau und Mutter gewesen und hatte Kevin in seinem Blumenladen geholfen. Mehr Lebenslauf hatte sie nicht zu bieten.

»Hatte ich nicht erwähnt, dass der Job, den wir dir anbieten, mit zwanzig Dollar pro Stunde vergütet wird?«, fragte Patsy. »Plus die Werbung, die man ja nicht unterschätzen sollte. Wenn wir diese Sache gewinnen, und wir werden sie gewinnen, wenn du mitmachst, dann werden die Leute sich um deine Blumen reißen. Ist doch klar, jeder will Blumen von der Designerin des romantischsten Erinnerungsgartens in ganz Texas.«

Patsys ungezügelter Optimismus wirkte ungeheuer ansteckend auf Caitlyn. Aber sie blieb vorsichtig und dämpfte ihre Begeisterung, die bereits mit einem Grundriss der Anlage und der Auswahl der Blumen spielte. »Ach so, das ist ein richtiger bezahlter Job?«

»Du könntest nach Herzenslust in der Erde wühlen und sogar noch Geld dabei verdienen«, nickte Patsy.

Nur zu gern hätte Caitlyn gehofft, aber irgendetwas an dieser Sache klang komisch. Konnte es sein, dass ihr Vater dahintersteckte? Das wäre ihm durchaus zuzutrauen. Caitlyn kniff die Augen zusammen. »Woher kommt das Geld?«

»Überschüsse im Stadthaushalt.«

»Und warum soll die Stadt diese Überschüsse für einen Wettbewerbsgarten nutzen?«

»Weil das Preisgeld von hunderttausend Dollar der Stadt gehört, wenn wir gewinnen.«

Caitlyn rührte noch etwas Honig in ihren Tee. »Und wenn wir nicht gewinnen?«

»Dann haben wir auf jeden Fall den schönen Erinnerungsgarten und damit eine neue Touristenattraktion. Es ist also eine Win-Win-Situation.« Patsy wischte ein paar Kekskrümel von ihrem Rock.

Es klang zu gut, um wahr zu sein. Caitlyn traute der Sache immer noch nicht. Sie kniff die Augen wieder zusammen. »Und wo ist der Haken?«

»Na ja …« Patsy faltete ihre Serviette zusammen, hielt einen Moment inne und atmete dann tief ein. »Der Stadtrat möchte, dass du das Karussell deines Ur-Urgroßvaters mit einbeziehst.«

Gideon hatte ihr einmal versprochen, dass er das Karussell reparieren würde. Die beschädigten Pferdchen restaurieren, die rostige alte Mechanik wieder zum Laufen bringen. Gideon hatte ein Händchen für so was. Oder besser gesagt, die Pranken.

Breite Handflächen, lange, kräftige Finger. Hände für die Arbeit mit Holz und Maschinen.

Aber Gideon war nicht mehr da, genau wie ihre Mutter.

Das war also der große, unüberwindbare Haken. Das Hoffnungsflämmchen erstarb. »Ist das wirklich nötig? Dass wir das Karussell für den Garten benutzen?«

»Ich fürchte, ja«, sagte Patsy. »Kein Karussell, kein Garten. Der Stadtrat ist der Ansicht, das Karussell würde den Garten zu einer echten Touristenattraktion machen.«

»Und wenn wir nur das Karussell aufstellen?«

»Das hat nicht diese historische Bedeutung. Stell dir doch mal vor, wie es wäre, wenn wir unseren Erinnerungsgarten um das älteste funktionierende Karussell in Texas bauen würden. Ein Karussell, das von dem Sohn der Stadtgründer gebaut wurde und das jetzt, liebevoll zu alter Schönheit restauriert, in einem Garten steht, der von ihrer Ur-Ur-Urenkelin entworfen wurde und gepflegt wird. Der Stoff, aus dem Legenden gemacht werden.«

»Nein.«

»Aber …«

Caitlyn hob die Hand. »Es tut mir leid, ich kann euch nicht helfen.«

»Könntest du wenigstens …«

»Auf keinen Fall.«

»Aber hast du denn die Wahl, Caitlyn?«, murmelte Dotty Mae. »Du musst doch auch an Danny denken.«

Das war ein Schlag unter die Gürtellinie. Caitlyn fühlte sich mehr als nur ein bisschen manipuliert. Sie wollten gar nicht sie, sondern sie boten ihr einen bezahlten Job an, um an das Karussell und damit an ihr Familienerbe zu kommen. »Ladys, ich würde wirklich gern helfen. Aber ehrlich gesagt, eher verkaufe ich den Blumenladen, als dass ich so etwas mache.«

»Wenn du einen Käufer für den Blumenladen findest«, bemerkte Patsy. »Die Zeiten sind schlecht, da wird man Immobilien nicht so leicht los.«

»Tut mir leid.« Caitlyn stand auf und schob ihren Stuhl zurück. »Ich muss Danny abholen. Wenn ihr mich entschuldigen würdet …«

»Ja, sicher.« Die anderen standen ebenfalls auf und gingen zur Tür.

Patsy verließ das Haus als letzte. Auf der Schwelle blieb sie noch einmal stehen und sah Caitlyn fest an. »Ich hoffe wirklich, dass du es dir nochmal überlegst. Der Garten wäre ein Segen. Für dich persönlich und für Twilight.«

»Nochmal vielen Dank für das Angebot.« Caitlyn presste die Lippen zusammen. »Aber ich löse meine Probleme am liebsten selbst. Ich brauche niemanden, der mich rettet, und ich lasse mich nicht gern benutzen.«

»Es tut mir leid, dass du es so empfindest«, sagte Patsy. »Aber wenn du es dir anders überlegst, steht die Tür weiterhin offen. Wir haben noch bis Montag Zeit, die Anmeldung abzugeben.« Damit drehte sich Patsy um und folgte den anderen.

Caitlyn schloss die Tür hinter ihnen. Die Gedanken rasten in ihrem Kopf. Der Job war eine Antwort auf alle ihre Gebete. Zu schade, dass die Bedingungen so hart waren. Sie konnte es einfach nicht machen.

Zwei

Mohn: Ewiger Schlaf
Afghanistan, Provinz Badakhshan

Am anderen Ende der Welt stand Gideon Garza, ehemaliger Sergeant der Green Berets, da und starrte in die karge Wüstenlandschaft hinaus. Ein schwarzer SUV mit dunkel getönten Scheiben kam auf das Lager zugerast. Rauch quoll hinter den Reifen hervor.

Das roch nach Schwierigkeiten.

Seine gesunde Hand griff nach der Waffe, die er in einem Holster vor der Brust trug. Ruhig wies der die Kinder in Pashtu an, ins Zelt zurückzugehen. Sie waren weiß Gott manchmal zu Streichen aufgelegt und wild, aber dieser Ton sagte ihnen, dass ihm nicht nach Scherzen zu Mute war. Und da sie viel zu sehr an plötzlich auftauchende Gefahren gewöhnt waren, beendeten sie blitzschnell ihr Spiel und taten, was er sagte.

Besorgte Familien hatten ihn angeheuert, die zerlumpten Kinder aus den schwierigen Verhältnissen im Pashtunischen Kernland in die relative Sicherheit der Berge nahe Faisabad zu begleiten. Die Verwandten der Waisenkinder konnten ihm nicht viel bezahlen, aber er tat es ohnehin nicht wegen des Geldes. Den größten Teil seines sechsstelligen Jahresgehalts verdiente er als Sicherheitsberater und Dolmetscher für britische und amerikanische Geschäftsleute, die nach Kandahar und Kabul kamen. Diese Sache hier machte er vor allem, weil er es satt war, ständig Kinder zu sehen, die von Landminen verstümmelt worden waren.

Ja, ist klar, eigentlich bist du Lady Di.

Nein, im Prinzip fühlte er sich im Moment eher wie Clint Eastwood: gezogene Waffe, jeder Muskel angespannt, stählerner Blick und fester Stand, um jederzeit in Aktion zu gehen. Die Kinder hinter ihm, die Bedrohung vor ihm, die sich rasend schnell näherte, der Wind in seinem Rücken. Fehlte nur noch der Soundtrack zu *Zwei glorreiche Halunken.*

Er hatte das Lager in einem Tal mit vielen Felsblöcken aufgeschlagen, das Fahrzeug würde nicht einfach geradeaus fahren können. Aber es war jetzt schon nahe genug, dass er sehen konnte, der SUV gehörte zu einer der berüchtigten Milizen, die unter anderem als private Schutztruppen reicher Leute in kriegszerstörten Ländern operierten. Seine Konkurrenz auf dem Markt. Was interessierten diese Leute sich für eine Hand voll zerzauster Waisenkinder! Beim Gedanken an die möglichen Antworten auf diese Frage lief es ihm kalt den Rücken hinunter. Er stellte sich aufrecht hin und schob das Kinn vor.

Der SUV kam vor einem Felsbrocken zum Stehen, etwa vierhundert Meter von ihm entfernt. Die Gedanken rasten in seinem Kopf, aber sein Herzschlag war nach wie vor langsam und stetig. Stand ihm ein Kampf bevor? Es war nur ein Wagen, damit konnte er fertig werden.

Die Fahrertür wurde aufgestoßen, und ein Muskelprotz stieg aus. Militärischer Haarschnitt, dunkle Sonnenbrille, Tarnanzug, Stiefel, AK-47 vor der Brust, ein echter Rambo. Gideons Spiegelbild.

Der Rambo blieb scheinbar lässig stehen, aber er wirkte alles andere als entspannt. Jetzt sprach er etwas in ein Headset, das er am Ohr trug, und wartete, während sich die hintere Tür auf der Beifahrerseite öffnete und ein Greenhorn ausstieg.

Das Greenhorn und Rambo beratschlagten kurz, dann ging das Greenhorn auf Gideon zu.

Es war eine echte Show, wie der Mann mit den schütteren Haaren und dem maßgeschneiderten italienischen Anzug und den Lederschuhen sich einen Weg durch das felsige Gelände suchte. Ein paar Mal rutschte er auf dem Abhang aus. Wäre Gideon nicht so in Alarmbereitschaft gewesen, hätte er leise gelacht.

Einer der kleineren Jungen steckte den Kopf aus dem Zelt und machte sich über den Mann lustig.

»Rein mit dir«, sagte Gideon. »Aber flott!«

Das neugierige braune Gesicht verschwand, aber er konnte die Kinder im Zelt kichern hören.

»Hallo!«, rief der italienische Anzug mit Texas-Akzent.

»Was wollen Sie?« Gideon sprach leise und ruhig, ein Auge auf den Mann vor ihm gerichtet, das andere auf Rambo, der an den SUV gelehnt eine Zigarette rauchte. Er konnte den Teergeruch riechen. Es war eine ganze Weile her, seit er das letzte Mal jemanden mit heimatlichem Akzent gehört hatte, und sein Misstrauen wurde eher noch stärker. Er richtete seine Waffe auf den Kopf des Mannes. »Hände hoch.«

Erschrocken riss der italienische Anzug die Arme hoch. Die Aktentasche, die er in der rechten Hand hielt, schlug ihm gegen den Kopf. »Ich bin auf der Suche nach Gideon Garza. Das sind Sie doch, oder?«

»Wer will das wissen?«

»Mein Name ist Lester LaVon, ich komme aus Twilight, Texas.«

Gideons Nackenhaare richteten sich auf, aber er würde diesem Kerl nicht zeigen, wie viel Angst er hatte. Twilight, Texas. Das war schlimmer als Rambo und Co. »Sie sind ganz schön weit weg von zuhause, mein Lieber. Das hier ist nicht Texas, das kann ich Ihnen sagen.«

LaVon sah ihn fragend an. »Was meinen Sie damit?«

»Sie sind hier auf der anderen Seite des Regenbogens, Lester. Da drüben hinter dem nächsten Hügel ist ein großes Mohnfeld, und die Leute dort würden übergewichtige weiße Amerikaner liebend gern umbringen, um es zu behalten. Sollten Sie irgendwelche gelben Ziegelsteine hier finden, machen Sie bloß, dass Sie wegkommen.«

»Sie reden in Rätseln. Ich verstehe überhaupt nicht, wovon Sie sprechen.«

Gideon hatte keine Lust, seinen Sarkasmus lange zu erklären. Er nickte in Richtung des SUV. »Wer ist ihr Freund da?«

»Meine Eskorte.«

»Kommt er nicht runter, um mit uns zu plaudern?«

»Unsere Geschäfte gehen ihn nichts an.«

»Geben Sie mir doch mal einen Tipp, wie unsere Geschäfte so aussehen.«

»Müssen Sie die ganze Zeit eine Waffe auf mich richten?« LaVon trat nervös von einem Fuß auf den anderen, die Arme immer noch hoch über dem Kopf, den Koffer direkt auf der Glatze abgestellt.

»Solange ich nicht weiß, wer Sie sind und was Sie wollen, muss ich das, ja.«

»Aber ich sagte doch schon, ich bin …«

»Ihr Name interessiert mich nicht. Wer hat Sie geschickt?«

LaVons Gesicht wurde rot, der Schweiß lief ihm über die Schläfen. »Wenn Sie bitte die Waffe …«

Jetzt waren sämtliche Härchen in Gideons Nacken gesträubt. Schwierigkeiten. Jede Menge Schwierigkeiten. »Wer hat Sie geschickt?«, wiederholte er seine Frage, obwohl er die Antwort längst kannte, so wie LaVon sich benahm.

»Äh …« LaVon leckte sich über die Lippen. »Ihr Vater.«

»Ich habe keinen Vater. Auf meiner Geburtsurkunde ist kein Vater verzeichnet.«

»J. Foster Goodnight.«

»Ach, Sie meinen das Arschloch, das meine Mutter und mich ignorierte und alles abstritt, als ich ihn damit konfrontierte?«

»Es tut ihm leid, er möchte es wiedergutmachen.«

Gideon schnaubte verächtlich. »Ich glaube Ihnen kein Wort. Und außerdem ist es mir scheißegal.«

»Bitte, könnte ich nicht die Hände herunternehmen? Der Koffer ist ziemlich schwer.«

Gideon war nicht bereit, diesem Mann zu vertrauen. Andererseits war er nicht bereit, irgendjemandem zu vertrauen. Er war siebenundzwanzig Jahre alt, und er hatte schon wesentlich mehr von den dunklen Seiten des Lebens gesehen, als die meisten Männer mit einundachtzig.

Moira Simon, die Leiterin einer britischen Hilfsorganisation, die er jedes Mal besuchte, wenn er über die Grenze ging, hatte einmal zu ihm gesagt, er hätte die Augen einer sehr alten Seele. Er glaubte nicht an diesen Eso-Quatsch, aber ihre Worte hatten ihn beunruhigt. Denn er fühlte sich tatsächlich sehr alt.

Er neigte den Kopf und schaute noch einmal zu Rambo hinüber. Der pinkelte gerade an den hinteren Reifen seines eigenen Autos. Ferkel. Aber wenn er so entspannt war, dann erwartete er wohl keine unmittelbare Gefahr.

Gideon atmete aus und nickte, hielt seine Waffe aber weiterhin auf den ungebetenen Besucher gerichtet. »Nehmen Sie die Hände runter. Aber langsam.«

Zentimeterweise senkte LaVon die Arme, die von der Anstrengung zitterten. »Dürfte ich mich setzen?«

Gideon nickte zu einem flachen Felsbrocken hin. LaVon ließ sich darauf nieder, zog ein Taschentuch aus der Brusttasche und wischte sich den Schweiß von der Stirn.

»Und Goodnight hat Ihnen eine Flugreise nach Afghanistan spendiert?« Gideon kannte seinen leiblichen Vater und wusste, dass er sowohl das Geld als auch die politischen Mittel dafür hatte, aber er verstand nicht, was das Ganze sollte. Vor allem nach so langer Zeit. Nicht eine Minute lang glaubte er, dass der Alte wirklich etwas wiedergutmachen wollte, wie LaVon behauptete.

»In der Tat.«

»Und wie haben Sie mich ausfindig gemacht?«

»J. Foster hat Ihren Werdegang verfolgt. Er weiß, was passiert ist.« LaVon warf einen bedeutungsvollen Blick auf Gideons Handprothese.

Gideon fühlte sich fast nackt unter diesem Blick. Er kniff die Augen zusammen. »Na, ist ja reizend. Ich vermute, jetzt sollte ich in Tränen ausbrechen, ja?«

»Ihrem Vater geht es nicht gut, Sergeant Garza.«

»Warum erzählen Sie mir das? Er hat zwei eheliche Söhne, die können sich doch sicher um ihn kümmern.«

»Er will Sie noch einmal sehen, bevor er stirbt. In diesem Koffer befindet sich das Geld für Ihre Reisekosten.«

»Ich bin gerade sehr beschäftigt.« Gideon deutete mit der Hand auf die Waisenkinder, die hinter der Zelttür hervorlugten und den weißhäutigen Besucher in der seltsamen Kleidung interessiert beobachteten. »Selbst wenn ich wollte, könnte ich hier nicht weg. Und ich will ganz eindeutig nicht.«

LaVons Blick glitt voller Unverständnis über die Kinder.

»Aber Ihr Vater! Er liegt im Sterben und …«

»Verstehen Sie nicht? Das ist mir scheißegal!«, unterbrach Gideon ihn.

»Ich bin weit gereist, um Sie zu finden.« Der Anwalt spielte mit dem Griff seiner Aktentasche herum. »J. Foster wird sehr enttäuscht sein.«

»Nicht mein Problem.«

»Und was soll ich ihm sagen?«

Ohne mit der Wimper zu zucken erwiderte Gideon mit eisiger Stimme: »Sagen Sie ihm, ich wünsche ihm, dass er in der Hölle schmort.«

Am Montagmorgen, nachdem sie Danny zur Schule gebracht hatte, ging Caitlyn vor dem stattlichen Haus am vornehmen Ende der Ruby Street hin und her. Es war acht Jahre her, dass sie einen Fuß in ihr Elternhaus gesetzt hatte, obwohl sie sich wirklich alle Mühe gegeben hatte, die Kluft zwischen sich und ihrem Vater zu überbrücken. Aber er weigerte sich, hartnäckig und unbeugsam. Er verurteilte sie. Sie hatte einen Fehler begangen, und obwohl das jetzt fast zehn Jahre her war, bestrafte er sie immer noch dafür. Sie und Danny. Und ob er es wusste oder nicht, Richter Richard Blackthorne bestrafte auch sich selbst.

Er hatte so viel Herzeleid verursacht, weil er nicht vergeben konnte.

Sie ballte die Fäuste. *Auf jetzt, du kannst das tun. Denk dran, es geht um Danny.* Alles, was sie in ihrem Leben getan hatte – ihre nächtliche Flucht aus diesem Haus, ihre Heirat mit Kevin, die Tatsache, dass sie in Twilight geblieben war, obwohl sie es kaum aushielt –, hatte mit diesem kleinen, dunkelhaarigen Jungen zu tun. Mit diesem Jungen, der Gideons Augen hatte. Ein Teil von ihr hoffte immer noch, dass ihr Vater einlenken würde und dass ihr Sohn endlich seinen Großvater kennen lernen könnte.

Gestern hatte sie zu Patsy und den anderen Damen vom Gartenclub gesagt, sie würde den Job nicht übernehmen, wenn sie dafür ihren Vater um das Karussell bitten müsste. Tatsächlich war ihr schon der Gedanke unerträglich, dass er sie noch einmal zurückweisen könnte. Irgendwann war Schluss mit den Erniedrigungen. Irgendwann war man so weit, dass man die Reste des eigenen Selbstbewusstseins zusammenkratzte und die Tür hinter sich schloss.

Sie hatte eine schlaflose Nacht hinter sich, hatte sich im Bett von einer Seite auf die andere gewälzt und nicht nur über die zwanzig Dollar pro Stunde nachgedacht, die ihre Probleme lösen würden, sondern vor allem über die Freude, die es ihr bereiten würde, diesen Garten zu Ehren der heldenhaften Soldaten von Twilight anzulegen.

Vor allem zu Ehren eines speziellen Mannes.

Gideon.

Caitlyn legte eine Hand auf ihr Herz. Würde der Schmerz

über diesen Verlust denn nie nachlassen? Sie dachte an all das, was er verpasst hatte. Die Aufregung, zu erfahren, dass er Vater wurde. Die Freude, sein Kind zu sehen, die ersten Worte seines Sohnes zu hören. Dannys erste Schritte, seinen ersten Schultag.

Sie hatte gelernt, nicht mehr ständig an Gideon zu denken, den Verlust zu akzeptieren und zufrieden mit dem zu sein, was sie hatte. Meistens klappte das auch. Sie hatte ja keine andere Wahl. Sie hatte es für Danny getan. Genau wie sie das hier für Danny tat.

Ihre Seele brannte vor Trauer. Die Zeit hatte die alten Wunden geschlossen, aber sicher nicht geheilt. Ihre Kehle war wie zugeschnürt. Sie wollte ihren Vater ja nicht um Geld bitten. Das Karussell war ihr Erbteil. Das Erbe ihrer Mutter und ihrer Familie. Er hatte kein Recht, es ihr vorzuenthalten.

Woher willst du wissen, ob er es dir vorenthält? Du hast ihn nie darum gebeten.

Nein, sie hatte ihn nie darum gebeten. Weil sie wusste, wie er tickte. Er würde alles nutzen, was ihm zur Verfügung stand. Nur um sie zu kontrollieren.

Richter Richard Blackthorne war der Ansicht, dass er genau wusste, was richtig und was falsch war. Sein Schwarzweißdenken war ihm im Beruf sehr nützlich, aber seine massive Überlegenheit überrollte jeden Normalsterblichen, der dumm genug war, ihm zu widersprechen. Nicht ein einziges Mal hatte sie erlebt, dass er einen Kompromiss einging oder einen Fehler zugab. Die Anwälte in der Stadt hatten eine Heidenangst vor ihm.

Das Problem war, man verlor den Realitätssinn, wenn man mit ihm zu tun hatte. Er war nur einen Meter fünfundsiebzig groß, aber fast allen Leuten kam er wesentlich größer vor. Vielleicht lag es daran, dass man Schwierigkeiten hatte, ihm in die Augen zu sehen. Er starrte einen unnachgiebig an, als könnte er jedes dunkle Geheimnis in der Seele seines Gegenübers erkennen. Die ganze Stadt fürchtete ihn. Wer gegen ihn bestehen wollte, tat gut daran, sich immer wieder ins Gedächtnis zu rufen, dass der Richter nicht so allmächtig war, wie es den Anschein hatte.

Caitlyn drückte die Schultern zurück, atmete tief durch, öffnete die schmiedeeiserne Pforte und ging die gekieste Auffahrt hinauf zu der breiten umlaufenden Veranda. Als sie an die Tür klopfte, war ihr sehr danach zu Mute, Fersengeld zu geben und zu verschwinden.

Denk dran, es geht nicht um dich. Es geht um Danny und den Erinnerungsgarten der Stadt. Es geht darum, Gideons Opfer in Ehren zu halten.

Eine Haushälterin mit verkniffenem Gesicht und geradem Rücken öffnete ihr. Sie kannte die Frau nicht. Kein Wunder, Caitlyns fordernder, kaum zufrieden zu stellender Vater verschliss Dienstboten wie andere Leute Taschentücher.

»Ja, bitte?« Die Frau war mehr als zehn Zentimeter größer als Caitlyn mit ihren eins sechzig. Das graue Haar hatte sie im Nacken zu einem festen Knoten gebunden. Sie versperrte den Weg ins Haus, ja, sogar den Blick in die Eingangshalle. Dieser perfekte Wachhund würde vermutlich eine Weile bleiben.

»Ich möchte zu Richter Blackthorne.«

»Er ist schon zum Gericht gegangen.«

Caitlyn spürte Erleichterung, aber so leicht durfte sie nicht aufgeben. »Ich bin seine Tochter.«

»Ich weiß.« Die Frau starrte sie mit halb geschlossenen Augen an wie eine Echse.

Eine ganze Weile herrschte Schweigen zwischen ihnen. Caitlyn überlegte, was sie tun sollte. Später wiederkommen oder sich auf einen Machtkampf mit der Frau einlassen? Schließlich setzte sie ihr bestes Kundenservice-Lächeln auf. »Wie schade, dass ich ihn verpasst habe!«

»Zum Mittagessen ist er wieder zurück.«

Das wusste sie. Ihr geiziger Vater aß fast nie außer Haus, solange er selbst bezahlen musste. Für einen Moment erwog sie, die Frau zu fragen, ob sie kurz in den Schuppen hinter dem Haus schauen dürfte, aber eigentlich war auch so schon klar, dass sie keine Erlaubnis bekommen würde.

»Dann vielen Dank.« Sie wandte sich ab.

»Er ist sehr einsam, wissen Sie«, sagte die Frau. Caitlyn hielt inne, die Hand auf dem Geländer, und drehte sich langsam um. »Sie sollten ihn ab und zu besuchen. Wie sich das für eine gute Tochter gehört.«

Was sollte denn diese Schulmeisterei? Die Frau wusste nichts über die Beziehung zwischen Caitlyn und ihrem Vater. Sie hatte keine Ahnung, wie oft Caitlyn ihre Hand nach ihm ausgestreckt hatte und wie oft sie grob zurückgewiesen worden war. »Mein Vater und ich leben nicht auf Augenhöhe.«

»Jemand muss den Anfang machen.«

Sie fragte sich, was die Haushälterin sagen würde, wenn sie erführe, dass Caitlyn ihren Vater nach Dannys Geburt vom Krankenhaus aus angerufen hatte, um ihm zu sagen, dass sein Enkel da sei. Er hatte aufgehängt.

»Oder auch nicht.«

»Oder auch nicht«, wiederholte die Frau, und ohne ein

weiteres Wort schloss sie die Tür und drehte den Schlüssel herum.

Caitlyn hörte ihren eigenen Herzschlag in den Ohren dröhnen und spürte die Wut, die durch sie hindurchströmte. Sie wusste gar nicht genau, auf wen sie eigentlich wütend war. Auf die Haushälterin, ihren Vater oder sich selbst. Sie massierte ihre Schläfen mit den Fingern, um die aufkommenden Kopfschmerzen zu lindern.

Sie ging die Treppe hinunter, blieb aber stehen, als sie die Auffahrt erreichte. Ohne eine bewusste Entscheidung zu treffen, ging sie nicht zur Straße, sondern eilte um die Hausecke herum.

Der große Schuppen mit dem grünen Anstrich lag am Ende des sanft geneigten Grundstücks, umgeben von alten Eichen. Sie ignorierte die bösen Vorahnungen, die sich in ihrer Brust zusammenballten, und ging weiter auf den Schuppen zu.

Was, wenn er das Karussell entfernt hatte? Oder schlimmer noch, was, wenn er nachhause kam und sie hier vorfand, ohne seine Erlaubnis? Vermutlich würde er Sheriff Hondo Crouch anrufen und sie wegen Hausfriedensbruchs anzeigen.

Der Gedanke hätte sie beinahe in die Flucht geschlagen, aber irgendetwas drängte sie weiter. Jetzt hatte sie den Schuppen erreicht. An der Tür hing das alte Vorhängeschloss. Ob die Zahlenkombination noch dieselbe war?

Das Schloss lag kühl auf ihrer Handfläche. Caitlyn sah mit Schrecken, dass ihre Finger zitterten, als sie ihr Geburtsdatum eingab.

Erleichtert spürte sie, wie das Schloss sich öffnete, aber ihre Dankbarkeit machte sehr schnell kalten Füßen Platz. Es war dunkel in dem Schuppen, die Fenster waren schmutzig und ließen nur einen dünnen Strahl Morgenlicht herein. Es roch nach Moder und abgestandener Luft.

Rasch schlüpfte sie hinein und zog die Tür hinter sich zu. Seit zwanzig Jahren war sie nicht mehr in diesem Schuppen gewesen. In der Stille hörte sie das flüsterleise Ticken ihrer Armbanduhr. Irgendwo in der Nachbarschaft hämmerte jemand auf Holzbrettern herum.

Die geduckten Schatten der geschnitzten Tiere standen in einer Reihe. Am Ende des Schuppens war die runde Holzplattform zu erahnen, die man in vier Teile zerlegt hatte. Stahlstreben standen gebündelt in einer Ecke. Die mechanischen Teile hingen an der Decke oder lagen in Eimern. Auf dem Betonboden waren Ölflecken zu sehen. Das einzige Geräusch in dem vollgestopften Raum war ihr eigenes Atmen.

Eine Spur roter Splitter führte sie zu dem Pferd, dessen Kopf an einem ledernen Zaumzeug baumelte. Die blicklosen Augen starrten ins Nichts.

Als Caitlyn neben dem Pferd in die Hocke ging, spürte sie die Tränen in ihrer Kehle. Sie streckte eine Hand aus, um die schwarz gelockte Mähne zu streicheln. Orangefarbene Mohnblüten waren hineingeflochten. Farbe blätterte unter ihren Fingern ab und funkelte wie Sterne.

»Blaze«, flüsterte sie. Die Vergangenheit sprang sie an.

Sie war erst fünf gewesen, als es passierte, aber Caitlyn erinnerte sich mit großer Klarheit an den Tod ihrer Mutter. Mit einer Klarheit, die aus abgrundtiefer Trauer geboren war. Ihre Mutter, die blonde Angelica, so zauberhaft wie ihr Name. Leise, freundlich und voller Lachen.

»Es ist Frühling, Caity«, hatte ihre Mutter lachend an einem Samstagmorgen gesagt. »Weißt du, was das bedeutet?«

Caitlyn hatte genickt, obwohl sie keine Ahnung hatte.

»Zeit, das Karussell in Gang zu bringen.«

Damals hatte das Karussell im Sweetheart Park gestanden. Es war ein Geschenk der Familie Grant an die Stadt Twilight. Angelica hatte Caitlyn ein rosa Rüschenkleid mit Petticoat angezogen, hatte ihr rosa Schmetterlinge ins Haar gesteckt und ihr die rosa Schnallenschuhe gegeben. Caitlyn war unheimlich stolz auf diese Schuhe, die so blank geputzt waren, dass man sich darin spiegeln konnte.

Sie und Mama waren Hand in Hand in den Park gegangen. Das Karussell hatte drei Reihen mit dreiundfünfzig Tieren, darunter zwanzig springende und zwanzig stehende Pferde, ein riesiger Löwe, auf dem Geschwister reiten konnten, sechs springende Hirsche, vier Straußen und zwei Giraffen. Und vier goldene Kutschen. Der polierte Holzboden leuchtete im Sonnenschein.

Der Wärter begrüßte sie mit einer tiefen Verbeugung, als wären sie königliche Hoheiten, und ließ sie als Erste einsteigen. »Bitte hier entlang, Mrs Blackthorne.«

Eine kleine Menschenmenge hatte sich versammelt, die meisten Mütter mit Kindern, die am Eröffnungstag ebenfalls gern mitfahren wollten.

»Du bist eine Grant«, sagte ihre Mutter. »Du darfst dir als Erste ein Tier aussuchen.«

Caitlyn fühlte sich bei diesen Worten wie eine Prinzessin. Sie lief nach hinten und versuchte, sich auf ein rotes Pferd mit fliegender schwarzer Mähne zu schwingen.

Angelica lächelte und half ihr beim Aufsteigen. »Das war

mein Lieblingspferd, als ich noch ein kleines Mädchen war«, murmelte sie. »Ich habe es Blaze getauft.«

Die Tulpen am Teich blühten gelb und rosa. Die Luft roch frisch, eine Mischung aus Blumen und dem Parfüm ihrer Mutter. Ein paar Bienen summten. Aus den Lautsprechern in der Mitte des Karussells kam Musik.

Row, row, row your boat.

Angelica legte einen Arm um Caitlyns Taille und hielt sich mit der anderen Hand an der glatten Stahlstrebe fest, während die anderen Mütter und Kinder aufstiegen.

Caitlyn war ganz aufgeregt gewesen, als das nächste Lied ertönte und die Plattform sich in Bewegung setzte.

Und dann ging es los, immer rundherum. Caitlyn ritt auf Blaze, auf und nieder. Sie lachte, als der Fahrtwind über ihre Haut und durch ihre Haare strich. Es war zauberhaft.

Das Karussell fuhr schneller, immer schneller. Der feste Griff ihrer Mutter um ihre Taille lockerte sich. Caitlyn bekam Angst. Sie schloss die Augen und klammerte sich an der Mähne des Karussellpferds fest. »Mama?«

Ihre Mutter ließ einen leisen, erstickten Schrei hören.

Als Caitlyn erschrocken die Augen aufriss, sah sie, dass ihre Mutter ganz blass geworden war und die Augen verdrehte. Angelica griff sich mit einer Hand an den Kopf, und im nächsten Moment fiel sie vornüber auf die Plattform.

»Mama!«, schrie Caitlyn.

Die Musik spielte weiter, die Kinder lachten, die Pferdchen sprangen.

Caitlyn versuchte abzusteigen, um zu ihrer Mutter zu gelangen, aber sie blieb mit einem ihrer hübschen Schnallenschuhe im Steigbügel hängen. Sie stürzte kopfüber ab, den

Petticoat über dem Gesicht, die Haare über dem Körper ihrer Mutter ausgebreitet, den Knöchel im Steigbügel verdreht. Sie schlug um sich, ohne irgendetwas zu erreichen.

Blaze sprang weiter. Auf und ab, auf und ab.

Plötzlich kam alles zum Stillstand.

Das Karussell bremste ab, Blaze blieb mitten im Sprung stehen, die Musik erstarb. Caitlyn konnte ihren Fuß befreien und fiel neben ihrer Mutter auf die Plattform.

Sie starrte in die aufgerissenen Augen ihrer Mutter. Sie sahen so leer aus, so wie die Augen des Pferdchens. Caitlyns streckte die Hand aus, um das Gesicht ihrer Mutter zu berühren.

»Mama?«, flüsterte sie.

Um sie herum schrien und rannten Leute. Einige rannten von ihr weg, andere zu ihr hin. Ein Mann packte Caitlyn um die Taille.

»Mama!«, kreischte sie und trat um sich, als der Mann sie wegtragen wollte. »Mama, wach auf! Wach auf!«

Aber ihre Mutter wachte nicht auf. Nie mehr. Ein Krankenwagen kam, und zwei Männer brachten ihre Mutter auf einer Trage weg. Später am Tag kam ihr Vater und brachte sie nachhause zu der Haushälterin. Dann ging er wieder weg.

Mitten in der Nacht kam er heim. Caitlyn hatte auf der Treppe auf ihn gewartet, aber er sah sie gar nicht. Er ging an ihr vorbei und durch die Hintertür. Sie folgte ihm, aber er starrte nur geradeaus und sah sie immer noch nicht. Er ging in den Schuppen, nahm eine Axt, legte sie über seine Schulter und marschierte in die Finsternis hinaus.

Caitlyn wollte ihm etwas nachrufen, aber sie brachte es

nicht fertig. Still folgte sie ihm die Ruby Street hinauf Richtung Stadtplatz und Sweetheart Park. Im Licht der Straßenlaternen sah sie sein Gesicht, das zu einer Furcht erregenden Fratze verzerrt war.

Vollmondlicht spiegelte sich auf den goldenen Verzierungen des Karussells. Die Tiere sahen ganz geisterhaft und unwirklich aus. Caitlyns Pyjama wurde am Saum nass vom Tau. Weil sie so große Angst hatte, drehte sie eine Locke um einen Zeigefinger und drehte sie, während sie den Daumen der anderen Hand in den Mund steckte. Mama hatte ihr gesagt, große Mädchen würden nicht am Daumen lutschen, und sie hatte sich wirklich Mühe gegeben, ein großes Mädchen zu sein, aber Mama war ja nicht da, und ihr Vater konnte sie nicht sehen.

War sie auf einmal unsichtbar geworden?

Dann tat Daddy etwas Schreckliches. Er stieg auf das Karussell, schwang die Axt und schlug dem Pferdchen namens Blaze den Kopf ab.

Caitlyn schrie auf, schrill und ohrenbetäubend laut.

»Was machst du denn hier?« Die raue Stimme ihres Vaters holte sie zurück in die Gegenwart.

Caitlyn blinzelte hinauf zu ihm. Sie saß im Schneidersitz im Schuppen ihres Elternhauses, im Dunkeln, den Kopf des Karussellpferds im Schoß. Vermutlich sah sie aus, als wäre sie komplett durchgedreht.

Sie legte den Pferdekopf zur Seite, stand auf und klopfte sich den Staub von den Händen. Acht Jahre lang hatte sie ihr Elternhaus nicht mehr betreten, aber sie sah ihren Vater jeden Tag, wenn er über den Rasen zum Gerichtsgebäude und später wieder nachhause ging. Er hatte immer einen Stock bei sich, nicht, weil er ihn brauchte, um sich darauf zu stützen, sondern weil er damit noch stattlicher aussah.

Anfangs, kurz nachdem sie ausgezogen war, hatte sie versucht, ihm zuzuwinken, aber er hatte immer nur geradeaus gestarrt und nie Blickkontakt mit ihr aufgenommen. So, als wäre sie gar nicht da. Dann war sie eines Tages mit Danny ins Gericht gegangen und hatte gehofft, ihren Vater so zu einer Reaktion zu zwingen. Aber Danny hatte angefangen zu weinen, und er hatte dafür gesorgt, dass der Gerichtsdiener sie hinausbrachte.

Ihr Vater gab ihr das Gefühl, unsichtbar zu sein, und so hatte sie aufgehört zu winken, zu sprechen, ihn zu einer Beziehung mit seinem Enkel zu zwingen. Er hatte sie aus seinem Leben ausgeschlossen. Es war seine Entscheidung. Für Caitlyn war es danach schwierig geworden, überhaupt in ihrer Heimatstadt zu bleiben, aber Twilight gehörte zu ihr, und sie konnte sich nicht vorstellen, an einem anderen Ort zu leben. Also war sie geblieben und hatte das Beste aus der Situation gemacht, auch wenn sie jedes Mal die eisige Stille spürte, sobald sie ihn auf der Straße oder in einem Laden sah.

»Ich dachte, du bist im Gericht«, sagte sie.

»Greta hat mich angerufen. Die Verhandlung hatte noch nicht begonnen.«

»Greta?«

»Meine Haushälterin.«

»Sie ist nicht von hier, oder?«

»Nein, sie stammt aus Tschechien. Ihre Familie lebt im Westen.« Das Gespräch war typisch für ihre Beziehung zu ihrem Vater. Kühl und unpersönlich.

Caitlyn hatte vor langer Zeit gelernt, dass man am besten mit dem Richter zurechtkam, wenn man einfach geradeheraus sagte, was man wollte. Wobei die Antwort in der Regel ein Nein war. »Ich bin wegen des Karussells gekommen.«

Sie starrten sich an, die Spannung war mit Händen zu greifen. Staubteilchen tanzten in einem Lichtstrahl zwischen ihnen, und zwischen den hölzernen Tieren waren Spinnweben zu sehen. In der Ferne bellte ein Hund.

»Das Karussell gehört mir. Mutter hat es mir hinterlassen.« Sie ballte die Fäuste an ihren Seiten. »Wenn nötig, nehme ich mir einen Anwalt.« Was für eine leere Drohung. Selbst wenn sie genug Geld hätte, würde sich kein Anwalt in der Stadt auf einen Rechtsstreit mit Richter Blackstone einlassen.

Richter.

Dieser Begriff fiel ihr ein, wenn sie an ihn dachte. Nicht Vater und ganz sicher nicht Dad. Richter. Denn etwas anderes hatte er ja nie getan. Er hatte sie gerichtet, er hatte sie rücksichtslos be- und verurteilt, weil sie unfähig war, nach seinen verqueren Maßstäben zu leben.

Der Richter fuhr sich mit einer Hand übers Gesicht und sah plötzlich sehr müde aus. »Das wird nicht nötig sein. Du kannst es haben.«

Aller Kampfgeist entwich aus ihr. Sie hatte nicht erwartet, dass es so einfach sein würde. Warum war es so einfach? Sie witterte eine Falle. Hatte sie etwas übersehen? Irgendwo musste doch ein Haken sein! »Du gibst es mir? Einfach so?«

»Du hättest nur fragen müssen. Kein Grund, hier einzubrechen.«

»Ich bin deine Tochter.«

»Es ist lange her, dass du dich entsprechend verhalten hast.« Er klang so traurig, dass sich Entsetzen in ihr breitmachte.

Sie hätte etwas sagen können, hätte einen Schritt auf ihn zugehen und ihre Hand auf seinen Arm legen können. Dann hätte sich womöglich etwas verändert. Aber sie tat es nicht. Sie war zu erschöpft von all ihren Versuchen, die Beziehung wiederaufzubauen, die er so rücksichtslos zerstört hatte. Offenbar sah er sich als Opfer. Aber sie war es leid, immer alle Vorwürfe auf sich zu nehmen und am Ende doch nur wieder zurückgewiesen zu werden.

»Ich lasse es in den nächsten zwei Wochen mit einer Spedition zu dir nachhause bringen«, sagte er.

Caitlyn nickte steif. »Danke.«

Er stand da, sah sie an, einen guten Meter vor ihr, und doch so weit entfernt, als läge ganz Texas zwischen ihnen. Dann drehte er sich ohne ein weiteres Wort um und ging, so wie damals in der Nacht, als er Blaze ermordet hatte.

Richter Richard Blackthorne saß an seinem Schreibtisch und starrte aus dem Fenster auf den Blumenladen gegenüber. Seit acht Jahren saß er jetzt da und beobachtete, wie sein einziges Kind kam und ging. Er beobachtete sie, aber er war unfähig, den Ozean zu überqueren, der zwischen ihnen lag.

Er war entsetzt gewesen, als sie von zuhause weggelaufen war und Kevin Marsh geheiratet hatte. Der Mann war zwölf Jahre älter als sie und Witwer. Ein Nichts. Seine Familie mehr als gewöhnlich. Sein einziger Besitz war der Blumenladen, und der war bis über die Ohren verschuldet. Aber March hatte seine Tochter aufgenommen und dafür gesorgt, dass ihr

Bastard einen ehrlichen Namen bekam. Viele Male in all den Jahren hatte Kevin vor der Tür seines Ladens gestanden, einen wütenden Blick zu Richards Bürofenster hinaufgeschickt und ihm den Stinkefinger gezeigt.

Marsh hatte absolut keine Klasse gehabt, aber er war nicht dumm gewesen. Richard hätte ihn ohne Weiteres anzeigen können wegen des Stinkefingers, aber er wollte keinen Ärger. Wer konnte schon wissen, was Caitlyn dem Mann erzählt hatte.

Vermutlich hat sie ihm die Wahrheit erzählt. Dass du sie zwingen wolltest, Danny wegzugeben.

Richard nahm seine Brille ab und rieb sich die Augen. Im Rückblick musste er zugeben, dass das kein besonders kluger Schachzug gewesen war. Aber er hatte dafür bezahlt. Hatte seine Tochter ebenso verloren wie die Chance, seinen Enkel kennen zu lernen. Wobei er natürlich niemals zugeben würde, dass er einen Fehler begangen hatte. Sie hatte einen Fehler begangen. Einen großen Fehler. Hatte sich von diesem Abschaum ein Kind machen lassen. Von diesem Gideon Garza. Mit siebzehn.

Und das verdammte Karussell war schuld daran.

Er hätte das Teil damals gleich abfackeln sollen. Warum hatte er es all die Jahre in dem Schuppen aufbewahrt? Da hatte es gestanden und vor sich hin gerostet wie ein schmutziges Geheimnis.

Er hatte keine Ahnung, warum er es aufbewahrt hatte. Tatsächlich hatte er versucht, es in Stücke zu schlagen, und Angelicas Lieblingspferd hatte er ja auch tatsächlich in seiner ersten Wut enthauptet. Wäre Caitlyn nicht auf einmal dort aufgetaucht, hätte er wohl weitergemacht mit seiner Axt.

Aber sie stand da und schrie und hatte damit seinen Zorn und seine Trauer regelrecht durchbohrt.

Von der Vernunft her verstand er, dass in Angelicas Gehirn ein verstecktes, lauerndes Aneurysma geplatzt war. Das Karussell hatte mit ihrem Tod überhaupt nichts zu tun. Allerdings hatte der Arzt gesagt, die Fliehkräfte des drehenden Karussells hätten ihren Tod möglicherweise beschleunigt. Und als Richard das hörte, hatte seine Vernunft ausgesetzt.

Seine schöne junge Frau hatte nicht nur das Karussell von ihrer prominenten, wohlhabenden Familie geerbt, sondern auch die Anlage zu Aneurysmen. Ihre Ur-Urgroßmutter Rebekka Nash Grant war an einem solchen morschen Blutgefäß im Gehirn gestorben, ihr Vater ebenfalls. Und da Richard die Geister der beiden nicht mit der Axt verfolgen konnte, nahm er Rache an dem Gegenstand, der die Herkunft seiner Frau symbolisierte.

An dem Karussell.

Er hatte nicht darüber nachgedacht, dass dieses Karussell auch zu Caitlyns Erbe gehörte. Aber er hatte versucht, Vorsorge für ihre Gesundheit zu treffen. Jedes Jahr ein CT und ein MRT auf eigene Kosten, weil die Versicherung dafür nicht aufkam. Er hatte für ihre Sicherheit gesorgt. Sie mit allem beschützt, was er hatte.

Er war hart zu ihr gewesen, wohl wahr, aber zu ihrem eigenen Wohl. Unglaublich, dass sie ihm das alles zum Vorwurf machte. Es tat ihm weh, dass sie nicht verstand, wie sehr er sie liebte und dass er nur ihr Bestes im Sinn hatte. Ja, er war streng gewesen. Ja, er hatte mehr auf Disziplin gesetzt als auf Umarmungen. Aber ein Kind musste doch lernen, was richtig oder falsch war.

Wenn er nachgab und seine Prinzipien lockerte, was wären die Folgen? Im Grunde genommen würde er zulassen, dass sie eigene Entscheidungen traf. Und das konnte er nicht tun. Man folgte den Regeln, so ging das Spiel. Sein Spiel.

Doch irgendwo in seinem Hinterkopf flüsterte eine leise Stimme. *Wohin haben dich all diese Regeln gebracht? Deiner Tochter entfremdet, keine Beziehung zu deinem einzigen Enkel. Einsam und allein in einem riesengroßen, leeren Haus. Du hast alle Regeln beachtet, hast dich an deine Prinzipien gehalten, und trotzdem hast du deine große Liebe verloren. Dein Ehrenkodex konnte dich nicht retten.*

Wenn er es gelegentlich wagte, das zuzugeben, spürte er voller Trauer, dass er immer nur nach den Buchstaben des Gesetzes gelebt hatte. Nichts anderes zählte für ihn. Er hatte an die falsche Verheißung geglaubt, ein gerechter Gott würde ihn für seine Prinzipientreue belohnen.

Richard griff nach dem Glas Wasser, das auf seinem Schreibtisch stand. Er hoffte, mit einem Schluck Wasser könnte er den üblen Geschmack von Groll, Bitterkeit und Reue wegspülen. Er war wütend auf die ganze Welt und vor allem auf sich selbst, weil er tief in seinem Innern die Angst spürte, er hätte seine Tochter verkauft. Für eine armselig kleine Summe.

Drei

Begonie: Vorsicht, hüte dich vor mir.

Zwei Wochen nach Lester LaVons Überraschungsbesuch betrat Gideon das Lager der Hilfsorganisation an der pakistanischen Grenze. Er hatte die Waisenkinder bei ihren Verwandten in den Bergen abgeliefert und brauchte ein paar Tage Ruhe und Erholung. Einfach mal ein paar Tage mit Moira verbringen. Wobei die ihn sicher sofort mit Arbeit versorgen würde.

Er grinste. Das tat sie jedes Mal, aber es machte ihm nichts aus. Arbeit war gut, Arbeit lenkte ihn von der Vergangenheit ab. Wenn er zu lange allein war, neigte er dazu, sich in seinem eigenen Kopf zu verstecken und zu grübeln. Und dann geriet er in Gedanken an dunkle Orte, die man lieber meiden sollte.

Er fand Moira in einer der Ärztehütten, wo sie ein Kind verband, das ein Bein verloren hatte, vermutlich durch eine Landmine. Schmerz und Verlust bahnten sich mit heißen Tränen den Weg aus den Augen des kleinen Jungen. Unwillkürlich fuhr Gideon mit der rechten Hand über seinen linken Arm, wo die Hightech-Prothese saß, die die Army ihm finanziert hatte. Sein Armstumpf pochte.

Innerlich beschimpfte er sich wegen seiner Verletzlichkeit. Der Junge brauchte kein Mitleid, ebenso wenig wie er selbst.

Vor zweieinhalb Jahren hatte er den Arm verloren, abgerissen, ein paar Zentimeter unterhalb des Ellbogens. Er wusste, was Phantomschmerzen waren, aber damit konnte er umgehen.

Die Behinderung nervte ihn. Er war Linkshänder gewesen und fühlte sich trotz dieser fantastischen Prothese immer im Nachteil.

Moira schaute ihn an, hielt seinen Blick fest. Als er den Blick erwiderte, fühlte er, dass etwas anders war. Ihre sonst so ruhigen blauen Augen wirkten wie im Sturm, ihr strahlendes Lächeln angespannt und blass.

»Gideon«, sagte sie leise in ihrem melodischen rauen Tonfall, hinter dem sich ihre Herkunft aus Liverpool verbarg. »Wir sehen uns in ein paar Minuten in meiner Hütte.

Er verzog das Gesicht. Irgendetwas war wirklich anders als sonst. Normalerweise hätte sie ihn aufgefordert, den Jungen ein bisschen aufzumuntern und ihm zu zeigen, was die Handprothese alles konnte.

Sie scheuchte ihn mit einer Handbewegung hinaus. »Raus mit dir, großer Mann!«

Einen langen Augenblick stand er einfach da und fragte sich, was los war. Seine Beziehung zu Moira war sehr entspannt, das hatten sie sich beide so ausgesucht. Aber jetzt machte er sich Sorgen. Wollte sie Schluss machen? Da er nicht wusste, was er machen sollte, drehte er sich um und schlenderte davon.

In ihrer Hütte angekommen, ließ er sich auf das Fußende des viel zu schmalen Bettes mit der billigen Matratze sinken. Er betrachtete ihre enge Behausung. Viele persönliche Gegenstände gab es hier nicht. Ein paar Toilettenartikel auf einem kleinen Schreibtisch aus Pappe, ein paar Fotos von Kindern, denen sie geholfen hatte, ein provisorisches Regal aus Sperrholz und Ziegelsteinen. Ein Laptop, der am Strom hing, man wusste ja nie, wann es welchen gab, um den Akku aufzuladen.

Neben dem Computer und den Fotos ein Topf mit einer roten Begonie. Er kannte die Blume, weil sie im Vorgarten seiner Mutter so überreich geblüht hatte.

Woher kam die Pflanze? Hatte Moira einen anderen Verehrer?

Er spürte keine Eifersucht, so war ihre Beziehung nicht. Keine Zukunftspläne, das wussten sie beide. Es war, wie es war, tröstlich, angenehm, zwei einsame Fremde, die sich in einem fremden Land getroffen hatten. Aber er war neugierig.

Ein paar Minuten später betrat Moira ihre Hütte. Sein Verlangen, eher noch befeuert durch den Gedanken, dass ein anderer Mann sie begehrte, ließ Gideon aufstehen. Er zog sie in die Arme, legte seine rechte Hand an ihren Hintern und küsste sie.

Aber sie schmiegte sich nicht so an ihn, wie sie es sonst tat. Stattdessen tauchte sie unter seinem Arm hindurch und drehte sich um. Allerdings nahm sie seine rechte Hand, verschränkte ihre schlanken Finger mit seinen und führte ihn zurück zum Bett.

»Sir«, murmelte sie.

Und er gehorchte. Sie stellte sich zwischen seine Knie, nahm sein Kinn in ihre Hand und hob sein Gesicht an, um ihn anzusehen.

Seine Nackenhaare stellten sich auf. Irgendetwas stimmte hier nicht.

»Wie geht's den Albträumen?«

»Ist schon okay«, murmelte er.

»Lüg mich nicht an, Gid.«

»Tu ich ja gar nicht. Im Moment habe ich nur ein oder zwei Mal in der Woche einen Albtraum.«

Moira seufzte. Ihre Augen wurden weich, während ihr Mund sich zu einer schmalen Linie zusammenzog. Als er sie so sah, wurde ihm ganz flau.

»Was ist los?«, fragte er.

»Ich habe schlechte Nachrichten.«

Jetzt also. Sie würde ihn rausschmeißen. Er zwang sich zu einem Lächeln. Sie war eine gute Frau, warmherzig, mitfühlend und freundlich. Er wollte nicht, dass sie sich schlecht fühlte, nur weil sie ihm den Laufpass gab. Irgendwann hatte es so kommen müssen, das war doch klar.

»Was auch immer du mir sagen willst, es ist okay.« Er strich mit der Hand über ihre Schulter.

Sie sah ihn so mitfühlend an, dass ihm fast schlecht wurde.

»Sag schon«, bat er sie. »Ich bin einer von den Jungs, bei denen man das Pflaster mit einem Ruck abziehen muss. Nicht so auf die langsame, vorsichtige Tour. Lieber ein Ende mit Schrecken.«

»Ich weiß, aber manche Neuigkeiten brauchen einfach etwas Vorsicht.«

Ein Gedanke schoss ihm durch den Kopf, er schluckte schwer.

»Du bist doch nicht … bist du … schwanger?«

Konnte gar nicht sein, sie waren doppelt vorsichtig gewesen. Sie nahm die Pille, und er benutzte immer ein Kondom.

Sie lachte. »Nein, Gideon, ich bin nicht schwanger.«

»Was ist es dann?«

»Es geht um deinen Vater.« Sie hielt inne, fuhr mit der Zunge über ihre Lippen, sprach dann noch leiser weiter, fast flüsternd. »Er ist auf die andere Seite hinübergegangen.«

Das hatte er nicht erwartet. Er saß einfach nur da, konnte

überhaupt nicht verstehen, wovon sie redete. »Auf die andere Seite?«

»Ein Anwalt namens LaVon hat hier angerufen. Er wusste nicht, wie er dich sonst erreichen soll, und hoffte, wir würden dich informieren.«

Gideon atmete tief durch. Es war also tatsächlich wahr.

Sie ging in die Knie, ihre Schultern zwischen seinen Oberschenkeln, und sah ihm ins Gesicht, die Augen dunkel vor Sorge. »Gid, bist du in Ordnung?«

Er antwortete nicht. Wusste nicht, was er sagen sollte.

Moira legte ihre Arme um seine Taille, legte ihren Kopf an seine Brust und drückte ihn. »Es tut mir so, so leid.«

Seine Kehle brannte, seine Muskeln waren hart wie Stein. Ihre Worte hatten keine Bedeutung für ihn. Es war, als würde sie in einer Fremdsprache sprechen, die er nicht beherrschte.

»Ich weiß, es ist ein Schock«, sagte sie leise und fuhr mit den Händen über seinen Nacken. Dann legte sie ihre Stirn an seine und schaute ihm wieder in die Augen. »Ich weiß noch genau, wie schrecklich es war, als mein Dad starb. Ich bin in die Knie gegangen und habe nur noch geheult. Du musst dich nicht zusammenreißen, Gid. Ich bin bei dir, du bist in Sicherheit.« Sie drückte ihn noch fester. Er nahm ihren vertrauten erdigen Duft wahr.

Aber er sagte immer noch nichts.

»Hast du gehört, was ich gesagt habe?«, flüsterte sie nach einer langen Zeit des Schweigens.

»Ja, sicher.«

»Er ist heute ganz früh morgens gestorben. Bauchspeicheldrüsenkrebs. Seine Beerdigung ist am Sonntag. Du schaffst es vielleicht gerade noch rechtzeitig.«

J. Foster Goodnight, der Mann, der ihn gezeugt und dann weggeworfen hatte, der Mann, den er sein ganzes Leben lang gehasst hatte, war tot. Und Gideon fühlte … absolut nichts.

Vorsichtig nahm er Moiras Arme von seinem Nacken, entzog sich ihrer Umarmung und stand auf. »Danke, dass du es mir gesagt hast, aber ich werde nicht zu dieser Beerdigung fahren.«

In der Stille der kleinen Hütte hörte sich Moiras heftiges Einatmen überlaut an. »Das ist nicht dein Ernst.«

»O doch.«

»Glaub es mir, wie auch immer euer Verhältnis war, du brauchst diesen Abschluss.«

»Nein, ganz bestimmt nicht.«

»Ich habe dich nie nach deiner Vergangenheit gefragt, ich habe diese Grenzen immer akzeptiert, weil ich von meiner Vergangenheit ja auch nicht reden will«, sagte Moira. »Aber würde es dir was ausmachen, mir zu sagen, wie du dich fühlst?«

Leer. Das war das Einzige, was ihm dazu einfiel. Leer und hohl. Der alte Zorn war verschwunden, ebenso wie das Bedauern. Und nichts hatte die Leere ausgefüllt. Es war, als wäre er selbst nicht da. Jedenfalls fühlte er sich sehr weit weg von Moira und ihren mitfühlenden Augen.

Er griff nach einem Knopf an ihrer Bluse. »Ich würde jetzt lieber mit dir schlafen.«

Sie legte ihre Hand auf seine. »Du erzählst mir etwas von dir, dann darfst du einen Knopf aufmachen.«

Ihre Haut war so weich und warm. Und er hatte so viele Wochen allein auf hartem Boden geschlafen. »Du führst hier harte Verhandlungen, Moira Simon.«

»Was ist mit deinem Vater?«

»Er hat nie zugegeben, dass er mein Vater war. Es gibt überhaupt keinen Grund, um ihn zu trauern.«

Sie ließ zu, dass er den obersten Knopf öffnete. »Für mich klingt das anders. Wenn man bedenkt, was er verpasst hat – dass er einen so wunderbaren Mann wie dich nicht kennen gelernt hat …«

Er ignorierte das Kompliment und machte sich an den zweiten Knopf.

»O nein. Erst das nächste Geheimnis.«

»Mein Vater war verheiratet, als er meine Mutter schwängerte«, sagte er. Nach wie vor wollte er nicht darüber sprechen, aber er hungerte so sehr nach Moiras heißer Haut! »Sie hat als Hausmädchen bei ihm und seiner Frau gearbeitet. Darf ich jetzt?«

Sie hielt den Knopf mit einer geschlossenen Faust fest. »War er reich?«

»Der reichste Mann in unserer Stadt. Während ich in Armut aufgewachsen bin.«

»Armer Kerl.« Sie ließ ihn den zweiten Knopf öffnen. Jetzt konnte er den Ansatz ihres Busens sehen. Was für süße Pfirsiche! Er starrte die verlockenden Rundungen an. Wer scherte sich schon um J. Foster?

»Muss schwer gewesen sein.«

Gideon zuckte mit den Schultern. »Ich habe erst erfahren, dass er mein Vater war, nachdem meine Mutter gestorben war. Da war ich neunzehn.« Er griff nach dem dritten Knopf.

Moira schnalzte missbilligend mit der Zunge. »Noch nicht.«

»Ich will wirklich nicht darüber reden.« Sie schloss den zweiten Knopf wieder. Unerträglich, diese Frau. »Ist ja schon gut!«

Mit verschlagenem Lächeln machte sie den Knopf wieder auf. Er fühlte ihren warmen Atem auf seiner Haut, doch als er versuchte, sie zu küssen, schüttelte sie den Kopf. »Wir haben eine Abmachung.«

»Ich verstehe nicht, warum du das alles wissen willst.«

»Es geht nicht um mich, sondern um dich. Du sollst das nicht alles in dich hineinfressen, sondern es rauslassen.«

»Wenn ich dir die ganze traurige Geschichte in einem Rutsch erzähle, schläfst du dann mit mir?

»Ich höre.«

»Ich bin hingegangen und habe ihn mit der Wahrheit konfrontiert. Aber er hat es geleugnet. Und ich Depp, wütend und voller Trauer um meine Mutter, habe versucht, es ihm heimzuzahlen, indem ich seine Scheune angezündet habe.« Gideon ballte eine Faust bei der Erinnerung.

Tatsächlich war sein jetziges Leben eine Folge dieser Jugendsünde. Er fragte sich, ob alle Menschen so enttäuscht von sich selbst waren, von ihren Entscheidungen und den Wegen, die sie eingeschlagen hatten. In dem Moment, als er das Streichholz angezündet und an das Benzin gehalten hatte, war seine Chance verspielt gewesen, ein gutes Leben zu führen. Ein Leben als der Mann, der er sein wollte. Der Mann, der gut genug für Caitlyn Blackthorne war.

Caitlyn.

Der Gedanke an sie überfiel ihn wie ein eiskalter Wind.

Der Mann, der er sein wollte, hätte Goodnight gar nicht erst konfrontiert. Er hätte seinen Stolz und die Erinnerung an seine Mutter bewahrt und die Vergangenheit hinter sich gelassen. Er wäre edel gewesen, nicht zornig. Klug statt von Rache getrieben.

Gideon fühlte sich wie ein Betrüger. Er hatte zur Spezialeinheit der Green Berets gehört, zur Elite der Army, obwohl er eigentlich doch nur ein elender Bastard war, jedenfalls nicht gut genug für Richter Blackthornes Tochter. Er hatte gedacht, er hätte das alles hinter sich. Die unglücklichen Umstände seiner Herkunft. Er hatte gedacht, er hätte Twilight hinter sich gelassen und Caitlyn in den hintersten Winkel seiner Erinnerungen verbannt.

»Was ist passiert?«, flüsterte Moira.

Nachdem er einmal angefangen hatte zu erzählen, konnte er nicht mehr aufhören. »Ich wurde verhaftet und vor Gericht gestellt, und der Richter war ein Golfkumpel meines Vaters. Was mich nicht wirklich überraschte.« Gideon fuhr sich mit der Hand übers Gesicht.

»Du stammst aus einer Kleinstadt?«

»Sechstausend Einwohner.« Der Moment hatte sich in sein Gehirn eingebrannt, wie er mit seinem Pflichtverteidiger vor Richter Blackthornes Tisch stand. »Man ließ mir die Wahl. Zum Militär gehen oder ins Gefängnis.«

»Und du hast dich fürs Militär entschieden.«

Er lächelte freudlos und hielt seine Armprothese hoch. »Genau. Und damit habe ich mein Schicksal besiegelt.«

»Seitdem hast du nicht mehr mit deinem Dad gesprochen oder ihn gesehen?«

Er schüttelte den Kopf und erzählte ihr dann von dem Besuch des Anwalts. Lester LaVon.

»Vielleicht hat dein Vater dir was vererbt. Vielleicht tat es ihm in späteren Jahren leid, was er dir angetan hat. Vielleicht wollte er es wiedergutmachen.«

»Zu spät.«

Ein enttäuschter Ausdruck trat auf ihr Gesicht. »Das sieht dir gar nicht ähnlich.«

»Wie bitte?« Die Frau hatte doch keine Ahnung, wie er wirklich war. Sie waren bloß Bettgefährten.

»Diese Bitterkeit.«

»Du kennst mich nicht gut genug, um das zu beurteilen.«

»Klar, hau mir eine rein, ich halte das aus.« Sie rieb seine Schulter, als wollte sie die Anspannung herausmassieren.

»Du schuldest mir kein Verständnis.«

»Aber die Geschichte ist noch nicht zu Ende, oder?«, forderte sie ihn heraus. »Es gibt noch einen anderen Grund, warum du nicht nach Twilight zurückkehren kannst. Oder willst. Ich meine, dein Dad ist ja schließlich tot, er kann dir nichts mehr tun.«

»Lass uns das Thema wechseln.« Er wollte nicht an Caitlyn denken und schon gar nicht über sie sprechen. Er beugte sich vor, um Moira zu küssen. »Ich bin hier, weil ich dich sehen wollte.« Er griff nach dem letzten Knopf an ihrer Bluse.

Moira hob die Hände. »Ich werde mich nicht an einem verletzlichen Mann schadlos halten.«

»Machst du Witze?«

Ernsthaft schüttelte sie den Kopf. »Du hast es schon viel zu lange in dir vergraben. Wer ist diese Frau, und was hat sie dir angetan, dass du in einem so fürchterlichen Zustand bist?«

Er atmete sehr lange und leise aus, bis überhaupt keine Luft mehr in seiner Lunge war. »Wer hat von einer Frau gesprochen?«

Moira warf ihm einen wissenden Blick voller weiblicher Intuition zu. »Wie heißt sie?«

Er ließ sich kraftlos auf ihr Bett sinken. »Caitlyn«, flüsterte er und merkte im gleichen Moment, dass es Jahre her war, seit er den Namen zum letzten Mal laut ausgesprochen hatte.

Es war, als würde man Salz über eine Wunde reiben, von der man gedacht hatte, sie wäre geheilt. Nur um festzustellen, dass sie noch offen war. Zum Teufel, er und Caitlyn waren doch nur ein paar Monate zusammen gewesen. Er sollte sie längst vergessen haben. Aber er hatte sie nicht vergessen.

Er hatte furchtbare Dinge gesehen, Kriegsgräuel der schlimmsten Art. Er hatte selbst furchtbare Dinge getan. Aber nicht einmal der Moment, als er seinen Unterarm verloren hatte, stand ihm so deutlich vor Augen wie seine Liebesbriefe, die ungeöffnet und mit dem Stempel »Zurück an Absender« zurückgekommen waren. Bis er endlich aufgegeben und keine mehr geschickt hatte. Da hatte er begriffen, dass er allein war. Dass sie nichts mehr mit ihm zu tun haben wollte.

»Du hast sie sehr geliebt.«

»Ja«, gab er zu. »Ich habe sie einmal sehr geliebt.«

»Hast du versucht, nochmal mit ihr Kontakt aufzunehmen?«

»Nein, zum Teufel.«

Moira schüttelte den Kopf. »Sturer Bock.«

»Ich bettele nicht. Wenn eine Frau nicht mit mir zusammen sein will, renne ich nicht hinter ihr her wie ein Schoßhund, der um ein bisschen Zuneigung bettelt.« Er biss die Zähne zusammen.

»Du liebst sie immer noch.«

Er schüttelte den Kopf. »Nein.«

»Vielleicht nicht«, entgegnete Moira. »Aber sie hat dich

noch fest in der Hand. Und du wirst sie niemals los, wenn du ihr nicht noch einmal gegenübertrittst.«

Er zuckte mit den Schultern, aber tief in seinem Innern wusste er, Moira hatte recht.

Mehr als zwei Wochen waren vergangen, seit Caitlyns Vater versprochen hatte, das Karussell liefern zu lassen. Sie hatte den Job angenommen, den Erinnerungsgarten zu planen und zu betreuen. Die Teilnahmepapiere waren ausgefüllt und abgeschickt. Material und Saatgut waren bestellt. Jetzt fehlte nur noch das Karussell.

Ob es ihr passte oder nicht, sie würde ihren Vater nochmal darauf ansprechen müssen. Und sie dachte schon den ganzen Vormittag darüber nach, wie sie das am besten anstellte.

Sie stand im hinteren Teil ihres Ladens und schnitt ein paar Rosen an, als die Ladenglocke ertönte. Sie legte die Blumen hin, wischte sich die feuchten Hände an ihrer Schürze ab und ging nach vorn.

Crockett Goodnight stand da. Er sah aus, als hätte man ihn verprügelt. Das Haar zerzaust, blasses Gesicht, Bartstoppeln ums Kinn, das Hemd halb aus der Hose hängend und verknittert. Leerer Blick.

»Crockett?« Sie ging auf ihn zu. »Was ist denn passiert?«

Sein Gesichtsausdruck war herzzerreißend. »Mein … mein Dad ist gerade gestorben.«

»Oh«, sagte sie und legte ihm einen Arm um die Schulter. Er wankte. Sie hatte J. Foster Goodnight gehasst, aber ein Todesfall in der Familie war immer schlimm. »Setz dich erst mal hin.«

Caitlyn nahm Crockett am Arm und führte ihn zu einem

schmiedeeisernen Gartenstuhl. »Wie kommst du damit zurecht?«

»Alles in Ordnung, kein Problem.« Er nickte und fuhr sich mit den Fingern durchs Haar. »Ich bin total durch den Wind.«

»Du kannst mit mir über alles reden.«

»Ehrlich, Caitlyn? Kann ich das?«

Wollte sie wirklich so viel Nähe? Sie flirteten seit ein paar Wochen miteinander. Crockett war witzig und sah gut aus, und man konnte viel Spaß mit ihm haben. Es war schön, ihn in der Nähe zu wissen, aber irgendetwas hielt sie zurück. Und zwar nicht nur die Tatsache, dass er J. Fosters Sohn und Gideons Halbbruder war. Er war ein bisschen zu witzig, zu aufregend, zu gut aussehend. Und dann waren da diese dunklen Momente, wenn er in ihren Laden kam, voll düsterer Gedanken und Verzweiflung, und davon sprach, was für ein schrecklicher Ort diese Welt doch war. Das passierte nicht oft, nur ein paar Mal in all den Jahren, die sie ihn kannte, aber sie fragte sich doch, was dahinter steckte.

Sie wusste, es wäre besser, jetzt einen Schritt zurückzutreten, ein paar mitfühlende Worte zu murmeln und ihn wieder rauszuschicken. Stattdessen sagte sie: »Ich höre.«

»Ich war nicht da, als er starb.« Crockett schlug sich mit der Faust aufs Knie. »Ich war mit ein paar Freunden was trinken. Ich hätte bei ihm sein sollen, aber ich war nicht da.«

»Du konntest es doch nicht wissen.« Sie blieb neben ihm stehen, legte ihm eine Hand auf die Schulter und kam sich dabei ganz seltsam vor.

»Doch, ich wusste es. Die Schwestern haben uns gebeten, nicht wegzugehen. Bowie ist geblieben. Aber ich … ich hab's einfach nicht ausgehalten, Caitlyn. Weißt du, was ich meine? Es war einfach zu viel.« Er lehnte sich an sie, den Kopf an ihrer Brust. Dann legte er einen Arm um ihre Taille und schluchzte leise auf.

Caitlyn erstarrte, spürte, dass ihr die Berührung unheimlich war. Aber sie wusste nicht, wie sie sich aus der Affäre ziehen sollte. Sie hatte ihn schließlich aufgefordert, zu reden, jetzt musste sie sehen, wie sie damit zurechtkam.

»Ich bin ein schlechter Sohn.«

»Nein, das bist du nicht«, fühlte sie sich verpflichtet zu sagen, obwohl sie es ja eigentlich nicht wusste. Vielleicht war er ein schlechter Sohn gewesen. Aber nach allem, was sie wusste, war J. Foster ein sehr, sehr schlechter Vater gewesen.

»Ich möchte, dass du dich um die Blumen für die Beerdigung kümmerst. Jede Menge Blumen, rote, weiße und blaue. Mein Dad hat für sein Land gekämpft, er hat einen militärischen Abschied verdient. Und Begonien. Könntest du wohl rote Begonien in den Erinnerungsgarten pflanzen, den du da planst? Mein Dad hat rote Begonien geliebt.«

Rote Begonien also. Ja, warum nicht? Begonien waren attraktive, robuste Pflanzen, die auch mit den heißen texanischen Sommern fertig wurden.

Wobei sie mit ihren Gedanken wieder beim Thema war. Der Erinnerungsgarten. Durch das Fenster warf sie einen schnellen Blick auf das Gerichtsgebäude.

»Klar«, sagte sie. »Das kann ich machen.«

»Du bist etwas Besonderes, Caitlyn«, murmelte Crockett. Seine Hand war inzwischen von der Taille zum Hintern gewandert. »Etwas ganz Besonderes.«

Sie schüttelte den Kopf, um das Kompliment wegzuschieben.

Nicht, weil es ihr nicht gefiel, im Gegenteil, es gefiel ihr ein wenig zu gut. Aber sie wollte sich nicht auf Crocketts Schmeicheleien einlassen. Selbst wenn er nicht Gideons Halbbruder gewesen wäre, hätte es hundert andere Gründe gegeben, nichts mit ihm anzufangen. Sein Ruf als Schürzenjäger beispielsweise. Und die Tatsache, dass Danny ihn geradezu anbetete. Wenn sie etwas mit ihm anfing und es nicht funktionierte, würde ihr Sohn am Boden zerstört sein.

Sein Daumen strich kräftig über ihren unteren Rücken. Sie griff nach seinem Handgelenk. »Crockett, bitte!«, protestierte sie.

Weiter kam sie nicht. Im nächsten Moment hatte er sie schon auf seinen Schoß gezogen und starrte ihr in die Augen.

»Crock…«

Sein Kuss schnitt ihr das Wort ab. Kein schlechter Kuss übrigens. Nicht so wild und leidenschaftlich wie mit Gideon, aber viel besser als Kevins Spatzenküsschen. Fest, feucht, durchaus aufregend. Der Whiskeygeschmack gefiel ihr schon weniger, aber immerhin war gerade sein Vater gestorben. Da konnte man sich schon mal einen hinter die Binde gießen, selbst am frühen Morgen.

Was Caitlyn eigentlich schockierte, war die Tatsache, dass sie sich für einen Moment dem Vergnügen hingab. Der Wärme und dem Trost des Zusammenseins mit einem anderen Menschen.

Steh auf!

Sie strampelte sich frei, gerade als er versuchte, den Kuss zu vertiefen. Seine Zunge fuhr über ihre Lippen, sein Arm hielt sie fester, und sie konnte die unmissverständliche Beule in seiner Hose spüren.

Natürlich hatte sie schon davon gehört, dass Trauer sich in einem besonders intensiven Drang nach Leben manifestieren konnte, aber jetzt war es genug. Sie saßen schließlich in ihrem Laden, am helllichten Tag, und abgesehen davon, sie wollte das nicht. Sie drückte ihre Hand gegen seine Brust und drehte den Kopf weg.

Im gleichen Augenblick ertönte die Ladenglocke.

»Was ist denn hier los?«, rief eine Männerstimme.

Und schon hatte jemand Crockett im Nacken gepackt, ihn hochgerissen und Caitlyn von seinem Schoß gestoßen. Sie fiel hin, sprang aber sofort wieder auf; schließlich wollte sie sehen, was passierte.

»Was tust du da?«, brüllte Bowie Goodnight seinen Bruder an. Während der blonde, feingliedrige Crockett eher nach seiner Mutter kam, war Bowie dunkelhaarig und kräftig gebaut wie J. Foster: breite Schultern, Hakennase, pechschwarze Augen. Und er war gut zehn Zentimeter größer als sein Bruder. Jetzt hielt er Crockett am Kragen fest und sah aus, als wollte er ihn umbringen. »Unser Vater ist noch keine sechs Stunden tot und du musst mit irgendeiner Schlampe rummachen?«

»Caitlyn ist keine Schlampe!« Crockett blähte die Nasenlöcher, fuchtelte mit den Armen und schwang die Fäuste, aber er traf seinen Bruder nicht.

Bowie schüttelte ihn, wie ein Jagdhund eine Ratte schütteln würde. Sein Blick war leer und Furcht erregend, als hätte er komplett den Verstand verloren. Geisteskrankheiten kamen in dieser Familie ja durchaus vor, seine Mutter hatte Jahre ihres Lebens in einer hochkarätigen psychiatrischen Klinik verbracht. Einige behaupteten, J. Foster hätte sie mit seiner Neigung zu Alkohol, Glücksspiel und anderen Frauen so weit gebracht, aber offiziell hieß es, Charlotte Goodnight hätte an einer schweren bipolaren Störung gelitten, die nur schlecht auf Medikamente ansprach.

Caitlyn legte eine Hand an ihren Hals und trat hinter die Ladentheke.

»Nimm das zurück!«, forderte Crockett seinen Bruder auf. Er schlug immer noch um sich.

»Du bist eine männliche Nutte«, sagte Bowie. »Genau wie Dad. Eine Schlampe nach der anderen.«

»Ich bin überhaupt nicht wie Dad!«, heulte der jüngere der beiden Goodnight-Brüder auf. »Überhaupt nicht!«

Caitlyn war als Einzelkind in einem sehr stillen Haus aufgewachsen. Kevin war ein eher leiser Mann gewesen, und auch Danny war ein Einzelkind. Sie hatte keine Erfahrung mit Geschwisterrivalitäten, aber ihr war sofort klar, dass dieser Streit nichts mit ihr zu tun hatte. Hier ging es nur um einen uralten Bruderzwist.

Crockett stieß eine Reihe von bösartigen Flüchen aus und traf mit seiner Faust Bowie am Kinn.

Jetzt war die Schlägerei in vollem Gange.

Sie gingen sich an die Kehle, rollten über den Boden, warfen Blumenständer um, zerbrachen Pflanzkisten und Tontöpfe. Und die ganze Zeit stöhnten und fluchten sie.

»Du elender Feigling, du hast es ja nicht mal fertiggebracht, an seinem Sterbebett zu bleiben, als er den letzten Atemzug tat!«, brüllte Bowie, während er wieder und wieder zuschlug.

»Was sollte ich denn da?«, keuchte Crockett. »Er ist doch nie für mich da gewesen. Hat kein einziges Spiel von mir gesehen, hat mir nicht mal gratuliert, als wir mit der Highschoolmannschaft aufgestiegen sind.«

»Deine elende Ballspielerei!« Bowie boxte ihm in den Magen. »Hör doch auf! Was verlangst du dafür, einen Orden? Um die Ranch hast du dich nie gekümmert.«

»Ja, wie denn?«, gab Crockett zurück. »Du bist ihm doch ständig nur in den Arsch gekrochen.«

»Dich hat er immer viel mehr geliebt als mich.« Bowie traf ihn an der Schläfe. »Ich konnte doch mit dem perfekten kleinen Crockett gar nicht mithalten.«

»Spinnst du jetzt total? Mir hat er immer gesagt, ich soll mir an dir ein Beispiel nehmen.« Crockett biss seinen Bruder ins Handgelenk.

Bowie jaulte auf und trat nach Crockett, dass dieser halb durch den Raum schlidderte. Ein Gummibaum brach über ihm zusammen.

»Aufhören!«, befahl Caitlyn. »Sofort aufhören!«

Doch die beiden hörten sie gar nicht, sie waren viel zu konzentriert auf ihren Kampf und den Zorn, der sich jahrelang aufgestaut hatte. Sie stöhnten, schlugen, stöhnten wieder und schlugen wieder.

»Also gut, dann rufe ich jetzt den Sheriff an. Soll er sich doch um euch kümmern.« Caitlyn ging zum Telefon, rief in Hondo Crouchs Büro an und berichtete kurz, was in ihrem Laden los war.

»Ich schicke ihn gleich rüber«, antwortete die Sekretärin.

Caitlyn beendete das Gespräch und schaute sich um. Am liebsten wäre sie durch die Hintertür verschwunden und hätte die beiden sich selbst überlassen, aber das hier war ihr Laden, und sie würde so schnell nicht weichen. »Hondo ist schon unterwegs«, warnte sie die Brüder, aber sie hätte ebenso gut die Nationalhymne pfeifen können. Keine Reaktion.

»Dad war ein absolutes Arschloch«, schrie Crockett, während Bowie ihm einen gezielten Schlag aufs Auge versetzte.

»Ein mieser alter Schwanz«, stimmte Bowie ihm zu und ließ dann ein lautes Stöhnen hören, weil Crockett ihm einen Schlag in den Magen versetzte.

»Er hat Mom mit dieser mexikanischen Nutte betrogen.« Crockett spuckte Blut.

Caitlyn wurde übel. Sie sprachen über Gideons Mutter, Linda Garza. Sie wollte so ein Gerede nicht hören. Gideon und Linda waren beide tot, aber Linda war schließlich Dannys Großmutter gewesen.

»Und uns hat er verprügelt, wenn wir zu laut waren.« Bowie nahm Crockett in den Schwitzkasten.

Als Caitlyn gerade dachte, jetzt hätte der ältere Bruder den jüngeren besiegt, blitzte wie aus dem Nichts plötzlich ein Springmesser in Crocketts Hand auf. Das Geräusch, als es sich öffnete, war deutlich zu hören.

Eine Sekunde später setzte Crockett seinem Bruder die Klinge an die Kehle.

Caitlyn keuchte auf.

Wie aufs Stichwort kam Sheriff Hondo Crouch durch die Tür, mit einem Gang wie John Wayne, die Hand auf der Dienstwaffe an seiner Hüfte.

»Sofort aufhören, ihr Idioten.«

Bowie ließ seinen Bruder los, Crockett drückte auf einen Knopf, und die Messerklinge verschwand im Griff. Dann drehten sie sich um und saßen schnaufend und keuchend mitten im Laden auf dem Fußboden. Beide bluteten. Hondo konfiszierte das Springmesser.

Der Blumenladen war eine einzige Ruine. Pflanzen- und

Blumenreste hatten sich mit Erde und zerschlagenen Blumentöpfen vermischt. Wurzeln standen in alle Richtungen, Blütenblätter klebten an den Wänden. Dazwischen zerquetschte Blätter. Alles kaputt.

»Meine Blumen!«, flüsterte sie und ließ sich auf den schmiedeeisernen Gartenstuhl fallen.

Bowie und Crockett wechselten schuldbewusste Blicke. Hondo räusperte sich, streckte eine Hand aus und half erst Crockett, dann Bowie hoch. »Ich weiß, dass ihr gerade euren Vater verloren habt, aber das hier … das ist durch nichts zu entschuldigen. Wenn ihr nicht ins Gefängnis wollt, könnt ihr nur eins tun: Ihr werdet jetzt hier aufräumen und alles sauber machen, und ihr werdet Mrs Marsh den gesamten Schaden ersetzen.« Er schaute Caitlyn an.

Mit finsterem Blick zog Bowie ein Bündel Hundert-Dollar-Scheine aus der Tasche und blätterte ihr ein paar davon hin. Caitlyn starrte überrascht auf ihren Tisch. Wer lief denn mit so viel Bargeld in der Hosentasche herum?

»Mrs Marsh«, sagte Hondo. »Ich würde vorschlagen, Sie essen jetzt irgendwo zu Mittag, und ich setze mich hier hin und überwache das Großreinemachen.«

Da sie nicht wusste, was sie sonst tun sollte, nickte Caitlyn, steckte das Geld in ihre Handtasche und machte sich auf den Weg zur Bank. Ihre Hände zitterten, sie keuchte immer noch. Und auch wenn sie ihre Gefühle nicht recht in Worte fassen konnte, war ihr unwillkürlich klar, dass sich in Twilight einiges ändern würde. Ja, J. Fosters Tod würde für große Veränderungen sorgen.

Vier

Weißer Flieder: meine erste große Liebe

Gideon fuhr an diesem Samstag Anfang März mit seinem Motorrad – das acht Jahre lang in einem Selfstorer am DFW-Airport gestanden hatte – den Highway 51 hinunter. Über dem Brazos River hing dichter Nebel, als er über die Brücke fuhr, die Parker und Hood County verband. Die graue Suppe hüllte ihn ein, sodass er kaum die Hand vor Augen sehen konnte. Die feuchte Luft mit dem Geruch des Flusses füllte seine Lungen.

Einen Moment lang konnte er kaum atmen. Er fühlte sich wie erstickt von der Vergangenheit, die hinter ihm lag, und der ungewissen Zukunft vor ihm. Für eine Sekunde hing er wie eingefroren in der Dampfwolke, die ihn festhielt. Dann verschwand der Nebel so schnell, wie er gekommen war, und er fuhr weiter.

Da lag die Stadt vor ihm. Die Stadt, die er unbedingt hatte vergessen wollen.

Er fuhr unter einem Dach von Pecanbäumen hindurch, vorbei an dem Schild mit der Aufschrift »Willkommen in Twilight, der freundlichsten Stadt in Texas«. Er lenkte seine Indian Chief über die Eisenbahnschienen, vorbei an dem alten Depot, das jetzt wieder im alten Glanz von 1870 erstrahlte, seitdem es die Touristeninfo beherbergte. Eine Meile weiter befand sich der Stadtplatz.

Dieser Platz, der als Ensemble 1970 unter Denkmalschutz

gestellt worden war, konnte leicht als Eingangstor zur texanischen Geschichte gelten. Die Kalksteingebäude waren liebevoll restauriert. Inzwischen befanden sich darin Läden und Restaurants für die Touristen. Trotzdem wirkte es so, als würden jeden Moment ein paar Cowboys ihre Pferde vor den Häusern anbinden oder Pistolenhelden mitten auf der Straße aufeinander schießen.

Auf der anderen Seite des Platzes befand sich der Sweetheart Park, den man nach den beiden Stadtgründern benannt hatte, Jon Grant und Rebekka Nash. Caitlyns Vorfahren. Mitten im Park gab es einen Brunnen mit einer Statue, die die beiden Liebenden zeigte, wie sie sich umarmten. Ein Nebenfluss des Brazos lief durch den Park, es gab ein paar hölzerne Brücken, lauschige Ecken und einen großen weißen Pavillon.

Und sie lebten glücklich bis an ihr Lebensende … Dieses Versprechen, das die Stadt immer wieder abgab, obwohl sie es nicht halten konnte. Wirf eine Münze in den Brunnen, und du findest deine Jugendliebe wieder. Schnitzt eure Namen in den Baum der Liebenden, und ihr werdet euch nie wieder trennen. Einen albernen Moment lang dachte er daran, anzuhalten und eine Münze in den Brunnen zu werden, aber er war noch nie abergläubisch gewesen, und er würde nicht ausgerechnet jetzt damit anfangen.

Er war überrascht, dass sich in den vergangenen acht Jahren so wenig verändert hatte. Nur das alte Theater war verschwunden. Jetzt klaffte eine Baulücke zwischen einem Versicherungsbüro und einem Friseursalon. Die meisten anderen Häuser waren unverändert. Das Funny-Farm-Restaurant, Rinky-Tinks altmodische Eisdiele, Marshs Blumenladen, der Buchladen. Er überquerte den Platz und fuhr die Straße entlang, die zum Beerdigungsinstitut *Schattiger Ruheplatz* führte. Auf einer Tafel vor der Tür war zu lesen, dass die Beerdigung seines Vaters für elf Uhr angesetzt war.

Er fühlte nichts, bis er sein Ziel erreichte.

Den Friedhof.

Das Grab seiner Mutter war von Unkraut überwuchert. Wie traurig, dass Linda Garzas Tod ebenso bedeutungslos gewesen war wie ihr Leben. Er fuhr mit den Fingern über ihren Grabstein, in den ihre Lebensdaten eingraviert waren. Dies und die schlichten Worte: »Liebende Mutter von Gideon«.

»Es tut mir leid, Mom«, murmelte er, packte eine Hand voll Unkraut und zog daran.

Er trug eine schwarze Lederkluft, der Motorradhelm lag auf dem Boden neben ihm. So war er also doch zurückgekommen, gedrängt von Scham, Reue und Kummer. So viel Kummer.

Und J. Foster Goodnight hatte den größten Teil dieses Kummers verursacht.

Der Zorn stieg wieder in ihm hoch. Moira irrte sich, er würde hier nichts zum Abschluss bringen. Hier warteten nur viele neue Fragen auf ihn. Er packte die nächste Hand voll Unkraut und riss daran.

Er dachte an den Tag zurück, als er herausgefunden hatte, wer sein Vater war. Es war bis dahin der schlimmste Tag seines Lebens gewesen, und bis heute gehörte dieser Tag ganz eindeutig zu den Top drei. Seine Mutter war in seinen Armen gestorben: Leberversagen, verursacht durch Hepatitis C. Mit ihrem letzten Atemzug hatte sie den Namen geflüstert: J. Foster.

Das waren ihre letzten Worte gewesen.

Seine Mutter war in ihrem Leben nicht immer den geraden Weg gegangen. Sie hatte viele Fehler begangen, aber sie war eine verdammt gute Mutter gewesen, freundlich, geduldig, verständnisvoll. Nie hatte sie ihn angeschrien. Sie hatte sich mit den falschen Leuten abgegeben, sie hatte zu viel getrunken und wahrscheinlich noch ein paar andere Dinge getan, die sie besser nicht getan hätte, aber sie hatte ihn nie vernachlässigt. Er hatte für sie immer an erster Stelle gestanden.

Als er nach ihrem Tod ihre Sachen durchsah und sich auf die Beerdigung vorbereitete, fand er den Brief. Sie hatte ihn schon vor Jahren geschrieben, versiegelt und in einer Schachtel unter ihrem Bett aufbewahrt. Der Brief war kurz und bündig. Sie schrieb ihm, wie sehr sie ihn liebte, nannte ihn einen guten Sohn und ließ die Bombe platzen, die sein Leben für immer verändern sollte. Denn in diesem Brief berichtete sie ihm, dass sie während ihrer Zeit auf der Goodnight-Ranch eine heiße Affäre mit J. Foster gehabt hatte und dass Gideon das Ergebnis dieser Begegnung sei.

Er konnte sich noch erinnern, wie es ihm kalt über den Rücken gelaufen war. Erst hatte er nichts davon wissen wollen. Dann hatte er gehofft. In einem Anfall von Dummheit, Naivität und Sehnsucht war er auf sein Motorrad gesprungen und zur Goodnight-Ranch gefahren. Er hatte sich nicht eingebildet, dass man ihn bedingungslos willkommen heißen würde, so dumm war er auch wieder nicht. Aber nachdem er diesen Brief in Händen hielt, dachte er zumindest, J. Foster würde zugeben, dass er sein Vater war, und ihn als Sohn anerkennen. Vielleicht würde er sogar ein bisschen Geld herausrücken, nachdem er ja nie einen Cent Unterhalt gezahlt hatte.

Stattdessen hatte J. Foster seine Mutter wüst beschimpft und der Lüge bezichtigt. Gideon hatte davon gesprochen, dass er sich einen Anwalt nehmen und einen Vaterschaftstest verlangen würde. Da hatte J. Foster die Augen zusammengekniffen und ihn ins Gesicht geschlagen. Gideon hatte die Fäuste geballt und zurückschlagen wollen, aber J. Fosters eheliche Söhne waren im Haus gewesen, und sie hatten ihn verprügelt und dann auf die Straße gesetzt.

Verletzt an Leib und Seele hatte er sich geweigert, das alles so hinzunehmen. Er war noch einmal hingegangen. Und sie hatten ihn wieder zusammengeschlagen.

Inzwischen ging es nicht mehr darum, dass J. Foster ihn anerkennen sollte. Der Mann war offenbar wirklich ein Arschloch allererster Güte. Es ging nur noch darum, seine Mutter zu rächen. Sie hatte J. Foster nämlich geliebt, jedenfalls schrieb sie das in dem Brief. Obwohl Gideon sich nicht vorstellen konnte, wie so etwas möglich war. Wie konnte man einen solchen kaltschnäuzigen Hund lieben?

Am nächsten Tag wartete er, bis es dunkel wurde, dann schlich er sich zu der Ranch. Ursprünglich hatte er gar nicht vorgehabt, die Scheune anzuzünden. Er wollte nur einfach immer wieder hingehen, bis J. Foster alles zugab. Aber irgendwann wurde selbst ihm klar, dass das nicht passieren würde.

Und dann hatte er nur noch an Rache gedacht. Er hatte die Pferde rausgelassen und die Scheune abgefackelt. Er hatte sogar noch dabei zugesehen, wie Bowie und Crockett und J. Foster und ihre Rancharbeiter versucht hatten, das Feuer zu löschen. Die Freiwillige Feuerwehr war gekommen und hatte geholfen. Er war dann zurück in die Stadt gehumpelt, hatte ganz allein eine Flasche Whiskey ausgetrunken und war eingeschlafen.

Stunden später war er wachgeworden, weil Sheriff Clinton Trainer an seine Tür klopfte.

Und das war der Anfang vom Ende gewesen zwischen ihm und Caitlyn.

Gideon verdrängte die bösen Erinnerungen. Er hätte es nie für möglich gehalten, dass die Trauer über den Tod seiner Mutter ihn seine große Liebe kosten würde. Aber genau so war es gekommen.

Die Erinnerung an den zweitschlimmsten Tag seines Lebens stieg in ihm auf.

Er würde nie vergessen, wie Caitlyn ihn angeschaut hatte, als er sie zum letzten Mal sah. Im Mondschein im Sweetheart Park, wo sie sich getroffen hatten. Sie trug ein dünnes Sommerkleid aus Baumwolle, das jeden Zentimeter ihres wunderbaren siebzehnjährigen Körpers zeigte. Ihre blonden Haare, die sie normalerweise zu einem frechen Pferdeschwanz zusammenband, hingen locker um ihre Schultern, ihre festen Brüste hoben sich mit jedem Atemzug, und ihre sahnige Haut schimmerte.

Sie hatte ihm so viel bedeutet! Schön, gelassen, nach außen hin ruhig, aber innen drin eine zutiefst leidenschaftliche Frau. Er war verrückt nach ihr gewesen, aber seine Gefühle gingen weit über das wilde jugendliche Begehren hinaus. Er hatte sie ganz einfach geliebt.

Wie sie jetzt wohl aussah? Ob sie immer noch so schön war? Immer noch nach außen hin so zurückhaltend, aber mit diesem inneren Funken, den sie vor den meisten Menschen verbarg?

Er warf einen Blick auf seine Uhr. Viertel vor elf. Er richtete sich auf. Seine Mutter war im unteren Teil des Friedhofs beerdigt, nicht weit vom Highway, bei den einfachen Leuten, die sich keine teure Grabstelle auf dem Hügel über dem Brazos River leisten konnten.

Die Gräber wurden von Weidenbäumen abgeschirmt, aber er konnte jetzt die Autos sehen, die den Hügel hinauffuhren. Als er schluckte, hatte er den bitteren Geschmack von Verlust und Hass auf der Zunge. Er hatte J. Foster so lange gehasst, dass es sich jetzt ganz seltsam anfühlte, ihn zu verlieren.

Er betrachtete die vorbeifahrenden Autos. Vorneweg einige Cadillacs und Lincolns, dann der Wagen des Blumenladens. Eine Frau mit Pferdeschwanz saß am Steuer.

Irgendetwas berührte sein Herz so, dass er noch einmal genauer hinsah.

Caitlyn?

Aber der Van war schon vorbei. Nein, unmöglich, er musste sich etwas einbilden. Was hatte Caitlyn in dem Lieferwagen des Blumenladens zu suchen?

Neugier erfasste ihn, aber er würde noch ein wenig abwarten. Seine Zeit beim Militär hatte ihn Geduld gelehrt, die ihm vorher so sehr gefehlt hatte. Er würde früh genug oben auftauchen, würde sein Erscheinen zelebrieren. Und dann würde die Hölle losbrechen.

Immer mehr Autos fuhren an ihm vorbei. Es sah so aus, als würde die gesamte Gemeinde mit all ihren sechstausend Einwohnern auf den Hügel fahren. Wenn der reichste Mann im Ort beerdigt wurde, zog das die Leute an, ob sie nun um ihn trauerten oder nicht. Irgendwie hofften wohl alle insgeheim, er würde sie in seinem Testament erwähnen. Gideon machte sich in dieser Hinsicht keine Illusionen. Er wollte sowieso nichts von den Dingen, die J. Foster anzubieten hatte. Er war nur hier, um sicherzugehen, dass der Alte wirklich tot war. Und das war's.

Und um Caitlyn zu sehen.

Das würde er niemals einem Außenstehenden gegenüber zugeben, aber verdammt, ja, er wollte nur zu gern einen Blick auf die Frau werfen, die ihm das Herz gebrochen hatte.

Jetzt kam der Leichenwagen. Schwarz, schmal, langsam fahrend und gefolgt von einer weißen Limousine. Gideons Muskeln spannten sich an, ihm wurde ein wenig übel. Die letzte Reise seines Vaters.

Wie oft hatte er sich gewünscht, es wäre anders gelaufen? Wie oft hatte er sich gewünscht, J. Foster hätte ihn wenigstens ein Stück weit in seine Familie aufgenommen. Aber so lief es nun mal nicht in der Welt. Gideon hatte inzwischen begriffen, dass Freundlichkeit fast immer mit Hintergedanken einherging. Er machte sich keine Illusionen mehr über die Natur des Menschen. Die meisten Leute waren absolut nichts wert.

Sein Armstumpf pochte von der Fahrt. Er hätte die Prothese abnehmen können, aber er wollte nicht, dass man ihn in der Stadt als Krüppel sah. Jedenfalls nicht heute. Heute würde er ihnen den Todesstoß versetzen. Wie der dämliche Terminator.

Er wartete noch, bis das letzte Auto vorbeigefahren war, dann schwang er sich auf sein Motorrad und fuhr den Hügel hinauf. Vorfreude durchströmte ihn.

Der Motor vibrierte und brummte stetig, trug ihn immer höher hinauf zu seinem Ziel. Als er oben angekommen war, gab es eine Fehlzündung. Die Limousine und der Leichenwagen parkten in der Mitte der kreisrunden Auffahrt vor dem Steinpavillon.

Die meisten Leute, die vor dem Pavillon saßen, waren schwarz gekleidet. Eine Ehrengarde stand in Habachtstellung, Flaggen wehten. Der Anblick der Garde bewegte ihn, er war eben doch durch und durch Soldat, selbst hier und jetzt. Da spielte es keine Rolle, dass man ihn entlassen hatte, nachdem er seinen Arm verloren hatte. Die Army hatte ihn vor dem sicheren Untergang gerettet. In dieser Hinsicht hatte Richter Blackthorne recht behalten.

In meinen Augen siehst du aber ziemlich so aus, als wärst du untergegangen. Ein Arm weg, miese Haltung, keine Spur von Rettung. Die Stimme in seinem Kopf klang genau wie J. Foster. Grausam und provozierend.

Er schob die Stimme weg und stellte das Motorrad hinter dem Leichenwagen ab. Köpfe wandten sich ihm zu, als er von der Indian abstieg und den Mittelgang der Kirche entlangschlenderte, geradewegs auf den Sarg zu, der mit der Flagge bedeckt war.

Er war nicht sicher, was er fühlen sollte. Triumph? Trotz? Freude vielleicht? Er fühlte nichts von alledem. Stattdessen stand er benommen und von allen abgetrennt da, als wäre er gar nicht richtig anwesend.

Ein Raunen lief durch die Menge.

Er blieb stehen, drehte sich um, und da sah er sie zwischen einer Steinsäule und dem Sarg stehen, ein wenig abseits von den anderen, nicht weit von dem Mitarbeiter des Beerdigungsinstituts.

Caitlyn.

Er war sich ihrer Gegenwart mehr als bewusst, so sehr auf sie eingestimmt, als hätte man ihm gesagt, er müsse sich alles an ihr genau einprägen – eine militärische Geheimmission. Sie blickte auf und wandte sich ihm zu. Als ihre Blicke sich trafen, wurden ihm die Knie weich.

Caitlyn.

Sie war schmaler geworden, aber so aufregend wie eh und je. Nicht die schönste Frau, die er je gesehen hatte, aber die fesselndste. Er konnte den Blick nicht mehr von ihr wenden. Ihre Haltung war stolz wie die einer Königin, ihr Kinn so selbstbewusst wie früher. Ihr weiches blondes Haar wurde von einer eleganten Spange zusammengehalten. Schwarzer, knielanger Rock. Und ein Hauch von Make-up.

Er war zugleich erregt, verlegen und … verwirrt.

Der alte Zauber war immer noch da. Immer noch? Er war stärker als je zuvor! Wie konnte das sein?

Sie hatte die Hände ineinander verschränkt, und er sah, dass sie schluckte. Was sie jetzt wohl dachte? Fühlte?

Der Drang, sie zu berühren, wurde übermächtig. Gideon nahm seinen Helm ab und schaute in das Gesicht der Frau, die er liebte, seit er neunzehn Jahre alt gewesen war. Es war, als würde sich der Erdboden unter ihm auftun.

Tausend Mal hatte er sich gesagt, dass er darüber hinweg war. Das hier hatte er nicht erwartet. Er hätte gewettet, dass er eher einen leichten Zorn empfunden hätte, Groll, vielleicht ein wenig Sarkasmus. Zynisch, beleidigt, sauer, irgendetwas in der Art.

Er hatte nicht mit diesem Strom von Heimweh gerechnet. Und auch nicht mit der unglaublichen, albernen, irrationalen Freude, die darauf folgte. Ein Blick in ihre verwirrten blaugrünen Augen, und er war so besoffen, als hätte er soeben eine ganze Flasche dunkelroten Cabernet auf Ex getrunken.

Caitlyn.

Die Frau, die seine Wüstenträume heimgesucht hatte.

Er schaute auf ihre süßen erdbeerroten Lippen und wünschte sich so sehr, seinen rauen Mund daraufzudrücken, dass er fast keine Luft mehr bekam. Es war acht Jahre her, aber er erinnerte sich noch an ihren Geschmack: frisch, unschuldig, liebevoll. Nach Erlösung hatte sie geschmeckt, nach Erlösung für einen bösen Jungen vom falschen Ende der Stadt. Während dreier Auslandseinsätze im Mittleren Osten hatte er sich nach ihren Lippen gesehnt, ohne je zu glauben, dass es möglich wäre.

Und er glaubte es auch jetzt nicht.

»Du … das ist … das ist nicht möglich.« Ihr Gesicht wurde leichenblass, sie sah ihn vollkommen entsetzt an. Dieses Entsetzen bohrte sich wie ein Messer in seine Eingeweide. Sah sie, was mit seinem Arm los war, obwohl er die Prothese, Motorradhandschuhe und eine langärmelige Lederjacke trug? Es war furchtbar. Er hätte seinem Instinkt folgen und niemals zurückkommen sollen.

»Du … du …«, stammelte Caitlyn.

»Caitlyn«, murmelte er.

»Nein!« Sie hob die Hand, als wollte sie ihn abwehren. »Das kann nicht sein.« Ihre Knie gaben nach, sie verdrehte die Augen und sackte in sich zusammen.

Kurz bevor sie auf dem Boden aufschlug, fing Gideon sie mit seinem gesunden Arm auf und hielt sie an seine Brust gedrückt. Er spürte ihren unregelmäßigen Herzschlag. Und er fürchtete, sie hatte in seinen Augen gesehen, wie pechschwarz seine Seele war.

Caitlyn hörte ein Murmeln, dann wurde ihr klar, dass sie auf etwas Kaltem, Hartem lag. Der überwältigende Duft von Blumen drang in ihre Nase: weicher, vollkommener Rosenduft, dazwischen ein Flüstern von Schleierkraut und das kräftige Aroma der Lilien. Und darunter weißer Flieder.

Weißer Flieder. Den hatte Gideon ihr zu ihrer ersten Verabredung mitgebracht.

Alles fühlte sich so verschwommen und benebelt an! Sie runzelte die Stirn, versuchte nachzudenken. Dann traf es sie wie ein Schlag.

Gideon.

Sie hatte Gideon vor sich gesehen, in Lederkluft, den Motorradhelm unter dem Arm. Aber es konnte nicht sein, ihre Augen mussten ihr einen Streich gespielt haben. Gideon war seit acht Jahren tot!

»Caitlyn?«

Die Stimme klang unglaublich vertraut, obwohl sie sie seit ewigen Zeiten nicht mehr gehört hatte. Träumte sie? Waren das Halluzinationen? Was passierte mit ihr?

Langsam öffnete sie die Augen und blinzelte in das helle Sonnenlicht. Jemand hielt ihren Kopf, aber es wollte ihr einfach nicht gelingen, scharf zu sehen.

»Caitlyn, bist du okay?«

Geräusche. Menschen, die aufgeregt flüsterten.

Sie schüttelte den Kopf, sah etwas klarer, und da war er wieder. Da war er und schaute herunter auf ihr Gesicht. Ihr Kopf lag in seinem Schoß.

Gideon.

Acht Jahre lösten sich in Luft auf. Ihr Herz stand mit einem Schlag wieder in Flammen. Ihr Magen rebellierte, in ihrem Kopf drehte sich alles. Wie konnte das sein? Gideon lebte und hielt ihren Kopf in seinem Schoß.

Oder … oder war sie womöglich gerade an einem Hirnaneurysma gestorben? Einfach so auf J. Fosters Beerdigung? War sie tot? War es das? War sie der alten Familienkrankheit zum Opfer gefallen? War sie tot und im Himmel, Gideon an ihrer Seite?

Bei diesem Gedanken stieg ein Schwall von Freude in ihr auf, aber dann dachte sie an Danny. Nein! Sie konnte nicht tot sein, das ging gar nicht. Sie konnte doch nicht zulassen, dass ihr kleiner Sohn als Waisenkind aufwuchs! Denn dann würde ihr Vater die Vormundschaft erhalten. Und Richter Blackthorne würde ihren Sohn mit eiserner Faust erziehen.

Sie fuhr hoch. »Nein!«

All die Leute vor dem Pavillon starrten sie an. Sie rieb sich über die Schläfen, bevor sie sich umdrehte und den Mann in Lederkluft genauer betrachtete, der da neben ihr auf dem Boden ihres Vans kniete. Als ihre Blicke sich trafen, spürte sie das alte Prickeln wieder.

Gideon. Es war tatsächlich Gideon. Aber er sah anders aus als früher. Hatte er sie in den Van getragen?

Sie starrte in das Gesicht des Jungen, den sie einmal geliebt hatte. Und er starrte mit feurigem Blick zurück. Kein Junge mehr, ein erwachsener Mann. Nein, nicht nur ein Mann, sondern ein Krieger, abgehärtet und kriegsmüde. Nur sein tintenschwarzes Haar war immer noch so wild zerzaust wie früher. Kein militärischer Haarschnitt, keine Kontrolle, eine königliche Mähne, die er mit den Fingern aus der Stirn kämmte.

Ihre Blicke waren wie eine Kette, die sie aneinander fesselte.

Sein Gesicht war auch nicht mehr so jugendlich rund wie früher. Es war gereift, sein Kinn war kräftiger geworden, seine Wangen schmaler. Sie spürte die Angst wieder. War er wirklich hier? Oder sah sie einen Geist vor sich? Sie kletterte aus dem Van, in den er sie wohl wirklich getragen hatte, stand auf und blinzelte ins Licht.

Bevor sie richtig verstand, was eigentlich los war, fühlte sie sich von einer Gruppe von Frauen umringt. Dotty Mae, Patsy, Raylene, Emma, Sarah, Flynn, Belinda, Marva, Terri, Christine. Und alle redeten durcheinander. Sie hatte ein Pfeifen im Ohr. Und sie konnte ihren Blick nicht von Gideon abwenden.

Es war, als würden sich die Worte in ihrer Kehle stauen, so viele auf einmal, dass sie keines herausbrachte. Fragen. So viele Fragen.

Gideon lebte.

Aber wie konnte das sein? Und warum kam er erst jetzt nachhause? Warum hatte er nie Kontakt mit ihr aufgenommen?

»Bist du es wirklich?«, flüsterte sie.

»Ja«, sagte er und kniff die Lippen zusammen. »Ich bin's.«

Er schien nicht glücklich, sie zu sehen. Sie starrte ihn ungläubig an, begriff immer noch nicht ganz, was hier passierte. Vielleicht war es ja ein Traum. Im wirklichen Leben kam niemand von den Toten zurück.

Sie wollte noch mehr sagen, aber in diesem Moment stieg er aus dem Wagen und ließ sie dort stehen. Ihre Freundinnen plapperten auf sie ein, während der Mann vom Beerdigungsinstitut versuchte, die Aufmerksamkeit wieder auf die eigentliche Zeremonie zu lenken. Gideon ging zu dem Sarg und stand lange Zeit davor, den Blick auf die sterblichen Überreste seines Vaters gerichtet.

In ihren Träumen, in all den Träumen, in denen sich Caitlyn vorgestellt hatte, Gideon hätte vielleicht doch überlebt, hatte sie sich ein gemeinsames Leben mit ihm ausgemalt. Gemeinsam mit ihrem Sohn. Aber in Wirklichkeit hatte sie nicht erwartet, ihn jemals wiederzusehen. Sie hatte es sich gewünscht, hatte darum gebetet, hatte immer und immer wieder davon geträumt, aber ihr war klar, das Hoffen und Wünschen und Beten nichts ausrichten konnten. Das wusste sie, seit sie ihre Mutter verloren hatte.

Und jetzt war das Unmögliche plötzlich wahr geworden. Obwohl sie am ganzen Körper zitterte, von den Zehen bis zu den Haarspitzen, ging sie auf ihn zu, und ihre Freundinnen folgten ihr, als wollten sie sie auffangen, falls sie stürzte. Sie redeten, aber sie bekam kaum etwas davon mit. Sie bekam überhaupt nichts mit. Wie sollte sie jemals begreifen, dass Gideon nicht tot war? Und wie hatte sie jemals glauben können, dass er tot war?

Der alte, vertraute Schmerz griff wieder nach ihr. Gideon hatte so viel versäumt. Er war gestorben, ohne zu erfahren, dass er einen Sohn hatte. Caitlyn schluckte, wappnete sich gegen die Tränen, die hinter ihren Lidern lauerten, wann immer sie zu lange an Gideon dachte.

Acht Jahre war es jetzt her. Und doch war die Trauer manchmal noch so frisch wie am ersten Tag. Sie erinnerte sich noch genau an den schrecklichen Tag, als Hiram Malone, der Privatdetektiv, den sie engagiert hatte, um Gideon zu finden, ihr mit der Akte in der Hand im Park entgegengekommen war. Sie hatte es gewusst, bevor er ein Wort gesagt hatte.

Er hatte sich mit ihr auf eine Schaukelbank im Park gesetzt. Sie war achtzehn und im vierten Monat schwanger, trug weite Oberteile, um das Bäuchlein vor ihrem Vater zu verbergen, aber natürlich war ihr klar, dass er es bald merken würde.

»Sie haben schlechte Nachrichten, nicht wahr?«, flüsterte sie und wappnete sich gegen das, was Malone sagen würde.

Aber es gab keinen Schutz vor den Worten, die ihr alle Hoffnung raubten. Malone sprach leise, sie hörte ihn kaum, weil die Schaukel so quietschte. Vor und zurück, vor und zurück. Wissen, Grauen, Angst.

»Gideon Garza ist bei einem Kampfeinsatz für sein Land gestorben«, sagte Malone. »Er war ein tapferer, ehrenhafter Mann.«

Sie saß einen Moment lang da und betete, dass sie sich verhört hatte. »Nein.«

»Doch.« Er öffnete die Akte und zog einige Papiere heraus.

Es konnte nicht sein. Wie konnte das sein? Gideon war ihr Schicksal, ihr Seelengefährte. Ihre eine, einzige große Liebe. Wenn er tot war, dann war sie es auch. Dann war ihr Leben vorbei. Sie wollte sterben.

Aber in diesem Moment spürte sie zum ersten Mal, wie Danny sich bewegte. Ein leises Flattern in ihrem Bauch, weich, aber unmissverständlich. Eine Bewegung. Gideons Sohn. Ein Teil von ihm lebte in ihr weiter.

Der Moment war so surreal, dass sie überhaupt nichts mehr verstand. Alle möglichen Gefühle zerrten an ihr. Zorn, Hoffnung, Bedauern, Freude, Angst, Traurigkeit, Begeisterung. Ein verrückter Mischmasch, der ihren Puls in die Höhe trieb und ihr eine leichte Übelkeit bereitete.

Jetzt stand sie vor ihm. Ihr innerster Drang befahl ihr, sich in seine Arme zu stürzen, aber er sah so verändert aus. Acht lange Jahre, und sie hatte keine Ahnung, wer er war. Und wenn er nicht tot war, warum war er nicht längst nachhause gekommen?

Er drehte den Kopf und warf ihr einen Seitenblick zu. Vorsichtig streckte sie die Hand nach ihm aus, aber er zuckte zurück.

»Nicht«, schnauzte er sie an.

Verletzt ließ sie die Hand sinken.

Er kniff die Augen zusammen. Seine Kinnlinie wurde noch härter, aber sein Ton war schon wieder sanfter. »Tu es nicht.«

Es tat weh. Sehr weh. Was war los mit ihm? Was hatte ihn so hart gemacht? Er musste etwas Schreckliches erlebt haben. Sie wusste nicht, was sie tun sollte. Es war alles zu viel. Und weil ihr sonst in diesem Moment nichts mehr einfiel, tat sie das Einzige, was ihr Halt geben konnte: Sie drehte sich abrupt um und ging zurück zu ihrem Van. Danny. Sie musste zu ihrem Sohn.

Caitlyn schlug die Hintertüren des Wagens zu, stieg ein und startete mit tauben Fingern den Motor. Dann fuhr sie davon.

Fünf

Mandelblüte: Hoffnung und Wachsamkeit

Ein Ehering. Sie trug einen Ehering an der linken Hand. Einen einfachen Goldreif. Die Erkenntnis härtete in ihm aus wie Beton.

Caitlyn war verheiratet. Er hatte die letzte Hoffnung vergessen, für die es sich zu leben gelohnt hatte.

Gideon starrte dem Van nach, ebenso wie alle anderen vor dem Pavillon. Nachdem Caitlyn die kurvenreiche Straße hinunter verschwunden war, kamen die Leute näher und bombardierten ihn mit Fragen.

»Wo warst du denn all die Jahre?«

»Es hieß, du seist tot.«

»Warum bist du denn nicht früher nachhause gekommen?«

»Also wirklich, Gideon, du siehst noch besser aus als früher.«

Früher hätte er die Aufmerksamkeit genossen, heute war sie ihm eher lästig.

Mit erhobener Hand brummte er: »Ich bin wegen J. Foster Goodnights Beerdigung gekommen. Und ich würde es sehr zu schätzen wissen, wenn Sie mich in Ruhe ließen, bis diese Beerdigung vorbei ist.«

Aber so einfach war es natürlich nicht.

Der ältere seiner beiden Halbbrüder, Bowie Goodnight, kam herüber und sah Gideon scharf an. Er stank wie eine

Destille und trug einen teuren schwarzen Anzug mit einer breiten Krawatte im Paisleymuster, mit der er aussah wie ein Beerdigungsunternehmer aus den Siebzigern.

»Du bist hier nicht erwünscht«, brachte er zwischen zusammengebissenen Zähnen hervor. »Mach, dass du wegkommst.«

»Weißt du«, erwiderte Gideon kühl, »es tut mir ja leid, dich enttäuschen zu müssen, Bruder, aber der Alte hat mich eingeladen.«

»Blödsinn!« Bowie ballte die Fäuste und beugte sich zu ihm vor. »Und du bist nicht mein Bruder!«

Gideon nickte zu Lester LaVon hinüber, der in der Menge am Rand stand. »Sagen Sie es ihm, LaVon.«

Lester nickte. Schweißperlen standen auf seiner Halbglatze. »Es ist wahr. Ihr Vater hat mich letzten Monat sogar nach Afghanistan geschickt, um ihn zu finden.«

Bowie sah aus, als hätte er eine Wespe in die Nase bekommen. »Aber warum?«

Lester trat von einem Fuß auf den anderen und zupfte an seiner Krawatte. »Weil Gideon sein jüngster Sohn ist und J. Foster ihn in seinem Testament erwähnt.«

Gideon hatte gar nicht richtig zugehört, aber Lesters Worte hatten eine bemerkenswerte Wirkung auf Bowie und Crockett. Sie brüllten sofort los, ohne daran zu denken, dass ihr Vater noch gar nicht unter der Erde war.

»Das ist unglaublich!«, rief Bowie. »Unerträglich!«

»Ich gehe vor Gericht!« Crockett wedelte mit den Händen. »Der Kerl kriegt nicht einen Cent von unserem Erbe!«

Gideon starrte auf den Sarg. *Hast du das im Sinn gehabt, du widerborstiger alter Kauz? Dass sich deine drei Söhne noch wäh-*

rend deiner Beerdigung an die Kehle gehen? Sitzt du jetzt mit dem Teufel in der Hölle bei einer Flasche Whiskey, und ihr beide lacht euch nen Ast?

»Beruhigen Sie sich.« LaVon machte eine begütigende Handbewegung und sah aus, als bereute er die Dummheit, am offenen Grab etwas über den Inhalt des Testaments gesagt zu haben.

Gideon hatte nicht übel Lust, die süße Ironie der Situation noch ein wenig zu genießen, aber Bowie stand mit hochrotem Kopf da und versprühte Speicheltröpfchen, während er immer wieder schrie: »Geh weg! Geh weg!« Gideon überlegte kurz. Er konnte sich jetzt auf eine Schlägerei mit dem besoffenen Bowie einlassen oder auf sein Motorrad steigen und Caitlyn nachfahren.

Denn es war ganz klar, ein Blick in ihre Augen hatte ihn weit in die Vergangenheit zurückkatapultiert. All die alten Gefühle waren wieder da, stärker als je zuvor, und er war mehr als wütend darüber. Er hatte sich geschworen, sich nie mehr so verletzbar zu machen, sich nie wieder so weit zu öffnen, dass ein solcher Kummer möglich war.

Himmel, warum war er hierhergekommen? Goodnights Testament war ihm vollkommen scheißegal. Und die Verbindung mit Caitlyn hatte er eigentlich schon vor Jahren innerlich gekappt. Er war in Afghanistan eigentlich ganz glücklich gewesen. Warum hatte er es verbockt? Moira hatte sich geirrt, er würde in Twilight alles Mögliche finden, nur keinen Abschluss. Stattdessen hatte er eine gemeine, schmerzende Wunde wieder aufgerissen und dabei festgestellt, dass sie bis auf den Knochen hinunter vereitert war.

Er drängte Bowie zur Seite und ging zu seinem Motorrad,

aber er kam nur ein paar Schritte weit, bevor ein alter Mann aufstand, der auf einer der Bänke gesessen hatte.

»Garza!«, rief er.

Richter Blackthorne war grauer und dicker geworden, seine Schultern waren eingesunken, aber seine Augen waren immer noch scharf wie die eines Adlers.

Mit einem Schlag kam der ganze alte Zorn – und das Bedürfnis sich vor dieser Stadt und diesem Mann zu beweisen – zurück. Seine gesunde Hand ballte sich zur Faust. Dass er nur noch eine Hand hatte, verdankte er nicht zuletzt Richter Blackthorne, der ihn damals so in die Enge getrieben hatte. Er machte ihm keine Vorwürfe, schließlich hatte nicht Blackthorne die Scheune angezündet, sondern er selbst. Aber Blackthorne hatte ihm keinen Spielraum gelassen und schon gar nicht Gideons besondere Situation berücksichtigt.

Er warf dem alten Mann einen messerscharfen Blick zu. Blackthorne wich nicht zurück. »Wenn Sie wissen, was gut für Sie ist, dann lassen Sie die Finger von meiner Tochter«, schnauzte er. »Verlassen Sie die Stadt. Jetzt.«

Gideon hätte ihm am liebsten eine runtergehauen oder ihn so mit der Schulter angerempelt, dass der alte Mann auf den Hintern gefallen wäre. Aber in der Army hatte er, wenn schon sonst nichts, Impulskontrolle gelernt. Das war ja auch bitter nötig gewesen.

Also kniff er nur die Augen zusammen, durchbohrte den Richter mit seinem Blick und fragte: »Und wenn nicht?«

Caitlyn tigerte durch ihre Küche und rang die Hände. Sie hatte nicht gewusst, wohin sie gehen und was sie tun sollte, also war sie vom Friedhof einfach nachhause gerast und hatte den Van schief am Straßenrand vor ihrem Haus geparkt. Sie hatte nicht mal beim Babysitter angehalten, um Danny abzuholen. Sie brauchte Zeit, um zu begreifen, was passiert war. Um den Kopf klarzukriegen. Um ihr rasendes Herz zu beruhigen.

Gideon lebte!

Wie konnte das sein? Sie hatte einen Privatdetektiv engagiert. Er hatte ihr die Papiere gezeigt. Gideon war tot.

Aber der Mann, der ihren Kopf in seinem Schoß gehalten hatte, dort in ihrem Van auf dem Friedhof, war kein Toter. Er war warm und stark und sehr lebendig gewesen.

Ihr Herz jubelte und wollte so gern an diesen zerbrechlichen Traum glauben. Aber es hatte auch Angst. Wie viele Menschen, die ihre Liebsten verloren hatten, wie viele hatten schon so etwas geträumt? Dass ihre Liebsten zurückkamen, heil und sicher. Sie biss sich auf die Lippe und spürte, wie Freude und Angst sich in ihr vermischten.

Gideon lebte.

Dann kamen die ersten Fragen. Was hatte das alles zu bedeuten? Wo war er gewesen? Warum hatte der Privatdetektiv gelogen? Oder hatte er sich geirrt? War da ein Fehler passiert? Oder … steckte ihr Vater dahinter?

Die zweite Welle von Fragen schlug über ihr zusammen. Was war mit Danny? Sollte sie Gideon von Danny erzählen? Und sollte sie Danny von seinem Vater erzählen? In Twilight glaubten alle, Danny sei Kevins Sohn. Und um ihren Sohn zu schützen, hatte sie ihm dasselbe erzählt, auch wenn sie vorgehabt hatte, ihm irgendwann die Wahrheit zu sagen. Wenn er älter war. Zum richtigen Zeitpunkt. Was sollte sie jetzt tun?

Der Gedanke machte sie furchtbar nervös.

Das Geschehen der letzten Stunden traf sie noch einmal mit voller Wucht. Sie blieb stehen, schlang ihre Arme um die Taille und ließ sich am Küchenschrank hinuntergleiten, bis sie auf dem kühlen Fliesenboden saß.

Gideon lebte.

Erinnerungen wirbelten durch ihren Kopf. Das erste Date, eine Fahrt mit dem Kanu auf dem Fluss, danach ein Picknick mit Sandwiches und frisch gepflückten Birnen. Der erste Kuss unter der Brücke an der Ruby Street. Die Begegnung im Sweetheart Park, in den allerersten Morgenstunden – auf einer Decke im Gras war Danny entstanden.

Wie sollte sie mit all dem umgehen? Sie wusste ja nicht einmal, wer Gideon heute war. Auf dem Friedhof hatte er sehr beeindruckend ausgesehen, wie ein Krieger, der direkt aus der Schlacht kommt. Aber er wirkte so gleichgültig, so ohne alle Emotionen. Hatte er seine Menschlichkeit verloren? War er noch Soldat? Wo war er gewesen? Wie lange würde er bleiben?

Zu viele Fragen, zu viele Gedanken.

Sie zog die Knie an und legte ihre Stirn darauf. Ihre Gefühle schwankten zwischen Freudentaumel, leiser Hoffnung, abgrundtiefer Furcht und regelrechter Panik. Was, wenn Gideon ihr Danny wegnehmen wollte?

Hör auf zu spinnen. Er weiß doch gar nichts von Danny.

Nein, aber es würde nicht lange dauern, bis ihm irgendjemand in Twilight von Danny erzählte. Dem musste sie zuvorkommen. Andererseits, wie erzählte man jemandem so etwas? Jemandem, von dem man seit acht Jahren dachte, er sei tot und begraben?

Schön, dich wiederzusehen, und ich freue mich, dass du nicht tot bist. Ach, und übrigens, du hast einen Sohn, der siebeneinhalb Jahre alt ist und keine Ahnung hat, dass du sein Vater bist.

Doch unter all der Panik war auch eine leise innere Stimme zu hören, die flüsterte: *Was, wenn Gideon dich noch liebt? Wenn er sich über Danny freut? Wenn er mit dir zusammenleben will? Als Familie?*

Was für ein schönes Szenario! Sie wollte so gern daran glauben, aber sie konnte es sich nicht leisten, mit so etwas zu rechnen. Sie waren beide erwachsen geworden und hatten sich verändert. Schließlich waren sie keine Kinder mehr, so wie damals. Sie war Mutter geworden, und das hatte sie grundlegend verändert. Und sie war sicher, dass seine Zeit als Soldat auch nicht spurlos an ihm vorübergegangen war.

Ohne Vorwarnung kamen ihr die Tränen. Tränen der Traurigkeit und Hoffnung. Tränen der Erleichterung darüber, dass er noch lebte. Selbst wenn sie nicht einfach da weitermachen konnten, wo sie aufgehört hatten, war sie einfach froh, dass er noch lebte.

Sie wünschte, sie wäre nicht einfach weggerannt. Aber der Schock war so groß gewesen! Sie wünschte, sie hätte ihre typisch vorsichtige Art über Bord geworfen und sich in seine Arme gestürzt, ihm einfach gesagt, wie sehr sie ihn vermisst hatte, wie sehr sie ihn liebte. Aber es war vorbei, und es gab keine Chance, dieses erste Wiedersehen nach seiner Auferstehung noch einmal zu erleben. Ihre Reaktion war in Stein gemeißelt.

Das kann er dir aber nicht vorwerfen. Er musste doch wissen, wie sehr es dich erschüttern würde, wenn er auf einmal bei J. Fosters Beerdigung auftaucht, noch dazu in diesem Aufzug.

Er hatte ein verstörendes Bild abgegeben. Und ja, er hätte

sie vorwarnen sollen. Er hätte ihr einen Brief schreiben oder anrufen können, sie stand ja schließlich im Telefonbuch. So schwer war sie nicht zu finden.

Aber im Telefonbuch stehst du als Caitlyn Marsh, nicht als Caitlyn Blackthorne. Er weiß ja nicht, dass du verheiratet bist.

Vielleicht wusste er es doch. Vielleicht hatte er gerade deshalb nicht angerufen. Vielleicht wusste er, dass sie verheiratet war, aber er wusste nichts von Kevins Tod. Wo war er in den letzten acht Jahren gewesen? Warum war er nicht längst nachhause gekommen? Warum hatte er nicht versucht, Kontakt mit ihr aufzunehmen?

Sie drehte sich im Kreis. Die ganzen Fragen führten zu nichts, sie musste mit ihm reden. Caitlyn atmete tief durch. Nicht jetzt. Sie brauchte Zeit, sich die richtigen Worte zurechtzulegen, musste einen Plan machen. Musste …

Ein Klopfen an der Hintertür stoppte ihre Gedanken. Sie saß da wie erstarrt. Noch einmal dieses Klopfen.

Steh auf. Geh zur Tür. Zögernd rappelte sie sich vom Boden auf.

Ein drittes Klopfen.

Sie spähte durch die Jalousie, und da stand er. Gideon. Auf ihrer Küchenveranda. Sie konnte keinen Schritt mehr gehen, konnte nicht mehr atmen, bekam eine Gänsehaut auf den Armen, auf den Schultern, den Rücken hinunter.

Wie hatte er herausgefunden, wo sie wohnte?

Blöde Frage. In Twilight kannte jeder jeden, man brauchte kein Detektiv zu sein, um sie zu finden. Man musste nur in irgendeinen Laden am Stadtplatz gehen und fragen: »Weiß hier jemand, wo Caitlyn Blackthorne wohnt?« Er musste nicht mal ihren Ehenamen kennen oder auch nur wissen, dass sie verheiratet war. Aber wenn er es nicht wusste, warum hatte er es dann nicht in ihrem Elternhaus versucht? Vielleicht war er dort gewesen und Greta hatte ihm gesagt, wo man sie finden konnte.

Er klopfte wieder. »Caitlyn!«

Der Klang ihres Namens schickte einen Schwall Adrenalin durch ihren Körper. Sie legte die Hand auf den Türknauf und öffnete.

Da stand er und schaute auf sie herunter. Sie hatte ganz vergessen, wie groß er war. Eins fünfundneunzig, Schultern so breit wie Eichenäste. Da sie es einfach nicht fertigbrachte, ihm in die Augen zu sehen, starrte sie auf seine Brust. Selbst durch die dicke Lederjacke mit dem offenen Reißverschluss konnte sie seine gestählten Muskeln ahnen.

»Caitlyn.« Seine Stimme war so sanft wie ein Frühlingswind, ein scharfer Kontrast zu seinen Augen, seinem stahlharten Körper. Sanft und doch viel tiefer, als sie sie in Erinnerung hatte.

Die Vergangenheit verband sie miteinander wie ein elektrischer Strom. Es war ein unwiderstehliches und doch absolut erschreckendes Gefühl. Ihre ganze Welt hatte sich verschoben und verändert. Sie atmete tief ein und hörte, dass er dasselbe tat.

Langsam hob sie den Kopf. Sein Blick traf sie wie ein Hammer, stärker als je zuvor. Sie atmete noch einmal ein, spürte, wie sein Blick sie durchbohrte. So standen sie da und schauten sich nur an, ohne sich zu bewegen, beide unentschieden, was zu tun war. Er draußen vor ihrer Tür, sie drinnen, die Schwelle zwischen ihnen.

»Du bist nicht tot«, sagte sie nach einer gefühlten Ewigkeit.

»Du auch nicht.«

Sie zog die Brauen zusammen. »Du hast gedacht, ich wäre tot?«

Er schüttelte den Kopf. »Ich habe alles Mögliche gedacht, lauter verrücktes Zeug, nachdem du meine Briefe zurückgeschickt hast.«

Ihr wurde übel. Sie legte eine Hand an die Stirn, atmete aus. Er hatte ihr geschrieben. »Briefe?«

»Willst du mir sagen, du hast sie nicht bekommen?«

»Du hast mir Briefe geschrieben?«, wiederholte sie ungläubig. Ihre Finger schmerzten, so sehr wünschte sie sich, ihn zu berühren, sein Gesicht zu streicheln, aber sie erinnerte sich an seine Reaktion auf dem Friedhof, und so hielt sie sich zurück. Sie steckte die Hände sogar in die Achselhöhlen, um sich davon abzuhalten. Er wollte nicht, dass sie ihn berührte, und sie würde sich daran halten.

»Allerdings.«

»Ich habe keinen einzigen Brief von dir bekommen.«

Gideon fluchte leise. »Dein Vater.«

Caitlyn fuhr zurück, als sie den Zorn in seiner Stimme hörte. Er war so groß und eigentlich ein Fremder. Sie hatte ihn einmal gut gekannt, aber das war lange her. Und den Mann, der jetzt vor ihr stand, kannte sie nicht. Er schien so verändert. Der Gideon, den sie in Erinnerung hatte, war sehr emotional gewesen, nicht so kontrolliert. Voller Leidenschaft und Träume und wild entschlossen, die Welt zu einem besseren Ort zu machen. Dieser Mann hier …

Seine Augen wirkten wie verschleiert, seine Körpersprache mehr als vorsichtig. Die Welt da draußen hatte ihn verändert. Als idealistischer Junge hatte er Twilight verlassen, und als harter, zynischer Mann war er zurückgekommen. Sie konnte es in seinem Gesicht sehen. Er hatte hässliche Dinge erlebt, hatte seine Unschuld verloren, verstörende neue Werte und Glaubenssätze angenommen. Krieg und Kummer hatten ihn geformt.

Übrigens roch er auch anders als früher. Er hatte immer nach Leidenschaft gerochen, nach seinem Motorrad, nach Holz und Schnitzen, nach Dingen, die er mit seinen Händen machte. Der Duft von Nadelholz und Eichen und Ahorn, von Holzpolitur und Zitronenöl – all das war typisch für ihn gewesen. Für Caitlyn hatte dieser Duft Sicherheit, Trost und Heimat bedeutet.

Sein neuer Geruch erzählte von Veränderungen. Er war fremd und seltsam: Mandelblüten und Kurkuma, Kardamom, Kümmel, Zimt und klebrige Datteln. Düfte des Mittleren Ostens, exotisch, gefährlich und fremd.

Sein Blick war intensiver als die Mittagssonne im August, kühn und heiß und lebendig. Sie musste sich abwenden, damit er sie nicht versengte. Kurz schloss sie die Augen, aber sie konnte ihn immer noch sehen. Und sie nahm immer noch diesen Duft von Mandelblüten wahr.

»Warum hast du nicht angerufen?«

»Wie bitte? Um mich von dir am Telefon abfertigen zu lassen? Also wirklich nicht. Die ungeöffneten Briefe waren schon übel genug.«

»Aber ich habe sie nicht bekommen!«

»Woher sollte ich das wissen?«

»Ich bin von zuhause weggegangen«, erklärte sie. »Ein paar Wochen nachdem du die Stadt verlassen hattest.«

Er fuhr mit der Kante seines Motorradstiefels über einen

Riss im Zement. Ihr Blick folgte der Bewegung wie hypnotisiert.

Sollte sie ihn hereinbitten? Das wäre ein Gebot der Höflichkeit, aber die Vorstellung, mit ihm in ihrer kleinen Küche zu sitzen, war zu überwältigend. Sie kannte ihn nicht mehr. Nicht wirklich.

»Dein Vater hat also meine Briefe zurückgeschickt.«

»Vermutlich«, stimmte sie ihm zu. Ihrem Vater war so etwas absolut zuzutrauen.

»Und du hast echt gedacht, ich wäre tot?«

Sie nickte und schaute wieder zu ihm hoch. Konnte er es in ihren Augen sehen? Wie sehr sein Tod ihr den Boden unter den Füßen weggerissen hatte? Sein Gesicht wirkte gleichgültig, er versteckte seine Gefühle vor ihr. Hatte er überhaupt noch Gefühle? Oder hatte die Army ihn in einen Roboter verwandelt?

»Warum hast du das gedacht?«

»Ich habe einen Privatdetektiv engagiert, der nach dir gesucht hat.«

»Du hast nach mir gesucht?« Er schluckte schwer, und sie sah, wie seine Schultern sich anspannten.

»Ja. Und dieser Privatdetektiv hat mir Papiere gezeigt, die bewiesen, dass du tot warst. Er hat gesagt, du seist in einen Hinterhalt geraten.«

»Das stimmt auch, aber ich wurde dabei nicht getötet.«

»Du bist in einen Hinterhalt geraten?«

»Mehr als einmal. Beim ersten Mal, in Bagdad, habe ich eine schwere Gehirnerschütterung davongetragen. Und für eine Weile war mein Gedächtnis weg«, erklärte er.

»Oh. Das war bestimmt unheimlich.«

»Mehr als das. Man fühlt sich …« Er hielt inne, suchte nach den richtigen Worten, die unpersönlich klangen, aber das Erlebte trotzdem treffend wiedergaben. »Verloren.«

Sie schlug eine Hand vor den Mund, wusste nicht, was sie sagen sollte.

»Es hat Monate gedauert, bis meine Erinnerungen alle wieder da waren. Und als sie wiederkamen …« Er hielt wieder inne. »Ein paar Sachen blieben ziemlich verschwommen.«

»Hast du dich noch an mich erinnert?«

»In meinen Träumen schon.« Sein Lächeln war unbestimmt und freudlos. »Manchmal habe ich von dir geträumt, und wenn ich dann wachwurde, fühlte ich mich ganz verwirrt und leer. Es hat eine ganze Zeit gedauert, bis ich alles wieder zusammengesetzt hatte, aber mithilfe der Therapeuten habe ich fast alles wieder zurückholen können. Die Stunden unmittelbar vor der Explosion sind aber komplett weg.«

»Und wie lange hat das gedauert?«

»Ein paar Monate.«

Es war seltsam, so zu reden, als wären sie alte Schulfreunde, die sich im Lebensmittelladen trafen und zwischen Gemüse und Tiefkühlwaren ein wenig plauderten. Surreal.

»Bist du noch in der Army?«

Er schüttelte den Kopf. »Sie haben mich schon vor Jahren aus gesundheitlichen Gründen entlassen. Nach der zweiten Explosion.«

Sie wechselte das Standbein, schlang die Arme noch fester um sich und schaute wieder hinunter. Sein Fuß arbeitete immer noch an dem Riss im Boden. Ob er versuchte, ihn breiter zu machen, damit er darin verschwinden konnte? »Und was machst du seitdem?«

»Security und Dolmetscherdienste für ausländische Geschäftsleute im Mittleren Osten.«

»Du arbeitest als Dolmetscher?«

Er zuckte mit den Schultern. »Es hat sich gezeigt, dass ich ein Händchen dafür habe. Vermutlich hat meine zweisprachige Kindheit dabei geholfen. Ich lerne Fremdsprachen sehr schnell, und das Militär hat dieses Talent sehr intensiv genutzt. Ich spreche beide Sprachen in Afghanistan, also Dari und Pashtu, außerdem fließend Französisch, Italienisch, Kurdisch, Arabisch, Hindi und Farsi. Und Spanisch.«

»Beeindruckend«, sagte sie, weil ihr sonst nichts dazu einfiel.

»Es ernährt seinen Mann.«

»Schön.«

Sie schwiegen eine Weile. Er betrachtete sie mit einer Intensität, die ihr fast unangenehm war.

»Und du«, sagte er schließlich und machte eine Geste mit der Hand, bei der ihr auffiel, dass er immer noch die Lederhandschuhe trug. »Du hast ein eigenes Haus. Und ein Blumengeschäft, wenn ich das richtig verstehe.«

»Genau.« Sie nickte.

»Du hast Blumen immer geliebt.« Sein Ton wurde sanfter.

»Und das tue ich auch heute noch.«

Wieder breitete sich Schweigen aus.

»Erinnerst du dich noch an die ersten Blumen, die ich dir geschenkt habe?« Er sprach jetzt so leise, dass sie ihn fast nicht hörte.

»Weißer Flieder. Es wundert mich, dass du das noch weißt.«

Er lächelte, aber das Lächeln erreichte seine Augen nicht.

»Und bist du aufs College gegangen? Hast du Botanik studiert, wie du es vorhattest?«

»Nein.«

»Warum nicht?«

»Das Leben hatte andere Pläne.«

»So was kommt vor.«

»Kann man wohl sagen.«

Das Schweigen dehnte sich endlos.

»Na dann«, sagte er schließlich.

»Ja, dann«, ergänzte sie. »Ich bin jedenfalls froh, dass du nicht tot bist.«

»Ich auch.«

Sie wussten nicht mehr, was sie sagen sollten.

»Hör mal«, sagte sie im gleichen Moment, als er »Schau mal« sagte.

Sie lachten unbehaglich.

»Du zuerst«, sagte er.

»Nein, du.«

»Ich wollte nur sagen, dass ich bis zur Testamentseröffnung in der Stadt bleibe. Angeblich hat J. Foster mir was hinterlassen«, schnaubte Gideon. »Man stelle sich das vor. Wahrscheinlich seine Klobrille.«

Sie fühlte sich ermutigt zu lächeln, weil sie einen Funken seines alten Humors in seinen Augen gesehen hatte. »Herzliches Beileid zu deinem Verlust.«

»Der Alte war wirklich kein Verlust für mich.«

»Und du bist echt wegen der Erbschaft zurückgekommen?«

Er schüttelte den Kopf. »Davon habe ich erst erfahren, als ich schon hier war. Nein, eine Freundin hat zu mir gesagt, ich könnte erst mit meinem Leben weitermachen, wenn ich mit der Vergangenheit abschließe. Und ich hatte das Gefühl, sie hat recht. Einen besseren Abschluss als Goodnights Beerdigung kann man sich ja kaum vorstellen.«

Eine Freundin? Caitlyn wurde fast wütend, als sie den Stich Eifersucht spürte. Sie hatte kein Recht, eifersüchtig zu sein. Sie hatte keinen Anspruch auf Gideon. Die Verbindung zwischen ihnen war vor langer Zeit durchschnitten worden.

»Auf jeden Fall«, fuhr er fort, »habe ich gedacht, du hast vielleicht Lust, mal abends mit mir essen zu gehen. Da könnten wir uns dann alles erzählen, was in den letzten Jahren passiert ist.«

Es klang so normal, so vernünftig, dabei war doch absolut nichts Normales an dieser Situation. Ihr Liebster war von den Toten auferstanden!

»Ich habe geheiratet«, platzte sie heraus.

»Ich hab den Ring gesehen.« Er warf einen Blick auf ihre Hand. Sie hatte den Ring nach Kevins Tod nicht abgenommen, weil er ihr half, aufdringliche Männer abzuwehren.

»Ich dachte, du wärst tot. Der Detektiv hat mir gesagt, du wärst tot. Was sollte ich denn tun?« Sie ballte die Fäuste.

»Du schuldest mir keine Erklärung«, erwiderte er.

Sie betrachtete sein Gesicht, aber darin war nichts zu lesen, er verbarg seine Gefühle gut.

»Bring deinen Mann ruhig mit zu dem Abendessen. Ich würde ihn gern kennen lernen.«

»Mein Mann ist vor sechs Monaten gestorben.«

»Oh.« Immer noch dieses ausdruckslose, gleichgültige Gesicht. Blindenschrift wäre leichter zu lesen als er.

»Er ist vom Blitz erschlagen worden, als er auf dem Dach

unseres Blumenladens gearbeitet hat. Es war hart. Er hatte keine Lebensversicherung …« Sie brach ab. »Aber ich will dich nicht mit meinen Sorgen belasten.«

»Du hast also tatsächlich Kevin Marsh geheiratet?«

»Ja.«

»Witzig.«

»Wie bitte?«

»Ich hätte nie gedacht, dass du jemanden wie Kevin heiratest.« Er klang, als gefiele ihm der Gedanke absolut nicht.

»Was ist denn falsch an Kevin?«, fragte sie, als müsste sie ihren Mann verteidigen. Gideon hatte kein Recht, ihre Entscheidungen zu beurteilen. Er hatte alles kaputtgemacht, als er J. Fosters Scheune angezündet hatte. Wenn er das nicht getan hätte, wäre das alles nicht passiert.

»Gar nichts. Ich finde nur, er war sehr …«

»Was denn?«, schnauzte sie und fragte sich gleichzeitig, warum sie so gereizt war.

»Versteh mich nicht falsch, ich mochte Kevin. Er war ein guter Typ, hat mir einen Sonderpreis gemacht, als ich Blumen für die Beerdigung meiner Mutter brauchte. Aber er war so … normal.«

»Und was ist falsch daran, normal zu sein?«

»Dein Vater hat doch immer großen Wert darauf gelegt, dass seine Tochter zu gut für einen normalen Typen ist.«

»Die Dinge ändern sich.« Caitlyn wusste, sie musste ihm von Danny erzählen. Sie schlich um das Thema herum wie die Katze um den heißen Brei, aber sie wusste wirklich nicht, wie sie es anfangen sollte. Sie musste sich einen Plan zurechtlegen, ganz genau darüber nachdenken. Wie sollte sie Gideon beibringen, dass er einen Sohn hatte? Und wie sollte sie

Danny beibringen, dass Kevin nicht sein leiblicher Vater gewesen war?

Fast war sie schon so weit, einfach damit rauszuplatzen, aber in diesem Moment hielt ein großer Umzugswagen vor ihrem Haus.

»Ziehst du weg?«, fragte Gideon und zog eine Augenbraue hoch.

Caitlyn schüttelte den Kopf, aber sie war dankbar für die Unterbrechung und ging auf den Fahrer zu, der gerade ausgestiegen war.

»Hallo!«, rief der untersetzte Mann mit dem Schnurrbart.

»Ich glaube, Sie sind hier nicht richtig«, sagte sie mit einer Handbewegung. »Ich habe keinen Umzugswagen bestellt.« Sie spürte mehr als dass sie sah, wie Gideon hinter sie trat. Er stand hinter ihr. Ein seltsam tröstlicher Gedanke.

Der Mann schaute auf sein Klemmbrett. »Caitlyn Marsh?«

»Ja, das bin ich.«

»Dann ist diese Lieferung für Sie.«

Während sie redeten, stiegen zwei weitere Männer aus dem Wagen und gingen zur hinteren Tür des großen LKWs, der Caitlyns gesamte Einfahrt versperrte. Sie ging mit dem Fahrer nach hinten, Gideon direkt neben ihr.

Als sie in den Wagen schaute, sah sie die Teile des Karussells. Die Tiere, die Mechanik, den Rahmen, die Plattform, all das lag in dem LKW. Ihr Vater hatte endlich geliefert.

»Bitte hier mal unterschreiben.« Der Fahrer reichte ihr das Klemmbrett, während die anderen Männer anfingen, die Sachen auszuladen. Einer der Männer hielt den abgeschlagenen Pferdekopf im Arm. *Blaze.*

»Moment mal.« Caitlyn hob die Hand. »Könnten Sie die

Lieferung wohl bitte auf das brachliegende Grundstück am Stadtplatz bringen? Denn da legen wir ja den Garten an.«

»Klar, kein Problem«, sagte der Mann mit dem Schnurrbart.

»Worum geht's hier eigentlich?«, fragte Gideon.

»Um den Erinnerungsgarten, den die Stadt dir zu Ehren anlegt.«

Sechs

Eisenhut: Menschenfeindlichkeit und vergiftete Worte

Caitlyns Worte trafen Gideon wie ein Fausthieb ins Gesicht. Er hatte keine Chance, sich davor zu schützen.

Twilight legte ihm zu Ehren einen Erinnerungsgarten an?

Eine Mischung aus Kummer, Freude und Peinlichkeit durchfuhr ihn. Die letzten acht Jahre seines Lebens hatte er damit zugebracht, diese Stadt und alle ihre Einwohner zu hassen. Und jetzt kam er zurück und stellte fest, dass sie ihm zu Ehren einen Garten anlegten.

Er atmete heftig ein. Aber klar, sie hatten ja wohl alle gedacht, er wäre tot. Zu Toten konnte man leicht nett sein, wie man ja bei J. Fosters Beerdigung gesehen hatte. Also war allzu viel Rührung wohl eher fehl am Platz. Ein Garten für einen toten Soldaten, so machte man das. Ein symbolischer Akt, den man nicht allzu persönlich nehmen sollte.

Abgesehen davon, hatte er nichts getan, um solchen Starruhm zu erlangen. Er hatte einfach nur seinen Job gemacht, und er hatte sich nie als Held gesehen.

Der LKW fuhr rückwärts aus Caitlyns Einfahrt heraus. »Ich gehe zu Fuß rüber zum Stadtplatz«, sagte Caitlyn. »Willst du mitkommen?«

»Klar«, antwortete er. Sie gingen los, sobald der Umzugswagen aus der Einfahrt heraus war. Der Platz war ja nur 10 Minuten entfernt.

Schweigend spazierten sie nebeneinander her.

»Hast darüber nachgedacht, in Twilight zu bleiben?«

»Was?« Er war so in Gedanken gewesen, dass er sie fast nicht gehört hätte.

»Du könntest doch ein Weilchen bleiben, oder?« Sie legte den Kopf schief und sah ihn mit ihren blaugrünen Augen forschend an. »Oder hast du anderweitige Verpflichtungen?«

Ob sie sich vorstellen konnte, welche Wirkung sie auf ihn hatte? Er erinnerte sich, wie sie als Schülerin gewesen war, verträumt und sensibel, den Kopf in den Wolken. Oder nein, keine Wolken. Blumen. Ihre Gedanken waren meistens so von Blumen überwuchert gewesen, dass sie gar nicht merkte, wenn man sich auf der Straße nach ihr umsah. Auch jetzt war sie noch von einer naiven, weichen Aura umgeben, die in ihm sämtliche Beschützerinstinkte weckte. Aber wovor, zum Teufel, musste man sie beschützen, außer vor ihm?

Wollte sie, dass er blieb? Oder anders gefragt, konnte er es riskieren, zu bleiben? Er musste vorsichtig bleiben. »Warum fragst du?«

»Ja, weißt du, wir brauchen ja jemanden, der das Karussell repariert. Du hast mir einmal versprochen, es für mich zu restaurieren, erinnerst du dich noch?« Ihr Lächeln war sanft und verführerisch. »Und du hattest echt ein Händchen für solche Dinge. Wenn du bleiben würdest …«

Sein Lachen klang eher nach einem schnaubenden Gebell.

Sie riss verwirrt die Augen auf. »Habe ich was Lustiges gesagt?«

Sie hatte seine Hand noch nicht bemerkt. Natürlich nicht, er trug ja immer noch die Motorradhandschuhe. Tatsächlich hatte er sie angelassen, weil er nicht wollte, dass sie es gleich sah. Er hatte den Moment noch etwas hinausschieben wollen.

Jetzt streckte sie die Hand nach ihm aus, aber er wich zurück. Sie sah wieder so verletzt aus, genau wie auf dem Friedhof.

Warum konnte er es nicht zulassen, dass sie ihn berührte? Vielleicht, weil er wusste, wenn sie ihn berührte, könnte er seine stoische Fassade keine Sekunde mehr aufrechterhalten. Dann würde er vollkommen zusammenbrechen. Und der Gedanke bereitete ihm unglaubliche Angst. Er hatte seine zarteren Gefühle so lange unterdrückt, dass er nicht einmal wusste, ob sie noch da waren. Vielleicht ängstigte ihn gerade das so sehr. Dass er die Fähigkeit verloren hatte, zu lieben.

»Was ist denn?«, flüsterte sie.

Runter mit dem Pflaster. Zeig es ihr. Ein Ende mit Schrecken.

»Es tut mir leid, aber dafür bin ich vollkommen ungeeignet.«

»Was?« Sie sah noch verwirrter aus.

»Ich kann dein Karussell nicht reparieren.«

»Weil du nicht bleiben willst.«

»Weil ich nicht *kann.«*

»Unsinn. Erinnerst du dich noch an das Schmuckkästchen, das du mir zum siebzehnten Geburtstag gemacht hast? Ich habe es immer noch.«

Warum machte ihn diese Nachricht so endlos traurig? »Ich *hatte* ein Händchen für so etwas. Vergangenheit. Ist nicht mehr.«

Sie zog die Nase kraus. »Verstehe ich nicht. So ein Talent vergisst man doch nicht.«

»Nein, aber man kann es verlieren.« Er spielte Katz und Maus mit ihr, was eigentlich nicht sein Stil war, aber aus irgendeinem Grund brachte er es nicht fertig, einfach den Handschuh auszuziehen und ihr die Prothese zu zeigen. Sie waren am Stadtplatz angekommen. Der LKW war auf das leere Grundstück gefahren, und die Arbeiter luden schon aus.

»Wie denn?«, fragte sie.

Er ahnte, wie ihr Blick sein würde, ihr Abscheu, wenn er den Handschuh auszog. Er kannte die Erfahrung schon. Die einzigen beiden Frauen, die sich nicht entsetzt von seinem verstümmelten Arm abgewandt hatten, waren eine Sanitäterin mit einem Faible für Amputierte gewesen – und Moira, die so viele Landminenopfer gesehen hatte, dass es sie nicht mehr schockieren konnte. »Du erinnerst dich, dass ich sagte, ich bin in mehr als einen Hinterhalt geraten?«

»Ja, klar.« Sie legte eine Hand vor ihren Mund, und er sah die Angst in ihren Augen. Diese unschuldigen Augen, die eigentlich gar nichts von solchen Dingen wissen sollten.

Er atmete tief durch. Der Moment der Wahrheit war gekommen. Sie standen auf dem leeren Grundstück, umgeben von hölzernen Karusselltieren, die vom Zahn der Zeit angenagt waren, und von stämmigen Arbeitern, die ihren Job machten. »Es ist in einem Dorf bei Kandahar passiert. Ich war gerade Green Beret geworden, und wir hatten einen Spezialauftrag, hochrangige Taliban-Anführer zu finden.«

Caitlyn hielt ihren Blick fest auf sein Gesicht gerichtet, aber wenn er sie jetzt ansah, würde ihn der Mut verlassen, die Geschichte zu Ende zu erzählen. So schaute er einfach auf die knospenden Mimosenbäume auf dem Rasen vor dem Gericht. Es sah hier überall aus wie bei Norman Rockwell, verdammt. Er gehörte nicht hierher. Im Grunde genommen hatte er nie hierhergehört.

»Da war ein kleines Mädchen.« Er klang gleichmütig,

sachlich, als würde er etwas berichten, was einem anderen passiert war. »Sie hat ihre Puppe auf die Straße fallen lassen.«

Caitlyn schüttelte entsetzt den Kopf, als wüsste sie schon, was folgen musste. »Nein«, flüsterte sie. »Sag mir nicht, dass in der Puppe eine Bombe versteckt war.«

Er nickte nur.

»O nein, Gideon!«

»All den vielen Dingen zum Trotz, die man mir in meiner Ausbildung beigebracht hatte, siegte der Impuls des ganz normalen Lebens. Ich hob die Puppe auf, rief das Mädchen und …« Er konnte nicht weitersprechen.

Der Moment der Wahrheit war gekommen. Er konnte nicht einfach weiterreden, er musste es ihr einfach zeigen. Er zog den linken Handschuh aus und enthüllte seine künstliche Hand. Dann zog er auch die Jacke aus und rollte den Ärmel seines Hemdes hoch, um ihr die Stelle zu zeigen, wo sein Arm aufhörte und die Prothese anfing.

Sie war genauso schockiert, wie er erwartet hatte, aber ihr Gesicht zeigte keine Abscheu. Stattdessen schaute sie ihm in die Augen und sagte: »Umso mehr Grund für dich, das Karussell zu restaurieren. Du kannst doch nicht zulassen, dass das hier dein Leben bestimmt! Ich biete dir hiermit ganz offiziell diesen Job an. Und was das gemeinsame Essen angeht, zu dem du mich eingeladen hast, würde ich vorschlagen, dass wir bei mir essen. Montagabend. Ich mache Hackbraten, dein Lieblingsessen. Wir haben so viel zu besprechen!«

Nachdem Gideon gegangen war und die Männer von der Spedition die Teile des Karussells auf dem Grundstück abgeladen hatten, begriff sie allmählich. Gideon hatte seine linke

Hand verloren, seine wichtigere Hand, und sie hatte ihn gerade aufgefordert, ihr Karussell wiederaufzubauen. Nicht nur das, sie hatte ihn auch zum Abendessen eingeladen. Schließlich musste sie auch noch eine Bombe hochgehen lassen, wenn auch nur im übertragenen Sinne.

Danny.

Danny, den sie schon vor einer Stunde hätte abholen sollen. Auf dem Weg zum Babysitter fing sie an, die beiden entscheidenden Sätze zu proben.

»Gideon, das ist dein Sohn. Danny, das ist dein echter Vater.«

Mit einem leisen Stöhnen schaute sie in den Rückspiegel. »Das wird nicht einfach.«

Beim Babysitter fand sie zu ihrer Überraschung Crockett Goodnight im Garten vor, der im Beerdigungsanzug mit ihrem Sohn Fangen spielte. Er hatte sein Jackett ausgezogen und die Ärmel seines Hemdes hochgekrempelt. Die Krawatte steckte in der Brusttasche. Sie stieg aus und legte die Hand an die Stirn, um im Sonnenlicht besser sehen zu können.

»Hallo, Mom!«, rief Danny, während er locker einen Ball schnappte, den Crockett ihm zuwarf.

Seine beiden oberen Schneidezähne fehlten, und er sah insgesamt so aus, als bestünde er nur aus Ellbogen und Knien. Sie ging zu ihm und legte ihm eine Hand auf die Schulter. Er duftete nach frisch gemähtem Gras, Löwenzahn und dem Öl, mit dem er jeden Abend seinen Baseballhandschuh einfettete.

»Selber Hallo.« Sie warf Crockett einen Blick zu. »Was machst du denn hier? Solltest du nicht bei der Beerdigungsfeier deines Vaters sein?«

»Ich habe es nicht fertiggebracht, mit zurück zur Ranch zu fahren, wo all die rotwangigen Frauen, die uns Eintopf mitgebracht haben, über Daddy tratschen. Aber den Gedanken an meine leere Wohnung konnte ich auch nicht ertragen, also bin ich ein bisschen spazieren gegangen und sah Danny, der hier allein mit dem Ball spielte.«

»Crockett sagt, ich bin ein Naturtalent«, strahlte Danny.

»So, sagt er das?«

»Ich wünschte, mein Dad wäre hier«, murmelte Danny. »Ich wünschte, er könnte sehen, wie gut ich spiele.«

Eine Schrecksekunde lang dachte Caitlyn, er redete von Gideon, aber dann war ihr schon wieder klar, dass er Kevin meinte. »Ich weiß, Schatz.«

»Crocketts Dad ist auch gestorben.«

»Da habt ihr etwas Trauriges gemeinsam.«

Crockett warf ihr einen Hundeblick zu. Er hatte immer noch ein blaues Auge und auch sonst einige sichtbare Verletzungen von der Schlägerei mit Bowie in ihrem Blumenladen. Sie erinnerte sich, dass er seinen Bruder mit dem Messer bedroht hatte, und ein kalter Schauer lief ihr über den Rücken. Danny genoss es, mit Crockett Ball zu spielen, aber ihr war der Gedanke unangenehm. Vor allem jetzt, da Gideon wieder da war.

Gideon war wieder da.

Ihr Herz zitterte, und sie spürte eine Welle von Hitze, Hoffnung und Vorfreude. Gideon hatte sie immer schon mit einem einzigen Blick aus der Fassung bringen können, und daran hatte sich nichts geändert. Aber was bedeutete das? Er war so anders als früher!

Es klang ein Stück weit bizarr, aber sie fand die Veränderung unglaublich sexy. Als Junge war er unberechenbar gewesen, sehr impulsiv, reizbar und wild. Gerade das hatte sie als braves Mädchen natürlich angezogen.

Der neue Gideon jedoch war kontrolliert, hatte einen stählernen Blick und wirkte fast unberührbar. Die ganze jugendliche Energie war in eine tödlich intensive Konzentration eingegangen. Das machte ihn noch gefährlicher als früher, aber sie fürchtete sich nicht vor ihm. Tatsächlich fühlte sie sich in seiner Nähe sicher und beschützt.

Und sie begehrte ihn.

Von dem Augenblick an, als sie Gideon auf dem Friedhof zum ersten Mal in die Augen gesehen hatte, spürte sie die Unterströmung einer dunklen sexuellen Anziehung. Wie ein tiefer Fluss, der all die anderen Gefühle – Unglaube, Schock, Hoffnung und Angst – unterspülte. Acht Jahre lang hatte sie gedacht, er wäre tot. Sie hatte um ihn getrauert, ihn vermisst, sich danach gesehnt, ihn noch einmal zu küssen, im Arm zu halten, zu berühren, mit ihm Liebe zu machen. Und das alles floss nun in einem einzigen, urtümlichen Begehren zusammen. Er war der einzige Mann, den sie je wirklich begehrt hatte.

Crockett kam mit seinem entspannten, lockeren Schritt auf das Auto zu. Er schwitzte, und sein Lächeln war durchaus charmant, aber eben auch viel zu fröhlich für diesen Tag. »Kann ich eine Sekunde unter vier Augen mit dir reden, Caitlyn?«

»Danny!«, rief sie. »Gehst du mal rein und sagst Amelia, dass ich da bin, um dich abzuholen?« Ihr Sohn ging zur Tür des hübschen Häuschens im Cape-Cod-Stil.

»Was ist denn?«, fragte sie Crockett, sobald Danny außer Hörweite war.

»Ich habe Dauerkarten für die Rangers und dachte mir, vielleicht wollt ihr beide, Danny und du, zur Saisoneröffnung mitgehen.«

»Soll das eine Einladung zu einer Verabredung sein?«

»Nein, nein …« Doch sein Blick strafte ihn Lügen. »Du bist eine gute Freundin, Caitlyn. Einer der wenigen Menschen in dieser Stadt, mit denen ich auf geistiger Augenhöhe reden kann.«

»Ich weiß das sehr zu schätzen, Crockett, aber im Moment bin ich mit dem Erinnerungsgarten zeitlich vollkommen ausgelastet.«

»Ja, natürlich, ich verstehe. Du bist eine viel beschäftigte Frau.« Er zuckte mit den Schultern und grinste noch breiter. »Wenn du es dir anders überlegst, lass es mich wissen. Es könnte ein echt spaßiger Tag werden.«

Vor der Sache mit dem Messer – und vor Gideons Rückkehr – hätte sie vermutlich Ja gesagt, aber jetzt ging das einfach nicht mehr. »Danke, dass du gefragt hast.«

Danny kam angelaufen und rettete sie vor der Verpflichtung, das Gespräch weiterzuführen.

»Ich muss jetzt Danny nachhause bringen.«

Crocketts Lächeln sah aus wie ausgebleichte Wäsche auf der Leine. Sie konnte fast spüren, wie unausgeglichen er war. Aber das war ja auch nicht anders zu erwarten, er hatte gerade vor ein paar Stunden seinen Vater beerdigt. Er steckte die Hände in die Taschen seiner Designerhose und klimperte unruhig mit dem Schlüsselbund. Seine Schultern sackten nach vorn; er sah entsetzlich einsam aus. Sie fragte sich, warum er eigentlich immer noch in Twilight lebte, so deplatziert, wie er hier wirkte. Hatte er ähnliche

Gründe wie sie? Seine Wurzeln reichten zu tief, als dass er sie so einfach herausziehen konnte.

Nur zu gern hätte sie ihn am Arm berührt und ihm gesagt, alles würde gut, aber sie wollte ihm keine falschen Hoffnungen machen.

Denn Gideon war wieder da, und so seltsam und angespannt die ganze Situation wirkte, sie wusste ganz genau, dass sich ihre Gefühle für ihn nicht geändert hatten. Sie begehrte ihn immer noch genauso wie vor acht Jahren. Vielleicht sogar noch mehr. Nicht auszudenken, dass sie so viel Zeit versäumt hatten, in der sie hätten zusammen sein können. Und dass ihr Vater daran schuld war.

Der unterdrückte Zorn auf den Richter bereitete ihr ein brennendes Gefühl in der Nase. Sie hatte es schon viel zu lange aufgeschoben – aber jetzt war es an der Zeit, ihren Vater zu konfrontieren. Unmöglich, dass er weiterhin einfach so damit durchkam. Jetzt musste er für sein Tun geradestehen.

Am Sonntagmorgen, einen Tag nach J. Fosters Beerdigung, saß Richard Blackthorne auf seinem Stammplatz in der First Presbyterian Church. Seit vierunddreißig Jahren besuchte er hier jeden Sonntag den Gottesdienst. Caitlyn kam nicht mehr hierher, seit sie ausgezogen und Marsh geheiratet hatte. Marsh war Baptist gewesen, und sie besuchte nach wie vor die Baptistenkirche am anderen Ende der Stadt. Um ihm aus dem Weg zu gehen, das war ihm vollkommen klar. Heute ging es um Übertretungen der Gebote, und er konnte gar nicht anders, als an sie denken.

Richard war gerade mit der übrigen Gemeinde zum Singen aufgestanden, das Gesangbuch in der Hand, als er eine

Berührung an der Schulter spürte. Im gleichen Moment nahm er das leichte Lavendelparfüm seiner Tochter wahr.

»Wir müssen uns treffen«, flüsterte Caitlyn ihm ins Ohr.

Er spürte so etwas wie Panik im Bauch, ein schneidendes Gefühl. Aber er sang einfach weiter und tat so, als hätte er sie nicht gehört.

Sie verstärkte ihren Griff. »Sofort.«

Er schwitzte, obwohl es in der Kirche alles andere als warm war. Seine Hände zitterten, stellte er erschrocken fest.

»Ich warte draußen«, sagte sie und nahm ihre Hand von seiner Schulter.

Eine Sekunde später, als er den Kopf drehte, ging sie gerade durch die Hintertür hinaus.

Einen Moment lang dachte er daran, einfach dazubleiben, aber er war kein Feigling. Also steckte er das Gesangbuch in die Halterung vor ihm, entschuldigte sich bei seinem Sitznachbarn und ging hinaus, wobei er ein paar Mal nach links und rechts nickte.

Als er nach draußen kam, lief Caitlyn auf der Treppe hin und her. Er setzte ein strenges Gesicht auf, um seine Angst vor ihr zu verbergen. »Warum holst du mich aus dem Gottesdienst?«

Sie blieb stehen, sah ihn an, mit wütendem Mund und fast weißen Lippen, als hätte sie längere Zeit fest daraufgebissen.

»Ich habe immer gewusst, dass du ein harter Knochen bist, aber das … das …« Sie hob ratlos den Arm, ihr fehlten die Worte.

»Ich weiß nicht, wovon du sprichst.« Das war gelogen.

»Das ist so mies, selbst für deine Verhältnisse. Dass du so tief sinken kannst …«

Er spürte, wie seine innere Deckung hochging, wie die Aggression anstieg, nachdem seine geheimen Machenschaften herausgekommen waren. Er hatte es gewusst. In dem Moment, als er Gideon Garza auf diesem Motorrad hatte heranfahren sehen, war Richard klar gewesen, dass er alle Hoffnung auf Erlösung fallen lassen konnte.

Vor acht Jahren hatte er eine Grenze überschritten. Er hatte seiner gerechten Entrüstung die Zügel schießen lassen und Garza in die Armee gezwungen. Er hatte versucht, Caitlyn in ein Heim für unverheiratete junge Mütter zu stecken, die ihre Kinder zur Adoption freigaben. In ihrem eigenen Interesse. Das war seine Rechtfertigung gewesen, und daran hatte er sich festgehalten.

»Du hast diesen Detektiv bezahlt, damit er lügt, damit er Dokumente fälscht. Damit ich glaube, dass Gideon tot ist.«

»Er war bei einer Explosion schwer verletzt worden, hatte das Gedächtnis verloren. Niemand glaubte, dass er überleben würde.« Das war schon fast ein Geständnis.

»Du hast darauf gehofft, dass er sein Gedächtnis nicht wiedererlangen würde. Dass du mit diesem Betrug durchkommen würdest.«

So etwa war es gewesen, ja. Zumindest hatte er daran gedacht.

Caitlyn schnaubte verächtlich und schüttelte den Kopf. »Und die Briefe, die er mir schrieb, hast du zurückgeschickt. Damit er denkt, ich will ihn nicht mehr. Wie konntest du so grausam sein?«

»Manchmal«, sagte er, »heiligt der Zweck die Mittel.«

Sie wurde rot und stemmte die Hände in die Hüften. »Du elender Heuchler! Redest ständig von Richtung und Falsch und Prinzipien, die man nicht aufgeben darf, und jetzt schau dir an, was du getan hast. Du hast alles in den Schmutz getreten, wofür du eigentlich stehst.«

Sie hatte leider recht. Mit jedem einzelnen Wort.

»Ich habe … ich habe …« Er konnte nicht weitersprechen, als wären seine Stimmbänder gelähmt.

Caitlyn schaute ihn mit einem messerscharfen Blick an. »Was hast du, Vater? Begriffen, dass du keinen Deut besser bist als alle anderen, die du doch immer verurteilst? Voller Fehler und Mängel.«

Der Schrecken legte sich wie eine Faust um sein Herz. Er war ein schlechter Mensch, mangelhaft, zerbrochen. Er wollte so gern gut sein, ein gutes Beispiel für andere, alles richtig machen. Aber er war gescheitert, ein Versager, als Vater und als Mann. Doch das würde er niemals zugeben. Das konnte er niemals laut aussprechen. Er konnte sie nicht bitten, ihm zu vergeben, denn dann hätte er seinen innersten Kern verleugnet. Er war ein aufrechter Mann. Eine Stütze der Gesellschaft. Ein Musterbürger.

»Es wäre schon gut, wenn du dich wenigstens entschuldigen würdest«, sagte sie. »Aber das ist wohl zu viel verlangt. Es kümmert dich nicht einmal, dass du mit deinem Betrug verhindert hast, dass Gideon, Danny und ich zusammenleben konnten.«

»Ich wollte nur verhindern, dass du dir dein Leben ruinierst.« Warum verstand sie das nicht? Warum verstand sie seine Haltung nicht?

»Was ist denn bitte falsch an meinem Leben, so wie ich es führe? Ich habe eine Arbeit, die ich liebe, einen gesunden Sohn, Freunde und Nachbarn, auf die ich mich verlassen kann. Was ist falsch daran?«

»Du hättest … du hättest so viel mehr erreichen können, Caitlyn. Ich …«

»Nein.« Sie hob die Hand. »Weißt du was? Ich werde dir nicht gestatten, mein Leben zu beurteilen. Nicht mehr. Es ist mir absolut egal, was du von mir denkst. Du hast es dir so ausgesucht, Richter. Ich hoffe nur, du bist glücklich mit *deinem* Leben.«

Dann drehte sie sich um und ließ ihn dort stehen, einsam und voller Scham, mehr als je zuvor in seinem Leben.

Gideon nahm sich ein Zimmer im *Fröhlichen Engel,* einem beliebten Bed & Breakfast unweit des Sees. Er genoss es, endlich wieder einmal in einem weichen, sauberen Bett zu schlafen und Hausmannskost zu essen. Beides hatte er lange nicht mehr erlebt. Es fühlte sich komisch an, wieder in den Staaten zu sein, aber irgendwie auch schön, auf eine Art, die er nicht erwartet hatte.

Am Sonntag mietete er sich ein Boot und verbrachte den ganzen Tag auf dem Fluss, versuchte sich zu orientieren, seine Gefühle für Caitlyn zu ordnen und sich auf die Testamentseröffnung vorzubereiten.

»Morgen, Gideon!«, rief Patsy Cross ihm zu, als er am Montagmorgen an ihrem Laden, dem *Blaugrünen Pfau,* vorbeiging.

Er stutzte. Als er noch ein Teenager gewesen war, hatte sie ihn mal beim Sheriff angezeigt, weil er am Schalldämpfer seines Motorrads rumgebastelt hatte. Jetzt schenkte sie ihm ihr breitestes Lächeln.

»Guten Morgen, Mrs Cross.«

»Schön, dass du wieder zuhause bist.«

»Danke.«

Er kam nur ein paar Schritte weiter, bis ihn der nächste Ladenbesitzer freundlich begrüßte. Und der nächste, und so weiter. Manche Leute klopften ihm auf die Schulter, andere schüttelten ihm die Hand und sagten zu ihm, sie wüssten sein Opfer für ihre Freiheit sehr zu schätzen.

Es fühlte sich seltsam an, bei den Menschen von Twilight so »in« zu sein, nachdem er während seiner gesamten Kindheit und Jugend ein Außenseiter gewesen war. Er hätte wohl damit rechnen müssen: die Leute liebten verwundete Kriegshelden. Doch er war nicht darauf vorbereitet gewesen, welche Gefühle ihre Bewunderung in ihm weckte.

Früher hatte er sich in seiner Heimatstadt immer fremd gefühlt, ein Kind vom falschen Ende der Stadt, einer, der nicht hierher passt. Er hatte davon geträumt, eines Tages etwas zu tun, was sie alle beeindruckte und dafür sorgte, dass sie ihn respektierten. Gerade diejenigen, die die Nase immer besonders hoch getragen hatten.

Und jetzt auf einmal war er eine Berühmtheit, alle suchten seine Aufmerksamkeit, lobten ihn über den grünen Klee. Es war ihm endlos peinlich, er mochte es überhaupt nicht, im Rampenlicht zu stehen. Wie kamen diese Leute auf die Idee, ihm für all die düsteren Dinge zu danken, die er getan hatte?

Als er auf den Stadtplatz kam, überraschte ihn die Anzahl der Touristen auf den Straßen. Dann erinnerte er sich, dass in Texas Frühlingsferien waren. An solche Feinheiten hatte er nach all den Jahren im Ausland gar nicht mehr gedacht.

Er war zuhause.

Der Geruch frischgebackener Zimtbrötchen drang in seine Nase. Er konnte den süßen, würzigen Hefeteig fast schon auf der Zunge schmecken. Ein kühler Wind seufzte in seinen Ohren und ließ die Windspiele in dem Maulbeerbaum vor dem Gerichtsgebäude singen. Blumen blühten in Fensterkästen und Körben, die von den Laternen hingen. Hummeln summten von Blüte zu Blüte.

An der Ecke befand sich Marshs Blumenladen, er musste daran vorbei, um zum Gerichtsgebäude zu gelangen. Bevor er am Schaufenster vorüberschlenderte, atmete er einmal tief durch. Er hatte wirklich nicht die Absicht gehabt, den Kopf zu drehen, um hineinzuschauen, aber irgendwie konnte er nicht anders.

Rosen, Lilien, Chrysanthemen. Und mittendrin sie. Sie saß an einem schmiedeeisernen Bistrotisch und arrangierte Schnittblumen in einer Vase. Neben ihr saß eine Frau, die etwa genauso alt war. Genau im richtigen Moment hob Caitlyn den Kopf, und ihre Blicke trafen sich. Gideon blieb wie angewurzelt stehen.

Sie trug ein lilafarbenes Top, das ihre Figur betonte. Verwirrt stand er da, den Mund halb offen.

Acht Jahre. Und das Feuer brannte immer noch, vielleicht sogar heller als früher. Er begehrte sie noch mehr als damals, und das hieß schon einiges. Unter ihrem heißen Blick stand er aufrechter, drückte die Brust raus wie ein verdammter Pfau.

Er bekam es einfach nicht in den Kopf, dass er wirklich nach Twilight zurückgekehrt war und dass sie ihn nicht abgewiesen hatte. Obwohl er doch so sicher gewesen war, dass sie das tun würde. Sie hatte gedacht, er sei tot. Aber wie sollte er denn nach all den Jahren da draußen in ein ruhiges Leben in einer ruhigen Stadt zurückfinden? Er hatte gefährliche Einsätze hinter sich, in feindlicher Umgebung, hatte die Sprache des Feindes gelernt, sich in eine Kultur eingelebt, die so fremd war, dass er den Menschen hier nicht einmal den Unterschied erklären könnte.

Und doch war er voller Hoffnung. Hoffnung und Sehnsucht und gieriges Verlangen.

Die Morgensonne schien in Caitlyns Laden, leuchtete auf den Blumen und badete sie selbst in einem romantischen rosafarbenen Schimmer. Sie stellte seine Welt auf den Kopf, weil er ständig Gedanken hatte die mit »Was wäre, wenn …« anfingen.

Ihr Blick brannte, als würden ihre Augen Laserstrahlen schicken. Er wollte verdammt sein, wenn sie nicht genauso heiß war wie er. Sein Impuls, dieses Ding, das ihm als jungem Mann so viel Ärger bereitet hatte, verlockte ihn, in den Laden hineinzumarschieren, sie in die Arme zu nehmen und so zu küssen, dass sie beide keine Luft mehr bekamen.

In seinem Kopf drehte sich alles, sein Bauch krampfte sich zusammen. Und ein gewisser Teil seines Körpers wurde auf höchst angenehme Weise warm. Heiß.

Aber er hatte in den vergangenen acht Jahren viel gelernt, nicht zuletzt Selbstkontrolle. Er tat nichts mehr aus einem Impuls heraus. Er hatte gelernt, geduldig abzuwarten und Pro und Kontra abzuwägen, bevor er handelte. Und diese Lektionen hatten ihm mehr als einmal das Leben gerettet. Was natürlich nicht hieß, dass die Impulse nicht mehr da waren, ihn mit so viel Sehnsucht und Verlangen erfüllten, dass er einen heftigen Kampf mit sich selbst austrug, um ihr nicht mehr als ein Lächeln und ein gespieltes militärisches Grüßen hineinzuschicken.

Aber dann tat Caitlyn etwas absolut Furchtbares.

Sie hob ihre Finger an die Lippen und schickte ihm einen Kuss.

»Caitlyn?« Sarah Colliers Stimme durchbrach die Trance, in die Caitlyn verfallen war, nachdem sie Gideon auf der Straße vor ihrem Laden gesehen und ihm einen Kuss geschickt hatte. Sie wusste wirklich nicht, warum sie das getan hatte. Eigentlich neigte sie nicht zu solchen Frivolitäten.

Caitlyn blinzelte ihre Freundin an. »Ja?«

»Ich glaube, jetzt habe ich die perfekten Blumen für meine Hochzeit gefunden«, sagte Sarah und tippte mit dem Finger auf eine Seite des Katalogs, der aufgeschlagen vor ihnen auf dem Bistrotisch lag.

Caitlyn betrachtete das Bild, dann schüttelte sie den Kopf. »Nein, kein Eisenhut. Nicht für eine Hochzeit.«

»Aber ich mag diese Helmform der Blüten, und meine Hochzeitsfarben sind Lila und Weiß.«

»Eisenhut steht traditionell für Menschenfeindlichkeit und vergiftete Worte.«

Sarah runzelte die Stirn. »Ist das nicht ein bisschen viel Aberglaube?«

»Willst du an deiner Hochzeit ein Risiko eingehen?«

Sarah dachte ein Weilchen nach. »Nein, da hast du recht.«

»Wie wäre es stattdessen mit Orchideen? Eine klassische Wahl.«

»Was bedeuten Orchideen?«

»Große Liebe.«

»Ja dann … Wo hast du so viel über Blumen gelernt?«

Caitlyn zog die Schultern hoch. »Sie haben mich immer schon fasziniert.«

»Und das hat dich auch an Kevin angezogen? Euer gemeinsames Interesse an Blumen?«

So ähnlich war es gewesen. Kevin hatte ihr einen Job in seinem Laden angeboten, später auch eine Wohnung. Und dann hatte er ihr einen Heiratsantrag gemacht und ihr angeboten, für ihren Sohn der Ersatzvater zu sein. Sie hatte einen Zufluchtsort gebraucht, und Kevin hatte jemanden gebraucht, um den er sich kümmern konnte.

»Oh«, sagte Sarah auf einmal. »Du hast ja deinen Ehering abgenommen.«

Caitlyns Daumen tastete zu dem nackten Ringfinger an ihrer linken Hand. Sie hatte den Ring abgenommen, nachdem Gideon zurückgekommen war.

»Hat das irgendetwas mit diesem absurd gut aussehenden Fremden zu tun, der dich gestern bei J. Fosters Beerdigung dazu gebracht hat, in Ohnmacht zu fallen?« Sarah hatte noch nicht in Twilight gelebt, als Caitlyn und Gideon zusammen gewesen waren.

»Was reden die Leute denn so?«

»Allerhand«, gab Sarah zu. »Gideon ist deine erste große Liebe, und du hast gedacht, er sei tot. Stimmt's?«

Caitlyn nickte.

Sarah betrachtete zärtlich ihren eigenen Verlobungsring und seufzte leise. »Ich muss ja sagen, nach meiner eigenen Erfahrung ist die erste große Liebe nicht zu übertreffen.«

»Auf dieser Annahme gründet sich die gesamte Stadt«, murmelte Caitlyn.

»Aber dann verstehe ich nicht, was euch zurückhält.«

»Acht lange Jahre. Und ein Krieg. Er hat sich sehr verändert. Und ich habe einen Sohn zu erziehen.«

»Glaubst du, ihr werdet wieder zueinanderfinden?«, fragte Sarah.

»Ehrlich, ich weiß es nicht. Wir haben uns ja beide sehr verändert.«

»Und du hast Angst, dir zu viele Hoffnungen zu machen, hm?«

»Genau«, gab Caitlyn zu.

»Es hat schon einmal wehgetan, und du hast Angst, dass es wieder passiert.«

»So ähnlich.«

»Bei Travis und mir war es zwischendurch auch so«, sagte Sarah. »Die Vergangenheit macht alles schrecklich kompliziert, wenn man es zulässt. Und wenn man ein Kind hat …«

»Wohl wahr«, stimmte Caitlyn zu. Sie hatte immer noch keine Ahnung, wie sie Gideon die Sache mit Danny beibringen sollte, und er kam heute Abend zum Essen.

Sarah streckte die Hand über den Tisch aus und legte sie auf Caitlyns. »Na, wie auch immer, ob mit Gideon oder jemand anderem, ich hoffe jedenfalls, dass du ein Happyend erlebst. Du hast so viel durchgemacht, du hast es echt verdient.«

Caitlyn lächelte gerührt, wollte aber jetzt wirklich das Thema wechseln. Sarah hatte recht, sie hatte Angst vor zu viel Hoffnung auf ein Happyend. »Gut, also, wie sieht es aus, soll ich jetzt die Orchideen bestellen?«

Sieben

Mimose: Empfindsamkeit

Lester LaVons Kanzlei befand sich im Gerichtsgebäude von Twilight. Das letzte Mal, dass Gideon in dieses Haus gekommen war, hatte er Handschellen getragen und war zu Richter Blackthorne gebracht worden, weil er die Scheune seines Vaters niedergebrannt hatte.

Der Geruch in dem Gebäude war immer noch derselbe. Ein wenig modrig, nach Kalkstein und Holz von den Dielen, die unter seinen Füßen knarrten. Das Geräusch weckte unangenehme Erinnerungen. Er wusste noch, wie schnell und heftig sein Herz geschlagen hatte. Wie die Handschellen in seine Haut geschnitten hatten.

Seltsamerweise spürte er ausgerechnet jetzt einen Phantomschmerz am Handgelenk. Schon komisch, wie das sein konnte, obwohl es doch schon seit Jahren nicht mehr da war. Schmerz. Schmerz war überhaupt eine komische Sache. Unangenehm, elend, aber man wusste wenigstens, dass man noch am Leben war. Er dachte an die dunklen Tage nach der Bombenexplosion, als er im Dunkeln gelegen und sich vor Schmerzen gewunden hatte. Und dann war ihm irgendwann die grauenhafte Erkenntnis gedämmert, dass seine linke Hand nicht mehr da war.

Er unterdrückte das Schaudern, das ihn durchlief, setzte ein gleichgültiges Gesicht auf und nahm militärische Haltung an. Er war ein Green Beret, wenn auch außer Dienst gestellt.

Aber diese Identität hatte ihn vor ihm selbst gerettet, und wenn er Stress hatte, verließ er sich weiterhin darauf.

Auf der Tür am Ende des Flurs stand »Lester LaVon, Anwalt« in goldenen Buchstaben. Gideon blieb kurz davor stehen, die Hand auf dem Türknauf, und bereitete sich auf das vor, was kommen würde.

Er würde Bowie und Crockett Goodnight treffen. Seine Halbbrüder.

Als Kind hatte er sich sehnlichst Geschwister gewünscht. Immer wieder hatte er seine Mutter angefleht, zu heiraten und noch ein paar Kinder zu bekommen. Aber sie lachte immer nur und küsste ihn auf den Scheitel. Und sie sagte, dann hätte sie nicht mehr so viel Liebe für ihn übrig. Sein Herz tanzte jedes Mal, wenn sie das sagte, und danach berührte er das Thema wochenlang nicht mehr. Irgendwann hatte er aufgehört, sie zu bitten. Aber der Wunsch nach Brüdern und Schwestern war geblieben.

Dann war seine Mutter gestorben, und als er feststellte, dass er in Wirklichkeit Brüder hatte, war er für kurze Zeit ganz glücklich gewesen. Aber sie hatten ihn nicht akzeptiert. So wie J. Foster die Tatsache abstritt, dass Gideon sein Sohn sein könnte, leugneten Bowie und Crockett, dass sie seine Brüder waren. Und daran hatte sich in den letzten acht Jahren sicher nichts geändert.

Nur, dass J. Foster auf dem Sterbebett seinen Anwalt angewiesen hatte, nach Afghanistan zu reisen, um Gideon zu suchen. Offenbar hatte er beschlossen, Gideon doch noch anzuerkennen und ihn in seinem Testament zu berücksichtigen.

Gideon erwartete nicht viel, und er wollte eigentlich auch

nichts von J. Foster, abgesehen von dem öffentlichen Eingeständnis, dass Gideon sein Sohn war.

Die Tür quietschte in den Angeln, als er sie öffnete, um das Büro zu betreten. Eine mollige Assistentin in den Dreißigern saß hinter dem Schreibtisch. Lächelnd bat sie ihn, im Vorraum Platz zu nehmen.

Er wollte nicht sitzen. Sitzen machte ihn ruhelos, er fühlte sich eingesperrt. Er war daran gewöhnt, durch bergiges Wüstenland zu gehen. In Zelten zu schlafen, Staub einzuatmen. Die Nettigkeiten der höflichen Gesellschaft waren ihm nur lästig. Er kannte die Spielregeln nicht, schließlich war er sein ganzes Erwachsenenleben lang Soldat gewesen.

Die Frau warf einen kühnen Blick auf seine Kunsthand. Komisch, die meisten Leute schauten sofort weg, wenn sie merkten, dass einem ein Arm oder Bein fehlte. Er fragte sich, ob sie auf so etwas stand oder ob sie einfach neugierig war.

Es gab tatsächlich Leute, die auf Amputierte standen oder besser gesagt, auf die Amputation. »Acrotomorphile« wurden sie offiziell genannt. Kurz nach seiner Verletzung hatte er eine solche Frau kennengelernt. Raquel war Krankenschwester in der Reha-Einrichtung gewesen. Am Anfang hatte er gar nicht kapiert, dass sie auf ihn stand, gerade weil ihm eine Hand fehlte. Er hatte nur festgestellt, dass sie sich nicht entsetzt abwandte. Aber dann hatte er bald gespürt, dass seine Verbindung zu ihr ihn daran hinderte, emotional wieder gesund zu werden.

Er hatte Schluss gemacht, aber seitdem war er hypersensibel gegenüber dieser sexuellen Neigung. Manche Amputierte ließen sich nur zu gern mit diesen »Fans« ein. Für ihn fühlte es sich an, als wäre er ein Monster.

»Sind Sie Soldat?«, fragte die Frau.

Da er absolut kein Interesse an einer Unterhaltung mit ihr hatte, nickte er nur.

»Mittlerer Osten?«

Diesmal brummte er eine unverständliche Antwort, aber das schien sie eher zu ermutigen.

»Mein Bruder ist im Irak. Sein zweiter Einsatz.«

Gideon entspannte sich. Deshalb starrte sie ihn so an. »Im Irak war ich auch. Danach noch zwei Mal in Afghanistan.«

»Danke«, flüsterte sie.

Er sagte nichts mehr. Was sollte er zu einer Frau sagen, die ihm dafür dankte, dass er sich eine Hand hatte wegschießen lassen?

Die Tür ging wieder auf, Bowie und Crockett betraten die Kanzlei. Als sie ihn dort sitzen sahen, blieben sie wie angewurzelt stehen, kniffen praktisch gleichzeitig die Augen zusammen und starrten ihn hasserfüllt an. Kühl erwiderte er den Blick. Keiner sagte ein Wort.

Eine Minute verging.

»Sie können dann reingehen.« Die Assistentin deutete auf die geschlossene Tür.

Gideon trat einen Schritt vor, gleichzeitig mit Bowie und Crockett. Er wollte nicht neben ihnen gehen, also sorgte er dafür, dass er LaVons Büro als Erster erreichte und die Kontrolle über die Situation gewann. Er öffnete die Tür und trat ein. LaVon saß hinter seinem Schreibtisch, die Lesebrille auf der Nasenspitze und einen Stapel Papiere vor sich. Er erhob sich, als Gideon, gefolgt von Crockett und Bowie, den Raum betrat.

»Meine Herren«, sagte LaVon, indem er ihnen entgegenkam, um ihnen die Hände zu schütteln. »Ich danke Ihnen für Ihr Kommen.«

Bowie warf Gideon einen grimmigen Blick zu.

Gideon musste innerlich zugeben, dass sie sich ähnlich sahen. Sie hatten beide J. Fosters dickes schwarzes Haar geerbt, die dunkelbraunen Augen, den starken Bartwuchs und den muskulösen Körperbau. Allerdings war Gideon gut fünf Zentimeter größer als Bowie, der ja selbst gut eins achtzig groß war. Crockett war kleiner, drahtig und mittelgroß, vielleicht knapp eins fünfundsiebzig. Wenn ein Fremder die drei vor sich gesehen hätte und man hätte ihm gesagt, einer der drei sei ein außereheliches Kind mit einer anderen Frau, hätte er instinktiv auf Crockett getippt.

»Mr Garza wird im Testament Ihres Vaters erwähnt«, sagte LaVon. Hier in seinem Büro wirkte er viel mächtiger, aber hier war er ja auch der Hausherr. In der afghanischen Wüste dagegen, mit dem Aktenkoffer über der Glatze … Gideon war vollkommen klar, dass die Verhältnisse hier umgekehrt waren. In diesem Raum voller Bücher und Gesetze, in LaVons Revier, fühlte er sich deplatziert.

»Bitte setzen Sie sich.« LaVon deutete auf die Western-Stilmöbel vor seinem Schreibtisch: ein schwerer Zweisitzer aus Mahagoni und teurem Leder und dazu passende Sessel. Kuhfelle dienten als Teppiche, und die Lampen waren aus Geweihstangen zusammengesteckt. In der Ecke befand sich eine kleine Hausbar. LaVon ging hinüber. »Möchte jemand einen Drink?«

»Einen Bourbon«, erwiderte Bowie.

»Für mich einen Wodka Tonic«, ergänzte Crockett.

LaVon sah Gideon an, der im gleichen Moment die Hand hob. »Für mich nicht, danke.«

»Sind Sie sicher, dass Sie keine Stärkung benötigen?«, fragte

LaVon und warf Gideon einen ebenso bedeutungsvollen wie rätselhaften Blick zu.

»Ich möchte einen klaren Kopf behalten.«

»Hast du das gehört, Crock?«, bemerkte Bowie zu seinem Bruder. »Er meint, wir hätten keinen Verstand.«

Würde das jetzt so weitergehen? Gideon beschloss, die Bemerkung zu ignorieren, und ließ sich in den Doppelsitzer sinken, der gegenüber von den üppig gepolsterten Sesseln stand, in denen Bowie und Crockett Platz genommen hatten. Er schlug das rechte Bein über das linke, streckte den rechten Arm über die Rückenlehne aus und sorgte dafür, dass er größer aussah, als er wirklich war, und mehr Platz einnahm. Seine Kunsthand legte er auf den linken Oberschenkel. Er hatte einen Arm verloren, aber er würde dafür sorgen, dass ihm das nicht zum Nachteil gereichte.

LaVon schenkte die Drinks ein, kam zurück und reichte Bowie und Crockett ihre Gläser. Dann nahm er seinen Platz hinter dem Schreibtisch wieder ein. Das Eis klingelte in Crocketts Glas, als er seinen Drink kippte. Bowie hielt seins fest in der Faust.

LaVon räusperte sich. »Das Testament muss noch vom Nachlassgericht bestätigt werden, aber ich möchte Sie heute vorab wissen lassen, wie Ihr Vater sein Vermögen aufteilen wollte.«

Bowie spannte sich an.

Crockett beugte sich nach vorn.

LaVon rückte seine Lesebrille zurecht.

Gideon blieb regungslos sitzen.

»›Meinem ältesten Sohn, Bowie‹«, las LaVon, »›hinterlasse ich alle meine Fahrzeuge. Den 2009 Cadillac XLR-V, den

Hummer H3 …‹« Und so weiter, acht Wagen insgesamt. »›Und einhunderttausend Dollar in bar.‹«

Bowie grinste, bis LaVon fortfuhr. »›Meinem zweiten Sohn …«

»Äh, Moment mal, warten Sie«, unterbrach ihn Bowie.

»Ja, bitte?« LaVon schaute ihn über den Rand seiner Brille an.

»Soll das alles sein? Er hat mir nur die Wagen und mickrige hundert Scheine vererbt?«

»So steht es hier«, bestätigte LaVon.

Bowie sah ihn an wie vom Donner gerührt. »Das kann nicht sein. Da muss ein Irrtum vorliegen! Ich bin der Vormann auf der Ranch meines Vaters, ich kümmere mich seit Jahr und Tag um alles dort. Er hat mir doch sicher die Ranch vererbt.«

»Nein, davon steht hier nichts.«

Bowie ließ eine Serie von Flüchen los, die einen altgedienten Seemann schockiert hätten. Er sprang auf und griff nach dem Testament auf LaVons Schreibtisch.

Aber LaVon war viel schneller, als man glauben mochte. Geschickt zog er das Testament weg, bevor Bowie es packen konnte. »Ich muss Sie bitten, wieder Platz zu nehmen, Mr Goodnight.«

»Nein, ich nehme ganz sicher nicht wieder Platz. Ein Unding ist das! Er kann doch die Ranch nicht dieser Knalltüte hinterlassen haben!« Er deutete auf Crockett. »Der Kerl kümmert sich einen Scheiß um die Ranch! Alles, was er tut, ist saufen und den Frauen nachsteigen und ein bisschen Trainer spielen, um der guten alten Zeiten willen.«

Jetzt war auch Crockett aufgesprungen. »Fick dich doch,

Bowie! Dad hat dir jahrelang nur Puderzucker in den Hintern geblasen, aber offenbar hat er am Ende doch endlich begriffen, dass ich auch mal dran bin.«

Bowie ballte die Fäuste und starrte seinen Bruder wütend an. Crockett hob herausfordernd das Kinn. Kinder. Sie benahmen sich ganz einfach wie verwöhnte Kinder.

LaVon seufzte. »Wenn Sie sich nicht beruhigen, muss ich den Sicherheitsdienst rufen.«

Gideon schaute nur zu. Er hatte keine Aktien in diesem Geschäft.

»Er hat Ihnen die Ranch nicht vermacht, Crockett«, sagte LaVon.

»Was?« Crockett fuhr herum und starrte LaVon ungläubig an.

»Setzen Sie sich jetzt bitte, alle beide«, befahl LaVon.

Zögernd kehrten die Brüder zu ihren Sesseln zurück, nicht ohne sich weiterhin mörderische Blicke zuzuwerfen.

Sobald sie beide wieder saßen und Ruhe gaben, fuhr LaVon fort zu lesen. »›Meinem zweiten Sohn Crockett hinterlasse ich das Haus auf Galveston Island und einhunderttausend Dollar in bar.‹«

»Dieses elende Loch!«, heulte Crockett auf. »Das ist doch während des Hurrikans Ike komplett zerstört worden!«

»Aber immer noch mehr wert als acht dämliche Autos«, grollte Bowie.

»Und das war's?«, fragte Crockett. »Das Strandhaus und ein bisschen Taschengeld?«

»Er hat auch noch ein paar persönliche Erinnerungsgegenstände unter Ihnen aufgeteilt«, erklärte LaVon. »Kleidung, Bücher, Golftrophäen …«

»Ja, aber wem hat er die Ranch hinterlassen?«, fragte Bowie. »Und das restliche Geld? Der Alte war doch mindestens dreißig Millionen Dollar schwer. Wenn er das Geld für irgendwelche verfluchten wohltätigen Zwecke gespendet hat, fechte ich das Testament an. Er kann doch nicht am Ende gemeint haben, er könnte sich so den Weg in den Himmel freikaufen.«

LaVons Blick ging zu Gideon.

»Zum Teufel, nein!«, brüllte Bowie.

»›Meinem jüngsten Sohn, Gideon, Sohn von Linda Garza …‹«, setzte LaVon an.

Gideon spürte, wie sich die Haare auf seinen Armen aufstellten. Eine böse Vorahnung hüllte ihn ein wie eine feuchte Decke.

»… vermache ich die Rocking J Ranch am Highway einundfünfzig zwischen Twilight und Weatherford, mitsamt des Ranchhauses und allem beweglichen Besitz, soweit er nicht bereits einem meiner anderen beiden Söhne zugeteilt wurde. Das betrifft auch den Rest meines Geldes.‹« LaVon machte eine kurze Pause. »Es handelt sich hierbei um elf Millionen in bar, dazu Aktien und Wertpapiere.«

»Nein, nein, nein!«, brüllte Crockett und sprang wieder auf.

»Bitte nehmen Sie Platz«, sagte LaVon. »Ich bin noch nicht fertig mit Lesen.«

»Ich bleibe auf keinen Fall hier sitzen und höre mir das an. Das ist unser Geld! Bowies und meins!«

»J. Foster hat darüber offenbar anders gedacht.«

»Der Krebs hat ihm das Hirn zerfressen«, protestierte Crockett. »Er hat nicht mehr gewusst, was er tut.«

»Gideon ist Ihr Bruder.« LaVon blätterte in den Papieren.

»Ist er nicht. Dad hat es ganz eindeutig abgestritten, als er …« Crockett warf Gideon einen hasserfüllten Blick zu. »Als er vor Jahren bei uns auftauchte.«

»Ihr Vater hat gelogen.« LaVon schob sich die Lesebrille auf die Stirn.

»Und woher sollen wir wissen, dass er jetzt nicht lügt?«, fragte Bowie in aufsässigem Ton.

Gideon saß still da, wachsam, auf alles gefasst. Seine Muskeln waren angespannt wie Sprungfedern.

»Was ich hier vor mir habe, ist sein letzter Wille, sein Testament«, erwiderte LaVon.

»Und wie kommt er auf die Idee, alles diesem Hochstapler zu hinterlassen?«, murmelte Crockett.

Bowie war jetzt vollkommen verstummt, aber das beunruhigte Gideon eher noch mehr als ein lauter Ausbruch. Ausbrüche waren Bauchreaktionen. Stille bedeutete, dass Bowie nachdachte. Und wenn er nachdachte, war von ihm nichts Gutes zu erwarten.

LaVon ließ die Lesebrille wieder auf die Nase gleiten und las weiter. »›Mir ist klar, dass meine Söhne aus der Ehe mit Charlotte Van Zandt über die Verteilung meines Besitzes nicht glücklich sein werden. Deshalb folgt jetzt hier eine Erklärung. Ihr seid unter den denkbar besten Voraussetzungen geboren. Für euch war immer nur das Beste gut genug. Ihr hattet mehr Spielzeug, als ihr brauchtet, mehr zu essen, als ihr jemals runterbringen konntet. Ihr seid auf die besten Colleges gegangen, habt rasante Autos gefahren und seid mit rasanten Frauen ausgegangen. Und das Ergebnis? Ihr habt vor nichts Respekt. Crockett, du arbeitest nicht auf der Ranch mit, sondern lebst in den Tag hinein. Du bist oberflächlich wie eine Bratpfanne und unstet wie ein Schmetterling. Bowie, du bist voller Zorn, obwohl es dafür überhaupt keinen Grund gibt. Deine Bitterkeit hat dich verhärten lassen. Der Sohn, den ich so lange nicht anerkannt habe, ist jedoch zu einem großartigen Mann herangewachsen. Er hat mich herausgefordert, und als ich ihn wegschickte, hat er den Mut besessen, sich zu rächen, indem er meine Scheune niederbrannte. So etwas nötigt mir Respekt ab.‹«

»So ein Scheiß«, lallte Crockett mit hasserfülltem Blick. »Die Scheune hätte ich auch abfackeln können, wenn das die Voraussetzung war, an die Kohle zu kommen.«

Gideon war so schockiert, dass er den wutschäumenden Bowie für einen Moment aus den Augen ließ. Die Kinnlade fiel ihm herunter, er bekam fast keine Luft mehr, und er spürte, wie sich seine Zehen verkrampften. Nur das leise Surren des Ventilators unter der Decke war zu hören. Aus dem Augenwinkel sah er eine Spottdrossel in dem Mimosenbaum vor LaVons Fenster. J. Foster hatte ihn nicht nur als seinen Sohn anerkannt, er hatte ihm auch fast sein gesamtes Vermögen hinterlassen. Unglaublich. Er zwang sich, einen Atemzug zu nehmen, blinzelte, schüttelte den Kopf. Vielleicht träumte er das alles ja nur.

LaVon fuhr fort: »›Ich habe meinen Freund Richter Blackthorne dazu veranlasst, hart mit Gideon ins Gericht zu gehen. Armee oder Gefängnis. Gideon hat die Armee gewählt, und er hat Einsätze im Irak und in Afghanistan überlebt. Dabei hat er Großartiges geleistet, und irgendwann hat er gemerkt, dass er ein Talent für Sprachen hat, und ist Dolmetscher geworden. Sein Antrieb und seine Entschlossenheit sind Ergebnisse seiner Armut und der schwierigen Verhältnisse in denen er aufgewachsen ist. Er wurde Ranger und später sogar Green Beret. Er hat seinem Land gedient, und ich bin stolz auf ihn, schäme mich aber auch wegen der Art, wie ich ihn behandelt habe.‹«

Er hätte sich darüber freuen sollen. Warum fühlte es sich nicht gut an, das zu hören? Gideon war einfach nur ein wenig überrascht. Auf dem Sterbebett hatte J. Foster versucht, Wiedergutmachung zu leisten. Hatte er erwartet, dass damit wirklich alles wieder gut wäre? Dass Gideon sich besänftigen ließ, weil der gute Daddy ihm einen Haufen Geld hinterlassen hatte? Das änderte doch nichts! J. Foster hatte dafür gesorgt, dass er ohne Vater aufwuchs. Er hatte ihn behandelt wie ein Stück Dreck und Gideons Mutter im Stich gelassen.

Nein, Gideon hatte absolut kein Interesse an diesem Geld. Er hatte die letzten Jahre aus eigener Kraft Geld verdient, und inzwischen war er zwar nicht reich, aber er hatte doch einiges auf die hohe Kante legen können. Er brauchte Goodnights Geld nicht.

»Das ist doch vollkommener Blödsinn!«, wütete Bowie, der jetzt aufsprang und mit der Faust auf LaVons Schreibtisch haute. »Sorgen Sie dafür, dass das in Ordnung kommt, Lester. Egal wie, aber sorgen Sie dafür.«

»Ihr Vater hat das so entschieden.«

»Der Alte war verrückt vor Schmerzen.« Bowie fuhr sich mit der Hand durchs Haar. »Er kann unser Geld doch nicht diesem … diesem einarmigen Mexikaner zuschustern!« Aus seinem Mund klang es wie die übelste Beleidigung.

Gideon lachte. Die ganze Situation war absolut lächerlich.

Er wollte Goodnights Geld nicht, und er wollte schon gar nicht in einem Raum mit seinen reizenden Brüdern sitzen. Er war nur hierhergekommen, weil Moira gemeint hatte, es sei gut für ihn. Was für ein Blödsinn. Und was für ein Fehler. Wenn er zurückkäme, würde er ihr das sagen.

Aber das ist doch nicht der einzige Grund.

Caitlyn. Was war mit Caitlyn?

»Mach dich bloß nicht über mich lustig!« Bowie fuhr zu ihm herum und kam erstaunlich schnell auf ihn zu.

Aber Gideon war Soldat. Es kostete ihn nur den Bruchteil einer Sekunde, aufzuspringen, und als Bowie zum Schlag ausholte, packte er ihn am Handgelenk, drehte sich um, drückte ihn auf den Boden und setzte ihm den Stiefel auf die Kehle.

Bowie riss die Augen auf vor Schreck. Seine Halsschlagader pulsierte, sodass es alle sahen.

Gideon starrte hinunter auf seinen Bruder und spürte … absolut nichts. Keine Liebe, keinen Hass, keinen Abscheu, nichts als vollkommenes Desinteresse. »Ich könnte dir jetzt in einer Nanosekunde die Luftröhre eindrücken«, sagte er. »Du lebst nur noch, weil ich das will.«

Bowie wurde leichenblass.

»Ich will das Geld deines Vaters nicht, ebenso wenig wie die Ranch oder irgendetwas, was ihm gehörte. Jeder Sandfloh auf meinem Arsch kümmert mich mehr als J. Foster Goodnight und seine Söhne. Ihr könnt das Geld haben.«

»Ehrlich?«, sagte Crockett. »Ist das dein Ernst?«

Bowie lag vollkommen still unter Gideons Fuß. Er wusste, dass der andere keine leere Drohung ausgesprochen hatte.

»So einfach ist das aber nicht«, mischte sich LaVon jetzt ein.

»Da müssen Papiere ausgefertigt werden, es gibt rechtliche Vorschriften …«

Gideon drehte den Kopf zu LaVon, ohne den Fuß von Bowies Kehle zu nehmen. Er wollte kein Risiko eingehen. »Dann tun Sie, was Sie tun müssen, damit meine *Brüder* ihr Erbe bekommen.«

Und damit drehte er sich zur Tür und verließ den Raum.

Acht

Taglilie: Mutterschaft

Als Gideon am Montagabend zu Caitlyns Haus ging, war er nervöser als bei ihren ersten Verabredungen vor acht Jahren. Damals hatte er Richter Blackthornes Missbilligung gegen sich gehabt. Heute musste er seine eigenen Dämonen bekämpfen, und das war eher noch schwieriger. Er wollte so gern hoffen, dass sie dort weitermachen konnten, wo sie aufgehört hatten. Aber er war nicht so dumm, zu glauben, dass sich nichts verändert hätte. Acht Jahre waren eine lange Zeit, und zumindest er hatte sich drastisch verändert.

Aber gut. Es war ja kein Date, oder?

Er hielt einen Strauß Taglilien in der Hand. Nachdem sie die einzige Blumenhändlerin in der Stadt war und er ihr wohl schlecht Blumen schenken konnte, die er bei ihr gekauft hatte, war er in die Nachbarstadt gefahren. Der Duft der Lilien umgab ihn und gab ihm ein Gefühl der Schwere, als würde er durch tiefes Wasser waten.

Er hatte beschlossen, die Prothese nicht zu tragen. Jetzt bereute er diese Entscheidung, und so hielt er den linken Arm auf dem Rücken, während seine rechte Hand die Lilien umklammerte.

Der freundliche Geruch von Hackbraten hieß ihn willkommen, noch bevor er geklingelt hatte. Er kam zu früh, das war ihm klar, aber er hatte einfach nicht mehr warten können.

»Moment!«, rief Caitlyn von drinnen.

Er hörte, wie sich die Backofentür schloss. Die Zeit als Green Beret hatte seine Sinne geschärft, er hatte gelernt, ganz genau hinzuhören, auch auf weniger auffällige Geräusche. Er konnte minimale Unterschiede von Texturen und Temperaturen feststellen, sein Geschmackssinn war überragend. Das war auch gut so, manchmal überlebenswichtig.

Die Tür ging auf, und Caitlyn stand vor ihm, das Haar zum Pferdeschwanz zusammengebunden. Ein paar Locken hingen ihr ums Gesicht. Sie trug eine Schürze mit Blumenmuster über einer Stoffhose und einer beigefarbenen Seidenbluse. Ein hinreißender Anblick für die kriegsmüden Augen eines hungrigen Soldaten.

»Hallo!«, sagte er.

»Du bist früh dran.«

»Ist das ein Problem?« Er neigte grinsend den Kopf. »Ich kann auch nochmal gehen und in zehn Minuten wiederkommen.«

»Ach was, nein.«

»Ich habe dir …« Er fühlte sich wieder wie neunzehn und nervös wie ein Rennpferd, als er ihr den Strauß Lilien hinstreckte. »Hier.«

»Oh, danke schön«, sagte sie ein wenig atemlos, aber sie machte ein seltsames Gesicht dabei.

Verlegen fuhr er sich mit der Hand über den Nacken. »Hab ich was falsch gemacht?«

»Falsch?«

»Bist du allergisch auf Lilien oder so?«

»Nein, nein«, wehrte sie ab, aber sie hielt sie doch ein ganzes Stück von sich weg.

Dann erinnerte er sich, dass sie ihm einmal von der geheimen Blumensprache erzählt hatte. Er schluckte und fragte sich, was für eine Bedeutung man den Taglilien wohl zuschrieb. So, wie sie sich benahm, war seine Idee nicht besonders gut gewesen.

»Komm rein«, sagte sie. »Ich stelle schnell die Blumen ins Wasser, sie sehen auf dem Tisch sicher wunderbar aus.«

Er folgte ihr ins Haus, und sie schloss die Tür hinter ihm. Er warf einen Blick ins Zimmer, überprüfte die Umgebung, alles, was er sehen konnte. Das Sofa mit dem Jeansbezug, das schon bessere Zeiten gesehen hatte, die selbst gestrickte Decke über der Rückenlehne, den Dielenboden mit dem Blumenteppich, den kleinen Fernseher in der einen Ecke, den Tisch mit dem Laptop in der anderen, und dazwischen das Regal, das von Büchern überquoll. Ein kleines Zimmer, aber gemütlich und angenehm.

Hier im Haus war der Duft des Hackbratens noch kräftiger. Außerdem nahm er Kartoffelpüree mit Butter wahr, Möhrengemüse und Hefebrötchen. Und ein fast unbehagliches Schweigen zwischen ihnen.

»Du siehst hübsch aus«, sagte er.

Sie schob sich eine Haarsträhne aus dem Gesicht, wurde ein ganz klein wenig rot und schaute zur Seite. Komplimente hatte sie nie gut annehmen können, und sie hatte sich auch nie schön gefunden. Tatsächlich war sie keine klassische Schönheit, aber in Gideons Augen war sie eine Göttin. Sie hatte unglaublich weiche Haut, und er wusste, dass sie sich sehr gut vor der Sonne schützte. Ihre Nase war vielleicht ein bisschen kräftig für eine Frau, aber er fand, sie gab ihrem Gesicht einen Hauch von Stärke und Entschlossenheit.

»Komm mit in die Küche«, lud sie ihn ein. »Du kannst den Salat zusammenmischen.«

»Geht schon los mit der Arbeit, hm?«

»Genau.« Sie nahm die Salatschüssel aus dem Kühlschrank, an dem einige kitschige Magnete hingen, die Kinderzeichnungen festhielten. Er fragte sich, von wem diese Zeichnungen wohl stammten. Sie stellte die Schüssel auf die Küchenanrichte, gab ihm ein Salatbesteck und stellte eine Flasche italienisches Dressing daneben. »Nur zu.«

Es war ewig her, dass er in einer zivilisierten Küche gestanden und einer Frau beim Kochen geholfen hatte. Das Gefühl war so fremd für ihn, wie Schlafen in der Wüste für sie. Gideon fing an, schüttete Dressing über den Salat und mischte ihn durch.

Caitlyn bückte sich, um die Brötchen aus dem Backofen zu nehmen, und ihm blieb gar nichts anderes übrig, als einen Blick auf ihren Hintern zu werfen.

Ein Weltklassehintern übrigens. Daran hatte sich schon mal nichts geändert.

Sie drehte den Kopf und fing seinen Blick auf. Ertappt. Schnell schaute er wieder auf die Salatschüssel.

Wieder schwiegen sie, so unbehaglich wie am Anfang. Er hätte sich wirklich gewünscht, dass es einfacher wäre, natürlicher. Aber so war es nun mal.

War das ein böses Vorzeichen?

»Und, wie war die Testamentseröffnung?«, fragte Caitlyn, während sie die Brötchen mit Butter bestrich.

»Du wirst es nicht glauben.«

»Er hat dir einen Teil der Ranch hinterlassen«, riet sie.

»Die ganze Ranch.«

»Wie bitte?« Sie legte das Buttermesser hin und starrte ihn an.

»Und elf Millionen Dollar.«

»Gideon!«

»Ich hab's ausgeschlagen.«

»Warum das denn?«

»Ich will nichts haben, was J. Foster gehört hat.«

»Du bist ganz schön nachtragend.«

»Mag sein.«

»Das heißt aber auch, du wirst nicht in Twilight bleiben.«

»Weiß ich noch nicht«, erwiderte er ehrlich. »Ich muss mich erst mal wieder an Amerika gewöhnen.«

»Oh«, machte sie. Klang das traurig oder bildete er sich das nur ein? »Ja, es muss sich ziemlich seltsam anfühlen, wenn man so lange weg war.«

»Das kannst du dir gar nicht vorstellen.«

Sie stellte die Brötchen und den Salat auf den Tisch, bevor sie sich ihm wieder zuwandte. »Wie war es da draußen?«

Er zuckte mit den Schultern. »Auch das kannst du dir nicht vorstellen, nicht mal, wenn ich dir davon erzähle.«

»Versuch's.«

Er lachte.

»Wieso meinst du, ich könnte so was nicht verstehen?«

»Dein Leben hier …« Er hielt kurz inne und machte eine Handbewegung, die ihre ganze Küche umfasste. »Dein Leben hier ist das krasse Gegenteil meines Lebens in Afghanistan.«

»In welcher Hinsicht?«

»In jeder Hinsicht.« Er spürte den Unterschied jetzt noch deutlicher als vorher. Er war allein.

»Darf ich dir mal eine persönliche Frage stellen?«

Er spannte sich an, wusste nicht, was jetzt kam. »Solange ich die Erlaubnis habe, notfalls nicht zu antworten.«

»In Ordnung.«

Er trat näher an sie heran, als könnte er so die Flut neugieriger Fragen ein wenig eindämmen. »Dann los.«

Sie trat nicht zurück, sondern hob ihr Kinn entschlossen an. »Warum bist du nicht nachhause gekommen, nachdem sie dich entlassen hatten? Nachdem …« Sie warf einen Blick auf seinen Armstumpf.

O Gott, wie sollte er das erklären? Die Leute redeten so leichtfertig von Pflicht und Ehre und Freiheit, aber nur wenige verstanden, welchen Preis die Soldatinnen und Soldaten dafür zahlten, dass die Menschen zuhause in Freiheit leben konnten. Gideon biss die Zähne zusammen, spürte, wie sich alles in ihm anspannte, aber er trat nicht zurück, er blieb einfach stehen, nah bei ihr, und atmete ihren süßen Duft ein. Lavendel und frischgebackenes Brot.

Wie schaffte man es, seine Seele von all dem Hässlichen reinzuwaschen? War das überhaupt möglich? Er war dafür ausgebildet, zu töten. Wie sollte er nach dieser Erfahrung in ein ruhiges Leben voller Lavendel und frisch gebackenem Brot zurückkehren? So viel süßer Friede – unerreichbar für ihn.

Aber wenn er in Caitlyns Augen blickte und darin all die Fürsorglichkeit und Anteilnahme sah, dann wünschte er sich mehr als alles andere, es wäre möglich. Das Wunder.

Er wusste es besser. Natürlich wünschte er sich, die Vergangenheit auszulöschen und die Dinge zu vergessen, die er gesehen und getan hatte. Aber das konnte er sich lange wünschen, die Flecken auf seiner Seele waren unauslöschbar. Er war beschädigte Ware. Sein zerstörter Arm war nur ein äußeres Zeichen für die große Leere in seinem Inneren. Es gab zu viele Dinge, die er ihr nicht erzählen konnte. Dinge, vor denen er sie unbedingt schützen wollte. Es gab eine sehr, sehr hässliche Welt da draußen, außerhalb von Twilight, Texas. Sie hatte keine Ahnung, wie hässlich diese Welt war, und er wollte auch nicht, dass sie es erfuhr. Er würde diese Last für den Rest seines Lebens auf den Schultern tragen, und er würde es nie zulassen, dass sie mit daran trug. Diesen Preis hatte er ganz allein bezahlt.

»Caitlyn«, flüsterte er. »Ich kann es nicht.«

»Du kannst was nicht?« Sie sah ihn verwirrt an. War das denn so schwer zu verstehen?

»Ich kann nicht normal sein.«

»Das ist nicht schwer. Benimm dich einfach normal.«

»Ich soll so tun als ob?«

»Genau. Bis es dir wieder natürlich vorkommt. So machen das alle.«

»Nein, so einfach ist das nicht.«

»Und warum nicht?«

»Ich weiß nicht, wie ich das erklären soll.« Er trat einen Schritt zurück. Probleme mit der Nähe hatte im Moment er, nicht sie.

»Zieh dich nicht vor mir zurück. Schließ mich nicht aus deinem Leben aus.«

Gideon dachte an den Mann, den er hatte töten müssen, im Nahkampf, Auge in Auge. Er dachte an den Ausdruck in den Augen dieses Mannes, als er seinen letzten Atemzug getan hatte. So friedlich, als wäre ihm der Tod willkommen. Dunkle Gedanken, die nicht in eine fröhliche, gelb gestrichene Küche passten.

»Ich …« Er schluckte schwer. »Ich muss … Ich kann nicht … Ich muss dich davor schützen.«

»Also, nur damit ich es jetzt wirklich verstehe. Du glaubst, wenn du deine Gefühle verleugnest, kannst du mich irgendwie vor irgendetwas schützen?«

»Genau. Und zwar vor mir, denn du könntest mit dem, was ich bin, nicht umgehen. Mit dem, was aus mir geworden ist. Ich habe Albträume …«

»Warum überlässt du mir nicht die Entscheidung, womit ich umgehen kann und womit nicht?«

Sie war so naiv! Er streckte die Hand aus und fuhr mit dem Daumen über ihr Kinn. »Du bist so zauberhaft. So liebevoll. Du hast keine Ahnung, wie die Welt da draußen ist.«

Sie blickte zu ihm auf. »Denkst du, ich habe nicht gelitten? Denkst du, ich habe keinen Verlust erlebt?«

»Du kannst dir absolut nicht vorstellen, was ich durchgemacht habe.«

»Dann erzähl mir davon. Ich helfe dir gerne tragen, wenn du mich lässt, Gideon.«

Er schüttelte den Kopf und wandte ihr den Rücken zu. Heiser flüsterte er. »Ich kann nicht. Es ist zu schwer, darüber zu sprechen.«

»Gid…« Das Flehen in ihrer Stimme bohrte sich wie ein Messer in sein Herz.

»Ich kann nicht.« Er hielt inne. »Es würde dich beschmutzen, glaub es mir.«

»Beschmutzen?« Caitlyn lachte. »Gideon, ich bin keine zarte Blume, ich bin stärker, als du es dir vorstellen kannst. Ich weiß, was ich hier erlebt habe, lässt sich nicht mit deinen

Erinnerungen vergleichen, aber ich hatte es auch nicht leicht.«

»Du hast deinen Mann verloren.«

»Ja, aber das ist bei Weitem nicht alles.« Sie atmete heftig ein. »Komm, setz dich. Wir müssen reden.«

»Und das Essen?«

»Kann warten.« Sie zog zwei Stühle heran und setzte sich.

Gideon nahm ihr gegenüber Platz. Ihm war ein bisschen übel, ohne dass er wusste, warum. Er ließ den linken Arm sinken, um die fehlende Hand unter dem Tisch vor ihr zu verstecken. Warum zum Teufel hatte er die Prothese nicht angelegt? Auf dem Fensterbrett stand ein kleiner roter Hot-Wheels-Rennwagen. Die Kinderzeichnungen am Kühlschrank. Das Spielzeugauto. Natürlich, warum hatte er das nicht schon vorher begriffen?

»Ich muss dir was sagen«, setzte sie an. »Etwas, was dich vielleicht schockiert.«

»Du hast ein Kind«, sagte er.

Sie blinzelte. »Ja.«

Wie aufs Stichwort wurde die Hintertür aufgerissen, und eine Jungenstimme rief: »Mom, Mom, stell dir mal vor …« Als der Junge Gideon sah, hielt er inne. Dann sah er seine Mutter fragend an. *Wer ist der Kerl?*

»Wir haben einen Gast zum Abendessen, Danny«, sagte sie.

In der Sekunde, als Gideon dem Kind in die Augen sah, wurde ihm schwindelig, als sei die ganze Welt auf den Kopf gestellt. Sein Atem ging schwer und zischend, sein Herzschlag dröhnte in seinen Ohren, und er spürte den Geschmack von Adrenalin im Mund.

Der Junge sah genauso aus wie er in dem Alter. Braune Augen, schwarze Haare, ein Wirbel am Hinterkopf, etwas zu große Ohren. Unwillkürlich hob Gideon die Hand an sein Ohr. Sein Herz setzte immer wieder aus, wie eine alte, kaputte Pumpe. Der Junge war vielleicht sieben oder acht Jahre alt. Gideon ertappte sich dabei, wie er innerlich schnell nachrechnete. Durchaus möglich. Es war absolut möglich, dass dieser Junge sein Sohn war.

Bei dieser Erkenntnis blieb sein Herz wirklich kurz stehen.

»Mom?«, sagte der Junge. »Warum weinst du?«

Weinte sie? Gideon schaute Caitlyn an. Sie wischte sich mit beiden Händen über die Augen. Der Moment gefror, als wäre er für alle Zeit in Bernstein eingegossen.

Der Junge hob das Kinn an, genau wie seine Mutter es vorhin getan hatte. Er hatte Sommersprossen. Auch die hatte er von ihr.

Die Erkenntnis, dass da sein Sohn vor ihm stand, traf Gideon wie ein Dampfhammer. Er starrte Danny an.

Und Danny starrte zurück, die Augenbrauen misstrauisch zusammengezogen und die kleinen Hände zu Fäusten geballt. »Hast du meine Mommy zum Weinen gebracht?«

»Nein«, sagte Caitlyn. »Ich weine gar nicht, und er hat mich auch nicht zum Weinen gebracht.«

Für Gideon war es wie ein Sprung zurück in der Zeit, eine Erinnerung, die er vollkommen vergessen hatte. Er war ein bisschen jünger gewesen als Danny, vielleicht fünf Jahre alt, und er hatte in der Küche des Trailers gestanden, in dem er und seine Mutter lebten, nicht weit von den Bahngleisen hinter dem Laden für Futtermittel. Er konnte den Getreidestaub wieder riechen, Heu und Hafer, Mais und Baumwollsamen.

Ein Mann hatte an ihrem Küchentisch gesessen, in weißem Unterhemd und Boxershorts. Ein schwarzer Cowboyhut lag auf dem Tisch. Seine Mutter saß auf dem Schoß des Mannes, das Kleid hochgeschoben, die Arme um den Hals des Mannes gelegt. Und er erinnerte sich jetzt auch daran, wer dieser Mann gewesen war. J. Foster Goodnight.

Gideon schloss kurz die Augen, um die Erinnerung wegzuschieben. Dann sah er dem Jungen in die Augen. Kein Kind sollte sich jemals so fühlen, wie er sich in jenem Moment gefühlt hatte. Als wollte ihm jemand die Mutter wegnehmen. Er überlegte, was er zu dem Jungen sagen sollte. Und zu ihr. Er wusste, wie es sich anfühlte, wenn man ins Haus kam und die Mutter einem Typen schöntat, den man nicht kannte. Ein Tritt in den Magen. Ein Messer im Herzen.

»Danny«, sagte Caitlyn mit einer Stimme, die irgendwie zu atemlos und hoch klang. »Das ist Mr Garza.«

Danny fuhr herum und sah sie an. »Crockett hat uns zum Eröffnungsspiel der Rangers eingeladen. Am ersten Samstag im April. Er hat sogar schon Tickets gekauft. Können wir da mitgehen?«

Crockett Goodnight, sein Halbbruder. Hatte er Danny zu dem Spiel eingeladen, um ihn, Gideon zu ärgern? Ach, Quatsch. Er traute Crockett keinen Meter weit, aber so misstrauisch durfte man wirklich nicht sein. Scheiße, er wusste nicht, wie er sich verhalten sollte. Acht Jahre war er weg gewesen. Seine Heimatstadt war ihm fremder als der Mittlere Osten. Und sein Sohn … sein Sohn war ihm absolut fremd. Wie denn auch sonst?

»Sei nicht so unhöflich, sag erst mal Hallo zu Mr Garza«, tadelte Caitlyn ihren Sohn.

Der Junge ließ den Kopf sinken und bohrte mit seinem Turnschuh in einer Ritze im Boden.

Gideon dachte an die Gelegenheiten, wenn seine Mutter ihn gezwungen hatte, nett zu ihren »Freunden« zu sein. Er hatte das schrecklich gefunden. Aber er war nicht Caitlyns »Freund«, und sie brachte sicher auch nicht ständig »Freunde« mit. Er kannte sie. So war sie nicht.

Oder jedenfalls war die alte Caitlyn nicht so gewesen. Diese Frau hier kannte er ja gar nicht.

Nein, sie hatte sich nicht viel verändert. Sie war immer ehrlich gewesen, eine Frau, auf die man sich verlassen konnte. Die Frau, die er gebraucht hatte, die ihm gezeigt hatte, dass es so etwas wie Beständigkeit in der Liebe gab.

»Ist schon in Ordnung«, sagte er, obwohl in seinem Inneren etwas starb.

Vor fünf Minuten hatte er noch nicht gewusst, dass er einen Sohn hatte. Jetzt war er auf einmal ein Vater. Komisch, wie das lief. In einer Sekunde veränderte sich alles. Er wollte nicht, dass der Junge dasselbe erlebte wie er seinerzeit. Er wollte ihn schützen. Ein neues, fremdes und doch wunderbares Gefühl. In Gedanken probierte er es aus. Dad. Pop. Pa. Vater.

Keine Ahnung, wie sein eigener Vater es fertiggebracht hatte, ihn zu verleugnen. Gut, am Ende hatte J. Foster ihn anerkannt, aber das war Jahre zu spät gekommen. Verdammtes Klischee. Die Mutter verloren, und nun auch den Vater, der sich so lange geweigert hatte, ihn anzuerkennen.

»Sag Hallo zu Mr Garza.« Caitlyn bestand darauf.

Gideon schüttelte den Kopf, kniff die Augen zusammen und schickte ihr eine stille Botschaft: Nein! Er wollte nicht, dass der Junge sich verpflichtet fühlte, nett zu sein. Das würde das Kennenlernen nur noch mehr belasten.

Danny warf ihm einen blitzschnellen Blick zu. »Hallo«, murmelte er und schaute dann wieder seine Mutter an. »Also, was ist, können wir mit Crockett zu dem Spiel gehen?«

Caitlyn schüttelte den Kopf. »Du weißt, dass ich am Samstag arbeiten muss.«

»Ich kann doch mit ihm allein gehen!«

»Nein, kannst du nicht, dafür bist du noch zu klein.«

»Du behandelst mich wie ein Baby!«, rief Danny. »Ich bin aber kein Baby mehr! In ein paar Monaten werde ich acht!«

»Na, im Moment benimmst du dich jedenfalls wie ein Baby, wenn du so einen Wutanfall kriegst.«

Danny verschränkte die Arme vor der Brust und schmollte mit finsterem Blick.

Gideon fühlte ein Zusammenzucken, das bis in seine Zehen reichte. Dannys Gesten waren ein Spiegelbild seines eigenen Verhaltens in dem Alter. Wütend auf die Welt und alle Menschen.

»Ich gehe mit.«

Woher die Worte kamen, wusste er selbst nicht. Sie sprangen ihm einfach so aus dem Mund. Ein Versprechen, das er eigentlich nicht halten konnte.

Caitlyn fing seinen Blick auf. »Bist du sicher?«

Ein Nachmittag im Stadion, gemeinsam mit seinem Halbbruder, dem er das Erbe weggeschnappt hatte, und mit seinem Sohn, den er eigentlich noch gar nicht kannte? Weltmeisterlich. Er zuckte mit den Schultern um zu zeigen, dass er sich so ziemlich jeder Situation gewachsen fühlte. »Ja, klar.«

Danny warf die Hände in die Luft. Er schien so überrascht, dass Gideon fast lachen musste. »Na toll, mit Crockett allein darf ich nicht gehen, aber mit Crockett und einem Typen, den ich nicht kenne, ja?«

Da hatte der kleine Kerl nicht ganz unrecht. Clever war er, das musste man ihm lassen. Viel cleverer, als Gideon in seinem Alter gewesen war.

»Du kannst mitgehen, wenn du willst«, sagte Caitlyn. »Aber nur wenn Mr Garza mitgeht.«

Da war das Schmollen wieder. »Und wer sind Sie?«, fragte Danny Gideon.

Die perfekte Gelegenheit, es einfach zu sagen. Dein Dad. Aber das konnte er natürlich nicht tun. Stattdessen entschied er sich für ein neutrales: »Ein alter Freund deiner Mutter. Du kannst Gideon zu mir sagen.«

»Aber mein Freund bist du nicht.«

Er verstand den Jungen vollkommen. Er hatte das ja alles selbst erlebt, und schon deshalb war es ihm unmöglich, diese Haltung zu kritisieren. Aber gleichzeitig fühlte er sich eben, wie er sich fühlte. Nicht willkommen, nicht gewollt, ein Außenseiter. Der Typ, der nirgendwo so richtig hingehörte. Außer in die Army.

Danny hingegen gehörte absolut hierher. Seine Vorfahren hatten diese Stadt gegründet. Noch verwurzelter sein konnte man nicht. Gideon hatte nichts dergleichen. Er wusste nicht, wie es war, Teil einer überlebensgroßen Tradition zu sein. Eines Erbes.

Immerhin, sein Vater war J. Foster Goodnight gewesen, ein Verwandter von Charles Goodnight, einer der Schlüsselfiguren der texanischen Geschichte. Trotzdem war das etwas anderes. Er hatte ja nie zu den Goodnights gehört. Bis heute Morgen.

»Wenn du zu dem Spiel gehen willst«, wiederholte Caitlyn, »dann entweder mit Gideon oder eben nicht. Du kannst das selbst entscheiden.«

Danny stopfte die Hände in die Taschen. Der schwarze Wirbel, der gleiche, den Gideon auch hatte, stand an seinem Hinterkopf in die Höhe. »Na gut, okay, er kann mitkommen.«

Da Gideon nicht wusste, was er sagen sollte, schwieg er. Es sah so aus, als hätte er am ersten Samstag im April eine Verabredung, wenn auch nicht die, die er erwartet hatte.«

»Gut, dann geh dir jetzt die Hände waschen«, sagte Caitlyn. »Wir wollen zu Abend essen.«

Danny schaute Gideon misstrauisch an, nickte dann aber feierlich, drehte sich um und verließ das Zimmer.

»Wir haben einen Sohn?«, flüsterte Gideon, als käme ihm die Erkenntnis erst jetzt. »Du und ich? Wir haben einen Sohn?«

»Ja«, bestätigte Caitlyn. »Danny ist unser Sohn. Aber er glaubt, Kevin sei sein Vater gewesen. Im Übrigen glauben das alle in der Stadt. Ich wollte es Danny leichter machen, und Kevin hat zugestimmt. Ich wollte nicht, dass Danny …«

»Als Bastard aufwächst.«

»Das wollte ich nicht sagen.«

»Und wolltest du ihm irgendwann mal von mir erzählen?«

»Ja. Ich denke schon. Werde ich. Ich …«

»Du hast dich meiner geschämt.«

»Herrgott, nein! Niemals!« Sie stand auf und lief händeringend ein paar Schritte auf und ab. »Ich weiß aber, was du mir über deine Kindheit erzählt hast. Dass du darunter gelitten hast, nicht zu wissen, wer dein Vater war. Dass du immer das

Gefühl hattest, nicht dazuzugehören. Als würde sich niemand um dich kümmern. Ich wollte einfach nur, dass Danny sich geliebt fühlt. Und Kevin war ihm ein guter Vater. Ich dachte doch, du seist tot!«

Jetzt stand Gideon ebenfalls auf. »Und deshalb hast du ihn angelogen.«

»Du hast kein Recht, mir das vorzuwerfen. Ich habe versucht, dich ausfindig zu machen, als ich feststellte, dass ich schwanger war. Aber du hattest keine Telefonnummer hinterlassen, unter der man dich erreichen konnte, und als ich später genug Geld zusammengekratzt hatte, um einen Privatdetektiv zu engagieren …« Sie winkte ab. »Egal, es ist ja vorbei. Was geschehen ist, ist geschehen. Jetzt müssen wir entscheiden, wie wir in Zukunft weitermachen.«

»Ja, klar«, erwiderte Gideon harsch. »Du hast leicht reden. Du hast ja auch nicht gerade erfahren, dass du ein Kind hast, von dem du nichts wusstest.«

»Wir könnten neu anfangen, Gideon. Ein neues Leben aufbauen.«

Er wünschte so sehr, es wäre wahr. Er liebte sie mehr, als er mit Worten ausdrücken konnte, aber er hatte eben auch erfahren, dass Liebe allein nicht ausreichte. »So einfach ist das nicht, Caitlyn.«

»Du machst es aber schwieriger, als es sein müsste. So warst du schon immer«, erwiderte sie. »Immer entschlossen, den schwierigen Weg zu nehmen.«

Da hatte sie leider recht, aber er fand, sie hätte nicht gerade jetzt darauf hinweisen müssen. Er war Vater. Wie sollte er das jemals ganz erfassen? Er hatte einen Sohn.

Er spürte es in jeder Zelle seines Körpers, jeder Muskelfaser, im Knochenmark. Er hatte einen Sohn. Er hatte etwas weiterzugeben. Er dachte an J. Foster. Das Blut der Goodnights floss in seinen Adern. Blut, das geholfen hatte, Texas aufzubauen. Auch in Danny floss dieses Blut. Überlebensgroß, pulsierend, heiß und unerbittlich. Wenn Gideon ein Goodnight war, dann war es Danny ebenfalls. Und der Junge hatte verdient, sein Erbe anzutreten.

In diesem Moment wusste Gideon, was er zu tun hatte.

Dieses Kind änderte alles.

Das Essen verlief in einer angespannten Atmosphäre. Während sie den Hackbraten verspeisten, sprach niemand ein Wort, und als Danny fragte, ob er aufstehen dürfe, stimmte Caitlyn schnell zu. Sie brauchte Zeit mit Gideon allein, um die Dinge in Ordnung zu bringen. Jedes Mal, wenn sie ihn anschaute, sah sie männliche Kraft und einen steigenden Testosteronspiegel. Er war wütend, und sie konnte ihn verstehen, aber sie mussten Wut und Vorwürfe hinter sich lassen und die nächsten Schritte planen.

»Ich mache uns Kaffee«, sagte sie. »Dann können wir uns auf die Schaukel auf der Veranda setzen und reden.«

Gideon nickte mit versteinertem Gesicht. Sie wünschte, sie könnte seine Gedanken lesen. Früher hatte sie ihm nur in die Augen sehen müssen und ganz genau gewusst, was ihm durch den Kopf ging. Aber so war es nicht mehr.

War denn alles verloren?

Während sie die Kaffeemaschine einschaltete, spürte sie die Hitze seines Blickes. Starrte er ihr wieder auf den Hintern? Sie hatte den Blick durchaus mitbekommen, als sie sich vor dem Backofen gebückt hatte. Ein leises Lächeln ging über ihre Lippen. Vielleicht war er doch nicht ganz so versteinert, wie er sie gern glauben machen wollte.

Aber dann dachte ein boshafter Teil von ihr wieder, vielleicht wäre er es doch. Caitlyns Wangen wurden heiß. Sie machte sich hier gerade ziemlich zum Narren.

»Willst du Kuchen?«, fragte sie, als der Kaffee durchgelaufen war. »Ich habe ihn auf dem Heimweg in der Twilight Bakery gekauft. Apfelkuchen. Mir war eingefallen, dass das dein Lieblingskuchen ist.«

»Und du hattest vor, mich damit milde zu stimmen, bevor du mir das mit unserem Sohn sagst?«

»Ich wusste nicht, wie ich es dir sonst beibringen soll.« Sie stellte die Kuchenteller auf die Kaffeebecher, er hielt ihr die Tür auf, und sie gingen zusammen auf die Veranda. Dort stellte sie die Kaffeebecher auf einem kleinen, weiß gestrichenen schmiedeeisernen Tisch neben der Schaukel ab und nahm zwei Kuchengabeln aus ihrer Schürzentasche.

Gideon ließ sich in die Polster sinken. Sein Gewicht ließ die Ketten quietschen. Sie reichte ihm den Kuchenteller und versuchte, nicht hinzusehen, als er ihn vorsichtig auf seinem Oberschenkel abstellte. Das war keine so gute Idee gewesen. Schon für Leute mit zwei Händen war es ein Balanceakt, auf der Schaukel zu essen. Sie schob seinen Kaffeebecher an den Rand des Tischchens, damit er ihn erreichen konnte, dann nahm sie ihren eigenen Becher und Teller und setzte sich neben ihn.

In dem Moment, als ihr Hintern die hölzerne Sitzfläche berührte, bereute sie ihren Vorschlag erst recht. Er war ihr hier viel zu nah. So nah, dass sie seine kaffeebraunen Augen und seine dicken, dunklen Wimpern sehen konnte. So nah, dass sie seine Körperwärme spüren konnte wie eine sonnenbeschienene Mauer. So nah, dass sie die Alchemie seines Duftes wahrnahm, eine kräftige Mischung aus Salbei, Taglilien und Mann.

Es war, als würde sie in ein Land der Phantasie mitgenommen. Vor drei Tagen hätte sie sich nicht vorstellen können, hier jemals mit ihrer großen Liebe zu sitzen. Vielleicht war das ja auch alles gar nicht wahr, sondern nur ein seltsamer Traum.

»Ich dachte, du hättest es irgendwie geahnt«, sagte sie. »Oder jemand hätte dir erzählt, dass ich ein Kind hatte, und du hättest zwei und zwei zusammengezählt.«

»Wie kommst du denn darauf?« Seine Augen waren klar und ganz auf sie gerichtet.

Sie schaute auf ihren Kuchenteller. Er aß nicht, sondern beobachtete sie nur. »Die Taglilien. Ihre traditionelle Bedeutung ist Mutterschaft.«

»Das wusste ich nicht.«

»Komischer Zufall. Warum hast du sie ausgesucht?«

»Ihre Farbe erinnerte mich an deinen Mund.«

»Oh.« Sie entfernte mit dem Zeigefinger einen Kuchenkrümel von ihrer Oberlippe.

Die Sonne ging unter und warf ein weiches orangefarbenes Leuchten gegen die niedrigen Wolken. Das Licht strich auch über Gideons Gesicht, sodass seine Haut aufstrahlte. Sie fragte sich, ob ihre Haut genauso aussah. So unglaublich lebendig.

»Also, die Sache mit Danny«, sagte er.

Genau. Danny.

Gideon schwieg eine Weile; sie wusste, es fiel ihm schwer,

seine Gefühle in Worte zu fassen. »Er scheint mich nicht besonders zu mögen.«

»Du bist ein Fremder für ihn. Er kennt dich nicht. Er braucht immer ein Weilchen, um mit Fremden warm zu werden.«

»Das hat er von dir.«

Sie spürte, wie sie bei dieser Bemerkung die Stacheln aufstellte. »Es ist kein Fehler, ein bisschen vorsichtig zu sein.«

»Habe ich auch nicht behauptet.«

»Aber du hast mich damit immer aufgezogen.«

»Das war, bevor ich lernte, wie gefährlich die Welt sein kann. Du hast recht, vorsichtig zu sein.«

»Ich fürchte, ich habe Danny zu einem sehr scheuen Kind erzogen. Vor allem, weil er keinen Vater hatte. Ich wollte immer, dass er stark und unabhängig ist.«

»Aber jetzt hat er einen Vater.«

»Hast du beschlossen, in Twilight zu bleiben?« Sie hielt den Atem an und spürte, wie sehr sie sich vor seiner Antwort fürchtete. Wie auch immer sie lauten würde.

»Jetzt bin ich da. Danny ändert alles. Ich habe beschlossen, J. Fosters Erbe anzutreten.«

»Das ist aber ein ziemlicher Sinneswandel.«

»Ich muss an meinen Sohn denken.«

Caitlyn lächelte. »Bowie und Crockett werden ausflippen.«

»Nicht mein Problem.«

»Sie werden alles tun, um dich fertig zu machen.«

»Tulpenmädchen«, sagte er. »Hast du schon mal erlebt, dass ich vor einem Kampf zurückgeschreckt bin?«

Tulpenmädchen.

So hatte er sie früher genannt. Seit acht Jahren hatte sie

diesen Spitznamen nicht mehr gehört. »Ich freue mich, dass du das sagst.«

»Was? Dass ich bereit bin zu kämpfen?«

»Dass du vorhast, für Danny da zu sein.«

Gideon schaute sie grimmig an. »Hast du daran gezweifelt?«

»Ich wollte nichts für selbstverständlich halten.«

»Ich habe schon fast acht Jahre seines Lebens verpasst, da will ich nun wirklich keine Minute mehr verpassen.«

»Wir müssen aber darüber reden, wie wir es ihm beibringen. Einfach so damit rausplatzen, das halte ich für keine gute Idee. Er hat unter Kevins Tod sehr gelitten und tut es noch. Im Moment geht es ihm auch in der Schule nicht besonders gut. Ich finde, es wäre gut, wenn ihr beide euch erst mal kennen lernt.«

Gideons Blick wurde noch finsterer. »Ich finde das nicht, aber du bist seine Mutter und kennst ihn besser als ich. Also werde ich mich deinem Wunsch fügen.«

Caitlyn atmete heftig aus. Sie hatte gar nicht gemerkt, dass sie die Luft angehalten hatte. »Danke. Ein Grund mehr, dich anzustellen, damit du das Karussell restaurierst. So hast du immer einen Grund, in unserer Nähe zu sein.«

»Ich brauche keine Entschuldigung, Caitlyn.« Sein Blick durchbohrte sie. »Ich will hier sein.«

»Aber ich brauche so was wie eine Entschuldigung. Und außerdem brauchen wir jemanden, der sich um das Karussell kümmert.«

»In Ordnung«, sagte er. »Schließlich habe ich dir versprochen, das Karussell wieder zum Laufen zu bringen.«

»Daran erinnerst du dich?«

Er sah ihr tief in die Augen. »Ich erinnere mich an absolut alles, Tulpenmädchen.«

Ihr Herz tanzte vor Freude. »Dann gibt es nur noch eine Hürde.«

»Nämlich?«

»Ich muss die Frauen vom Gartenclub noch überzeugen, dass du der richtige Mann für den Job bist.«

Nachdem Gideon gegangen war, konnte Caitlyn lange nicht einschlafen. Sie brachte Danny ins Bett, las ihm noch eine Geschichte vor und zog sich dann in ihr Zimmer zurück. Doch nach Stunden, in denen sie sich nur von einer Seite auf die andere gewälzt hatte, fühlte sie sich wacher als je zuvor. Schließlich stand sie auf, zog ihren dicken alten Pullover an und ging auf die Veranda hinter dem Haus.

Der Vollmond hing am mitternachtsblauen Himmel, dick und gelb wie ein reifer Käse. Irgendwo schrie eine Nachtschwalbe, und ihr Gefährte antwortete. Ein süßer Duft von Hyazinthen wehte durch die Luft. Sie konnte die Ochsenfrösche im Sweetheart Park hören, die ihr nächtliches Lied anstimmten. Der Frühling stand vor der Tür, reif und reich und voll. Ihre Lieblingsjahreszeit, wenn die Knospen mit ihren strahlenden Pastellfarben sich öffneten und alles in ein weiches, romantisches Licht tauchten wie auf einem Gemälde von Monet. Sie liebte das Osterfest mit seiner ganzen Natursymbolik, die bunten Eier und die Schokoladenhasen im frischen Gras, die sie für Danny versteckte.

Aber in diesem Jahr war alles anders. In diesem Jahr war Gideon von den Toten auferstanden.

Sie verstand es immer noch nicht ganz. Der Mann, von

dem sie seit langer Zeit dachte, er sei tot und begraben, war zurückgekommen. Sie wünschte, es wäre wie im Märchen oder in einem Film, wo sich die beiden Liebenden nur in die Augen schauen mussten und alles wäre wie früher. Aber so war es nicht.

Viele Jahre waren vergangen. Sie waren beide erwachsen geworden und hatten sich verändert. Sie waren nicht mehr dieselben wie vor acht Jahren. Sie konnte ihm nicht einfach unsterbliche Liebe schwören, so gern sie es auch getan hätte, weil sie ihn nicht mehr kannte. Er war im Krieg gewesen, er hatte getötet. Danach musste sie ihn nicht fragen, das sah sie in seinen Augen und in dem harten Zug um seinen Mund. Dieser Mund, der einmal so viel gelacht hatte, dass er unmöglich zu demselben Menschen gehören konnte.

Und sie musste an Danny denken. Sie konnte ihrem Herzen nicht einfach die Zügel schießen lassen. Diesen Luxus konnte sie sich nicht mehr leisten. Sie war Mutter, und nichts zählte mehr als das.

Aber er ist der Vater deines Sohnes. Er gehört zu euch. Ohne Gideon gäbe es keinen Danny.

Trotzdem: Wer war dieser neue Gideon mit dem stechenden Blick und dem bitteren, freudlosen Lachen? Er war immer schon ein starkes Alphatier gewesen, aber seine Zeit als Soldat hatte diese Züge herausgearbeitet und so verstärkt, dass er fast nicht wiederzuerkennen war. Wo war der junge Mann geblieben, den sie einst mit jeder Zelle ihres Körpers geliebt hatte? Würde er jemals wieder zum Vorschein kommen?

Sie musste die Frage gar nicht stellen. Denn die Antwort lautete Nein.

Also, was würde jetzt passieren? Wie sollte es weitergehen? Sie musste irgendeine Beziehung zu ihm entwickeln, musste akzeptieren, was aus ihm geworden war, und das Idealbild loslassen, das sie jahrelang mit sich herumgetragen hatte. Er war Dannys Vater, und der Junge hatte jedes Recht der Welt, seinen Vater kennen zu lernen.

Sie schlang die Arme um ihren Körper, atmete tief aus und erinnerte sich für den Bruchteil einer Sekunde an die unaussprechliche Freude, die sie empfunden hatte, als sie Gideon bei J. Fosters Beerdigung in die Augen gesehen hatte. Als sie begriffen hatte, dass er am Leben war. Diese reine Seligkeit.

Jetzt vermischten sich die Gefühle in ihrem Kopf und kämpften gegeneinander. Hoffnung und Freude, Sorge und Traurigkeit. Sie wollte die Freude wieder spüren, aber sie war unter dem Gewicht der anderen Gefühle zusammengedrückt worden, platt und müde sah sie jetzt aus.

Und dazu kam, sie wollte sich nie mehr so fühlen, wie sie sich gefühlt hatte, als der Detektiv ihr von Gideons Tod erzählt hatte. Diese niederschmetternde Verzweiflung war einfach zu viel. Es war noch schlimmer gewesen als beim Tod ihrer Mutter. Damals war sie fünf Jahre alt gewesen und hatte kaum verstanden, was passierte. Aber bei Gideons Tod …

Halt, stopp, er war ja nicht tot. Er war hier und lebte, es war ein einziges unglaubliches Wunder.

In ihr tobten tausend verschiedene Impulse, keiner davon wirklich gesund, alle heftig und unbedacht. Sie konnte es sich nicht leisten, nur auf der Basis von Hoffnung und Freude zu handeln. Sie musste ruhig und pragmatisch bleiben, einen kühlen Kopf bewahren. So wie bei ihrer Heirat mit Kevin. Sie hatte gewusst, dass es keine Liebesheirat war, aber er war ein guter, anständiger Mann gewesen, der für sie und ihr Kind sorgen würde. Und er hatte Danny als seinen Sohn anerkannt und erzogen.

Sie stand auf der Veranda, starrte den Mond an und versuchte, ihr Leben zu ordnen. Ihre Möglichkeiten zu sichten.

Letztlich kreiste alles um eine einzige Frage.

Wie schlimm stand es um Gideon?

Neun

Sonnenblume: Ehrerbietung und Hingabe

Im Gartenclub herrschte helle Aufregung über die Neuigkeit, dass J. Foster praktisch sein gesamtes Vermögen dem dunklen Fremden auf dem Motorrad hinterlassen hatte. Nicht alle im Club kannten Gideon von früher, und die Alteingesessenen versorgten die Neulinge mit allerlei saftigen Geschichten.

Der Club traf sich jeden Dienstagabend im Versammlungsraum der Bücherei. Am Dienstag nach J. Fosters Beerdigung ging es darum, die grundlegenden Pläne für den Erinnerungsgarten zu verabschieden. Caitlyn würde ihren Entwurf präsentieren, und sie hatten den Baureferenten des Countys, Newt Bandy, eingeladen, dazuzukommen und sie bezüglich der Bodenvorbereitung zu beraten.

Das Grundstück für den Erinnerungsgarten hatte mehr als hundertfünfundzwanzig Jahre unter einem Gebäude gelegen, der Boden würde also eine spezielle Behandlung brauchen, damit man darauf wieder etwas pflanzen konnte.

Caitlyn kam herein, das Flipchart unter dem Arm und Danny im Schlepptau. Sie wusste, dass er sich langweilen würde, aber sie hatte keinen Babysitter gefunden, also hatte sie ihm in der Videothek ein Spiel für seinen Nintendo ausgeliehen.

»Wenn du brav bist«, sagte sie zu ihm, als sie ihn am hinteren Ende des Raums absetzte, »machen wir auf dem Rückweg bei Rinky-Tink Halt und es gibt ein Eis.«

»Ich werde brav sein«, versprach Danny.

Sie küsste ihn auf den Scheitel und lächelte, als sie seinen Kleine-Jungen-Duft wahrnahm. Sie war furchtbar gern Mutter, hundert Mal lieber, als sie jemals vorher gedacht hatte. Sie konnte es kaum erwarten, dass Gideon die Freude für sich entdeckte, die es sein würde, Vater dieses Jungen zu sein. »Das ist mein Sohn.«

»'n Abend, Caitlyn«, begrüßte Newt Bandy sie, als er sich neben sie setzte.

Newt war ein guter Freund von Kevin gewesen. Er war um die Vierzig, hatte Hängeschultern und grinste immer so, als hätte man ein gemeinsames Geheimnis. Inzwischen wurde er langsam kahl, und um diese Tatsache zu verbergen, trug er immer einen Cowboyhut. Sie fragte sich, ob er den Hut wohl auch im Bett aufbehielt.

Übrigens hätte sie durchaus Gelegenheit gehabt, das festzustellen. Ein paar Monate nach Kevins Tod hatte er sie mal eingeladen, mit ihm auszugehen, aber sie hatte dankend abgelehnt. Zum einen fand sie ihn nicht besonders anziehend. Zum anderen wollte sie nicht noch einmal eine Beziehung eingehen, die so auf Abhängigkeit beruhte. Sie hatte sich viel zu sehr auf ihren Mann verlassen. Kevin war eine Stütze gewesen, er hatte ihr geholfen, aus dem Umkreis ihres Vaters zu entkommen, aber jetzt musste sie endlich lernen, auf eigenen Füßen zu stehen. Sie war fünfundzwanzig Jahre alt, höchste Zeit, ein eigenes Leben zu führen. Eines, das nicht durch einen Mann definiert oder eingeschränkt wurde.

Diese Sorge betraf natürlich auch die Erneuerung ihrer Beziehung zu Gideon. Er war ein Alphatier, genau wie ihr Vater. Würde er ihr genug Freiraum lassen, sich unabhängig zu entwickeln?

»Hallo, Newt.« Sie erwiderte sein freundliches Lächeln, sorgte aber dafür, dass ihre Körpersprache neutral blieb. Er sollte nicht mehr in ihre Freundlichkeit hineinlesen, als wirklich da war. »Schön, dass du kommen konntest, um mit uns zu reden.«

»Es ist mir ein Vergnügen.« Newt strahlte sie an.

Patsy, die Vorsitzende des Clubs, eröffnete das Treffen pünktlich um sieben Uhr. »Ich weiß, Belinda ist noch nicht da, aber wir müssen vorankommen, und wer weiß, wann sie auftaucht. Erster Tagesordnungspunkt: Der Garten braucht einen Namen. Irgendetwas Knackiges, das die Aufmerksamkeit der Preisrichter weckt.«

Dotty Mae hob die Hand. »Wie wäre es mit Lost Loves Garden? Der Garten der verlorenen Liebe?«

»Das klingt aber furchtbar traurig«, sagte Emma. Die erste Frau ihres Ehemannes Sam war als Krankenschwester für eine Hilfsorganisation im Irak gewesen und dort bei einer Bombenexplosion ums Leben gekommen, während sie Medikamente an Waisenkinder ausgegeben hatte. »Geht es nicht ein kleines bisschen fröhlicher?«

»Twilight Memorial Garden«, schlug Marva vor.

Raylene rümpfte die Nase. »Zu banal, finde ich.«

»Soldier Fields?«, versuchte Christine einen neuen Vorschlag.

»Das schließt die Mitglieder der Navy und Air Force aus«, fand Terri. Ihr Ehemann Ted hatte während seiner Zeit in der Air Force Medizin studiert.

Ein paar Vorschläge kamen noch zusammen, aber so richtig begeistert waren sie nicht. Dann machte Caitlyn einen Vorstoß, der nicht zuletzt durch Gideons Rückkehr inspiriert war.

»Was haltet ihr von ›Welcome Home Garden‹? Willkommen zuhause, das trifft es doch.«

Sie probierten es aus, sagten es ein paar Mal laut vor sich hin, und niemand protestierte.

»Hey«, bemerkte Flynn. »Wir könnten die Bäume mit gelben Bändern schmücken.«

Die Reaktion war einhellig positiv, irgendwer sang ein paar Takte aus dem Lied vom »yellow ribbon round the old oak tree«, und dann wurde abgestimmt.

»Wer für den Namen ›Welcome Home Garden‹ ist, möge die Hand heben«, sagte Patsy feierlich.

Alle hoben die Hand. Einstimmiger Beschluss.

Patsy schlug mit ihrem Hämmerchen auf den Tisch. »Damit ist der Name beschlossen. Wir kommen zum nächsten Tagesordnungspunkt. Caitlyn, wie kommst du mit den Plänen voran?«

Caitlyn stand auf. Hinter ihr waren die fröhlichen Töne eines Super-Mario-Spiels von Dannys Gameboy zu hören. Sie stellte ihr Flipchart auf. »Ich habe die vorläufigen Skizzen abgeschlossen, und mein Vater hat auch endlich die Teile des Karussells geschickt.«

Patsy nickte. »Ich hab gesehen, wie sie am Samstag auf dem Grundstück abgeladen wurden.«

»Ihr solltet einen provisorischen Schuppen dafür bauen lassen, damit das Karussell während der Aufbauzeit vor Wind und Wetter geschützt ist. Außerdem schreckt so was Diebe ab oder Leute, die etwas kaputt machen wollen.«

»Ist schon beauftragt«, teilte Patsy mit. »Jetzt brauchen wir nur noch jemanden, der das Ding restauriert. Das Projekt Karussell dürfte genauso viel Arbeit machen wie der restliche Garten. Dafür brauchen wir jede Menge Helfer.«

»Die haben wir«, rief Belinda Murphey, die eben hereinkam, ihre fünf Kinder im Schlepptau.

»Schau an, eine ganze Armee«, murmelte Patsy.

Danny hatte die Murphey-Kinder entdeckt und sprang auf. Schon durch ihre Zahl sorgten Belindas Kinder für Chaos, wohin auch immer sie kamen. »Raus mit euch, geht spielen. Aber bleibt auf dem Basketballplatz.«

Danny blieb an der Tür stehen, und es war klar, dass er nur zu gern mit den anderen hinausgegangen wäre. Aber er hütete sich, ohne Caitlyns Erlaubnis wegzulaufen. Schließlich hing ein Eis davon ab. Sie nickte ihm zu. »Lauf schon.«

Er flitzte zu ihr, drückte ihr den Gameboy in die Hand und war auch schon mit Belindas Meute verschwunden. Sobald sie alle draußen waren und die Mitglieder des Gartenclubs ihre Stühle zum Halbkreis aufgestellt hatten, öffnete Caitlyn das Flipchart.

Sie hatte Stunden damit zugebracht, die Pläne zu zeichnen, mit farbigen Stiften, um die Position des Karussells in der Mitte anzudeuten. Der Garten war kreisförmig angelegt und in vier Teilbereiche aufgeteilt – Obst, Gemüse, Kräuter und Blumen – die sich um das Karussell herum ausbreiteten wie Ringe auf dem Wasser.

Die traditionellen Gärten im Ersten und Zweiten Weltkrieg waren Obst- und Gemüsegärten gewesen, die zur Versorgung mit Lebensmitteln beitrugen und die Moral der Bevölkerung aufrechterhalten sollten. Aber Caitlyn hatte es nicht fertiggebracht, keine Blumen zu pflanzen. Schließlich gab es doch kaum etwas, was die Stimmung mehr aufhellte, als die bunte Blütenpracht. Und die Teilnahmebedingungen machten in dieser Hinsicht keine strengen Vorschriften.

Fast jeden Abend hatte sie an den Plänen gearbeitet, sobald Danny im Bett war, oft bis weit nach Mitternacht. Auf dem Papier und in ihrem Kopf hatte der Garten schon geblüht, ein Dokument ihrer Hingabe an das Projekt.

Und an Gideon.

Aber da hatte sie auch noch gedacht, er wäre tot. Der Garten diente der Erinnerung an ihn. Natürlich sollte er auch an all die anderen Soldatinnen und Soldaten aus Twilight erinnern, aber sie hatte immer vor allem an Gideon gedacht.

»Ach, Caitlyn, ist das schön!«, sagte Marva.

»Wenn du so pflanzen kannst, wie du zeichnest«, fügte Terri hinzu, »dann müssen wir eigentlich gewinnen.«

Das Karussell war natürlich die Attraktion schlechthin. Blaze stand im Mittelpunkt ihrer Darstellung, mit restauriertem Kopf und frisch gemalten Mohnblumen in der Mähne, die Augen voller Feuer, wie er auf seiner glänzenden Messingstange hochsprang. So hatte sie ihn in Erinnerung. Bevor das Aneurysma ihr die Mutter genommen hatte. Bevor ihr Vater ihn mit der Axt enthauptet hatte.

Rund um das Karussell wollte sie Blumen anpflanzen, höhere im Hintergrund, niedrigere im Vordergrund. Sie plante eine große Vielfalt von Pflanzen, um Schmetterlinge in allen Lebensphasen anzuziehen: Seidenpflanzen, Veilchen, Phlox, Kokardenblumen, Tuberosen, Korbblütler, Sonnenhut, schwarzäugige Susanne, Monarden. Andere Blumen hatte sie wegen ihrer leuchtenden Farben oder ihrer tollen Form ausgewählt, um einen möglichst dramatischen Effekt zu erzielen: Kaladien zum Beispiel, Cosmeen, Hibiscus, Fleißiges Lieschen, Rosen, Salbei, Rote Begonien, Zinnien und Sonnenblumen.

Vor allem die Sonnenblumen lagen ihr am Herzen. Sie standen für Ehrerbietung, wie der ganze Garten. Und sie würden Anfang Juni blühen, gerade zur rechten Zeit, wenn die Jury kam.

»Es wird Bänke zwischen den Teilen des Gartens geben«, erklärte sie und deutete mit dem Laserpointer auf die entsprechenden Stellen. »Außerdem Vogelbäder, Windharfen, spiegelnde Kugeln und eine Sonnenuhr.«

»Wunderbare Idee«, sagte Belinda.

»Im zweiten Teil werden Kräuter und Gewürzpflanzen stehen«, fuhr Caitlyn fort. »Rosmarin, Lavendel, Zitronenmelisse, Basilikum, Beinwell, Oregano, Salbei, Minze, Thymian, Dill und Piment.«

»Da wird es duften wie in der Speisekammer meiner Großmutter«, schwärmte Marva. »Ich kann es kaum erwarten.«

»Der dritte Teil ist den Früchten gewidmet: Erdbeeren, Brombeeren, Himbeeren, Rhabarber. Und im vierten und größten Teil steht das Gemüse: Kürbis und Zucchini, Paprika und Tomaten, Zwiebeln und Kartoffeln, Karotten und Artischocken, Gurken und Rettiche, Stangenbohnen und Erbsen, Spinat und Rote Bete.«

»Das wird der romantischste Garten in ganz Texas«, hauchte Belinda verträumt. »Wenn es doch nur schon losginge!«

»Es muss ziemlich bald losgehen«, sagte Caitlyn.

»Ich habe mit dem Biologielehrer an der Highschool gesprochen. Er wird den Kindern, die mithelfen, Sonderpunkte geben. Die Liste der Freiwilligen kommt Ende der Woche«, ergänzte Marva.

»Ich habe auch eine Liste, und zwar die der Freiwilligen

aus den Kirchengemeinden«, sagte Patsy. »Schließlich ist es ein Gemeinschaftsprojekt. Caitlyn, deine Hauptaufgabe wird wohl darin bestehen, alles zu beaufsichtigen.«

Newt war aufgestanden und betrachtete das Flipchart genauer. »Ich weiß gar nicht, warum Sie mich eingeladen haben. Caitlyn weiß genau, welche Pflanzen im Sommer hier in Texas gut gedeihen, und sie hat sie in einen sehr schönen Plan einfließen lassen, der gut funktionieren wird.«

Caitlyn wurde rot vor Freude über das Kompliment. »Wir brauchen dich, Newt, weil ich keine Ahnung von Bodenbearbeitung habe und auch nicht so wahnsinnig viel über biologisches Gärtnern weiß. Auf dem Grundstück stand seit 1875 ein Haus, das alte Theater, also müssen wir den Boden sicher gut vorbereiten, damit überhaupt etwas darauf wächst. Kannst du uns sagen, wie wir das anfangen müssen?«

Newt stellte sich vorn hin, Caitlyn setzte sich. Dann erklärte er ihnen, was sie brauchten, um den Boden gut vorzubereiten, und Caitlyn schrieb eifrig mit, während die anderen viele Fragen stellten.

Als Newt fertig war, ergriff Patsy Cross wieder das Wort. »Gut. Caitlyn hat uns ihren Entwurf vorgestellt und wir finden ihn alle toll, aber der guten Ordnung halber sollten wir trotzdem darüber abstimmen. Wer für Caitlyns Entwurf ist, möge die Hand heben.«

Zehn Hände schossen in die Höhe.

»Angenommen«, bestätigte Patsy. »Aber wir müssen noch über das Karussell sprechen. Es wird nicht einfach sein, es zu restaurieren, und wir haben auch nicht unendlich Zeit. Deshalb sollten wir möglichst bald jemanden finden, der das machen kann. Marva kann sicher ein paar Kinder von der Highschool finden, vor allem aus den Kursen für Holzbearbeitung und Maschinenbau. Aber wir brauchen jemanden, der das alles leitet. Jemanden, der richtig Ahnung von Schreinerarbeiten hat. Gibt es dazu Vorschläge?«

Caitlyn stand auf. »Ich hoffe, ich habe meine Kompetenzen nicht überschritten, aber nachdem ihr mich beauftragt habt, die Anlage des Gartens zu leiten, habe ich bereits jemanden gefragt.«

»Oh«, machte Patsy. »Und wen?«

»Gideon Garza.«

Die Frauen starrten sie an.

»Gideon?«, fragte Dotty Mae. »Bleibt der denn in Twilight?«

»Das glaube ich nicht«, erklärte Raylene. »Nachdem er das Erbe ausgeschlagen hat, wundere ich mich, dass er nicht schon wieder abgereist ist.«

»Er hat es sich anders überlegt«, sagte Caitlyn. »Er wird bleiben, und er wird das Erbe antreten.«

»Oha«, machte Flynn. »Das wird aber Wellen schlagen.«

Caitlyn gab dazu keinen Kommentar ab. »Gideon ist ein Meister seines Handwerks, er ist unglaublich gut in allen Holzarbeiten. Denkt doch nur an das fein geschnitzte Schmuckkästchen, das er für mich gemacht hat.«

»Das war früher einmal.« Patsy schien noch nicht zufrieden. »Aber er hat doch nur noch eine Hand. Wir brauchen jemanden, der beide Hände gebrauchen kann, sonst wird das nichts.«

Caitlyn spürte, wie der Zorn in ihr hochstieg. »Das ist diskriminierend. Seine Behinderung hat nichts mit diesem Job zu tun.«

»Hallo? Wir sprechen von einem Job, bei dem man mit den Händen arbeiten muss. Und er hat nur noch eine.«

»Ich bin trotzdem dafür, ihm eine Chance zu geben«, sagte Blinda.

»Ich auch«, stimmte Christine zu. »Schließlich weiß ich, was es heißt, mit einer Behinderung zu leben. Er kann diesen Job sicher genauso gut erledigen wie jemand mit zwei Händen. Vielleicht braucht er etwas länger, aber wir haben ja Marvas Schüler, die ihm helfen können.«

»Und wenn er unseren Erwartungen nicht entspricht?«, fragte Patsy.

Caitlyn hob das Kinn. »Dann nehme ich das auf meine Kappe.«

Patsy zuckte mit den Schultern. »Na gut.« Sie sah Caitlyn in die Augen. »Dann bitte ich um Handzeichen von allen, die dafür sind, Gideon den Job zu geben.«

Es gab nur eine Gegenstimme, die von Patsy. Damit war die Sache offiziell. Caitlyn und Gideon würden zusammen an dem Erinnerungsgarten arbeiten.

Während der Gartenclub tagte, aß Richard Blackthorne in *Froggy's Marina Bar and Grill* am Fluss zu Abend. Greta hatte ihren freien Abend, und er hatte noch einen Gutschein für ein Brathähnchen zum halben Preis im Geldbeutel gehabt. Es war voll im Lokal, und da er nicht hatte warten wollen – er war daran gewöhnt, pünktlich um sieben Uhr zu essen –, hatte er sich im Barbereich platzieren lassen.

Crockett Goodnight saß an der Bar und trank ein Bier aus der Flasche, den Blick fest auf den Fernseher über der Bar gerichtet, wo ein Baseballspiel zu sehen war. Er trug Khakihosen und ein weißes Hemd, die Ärmel aufgekrempelt. Sehr lässig, fast wie ein Student. Er hatte ein Baseball-Stipendium für die University of Texas gehabt und war dann zurückgekommen, um in Twilight einen Laden mit Baseballartikeln aufzumachen. Hätte sich Caitlyn doch nur mit diesem Goodnight-Bruder eingelassen statt mit dem Taugenichts Garza, der sie auf sein Niveau heruntergezogen hatte.

»Hallo, Richter!« Crockett lächelte.

Richard legte ihm eine Hand auf die Schulter. »Wie geht's euch beiden?«

»Den Umständen entsprechend.«

Richard kannte sich mit Beileidsbekundungen nicht gut aus. Er brummte leise und sagte dann: »Das braucht Zeit.«

Die Bedienung gab ihm einen Zweiertisch hinter Crockett. Er hatte gerade bestellt, als Bowie hereinkam. Er bemerkte Richard nicht und wirkte insgesamt sehr angespannt. Sein Haar war zerzaust, der Blick grimmig. Er schaute nicht mal in Blackthornes Richtung, als er sich neben seinen Bruder setzte.

»Was zum Teufel will Lester denn jetzt wieder?«, fragte er. »Warum bestellt er uns hierher?«

Crockett zog die Schultern hoch und schob seinem Bruder das Schälchen mit den Erdnüssen hin. »Er hat gemeint, es gibt Neuigkeiten von Garza. Erdnüsse?«

Richard ertappte sich dabei, dass er neugierig lauschte.

»Nein«, schnaubte Bowie. »Ich will nur hoffen, dass es gute Neuigkeiten sind. Dass Garza die Stadt verlässt und nie wieder zurückkommt.«

Da konnte Richard ihm nur zustimmen. Er wollte Garza genauso sehr loswerden wie die Goodnight-Brüder. Ausgerechnet jetzt, da er und Caitlyn sich wieder etwas näher gekommen waren – sie war immerhin zu ihm nach Hause gekommen, das erste Mal in acht Jahren, und hatte ihn um das Karussell gebeten. Ausgerechnet in diesem Moment musste Garza auftauchen, und alles ging von vorn los.

Ihm war klar gewesen, dass sie irgendwann dahinterkommen würde, dass er Malone bezahlt hatte, damit er sie anlog und ihr falsche Papiere zeigte. Und gestern hatte Garzas Motorrad in ihrer Einfahrt gestanden, als er seinen allabendlichen Spaziergang gemacht hatte und an ihrem Haus vorbeigekommen war.

Bowie bestellte sich einen Bourbon und rieb sich über die Schläfen. »Einen doppelten«, ergänzte er dann. Zu seinem Bruder sagte er: »Glaubst du wirklich, dass Garza uns die Ranch lässt?«

»Zunächst mal kann ich nicht glauben, dass Dad sie ihm wirklich vererbt hat. Wie konnte das denn bloß passieren?«

»Der Alte war total breit von den Schmerzmitteln, was anderes fällt mir dazu nicht ein.«

»Na, wie auch immer, ich bin fast umgefallen vor Schreck. Nur gut, dass Garza dumm ist wie ein Meter Feldweg, und außerdem auch noch zu stolz, es zu merken.« Crockett fuhr mit dem Zeigefinger über die Öffnung der Bierflasche. »Gott sei Dank.«

Bowie brummte etwas Unverständliches.

»Da kommt Lester.« Crockett nickte in die Richtung des Anwalts, der auf sie zukam.

LaVon nickte Richard grüßend zu, und Richard erwiderte den Gruß.

»Wir sollten uns an einen Tisch setzen«, sagte LaVon zu

den Brüdern, seine Aktenmappe unter dem Arm. »Damit wir von Angesicht zu Angesicht reden können.«

Mist, jetzt war es vorbei mit dem Lauschen.

Doch Richard hatte Glück, der Tisch hinter ihm wurde gerade frei, und die Bedienung platzierte die drei Männer dort.

»Also«, sagte Bowie, sobald sie gegangen war. »Was ist los?«

Lester atmete tief durch. »Ich habe schlechte Nachrichten.«

Richard fühlte sich, als würde ihm eine Spinne den Rücken hinunterkrabbeln.

»Was ist denn passiert?«, fragte Bowie.

Irgendein Idiot steckte Geld in die Jukebox, und Willie Nelson sang sein trauriges Lied von den Müttern, die auf ihre Söhne aufpassen sollen, damit sie keine Cowboys werden. Nur mit Mühe konnte Richard hören, was am Nebentisch gesprochen wurde.

»Garza hat es sich anders überlegt«, sagte Lester.

»Was soll das denn heißen?«, grollte Bowie.

»Er hat beschlossen, das Erbe doch anzutreten.«

»Der Hurensohn«, rief Bowie und schlug mit der Faust auf den Tisch. »Ich wusste es! Was ist passiert?«

»Er hat nur gesagt, er hätte darüber nachgedacht und anders entschieden.«

Bowie fluchte wieder.

»Okay«, sagte Crockett. »Und was machen wir jetzt?«

»Sie können das Testament anfechten. So ein Verfahren kann Monate oder sogar Jahre dauern, und so lange kommt er an das Erbe nicht heran.«

»Ja ja«, sagte Bowie. »Genau das machen wir. Dad war doch nicht ganz bei Sinnen, als er das unterschrieben hat.«

»Aber ganz ehrlich, wie hoch sind unsere Chancen, den Prozess zu gewinnen?«, fragte Crockett.

LaVon spreizte die Finger. »Verstehen Sie, Ihr Vater war geistig vollkommen gesund …«

»Na, so gesund kann er ja wohl nicht gewesen sein, wenn er unser Erbe an einen Bastard verschleudert, den er mit einer mexikanischen Hure gezeugt hat«, rief Bowie. »Lester, Sie müssen beweisen, dass er nicht wusste, was er tat, als er dieses Testament aufsetzen ließ.«

»Aber er wusste, was er tat«, sagte Lester. »Und ich werde in dieser Hinsicht auf keinen Fall die Unwahrheit sagen.«

»Was schlagen Sie also vor?«

Lester warf ihm einen schiefen Blick zu. »Zunächst einmal fürchte ich, Sie können sich meine Dienste nicht mehr leisten. Damit ich weiterhin für Sie arbeite, müssten Sie wohl die Autos oder das Strandhaus verkaufen.«

Bowies Wut entflammte so hell wie ein Streichholz. Richard konnte die Hitze noch am Nebentisch fühlen.

»Das ist nicht fair! Ich habe die letzten vier Monate am Sterbebett unseres Vaters verbracht, und ich habe ihn während seiner letzten Tage betreut. Ich. Ich ganz allein. Ich bin zu Hause geblieben und habe auf der Ranch mit angepackt, obwohl ich eigentlich Pilot werden wollte. Und dann kommt dieser Bastard Garza und raubt uns alles, was wir haben. Die Rocking J.«

»Irgendetwas muss man da doch machen können«, sagte Crockett. »Wissen Sie denn mit absoluter Sicherheit, dass Garza unser Halbbruder ist?«

»J. Foster hat es zugegeben, das genügt. Natürlich können Sie einen Vaterschaftstest verlangen, aber ich vermute, das Ergebnis steht von vornherein fest.« Lester legte den Kopf schief und schnitt einen Bissen von seinem Hähnchenfleisch in Sahnesauce ab. »Ehrlich gesagt, ich an Ihrer Stelle würde es dabei belassen«, sagte er. »Und ich würde das Beste aus dem machen, was Sie geerbt haben.«

»Und wenn wir das nicht wollen?«

»Dann haben Sie wie gesagt die Möglichkeit, das Testament anzufechten.«

»Aber Sie glauben nicht, dass wir den Prozess gewinnen.«

»Nein, das glaube ich nicht. Sie können die Dinge nur aufhalten, unter Umständen ziemlich lange. Dieses Fleisch ist gut! Essen Sie, ich lade Sie ein.«

»Und das ist unsere einzige Möglichkeit?«, schnaubte Crockett.

Lester zog eine Augenbraue hoch. »Sie könnten sich auch gut mit Garza stellen, vielleicht gibt er Ihnen was ab.«

»Blödsinn«, sagte Bowie. »Noch eine andere Frage.«

»Ja?« Lester kaute schon am nächsten Stück Hähnchenfleisch.

»Was passiert, wenn Gideon stirbt, bevor das Testament rechtskräftig ist?«

»Nach Aussage von J. Fosters letztem Willen geht das Geld an Sie, wenn Gideon stirbt, bevor der Erbfall eintritt.«

»Na bitte!« Jetzt lächelte Bowie. »Warum sagen Sie das denn nicht gleich?«

»Außer«, fuhr Lester ungerührt fort, »er hat einen Erben. Hat Garza Kinder?«

»Nicht dass ich wüsste«, antwortete Crockett.

Richard spürte die Spinne wieder an seinem Rückgrat. Gideon hatte einen Erben. Einen kleinen dunkelhaarigen Jungen namens Danny.

Der Junge war Richards Enkel. Und er hatte das Gefühl, dass dieser Junge jetzt in großer Gefahr war.

Zehn

Sandrose: Liebe ist gefährlich.

Gideon dachte ständig über Caitlyn und den Jungen nach. Am Samstagabend, eine Woche nach seiner Rückkehr nach Twilight, lag er allein auf der festen Matratze seines Bettes im *Fröhlichen Engel,* nur ein paar Straßen von Caitlyns Haus entfernt. Sie brachte wohl gerade ihren Sohn ins Bett, las ihm eine Gutenachtgeschichte vor, stellte ihm ein Glas Wasser ans Bett für den Fall, dass er nachts aufwachte und Durst hatte.

Gideon konnte nicht schlafen. Aber es waren nicht nur die Gedanken an Caitlyn und Danny, die ihn wach hielten. Seit seiner Rückkehr in seine Heimatstadt waren die Albträume wieder da. Fast jede Nacht war er wieder irgendwo im Krieg und tötete seine Feinde, mit zwei Händen übrigens. Und dann erwachte er in atemloser Panik und spürte zu seinem Schrecken, dass seine Hand weg war. Inzwischen hatte er wirklich Angst vor dem Schlaf.

Durch die Angst wurden die Albträume aber noch schlimmer. Jedenfalls hatte ihm der Seelenklempner das gesagt, zu dem man ihn geschickt hatte. Wenn er die Angst unter Kontrolle bekam, verschwanden auch die Träume. Aber wie sollte er seine Angst kontrollieren? Er musste sich erst mal an den Gedanken gewöhnen, dass er einen Sohn hatte. Und er musste versuchen, sich an einem Ort einzuleben, an dem er noch nie richtig dazugehört hatte.

So sehr er sich auch bemühte, es gelang ihm nicht, dazuzugehören. Die Leute in Twilight waren durchaus freundlich und hießen ihn willkommen, aber im Grunde genommen war ihm das alles viel zu viel. Jeder wollte mit ihm reden, ihn zum Essen oder zum Kaffee oder auch auf ein Bier einladen. Sie wollten Geschichten von ihm hören. Geschichten, die er ihnen weder erzählen konnte, noch wollte.

Er wollte ja durchaus Teil dieser Gemeinschaft sein. Aber ein Teil von ihm war auf den Schlachtfeldern des Irak und Afghanistans zurückgeblieben. Der gute Teil, der Teil, der wusste, wie man Kontakt zu Menschen aufnimmt, nett ist, mitspielt, ein Teil der Mannschaft wird. Es war, als wäre dieser Teil mit seiner linken Hand verbunden gewesen und mit ihr verschwunden.

War das der Ort, wo die Menschlichkeit wohnte? In der linken Hand? Und wenn sie weg war, konnte man keine Verbindung mehr zu anderen Menschen aufnehmen? Ging es anderen Soldaten ähnlich oder war er allein mit dieser Empfindung? Hätte er seine Heimkehr nicht genießen müssen? Solange man draußen war, dachte man die ganze Zeit an nichts anderes als an zu Hause. Aber jetzt, da er zurück war, fühlte er sich vollkommen fehl am Platz.

Schluss damit! Hör auf, dich selbst zu bemitleiden. Sie hat überhaupt nicht den Eindruck gemacht, als würde deine Verstümmelung ihr etwas ausmachen.

Schon möglich. Aber ihm machte sie etwas aus.

Er versuchte, die Gedanken in Arbeit zu ertränken. Das Karussell beschäftigte ihn sehr, die Mechanik funktionierte schon wieder. Die Zahnräder und Flaschenzüge waren eigentlich kein Problem gewesen. Nächste Woche würde er mit ein paar Freiwilligen von der Highschool in der Mitte des Gartens das Fundament legen.

Aber jetzt kam die Aufgabe auf ihn zu, die Tiere zu restaurieren, damit sie in alter Schönheit erstrahlten. Und das würde dauern.

Gideon schob die Bettdecke weg und zog sich an. Es war schon nach elf, aber selbst an einem Samstagabend war es still hier im Bed & Breakfast. Auf Zehenspitzen verließ er das Haus und ging durch die leeren Straßen, atmete die Nachtluft ein, die schwer war von der Feuchtigkeit des Sees. Er wollte nur ein bisschen herumstromern, Energie loswerden.

Auf dem Stadtplatz sah er sie.

Caitlyn.

Sie stand vor dem leeren Grundstück, den Kopf schief gelegt, die Hände in die Hüften gestemmt. Jeans, ein langärmliges pinkfarbenes T-Shirt, schmutzige Sneaker und Gartenhandschuhe. Eine Ackerfräse neben sich, mit der sie dort gearbeitet hatte, wo das Karussell stehen würde. Sie sah erhitzt aus, verschwitzt und schmutzig. Und er hatte große Lust, dazu beizutragen, dass sich das noch verstärkte.

O ja. Unwillkürlich leckte er sich über die Lippen.

Sie musste seine Schritte gehört haben, denn sie drehte sich um und spähte ins Dunkel. »'n Abend«, sagte sie.

Der Wind wehte ihren Duft zu ihm herüber, weiblich, erdig, ein wenig Moschus. Er fühlte sich wie ein einsamer Wolf auf der Jagd, hart, aufgeregt und paarungsbereit. »Was machst du denn so spät noch hier?«, fragte er heiser.

»Ich konnte nicht schlafen, und da dachte ich, ich arbeite noch ein bisschen vor, nachdem die Mechanik des Karussells jetzt wieder läuft. Morgen fangen wir mit dem Pflanzen an.«

Sie deutete auf ein paar Säcke mit Saatgut und Anzuchttöpfen, die an der Wand des provisorischen Schuppens standen. Auf einer Verpackung konnte Gideon die Aufschrift »Sandrosen« lesen, dazu war das Bild einer weißen Blume zu sehen, die eigentlich gar nicht nach einer Rose aussah.

»Du hättest mich anrufen sollen, dann hätte ich dir geholfen.«

»Ich habe deine Nummer nicht.«

Da irrte sie sich, sie hatte seine Nummer schon viele Jahre. »Gib mir mal dein Handy«, befahl er ihr.

Sie zog eine Augenbraue hoch. »Wie bitte?«

»Ich lege meine Nummer auf eine Kurzwahltaste. Du brauchst sie ohnehin für den Fall, dass was mit Danny ist.«

Sie zog das Handy aus der hinteren Hosentasche – er konnte nicht umhin, der Bewegung mit dem Blick zu folgen und ihren Hintern zu betrachten – und reichte es ihm.

Er gab mit dem Daumen seine Nummer ein und löschte jemanden namens … er warf einen Blick auf das Display. Namens Emma.

»Bitte schön.« Er gab ihr das Handy zurück.

Als sein Daumen ihre Knöchel berührte, hörte er sie leise aufkeuchen. Im gleichen Moment spürte er, dass er selbst ebenfalls hektisch atmete. Heiß und aufgeregt, genau.

»Wo ist Danny übrigens?«, fragte er und starrte ihre Lippen an.

»Warum fragst du? Denkst du, ich lasse ihn allein zu Hause?«

»Reg dich nicht auf.«

Sie warf ihm einen gereizten Blick zu. »Danny schläft bei seinem besten Freund Charlie.«

»Weißt du was?«, sagte er. »Ich weiß nicht mal, wie sein vollständiger Name lautet.«

»Daniel Dane.«

»Mein mittlerer Name.« Für einen Moment fühlte es sich an, als würde er gleich platzen vor Stolz.

Sie nickte. »Eigentlich wollte ich ihn Gideon nennen, aber das wäre wohl zu offensichtlich gewesen.«

»Verstehe«, erwiderte er.

Der Gedanke war schwer zu ertragen, dass sie allen anderen verschwiegen hatte, wer Dannys Vater war. Auf eine Weise verstand er sie ja, es war einfacher gewesen, Kevin Marsh für Dannys Vater auszugeben. Aber glücklich war er darüber trotzdem nicht.

Sie schwiegen einen Moment.

»Caitlyn«, sagte er.

»Ja?«

Himmel, wenn sie diesen Schmollmund zog, konnte er kaum noch an sich halten. »Ich wünschte wirklich, es wäre anders gelaufen. Alles.«

»Soll das eine Entschuldigung sein?« Sie klang, als wollte sie ihn necken. »Du hast dich doch sonst nie entschuldigt.«

»Und du warst früher nicht so schlagfertig.« Er grinste.

»Tja, die Dinge ändern sich eben«, sagte sie. Ein Klischee, aber trotzdem wahr.

»Brauchst du Hilfe beim Zusammenpacken?« Er deutete auf die Werkzeuge, die auf dem Grundstück verstreut lagen, Hacke, Rechen, Drahtrolle, Fräse.

»Ach ja, das wäre schön.«

Die Straßenlaternen tauchten ihre Gestalten in ein geradezu unheimliches Licht, ein weißlich-violettes Leuchten.

Ein paar Motten flatterten in den Lichtkegeln. Er schlug Erdbrocken von der Fräse, bevor er sie in den Schuppen brachte. Als er von dem Gerät aufsah, fiel sein Blick auf Caitlyns kräftigen, schlanken Rücken. Ihre Schulterblätter bewegten sich unter dem T-Shirt, während sie arbeitete.

Sie hatte Pflanzen immer geliebt. Wenn er ihr Blumen geschenkt hatte, was wegen seines mageren Lohns als Lehrling bei Branson nicht allzu oft vorkam, hatte sie sich gefreut. Einmal hatte er Wildblumen für sie gepflückt, und sie war genauso beeindruckt gewesen, als hätte er Kostbarkeiten aus dem Laden mitgebracht.

Er richtete den Blick entschlossen wieder auf die Fräse. So viele nebelhaft und verwirrende Gefühle! Er begehrte sie, natürlich begehrte er sie, aber er hatte das Gefühl, er hätte kein Recht auf sie. Sie hatte gedacht, er wäre tot, und hatte getan, was jede gute Mutter getan hätte: Sie hatte die Bruchstücke ihres Lebens aufgesammelt und irgendwie weitergemacht. Hatte für ihren Sohn gesorgt, auf die einzig denkbare Weise – indem sie Kevin Marsh geheiratet hatte.

Die Eifersucht stieg so heftig in ihm auf, dass ihm das Herz wehtat. Kevin hatte sie in den Armen gehalten, ihre Lippen auf seinen gespürt, Liebe mit ihr gemacht. Gideon schluckte schwer und kniff die Augen zusammen.

»Gideon?« Ihre Stimme klang ganz sanft.

Er wollte sie nicht ansehen. Nicht auszudenken, wenn sie die Verzweiflung in seinen Augen erkannte. Oder noch schlimmer: die Leere.

Langsam hob er den Kopf.

Sie stand vor ihm, eine Flasche Wasser in der Hand. »Ich dachte, du hast vielleicht Durst.«

Ihre Blicke verhakten sich ineinander. Oder jedenfalls verhakte sich sein Blick in ihrem, was seine Verzweiflung nur noch stärker machte. Er schloss die Tür des Schuppens, drehte den Schlüssel herum und griff nach der Wasserflasche.

»Danke«, sagte er harsch und drehte den Verschluss ab.

Ihre Zunge fuhr über ihre Lippen. Er versuchte, es nicht zu bemerken, aber wie sollte er das verhindern? Von ihrer Seite war es eine ganz unschuldige Geste, aber sein ganzer Organismus war wie von Testosteron geflutet.

Tausende Male hatte er sich diesen Augenblick vorgestellt. Wie es sein würde, wieder bei Caitlyn zu sein. Zu Beginn seines Exils in Afghanistan – denn so sah er das inzwischen, als Verbannung aus der Nähe des einzigen Menschen, der ihm mehr bedeutete als sein Leben – hatte er ständig nur an sie gedacht. Als dann seine Briefe ungeöffnet zurückkamen, war ihm eine Hornhaut auf der Seele gewachsen, und seine Erinnerungen waren verblasst. Bis er irgendwann gar nicht mehr an sie dachte.

Jedenfalls nicht, solange er wach war.

In den dunklen Nächten, wenn er ein paar Stunden durchschlafen konnte, kamen die Träume. Caitlyn, die zu ihm kam, in der Tür seines Unterbewusstseins stand, das Haar im Wind, die Augen voller Sehnsucht. So wie jetzt.

Früher hätte er die Wasserflasche fallen lassen, sie in die Arme genommen und an sich gezogen. Und dann hätte er sie geküsst.

Aber inzwischen war einfach zu viel Zeit vergangen. Sie war verheiratet gewesen, war Witwe. Sie hatte sein Kind geboren, ohne dass er etwas davon wusste. Er war am anderen Ende der Welt gewesen, hatte nicht nur einen Arm verloren, sondern vor allem auch seine Menschlichkeit. Was sollte er ihr noch geben? Ein Kuss würde etwas versprechen, was er vermutlich nicht halten konnte.

Also legte er einfach den Kopf in den Nacken und trank, ließ das kühle Wasser durch seine Kehle rinnen und nahm es als Ersatz für das, was er sich wirklich wünschte. Für Caitlyns süße Lippen.

»Ich muss allmählich nach Hause«, sagte sie und umschlang sich mit den Armen.

Der Nachtwind hatte aufgefrischt und blies kalt über ihre Haut, dass sie zitterte. Gideons Gänsehaut jedoch rührte nicht vom Wind her, seine Haut prickelte eher von ihrer Nähe. Er begehrte sie so sehr und wusste nicht, wie er sie zurückerobern sollte. Oder konnte. Oder durfte.

Es würde ja doch nie wieder so sein wie früher.

»Ich bring dich heim«, sagte er.

»Nicht nötig, Twilight ist ein absolut sicherer Ort.«

Da hatte sie vermutlich recht. »Ich bringe dich trotzdem heim.« Das war eine Feststellung, die keine Diskussion zuließ.

Eine ganze Weile sagte sie nichts, schaute ihm nur tief in die Augen, und er dachte schon, sie würde ihm widersprechen, aber dann nickte sie. Sie war immer sehr vorsichtig gewesen. Er war der wilde Bursche gewesen, auch wenn der Krieg seine impulsive Ader gemäßigt hatte. Während eines Kampfeinsatzes konnte Gedankenlosigkeit tödlich sein. Ihn hatte sie fast das Leben gekostet. Sein Phantomschmerz meldete sich wieder und erinnerte ihn daran, dass er immer noch kein ruhiger, besonnener Mensch war. Die Impulsivität lauerte unter der Oberfläche und drohte, ihn immer wieder in Schwierigkeiten zu bringen.

Er starrte sie an, fasziniert von den blonden Locken, die sich aus ihrem Pferdeschwanz gelöst hatten und jetzt ihr Gesicht umrahmten. Sie sah wild entschlossen aus mit ihren hochgekrempelten Ärmeln, aber dahinter spürte er die Verletzlichkeit, die sie verzweifelt zu verbergen suchte. Unter all der harten Schale war sie immer noch sein weiches, unschuldiges Tulpenmädchen. Absolut und schmerzhaft sicher.

»Okay.« Sie nickte. »Du darfst mich nach Hause bringen.«

Der Vollmond stand hoch am Himmel, als sie den Platz verließen, und zog seine Bahn zu Caitlyns Haus.

»Komm, wir nehmen den Weg durch den Sweetheart Park«, schlug sie zu seiner Überraschung vor.

Sie bog vom Weg ab, ging über das Gras, und er folgte ihr zu dem gepflasterten Pfad und von dort aus zu der hölzernen Fußgängerbrücke. Die Brücke überspannte einen kleinen Nebenfluss des Brazos, der durch den Park floss. Oben auf der Brücke blieb sie stehen, legte beide Hände auf das Holzgeländer und atmete tief durch. Der Mondschein beleuchtete die kräftigen Eichen, Pecanbäume und Ulmen, die das Bild des Parks bestimmten. Die Luft roch schwer nach Wasser. Ein paar weiße Enten schliefen am Ufer. Gideon fragte sich, warum sie keine Angst vor Raubtieren hatten. Wie konnte es sein, dass sich in Twilight selbst die Enten so sicher fühlten?

»Was denkst du gerade?«, murmelte sie.

Er zog die Schultern hoch. »Nichts.«

»Du hast dein Gesicht so verzogen. Als wärst du wütend auf die ganze Welt.«

»Ich habe nur daran gedacht, wie verletzlich diese Enten doch sind«, sagte er. »Sitzen da einfach so im Freien. Jederzeit könnte ein Hund sie angreifen, ein Waschbär oder ein Kojote.«

»Wir haben hier eine ziemlich gute Aufsicht über die Tiere, und im Park gibt es ständig Patrouillen. Das Büro des Sheriffs ist ja gleich gegenüber.«

»Aber trotzdem …«

»Die Enten leben einfach ihr Leben«, sagte sie. »Was sollten sie denn auch sonst tun? Sie leben und …«

»Sterben.«

»Alles stirbt.«

»Aber die wenigsten finden ins Leben zurück«, sagte er, ohne zu wissen, warum.

»Das stimmt.« Ihre Stimme war jetzt so leise, dass er sie fast nicht mehr hörte.

»Caitlyn«, flüsterte er zurück, immer noch verwirrt darüber, dass das hier wirklich passierte. Sie war hier mit ihm, es war kein Traum.

Sie streckte die Hand aus und streichelte seine Schulter, mit sanfter Hand, weich und leicht.

Sein Körper erwachte zum Leben. Er vibrierte regelrecht in dem rot glühenden Begehren, sie zu besitzen. Er wollte sie, mehr als alles in der Welt. Seine Erektion, die sich langsam angekündigt hatte, wurde steinhart, sodass er kaum noch Luft bekam. Er wollte sie mehr als alles, was er je gewollt hatte. Sein Blut raste, er wünschte sich nur noch, endlich mit ihr zu schlafen. Aber war das klug? Er war ein Totalschaden, nicht nur wegen des fehlenden Arms. Seine Seele war zerstört, und er wusste keinen Weg, sie zu reparieren. Er konnte nicht ungeschehen machen, was er gesehen hatte. Und er konnte nicht ungeschehen machen, was er getan hatte.

Was für eine Ironie des Schicksals, dass nun dasselbe Problem wieder zwischen ihnen stand wie seinerzeit als Jugendliche: Sie kamen aus verschiedenen Welten. Damals hatte es damit zu tun gehabt, dass sie die Tochter des Richters war, eine Nachfahrin der Stadtgründer, und er der uneheliche Sohn des reichsten Mannes in der Stadt – und einer Mexikanerin mit zweifelhafter Moral. Sie war in einem der elegantesten Häuser in Twilight aufgewachsen, er in einer Hütte gleich bei der Bahnstrecke. Er war grob und gedankenlos und geradeheraus gewesen. Sie hatte ihre Gefühle immer unter Kontrolle gehalten, während er einfach mit allem herausplatzte.

Jetzt war die Kluft eher noch größer, weil die ganze Vorgeschichte immer noch galt, inzwischen aber seine Verstümmelung dazugekommen war, innen und außen. Er hatte das Schlimmste gesehen, was man auf dieser Welt zu sehen bekommen kann. Sie war über die Stadtgrenzen von Twilight praktisch nicht hinausgekommen. Er war welterfahren und weltmüde, sie war vollkommen unschuldig. Er war grob, sie fein. Er war kaputt, sie war ganz.

»Gideon«, flüsterte sie. »Sprich mit mir.«

Aber er wollte nicht mit ihr sprechen. Seine rohe männliche Seite wollte sie ausziehen, auf den kühlen Erdboden legen und sie hier im Park besitzen. Was er natürlich nicht tun konnte. Und auch nicht tun würde. Sie verdiente Ehrerbietung, Würde und Respekt. So sehr er sie auch begehrte, er konnte sie nicht so nehmen, das ging einfach nicht.

Ihre rosigen Lippen öffneten sich einen Millimeter, als sie ihm tief in die Augen sah. »Gideon.«

Sie wurden wie von einer Zeitmaschine in die Vergangenheit katapultiert, acht Jahre zurück, in die Zeit als Teenager, die so hungrig aufeinander waren, dass sie dem Ruf der Hormone einfach nicht widerstehen konnten.

Er trat einen Schritt näher, nicht sicher, was er beabsichtigte, und sie wich nicht vor ihm zurück.

»Als ich dachte, du wärst tot …«, setzte sie an.

Gideon hörte, wie ihr die Worte in der Kehle stecken blieben. Er hörte ihren Schmerz, konnte sehen, dass sie den Tränen nahe war. Der Anblick zerriss ihm das Herz.

»Ach, Gideon, dein Tod hat alles kaputt gemacht.«

Caitlyn war entschlossen, jetzt nicht zu weinen. Sie weigerte sich einfach, zu weinen, als die Erinnerungen über sie hereinbrachen. Egal. Die Vergangenheit war vergangen, und er war wieder da.

»Tulpenmädchen«, murmelte er.

»Ist schon gut.« Sie atmete tief durch und lachte zittrig. »Ich kann bloß einfach nicht genug davon kriegen, dich anzusehen.«

Er sah erfreut aus, aber auch besorgt. Obwohl er den Kopf senkte, ließen seine schokoladenbraunen Augen sie nicht aus dem Blick. »Und was siehst du, wenn du mich ansiehst?«

»Du siehst … tiefer aus.«

Er lachte kurz und flach. »Was soll das heißen?«

»Schichten. Du hast mehr Schichten bekommen. Früher warst du einfach, leicht zu durchschauen. Jetzt bist du so komplex wie ein teurer Wein.«

»Rot oder weiß?«, neckte er sie.

»Mach dich nicht über mich lustig.«

Er schaute auf seine Finger, zeigte ihr mit Daumen und Zeigefinger einen kleinen Abstand.

»Ich habe das Gefühl, wenn ich nicht aufpasse, versinke ich im Mahlsand.«

»Komplex und tödlich. Genau, das bin ich.«

»So meine ich das nicht«, erwiderte sie. »Ich meine nur, du spielst in einer ganz anderen Liga als ich.«

Er lachte wieder, kräftiger diesmal. »Das war schon immer so, Caitlyn Blackthorne Marsh. Du hast immer in einer anderen Liga gespielt, frag doch mal deinen Vater.«

Sie legte den Kopf schief und betrachtete ihn. Abgesehen von der Hand, was hatte ihn so verändert? Er hatte sozusagen mehr Struktur. Wie die Wand in ihrer Küche, die sie mit Rauputz bestrichen und mit einem groben Anstrich versehen hatte. Er trug eine Hose mit Wüsten-Tarnmuster, seine schwarzen Motorradstiefel und ein rotes Flanellhemd mit einem schwarzen T-Shirt darunter. Bartstoppeln färbten sein Kinn dunkel. Sein Haar war am Oberkopf länger und an den Seiten kurz, jedenfalls nicht der militärische Schnitt, den die meisten ehemaligen Soldaten trugen.

Sie schaute auf seine Hand, auf den Kontrast zwischen der Prothese mit den schwarzen Kunststofffingern und der rosigen Haut. An dem künstlichen Handgelenk trug er eine Armbanduhr, was irgendwie seltsam aussah. Aber warum nicht? Es waren ja beides Maschinen.

Er folgte ihrem Blick und schaute ihr dann ins Gesicht. Sie wusste sofort, dass ihm die Prothese viel mehr ausmachte als ihr. Eigentlich kümmerte sie nur eins: dass sie ihn zurückhatte. Aber im Hintergrund seiner dunklen Augen lauerten Dämonen, von denen sie nichts wusste, gleich unter der Oberfläche.

Da war der Mahlsand wieder. Er bewegte sich unter ihren Füßen.

»Caitlyn du bist die schönste Frau, die ich je kennen gelernt habe.« Seine Worte klangen wie eine leise, sinnliche Musik. Er lockte sie damit an, sagte genau das, was sie hören wollte.

»Bin ich nicht.« Sie hob die Hand an ihre Wange. Aber auch eine nicht so schöne Frau hörte diesen Satz gern von ihrem Mann.

Ihrem Mann.

War er noch ihr Mann? Wollte sie, dass er das war? Sie liebte ihn noch, auf jeden Fall. Aber konnte sie mit dem schweren Rucksack umgehen, den er zu tragen hatte?

So viel war passiert. Und so viel hatte sich verändert.

»Doch, du bist schön«, sagte er, und sie konnte hören, dass er es genau so meinte. »Wenn ich dich ansehe?« Er brach ab. Er hatte immer schon Schwierigkeiten gehabt, Gefühle zu formulieren, weil er solche Angst hatte, sich verletzlich zu machen. Doch selbst wenn er es nicht sagte, wusste sie genau, was er meinte.

»Gideon«, flüsterte sie, obwohl sie wusste, dass sie nicht zu schnell nachgeben durfte. Sie mussten es langsam angehen lassen. Mussten erst mal herausfinden, ob sie noch zueinander passten. Oder ob sie überhaupt zueinander passten. Danny stand zwischen ihnen, man konnte ihn nicht aus der Gleichung herausnehmen. Die Bedürfnisse ihres Sohnes standen für sie an erster Stelle.

Gideon kam näher, schaute auf sie herab. Er sagte kein Wort, er handelte. Und er war so groß! Fast eins neunzig, neunzig Kilo Muskeln und Männlichkeit. Neben ihm fühlte sie sich, ja, tatsächlich wie eine zarte Tulpe mit ihren eins sechzig und ihren kaum sechzig Kilo Lebendgewicht. Er war stark wie eine Mauer, heiß wie ein Ofen und hundert Prozent Mann.

Seine dunklen Augen funkelten im Mondschein und sagten ihr, dass er etwas vorhatte, was überhaupt nicht den Regeln entsprach. Himmel, er hatte Sachen mit ihrem Körper angestellt! Und womöglich hatte er in seinem harten Leben da draußen noch mehr erotische Tricks gelernt.

Ihre Knie zitterten, sie atmete keuchend ein.

Er verhexte sie mit seinen Augen, zog sie magisch an. Es gab tausend Dinge, die sie zueinander sagen mussten. So viele Fragen, so viele Antworten. So viele Ängste, die sie überwinden mussten. So viele Zweifel, die sie besiegen mussten. Doch trotz allen Zögerns und aller Verwirrung, trotz des Schocks und der Überraschung, die die Vermischung ihres neuen Lebens mit dem alten auslöste, pulsierte darunter eine urtümliche Strömung, die sie einfach nicht leugnen konnten.

Sie waren Seelengefährten.

Sein Mund senkte sich auf ihren mit dem Gewicht von acht Jahren Sehnsucht und Verlangen. Er legte seine Arme um ihre Taille, zog sie an sich. Sie stellte sich auf die Zehenspitzen, um ihm so nah zu sein wie möglich.

Sie atmeten gleichzeitig, schmeckten einander wie nie zuvor.

Willkommen zu Hause. Sie versuchte, ihm mit ihren Lippen zu zeigen, was sie dachte.

Zuerst war sein Kuss tastend, suchend, aber es dauerte nicht lange, dann wurde er heftiger, heiß und elektrisch. Die Zeit hatte ihre Anziehungskraft nicht ausgelöscht, eher im Gegenteil. Sie öffnete den Mund, lud ihn ein, weiter zu gehen.

Sie fielen regelrecht übereinander her, mit heißen Mündern, tastenden Händen, die liebkosten und kneteten. Beide ignorierten sie die Tatsache, dass sie mitten in der Nacht im Freien standen. Der Zauber umkreiste sie, zog sie immer tiefer. Was für ein verführerischer Gedanke, endlich und für alle Zeit wieder zusammen zu sein.

Es war, als surften sie auf einer Welle der Seligkeit. Sie hielt sein Gesicht in ihren Händen, umklammerte ihn, genoss das Gefühl seiner Haut. Dann fuhr sie ihm mit beiden Händen durchs Haar, immer wieder, während er ihren Mund mit seiner Zunge versiegelte.

Ihre Lippen schmerzten. Sie atmete zitternd aus, und er nahm den Atemzug auf. Jeder Zentimeter ihres Körpers stand in Flammen. Hatte es jemals in der Geschichte der Menschheit einen so perfekten Kuss gegeben?

Ihre Wahrnehmung war wacher als jemals zuvor. Sie spürte alles, den Druck seiner Lippen, den Geruch des Flusses, das Gefühl seiner Haut auf ihrer, das Mondlicht. Und für einen Moment war alles vollkommen, und sie fühlte sich absolut klar und frei. Zum ersten Mal in ihrem Leben.

Nur zu gern hätte sie diesen Moment eingefroren, um für immer so eng umschlungen mit Gideon dazustehen, in diesem Augenblick unaussprechlicher Freude.

Doch dann stöhnte er auf einmal leise auf und entzog ihr seinen Mund. »Wir müssen aufhören.«

Warum? Warum mussten sie aufhören? Es fühlte sich doch so gut an!

Zu gut, um wahr zu sein, er hatte recht. Wenn sie jetzt nicht aufhörten, würden sie sich Hals über Kopf in etwas hineinstürzen, wofür sie noch nicht bereit waren. Zumal Danny bei seinem Freund übernachtete und das Haus leer war. Es wäre so leicht, Gideon mitzunehmen, in ihr Haus, in ihr Bett. Zu leicht.

Wie in alten Zeiten.

Aber die alten Zeiten waren vorbei.

Die Sehnsucht, die Zeit zurückzudrehen, war so stark. Das Verlangen, neu anzufangen, war so groß. Aber kein Verlangen konnte ändern, was nicht zu ändern war.

Er war nicht mehr derselbe Mann wie früher. Und sie war nicht mehr das Mädchen, das er vor acht Jahren hier zurückgelassen hatte, dieses unsterblich verliebte, abhängige Mädchen.

Der Moment war schon vorbei, und der süße Nebel des Begehrens verwehte im kühlen Nachtwind. Sie musste vernünftig sein. Erwachsen. Sie musste an ihr Kind denken.

Ihr gemeinsames Kind.

Danny gehörte auch zu ihm. War es denn falsch, von einer Familie zu träumen? Von der Chance, zusammen zu sein? War das so unmöglich?

Der verzweifelte Blick, den Gideon ihr zuwarf, machte es unmöglich. Er entfernte sich schon wieder von ihr, trat immer weiter zurück und ging auf Distanz.

War er so kaputt, dass man ihn nicht wieder heil machen konnte?

»Du hast keine Ahnung«, sagte er.

»Keine Ahnung wovon?«, fragte sie und sah ihn eindringlich an.

Er hob die Hand, hielt sie auf, schloss sie aus seinem Leben aus. »Ich kann das nicht. Ich passe nicht zu dir.«

»Wovon redest du denn?«

Wieder schüttelte er den Kopf. »Du hast keine Ahnung.«

»Dann erzähl mir davon.«

Sie streckte die Hand aus, aber er wandte sich ab. »Ich … Ich muss gehen.«

Und das tat er. Er ging davon, mit einem eiligen steifbeinigen Schritt. Und Caitlyn stand da und fragte sich, was sie falsch gemacht hatte.

Elf

Tulpe – perfekte Liebende

Zum ersten Mal seit langer Zeit hatte Gideon das Gefühl, er brauchte einen Drink.

Nachdem er vor Caitlyn im Sweetheart Park weggelaufen war – denn genau das hatte er getan, er war weggelaufen wie der letzte Feigling, als die Sache zu heiß wurde –, marschierte er schnurstracks in die Horny Toad Tavern. Er brauchte ein Mittel, um zu vergessen, was er gerade getan hatte.

Er hatte sie geküsst. Einfach so, aus einem Impuls heraus, ohne dass sie dafür bereit gewesen wäre. Und vor allem, ohne dass er dazu bereit gewesen war. Er hatte gedacht, so etwas könnte ihm nicht mehr passieren und die Army hätte ihm diesen Charakterfehler abtrainiert. Er hasste sich wirklich für seine Unfähigkeit, seine Impulse zu kontrollieren.

Wenn er zu schnell machte, würde er die Geschichte mit Caitlyn mit Karacho an die Wand fahren. Aber das sah ihm ähnlich, keine halben Sachen. Sein ganzes Leben lang war es immer um Alles oder Nichts gegangen. Mäßigung passte nicht zu ihm.

Damit hatte er sich ja auch immer und immer wieder in Schwierigkeiten gebracht. Er hatte J. Fosters Scheune niedergebrannt, war zur Army gegangen, hatte seinen Arm verloren.

Er starrte auf die Prothese, öffnete die künstliche Hand, schloss sie wieder, und spürte nichts. Das Teil war ein Riesenfortschritt im Vergleich zu seiner ersten Prothese. Sie arbeitete auf der Grundlage myoelektrischer Impulse, sodass er jeden Finger einzeln bewegen konnte. Sie blieben in der einmal gewählten Stellung, bis er sie durch ein Signal löste, das von den Muskeln oberhalb des Ansatzes gegeben wurde. So konnte er jetzt beispielsweise einen Styroporbecher greifen, ohne ihn zu zerquetschen. Eine großartige Sache war das. Und der technische Fortschritt ließ auf weitere Verbesserungen hoffen. Eines Tages würde er wohl in der Lage sein, eine Handbewegung mit Hilfe seiner Gedanken auszulösen.

Die schlimmsten psychologischen Probleme hatte er in den Jahren seit der Bombenexplosion bewältigt, aber jetzt war er zum ersten Mal wieder zu Hause. Und diese Umgebung, die sich so sehr von der Situation im Mittleren Osten unterschied, bereitete ihm Schwierigkeiten. Es war, als müsste er sich noch mal ganz neu an den Verlust gewöhnen.

»Was soll's sein?«, fragte der Barmann.

»Whiskey ohne alles«, sagte er.

Zu Beginn seiner Zeit in der Army, als Caitlyn seine Briefe ungeöffnet zurückgeschickt hatte – oder nein, es war ja ihr Vater gewesen, der das getan hatte! –, da hatte er sich regelmäßig an der Flasche festgehalten. Er hatte ständig zu viel getrunken, um den Schmerz abzublocken. Aber dann war ihm klar geworden, dass er so nicht weitermachen konnte und wollte. Wenn Caitlyn ihn nicht mehr wollte, dann würde er sich mit Herz und Seele in seine Arbeit stürzen. Und das ging nicht, wenn er trank oder ständig ans Trinken dachte. Also hatte er damit aufgehört.

Nachdem er seine Hand verloren hatte, war er noch mal abgestürzt, aber durch die Therapie hatte er es in den Griff bekommen. Jetzt starrte er intensiv in das Glas mit der bernsteinfarbenen Flüssigkeit. Wollte er wirklich wieder damit anfangen.

»Das wären dann fünf Dollar«, sagte der Barmann.

»Geht auf meine Rechnung.«

Also Gideon überrascht aufblickte, stand Sheriff Hondo Crouch neben ihm. Damals, als er aus Twilight weggegangen war, hatte Hondo als Rettungssanitäter gearbeitet.

Hondo legte einen Zehndollarschein auf die Theke. »Für mich eine Club Soda, Jim.«

Gideon schob den Schein zurück. »Behalt dein Geld, Sheriff.«

»Ah«, machte Hondo. »Schlechte Laune, was? Ich dachte mir das schon, nachdem ich gehört hatte, dass du Danny kennen gelernt hast.«

»Wo hast du das gehört?« Gideon kippte den Whiskey, der angenehm in der Kehle brannte. Willkommen, alter Freund.

»Meine Lady Patsy Cross ist mit deiner Lady im Gartenclub.«

Gideon wollte schon protestieren und klar machen, dass Caitlyn nicht seine »Lady« war, aber dann ließ er es bleiben.

Hondo nickte zu dem Barhocker neben ihm. »Darf ich?«

Gideon zuckte mit den Schultern. »Von mir aus.«

Hondo nahm Platz.

»Mach mir noch einen.« Gideon fing den Blick des Barmannes auf und zeigte in sein leeres Glas.

»Bist du sicher?«, fragte Hondo. »Alkohol ist nie eine Antwort. Ich weiß das besser als mancher andere, weil ich sie schon oft genug darin gesucht habe.«

»Ach ja? Und wie lautet die Frage?«

»Du willst rauskriegen, warum du nicht gestorben bist.«

Hondo warf einen schnellen Blick auf Gideons Armprothese. Du willst wissen, warum zum Teufel man auf einmal von dir erwartet, dass du in die zivilisierte Gesellschaft hineinpasst, nachdem du an dem dunkelsten Ort gewesen bist, an dem ein Mann sein kann.«

Dagegen war nicht viel zu sagen.

»Ich war in Nam.« Hondo trank einen Schluck von seiner Club Soda und starrte auf die bunten Schnapsflaschen in dem Regal hinter der Bar. »Und ich war Kriegsgefangener.«

»Scheiße.« Die Härchen auf Gideons Arm stellten sich auf. Eine grauenhafte Vorstellung.

»Als ich zurückkam, war ich kaputt an Leib und Seele, wollte nur noch sterben und habe versucht, mich selbst zu zerstören.«

»Womit?«

»Heroin.«

»Heroin ist echtes Rattengift.«

»Kann man wohl sagen. Ich habe alles verloren. Und ich meine wirklich alles. Bloß …« Er nickte wieder zu Gideons Hand. »Bloß kein Körperteil.«

»Und wie bist du da wieder rausgekommen?«

»Drei Mal war ich auf Entzug in der Klinik, dann habe ich ziemlich viel Gruppentherapie gemacht, und irgendwann war ich den Scheiß los.«

»Und jetzt bist du Sheriff in Twilight.«

»Ich bin seit zwanzig Jahren clean. Und in dieser Stadt glaubt man an zweite Chancen.«

»Hat das was mit mir zu tun?«

»Sollte es das?«

Gideon kippte den zweiten Whiskey. Jetzt hatte er das Gefühl, die Dinge wieder besser unter Kontrolle zu haben. Die Panik ließ nach. Er hatte Caitlyn geküsst, na und? Das musste doch nichts bedeuten! Er hatte aus einem Impuls heraus gehandelt, aber er konnte das alles wieder in Ordnung bringen. Er musste nur dafür sorgen, dass es nicht wieder passierte.

Haha. Leicht gesagt.

»Das muss schon ein ganz schöner Schlag sein, nach Hause zu kommen und festzustellen, dass man einen Sohn hat, den man nicht kennt, obwohl er bald acht Jahre alt ist.«

»Ich dachte, alle hier glauben, Kevin Marsh sei Dannys Vater.«

»So ein Blödsinn. Das sieht doch ein Blinder, dass der rothaarige Ire Kevin nicht Dannys leiblicher Vater sein kann. Der Junge ist dir wie aus dem Gesicht geschnitten. Aber alle haben so getan als ob. Für Danny.«

»Caitlyn glaubt, sie hätte die ganze Stadt an der Nase herumgeführt.«

»Ist doch egal, hör auf, darüber nachzudenken. Die Frage, die du dir wirklich stellen solltest, ist, wie schaffst du es, der Vater dieses Jungen zu werden? Die meisten Väter lernen es so ganz allmählich von einem Tag zum anderen. Durch Übung. Sie sind von Anfang an dabei, werden ins kalte Wasser geworfen und schwimmen oder gehen unter. Bei dir muss es notgedrungen anders laufen.«

Da hatte er recht. Gideon legte den Kopf schief. »Woher weißt du so viel darüber?«

»Weil ich das alles auch hinter mir habe.«

»Du hast ein Kind, von dem du nichts wusstest?«

»Genau. Allerdings habe ich es erst erfahren, als Jesse schon achtundzwanzig war. Du hast also zwanzig Jahre Vorsprung, Gideon. Dafür solltest du dankbar sein.«

»Dankbar.«

»Genau. Du hast nämlich ein unverschämtes Glück. Die Frau, die du dein Leben lang geliebt hast, ist Witwe. Es hätte ja auch sein können, du kommst nach Hause und sie ist noch mit Kevin verheiratet. Du hast eine zweite Chance, um sie zu werben. Eine Chance, die alten Verletzungen zu heilen. Ich würde dir raten, verspiel diese Chance nicht.«

»Wer sagt denn, dass ich sie verspiele?«

»Das leere Glas da vor dir.«

»Und du dachtest, ach, gehe ich ihm doch mal nach und versorge ihn mit einem Stück von meiner Weisheit?«

»Ach, weißt du, ich fände es nur blöd, wenn du die gleichen Fehler machen würdest wie ich. Wie geht's mit deinen Albträumen?«

Gideon starrte ihn fassungslos an. »Woher weißt du etwas von meinen Albträumen?«

»Alle Veteranen haben Albträume, die einen mehr, die anderen weniger. Und nach der Sache mit deiner Hand würde ich mal vermuten, dass es bei dir eher mehr sind.«

»Hört das irgendwann auf?«

»Irgendwann, ja. Größtenteils. Ab und zu kommt noch mal einer durch. Aber du musst dafür sorgen, dass die Schrecken der Nacht deine Tage nicht bestimmen.«

Gideon spürte Dankbarkeit und Ärger gleichzeitig. Es war echt nett von Hondo, mit ihm zu reden, aber er hasste es, wenn ihm jemand sagte, was er tun sollte. Noch so ein schlechter Charakterzug, diese extreme Sturheit.

»Okay, da du ja offenbar so schlau bist«, sagte er, »könntest du mir vielleicht gleich auch noch einen Vorschlag machen, wie ich mein Leben wieder auf die Reihe kriege?«

Hondo schob das Glas weg. »Zunächst einmal hörst du sofort *damit* auf.«

»Und dann?«

»Dann lässt du dir Zeit und beweist dieser Frau, dass du sie verdient hast. Keine Eile, die Dinge müssen sich organisch entwickeln. Zeig ihr, dass du hierbleiben willst. Dass sie sich auf dich verlassen kann. Aber sei nicht besitzergreifend. Lass ihr ihre Freiheit.«

»Mit anderen Worten: Sei eine Memme.« Gideon gab dem Barmann einen Wink, das Glas noch einmal zu füllen. Er mochte es, wie der Alkohol die Dinge weicher und rosiger machte.

Hondo lachte. »Du bist so was von auf der falschen Fährte. Ein starker Mann weiß, wie er seiner Frau ihre eigene Stärke lässt. Du musst sie nicht beschützen oder für sie sorgen.«

»Sondern?«

»Sei einfach für sie da. Und für deinen Sohn. Immer einen Tag nach dem anderen.«

»Wow, das ist ja mal ein tiefschürfender Rat. Wo hast du das denn gelesen? Auf einem Zettel im Glückskeks?«

Hondo legte seine Hand über das Whiskeyglas, damit der Barmann es nicht wieder auffüllte. »Das habe ich bei den Anonymen Alkoholikern gelernt.«

Gideon fing Hondos Blick auf und spürte, wie ihm gleichzeitig heiß und kalt wurde. Der Barmann zog sich zurück. Hondo beugte sich immer noch über den Tresen und hielt seine Hand über das Glas.

Gideon musste sich entscheiden. Er konnte die Dinge so

akzeptieren, wie sie waren, und versuchen, sie zu ändern. Oder er konnte sich bewusstlos trinken.

»Wollen Sie ein anderes Glas?«, fragte der Barmann, als ihm klar wurde, dass Hondo seine Hand nicht wegnehmen würde.

Gideon schüttelte den Kopf. »Nein, ich habe genug.«

Hondo klopfte ihm mit der freien Hand auf die Schulter. »Kluge Entscheidung. Und morgen früh gehst du zu deiner Lady und sagst ihr die Worte, die sie braucht.«

Obwohl Gideon den Sheriff in diesem Moment am liebsten an die Wand geklatscht hätte, weil er sich einmischte, wusste er genau, dass Hondo recht hatte. Caitlyn war immer schon vorsichtig gewesen, und als Mutter war sie es umso mehr. Er konnte ihr Herz nur zurückgewinnen, wenn er ihr Zeit ließ.

Wenn er sein Leben wiederaufbauen wollte, musste er ihr und seinem Sohn beweisen, dass er für den Rest seines Lebens für die beiden da sein würde. Was auch immer passierte.

Caitlyn wachte wie jeden Tag kurz vor dem Morgengrauen auf und dachte sofort an Dannys Frühstück, aber dann fiel ihr ein, dass er bei seinem Freund Charlie übernachtet hatte. Sie konnte weiterschlafen, wenn sie wollte, es war niemand im Haus, der sie wecken würde.

Danny übernachtete nicht oft bei Freunden, sie war an die Stille im Haus gar nicht gewöhnt. Außerdem dachte sie ständig an Gideon und das, was letzte Nacht zwischen ihnen vorgefallen war.

Hatte er sie wirklich geküsst? Oder hatte sie das nur geträumt? Sie betastete ihre geschwollenen Lippen. Kein Traum, er hatte sie wirklich geküsst. Heftig. So heftig, dass sie es bis in ihre Seele gespürt hatte.

Aber was bedeutete das? So schnell wie er sie geküsst hatte, war er auch schon wieder auf dem Rückzug gewesen, hatte irgendetwas Kryptisches gemurmelt und war dann praktisch weggerannt.

Sie stand auf und reckte sich, die Arme über dem Kopf, den Rücken gerade, die Ohren gespitzt, um Danny zu hören. *Er ist nicht da, er ist bei Emma und Sam und übernachtet bei Charlie.*

»Ein Morgen, den du ganz für dich hast. Genieß es«, sagte sie zu sich selbst und beschloss, genau das zu tun. Sie stellte einen Topf mit Haferflocken und Wasser auf den Herd und ging im Morgendunst hinaus, um ihre Hühner zu füttern.

»Guten Morgen, die Damen«, rief sie ihren neun Buff-Orpington-Hennen zu und streute ihnen das Futter hin. Mit den Faverolles sprach sie französisch: »Bonjour, Collette, comment allez-vous aujourd'hui?«

Collette mit ihrem wunderschönen Kragen aus cremefarbenen und braunen Federn kam zu ihr gelaufen und pickte zärtlich an ihrem Gummistiefel. Caitlyn füllte das Wasser auf und ließ die Hennen in ihr Freigehege. Dann nahm sie den Korb, der im Stall an einem Nagel hing, und ging die Eier einsammeln.

Bis vor ein paar Wochen hatte sie die Hennen auf dem gesamten Grundstück frei laufen lassen, aber ein Sperberpärchen hatte sich in letzter Zeit in dem Wäldchen auf der anderen Straßenseite angesiedelt, und sie hatte schon drei Buffies verloren. Jetzt hatte sie ihnen einen geschützten Freilauf gebaut.

»Tut mir leid, dass ihr nicht mehr so viel Freiheit habt«, entschuldigte sie sich bei den Hühnern, die gackerten und kratzten und sich ansonsten nicht besonders zu kümmern schienen. Lächelnd sammelte Caitlyn zehn perfekte braune Eier ein und ging damit zurück zum Haus. Ihr Porridge war fertig. Sie machte sich eine Tasse Hibiskustee dazu, gab Honig zu den Haferflocken und in den Tee und setzte sich an den Küchentisch, um dem Sonnenaufgang zuzusehen.

Sie schloss die Augen, atmete tief die Morgenluft ein und sprach ein kleines Dankgebet.

Nach dem Frühstück stellte sie mit einem Blick auf die Uhr fest, dass sie noch eine Stunde Zeit hatte, um im Erinnerungsgarten zu arbeiten, bevor sie Danny bei Sam und Emma abholte, nach Hause fuhr, um schnell zu duschen und dann mit ihrem Sohn wieder loszufahren, zur Sonntagsschule und zum Gottesdienst. Sie zog sich Jeans und eine langärmlige weiße Baumwollbluse an, dazu Sneaker und einen uralten blauen Pullover, dessen Ellbogen schon ganz durchgescheuert waren. In der Öffentlichkeit konnte sie ihn gar nicht mehr tragen, aber für die Gartenarbeit war er perfekt. Sie setzte sich einen Strohhut auf, cremte sich mit etwas Sonnencreme ein und ging los.

So früh am Sonntagmorgen lagen die Straßen noch ganz still da. Ein paar Nachbarhunde bellten, als sie vorbeiging, aber sie sah keinen Menschen draußen. Die Coffeeshops würden erst um sechs Uhr öffnen, dafür war es noch ein paar Minuten zu früh, aber sie roch schon die Donuts. Christine Noble war hinter der Theke der Twilight Bakery schon sehr beschäftigt.

Vielleicht würde sie auf dem Heimweg eine Schachtel

Donuts mitnehmen, um Danny eine Freude zu machen. Er durfte solche Sachen nicht allzu oft essen, aber in den letzten Wochen hatte sie nicht so viel Zeit mit ihm verbracht wie sonst, und deshalb hatte sie ein schlechtes Gewissen.

Ja, toll. Gib deinem Kind Donuts zur Entschädigung, wenn du es vernachlässigst. Okay, versprach sie sich selbst, sie würde heute Nachmittag mit ihm zum Angeln gehen.

Müßig fragte sie sich, ob Gideon wohl mitkommen würde, wenn sie ihn fragte. Aber sie erstickte den Gedanken im Keim. Auf keinen Fall würde sie ihm irgendwelche Vaterpflichten aufzwingen. Die Sache musste sich allmählich und in ihrer eigenen Geschwindigkeit entwickeln. Es musste ein Riesenschock sein, plötzlich festzustellen, dass man Vater war und die ersten siebeneinhalb Jahre mit dem Kind verpasst hatte.

Aus dem Donut-Schuldgefühl wurde etwas anderes. Sie musste sich nicht schuldig fühlen, schließlich hatte sie Danny nicht absichtlich von seinem Vater ferngehalten. Sie hatte gedacht, Gideon sei tot, niemand war schuld an dieser Situation. Niemand außer Richter Blackthorne, selbstverständlich. Früher oder später würde sie ihren Vater wegen dieser Sache zur Rechenschaft ziehen. Er hatte unverantwortlich gehandelt.

Ihre Schultermuskeln spannten sich an, und sie musste sich zwingen, einen beruhigend tiefen Atemzug zu nehmen. Sie war so beschäftigt damit, sich zu entspannen und nicht mehr an Gideon zu denken, dass sie ihn erst bemerkte, als er schon vor dem Tor stand. Genauer gesagt vor dem Fundament des Karussells, wo er das Holzgestell sorgfältig mit Bolzen befestigte. In der letzten Woche hatte er mit der Restaurierung der mechanischen Teile tolle Fortschritte gemacht.

Caitlyn blieb stehen, aber Gideon blickte auf und entdeckte sie, bevor sie die Flucht antreten konnte. Ihr Herz schlug wie ein Hammer. Woher kam nur dieser Drang, sich umzudrehen und wegzulaufen?

Seine Augen waren rot gerändert, sein Haar zerzaust und sein T-Shirt zerknautscht, als hätte er darin geschlafen. Rasiert war er auch nicht. Er sah grob und rau aus, und als sie ihn so ansah, flatterte ihr Herz auf eine höchst alberne Weise.

Lächelnd hob sie die Hand. »Guten Morgen.«

»Morgen.«

»Du bist aber früh auf.«

»Könnte man von dir auch sagen.«

»Gut geschlafen?«, fragte sie.

»Ganz okay.«

Lügner. Du siehst aus, als hättest du die ganze Nacht kein Auge zugetan.

»Und du?« Er sah ihr in die Augen. »Wie hast du geschlafen?«

Oh, abgesehen von den erotischen Träumen, die ich die ganze Nacht hatte und in denen du eine entscheidende Rolle gespielt hast, gar nicht gut. Aber wenn er lügen konnte, dann konnte sie das auch. »Super!«

Hm, das klang ein bisschen zu munter.

Er sagte nichts dazu, und sie ging zum Schuppen, öffnete ihn, holte Gartenhandschuhe, Schaufel, Knieschoner und ein paar Säcke Saatgut heraus. Sie musste das Säen so schnell wie möglich hinter sich bringen, die zweite Märzwoche war angebrochen, und sie hinkte ohnehin schon hinterher.

Also, an die Arbeit. Letzte Woche war es darum gegangen, den Boden vorzubereiten, diese Woche wurde gesät. Sie nahm eine Hacke und zog kleine Furchen in die frisch gepflügte und geglättete Erde.

Hinter ihr konnte sie Gideon hören, der auf die Bolzen einhämmerte. In der Morgenstille klang das Geräusch seltsam laut, und der Gesang der Vögel bildete einen auffallenden Kontrast dazu. Ihr Rücken wurde warm. Ohne den Kopf zu drehen, wusste sie, dass Gideon sie ansah. Jetzt breitete sich das warme Gefühl auch in ihrem Bauch aus.

Er sieht dich nicht an, und wenn doch, was soll's? Es hat nichts zu bedeuten.

Aber was hatte es zu bedeuten, dass sie ihn nur zu gern angesehen hätte? Diese Distanz zwischen ihnen war seltsam. Früher waren sie sich so nahe gewesen, wie zwei Menschen nur sein können.

Warum fühlte es sich jetzt so fremd an?

Damals wart ihr Teenager. Jung, dumm, ohne eine Ahnung vom Leben.

Eine kurze, süße Sekunde lang wünschte sie, sie könnte die Zeit zurückdrehen, könnte wieder siebzehn sein und so verliebt in Gideon, dass alles, was sie aß, wie Süßigkeiten schmeckte. Wenn sie zum Himmel aufgeblickt hatte, dann hatte sie einen Regenbogen gesehen, und jedes Lied, das sie hörte, war ein Liebeslied. Sie wünschte sich so sehr, sie könnte in eine Zeit zurückreisen, in der die Zukunft noch voller Verheißungen gewesen war. Bevor alles in Stein gemeißelt war.

Ihr habt eine gute Chance, von vorn anzufangen. Ein Neubeginn.

Wie sehr sie sich wünschte, es wäre so einfach. Sie war eine alleinerziehende Mutter, und ihr Leben gehörte nicht ihr allein. Und Gideon … Er enthielt mehr Probleme als die *New*

York Times. Er musste erst mal sein schweres Gepäck wenigstens teilweise loswerden, bevor sie von einer gemeinsamen Zukunft auch nur träumen konnten.

Gideon stand nach vorn gebeugt da, den Hintern in der Luft, die Muskeln angespannt unter dem Stoff seiner Jeans. Ein plötzliches Verlangen griff nach ihrer Kehle und drückte kräftig zu. Nur zu gern wäre sie mit den Fingern über diese Jeans und über diesen wunderbaren Hintern gefahren.

Na, das klingt aber nicht besonders nach Mutter. Schäm dich, Caitlyn, was sind das für Gedanken?

Gedanken. Sie wollte gern wissen, ob sich sein Hintern immer noch genauso anfühlte wie früher. Ob sie immer noch dieselben Kanten und Winkel fühlen würde, wenn sie ihre Finger in seine Haut grub.

Ihre Gedanken wanderten zurück in eine Zeit, in der sie Liebe gemacht hatten. So sehr, dass sie nicht aufpasste, was sie tat. Der Geruch von Erde und Lehm drang ihr in die Nase, während sie grub, um den Boden zu lockern. Eine rostige Kette kam im Boden zum Vorschein. Was war das denn? Sie legte die Hacke weg, kniete sich hin, sah eine schartige Metallkante.

»Das ist ja komisch«, sagte sie.

»Was?« Gideon drehte sich nach ihr um.

»Da ist was im Boden«, erwiderte sie, während sie danach griff. »Irgendwas aus Metall …«

»Nein!«, schrie Gideon. »Nicht anfassen!«

Aber es war schon zu spät. Aus dem Augenwinkel sah sie, wie er auf sie zugerannt kam, gerade als der metallische Gegenstand aus der Erde sprang und sich um ihren linken Unterarm schloss.

Sie hörte ein entsetzliches schnappendes Geräusch, starrte auf ihren Arm und sah die Blutstropfen. Das, was sich da in ihrem Arm festgebissen hatte, war allem Anschein nach eine alte Bärenfalle. Den Schmerz spürte sie nicht gleich. Eine Sekunde lang starrte sie nur auf ihren Arm und fragte sich, wie es sein konnte, dass sie ausgerechnet in eine Bärenfalle geraten war.

Dann kam der Schmerz, eine heiße Welle, die sie fast blind machte.

»Oh!«, keuchte sie auf.

Blut lief über ihre Hand, und der Schmerz wurde so stark, dass es sie auf den Hintern setzte. Wie benommen griff sie nach dem Metall und versuchte, die Falle zu öffnen, aber da war Gideon schon da.

Er fragte nicht einmal, was passiert war. Er handelte sofort. Irgendwie, sie wusste nicht, wie er es mit der einen Hand schaffte, bekam er die Falle auf. Eigentlich hatte sie gedacht, wenn das Ding weg wäre, würde der Schmerz zumindest erträglich, aber in dem Moment, wo der Druck nachließ, wurde es eher schlimmer. Jetzt spritzte das hellrote Blut geradezu aus der Wunde.

Es war ernst. Ihr Leben lief wie ein Film vor ihrem inneren Auge ab. Sie würde sterben.

Gideon zog ein rotes Halstuch aus seiner hinteren Hosentasche, drehte es zusammen und zog es dicht über der Wunde um ihren Arm zusammen. Sie schrie auf, weil der Schmerz so noch stärker wurde.

»Tut mir leid, Schatz«, sagte er leise. »Aber wir müssen die Blutung stoppen. Halt durch, halt durch.«

Das Nächste, was sie mitbekam, war, dass er sie halb wegtrug, halb wegzerrte, direkt zur Bäckerei.

Der Geruch der Donuts bereitete ihr jetzt Übelkeit. *Lieber Gott, bitte mach, dass ich mich nicht auch noch übergeben muss.*

Er öffnete die Tür der Bäckerei mit dem Hintern. »Wir brauchen Hilfe!«, rief er Christine zu.

»Ach du liebe Güte!«, rief Christine zurück.

Caitlyn fühlte, wie sie schwächer wurde. Heiß und klebrig lief immer noch Blut an ihrem Arm herab. In ihrem Kopf drehte sich alles. *Verdammt, jetzt sterbe ich, bevor ich Gelegenheit hatte, Gideon noch einmal nackt zu sehen.*

Das Schicksal war ein elender Verräter. Wie konnte es sie zusammenbringen und gleich wieder auseinanderreißen? Und dann auch noch durch eine Bärenfalle. Wer hätte gedacht, dass es so enden würde. Sie konnte schon die Schlagzeilen im *Twilight Caller* vor sich sehen: *Richter Blackthornes Tochter stirbt bei absurdem Gartenunfall.* Dabei hatte sie immer gedacht, eines Tages würde ein Aneurysma auch sie erwischen.

»Bleib bei mir, Tulpenmädchen«, flüsterte Gideon leise.

»Was kann ich tun?«, fragte Christine jetzt.

»Fahr uns ins Krankenhaus«, befahl Gideon.

»Ja, klar, sicher, Moment, ich hole nur meine Schlüssel und schalte den Ofen aus.«

Christine drückte auf verschiedene Schalter, schnappte sich die Schlüssel und kam zu ihnen geeilt, einen Stapel saubere Handtücher im Arm.

»Danke.« Gideon nahm ihr die Handtücher ab und wickelte eins um die Verletzung.

Caitlyn musste sich auf die Innenseite ihrer Wange beißen, um nicht laut loszuschreien. Hätte Gideon sie nicht im Arm gehalten, dann wäre sie schon längst ohnmächtig geworden.

Christine brachte sie beide zu ihrem Honda Civic, der hinter der Bäckerei parkte, und öffnete die hintere Tür. Gideon stieg ein und zog Caitlyn hinter sich her. Sie war so erschöpft und fertig, dass sie ihren Kopf während der kurzen Fahrt zum Krankenhaus an seine Schulter legte. Sie atmete in kleinen, keuchenden Stößen. Als sie das Krankenhaus erreichten, war ihr schwindelig, sie fühlte sich seltsam schläfrig, und ihr Arm war Gott sei Dank ganz taub.

Gideon trug sie in die Notaufnahme, obwohl sie sich überhaupt nicht vorstellen konnte, wie er das schaffte.

»Jetzt sind wir Zwillinge«, kicherte sie albern, ohne richtig zu wissen, was sie da redete.

Gideon stöhnte, als die Schwestern auf sie zugerannt kamen. »Wie meinst du das?«

»Zwei kaputte Linkshänder.«

»Du bist bald wieder fit«, sagte er. »Ein paar Stiche nur, dann bist du so gut wie neu.«

Er führte sie zu einem Rollstuhl und hielt ihren blutenden Arm, während eine der Schwestern sie in ein Untersuchungszimmer fuhr. Sie halfen ihr aus dem Rollstuhl auf eine Trage und übernahmen die Verantwortung. Erst jetzt sah Caitlyn, dass Gideon mit ihrem Blut beschmiert war. Seine Augen waren dunkel vor Sorge.

»Holt Dr. Longoria, schnell!«, brüllte eine der Schwestern der Kollegin am Empfang zu. »Da ist eine Arterie verletzt.«

Jetzt wurde ihr wirklich schwummrig, sie fühlte sich, als ob sie träumte. Als ob sie auf Wolken schwebte. Auf Zuckerwatte, flauschig und süß und leer.

»Gut, dass Sie die Wunde mit dem Halstuch abgebunden haben«, sagte die Schwester zu Gideon. »Sonst wäre sie verblutet.«

Inzwischen drängten sich immer mehr Leute in dem Untersuchungszimmer. Sie liefen geschäftig herum. Jemand legte ihr wohl einen Zugang auf dem rechten Handrücken, aber sicher war sie nicht.

»Caitlyn«, sagte die Schwester, »wie geht es?«

»Es tut nicht mehr weh. Tatsächlich«, flüsterte sie, »fühlt es sich an, als würde ich schweben.«

»Caitlyn?« Sie hörte Gideons Stimme. Er stand wahrscheinlich direkt vor ihr, aber sie sah ihn nicht richtig. »Halt durch, verlass mich nicht.«

Doch genau das tat sie eine Sekunde später.

Gideons Herz setzte einen Schlag aus, als Caitlyn die Augen nach hinten verdrehte. Er wusste, sie hatte viel Blut verloren. Jetzt wurde ihm wirklich angst und bange. Das hier war nicht gut, überhaupt nicht. Die Mitarbeiter des Krankenhauses lösten die Bremsen der Trage und schoben sie den Flur hinunter.

»Sir«, sagte eine der Schwestern. »Sie müssen bitte hierbleiben.«

Als er aufblickte, sah er, dass sie vor der Tür zum Operationssaal standen.

»Nehmen Sie bitte im Warteraum Platz. Es kommt gleich jemand.«

Er hatte so viele Feuergefechte mitgemacht, hatte so viel Blut gesehen. Hatte selbst so oft geblutet. Er war fast gestorben, als er seinen Arm verloren hatte. Er wusste, was sie durchmachte. Erst die Benommenheit, die Verleugnung, dann Angst und Schmerz und schließlich, wenn der Tod ganz nahe war, ein ganz entspanntes Annehmen der Situation. Und dann glitt man einfach weg.

Ein eiserner Ring legte sich um seine Brust, sodass er kaum sprechen konnte. Also nickte er nur und begab sich in den Wartebereich. Dort saßen auch noch einige andere Besucher, die ihn entsetzt anstarrten.

Er blickte an sich hinunter und sah, dass er mit Caitlyns Blut verschmiert war. Fassungslos stand er da wie versteinert, bis eine Schwester ihm die Hand auf den Rücken legte und ihm zwei grüne Bürsten gab. »Sie können sich im Aufenthaltsraum für Mitarbeiter sauber machen und umziehen«, sagte sie freundlich und zeigte ihm den Weg. »Danach brauchen wir sie, damit sie ein paar Formulare ausfüllen und uns einige Fragen beantworten.«

»Ja. Natürlich, ja.«

Lange stand er unter der heißen Dusche und erlebte immer wieder den Moment, als Caitlyn »Oh« gerufen hatte. Und als er aufblickte, sah er Blut aus ihrem Arm spritzen. Arterienblut. Der Anblick hatte ihn frieren lassen bis ins Mark, und er war so schnell zu ihr gerannt, wie er konnte. Nur die Ruhe. Alles unter Kontrolle behalten. Für sie. Jetzt allerdings, da das alles vorbei und sie in den Händen der Medizin-Profis, war, verließ ihn alle Stärke und aller Mut.

Damit er nicht vollkommen den Boden unter den Füßen verlor, wandte er seine Gedanken der Bärenfalle zu. Das Ding war rostig und uralt, vermutlich etwa hundert Jahre alt. Wie war es in den Garten gekommen? Noch dazu gespannt? Es konnte nicht die ganze Zeit da gelegen haben, der Boden war doch eben erst gepflügt worden, da hätte man die Falle doch bemerken müssen. Er erkannte eine Mine, wenn er sie sah.

Nein, diese Falle hatte jemand dorthin gelegt.

Absichtlich. Und erst vor Kurzem, irgendwann zwischen gestern Abend und heute früh.

Aber wer?

Und warum?

Gideon war wild entschlossen, das herauszufinden. Und er würde den Täter zur Rechenschaft ziehen.

Zwölf

Lila Hyazinthe – es tut mir leid, bitte vergib mir.

Richard Blackthorne saß an seinem Platz weit vorn in der Twilight First Presbyterian Church, als sein Handy klingelte.

»Caitlyn ist im Krankenhaus und wird operiert«, sagte Hondo Crouch. »Ich dachte, Sie sollten das wissen.«

Richards altes Herz stolperte, setzte einen Schlag aus. »Ein Aneurysma?«

»Nein …«

»Was dann?« Richard stand auf und fing sich einen missbilligenden Blick von Pastor Dupree ein, der ganz entschieden etwas gegen Handys in der Kirche hatte.

»Sie ist mit der Hand in eine Bärenfalle geraten.«

»Was?« Richard verzog das Gesicht und stützte sich schwerer auf seinen Stock als normalerweise. »Ich kann Sie so schlecht verstehen. Es klang gerade so, als hätten Sie gesagt, sie ist in eine Bärenfalle geraten.«

»Genau.«

Mehrere Leute schauten ihn jetzt wütend an, und als er durch den Mittelgang hinausging, wandten sich viele Köpfe nach ihm um. Normalerweise hätte ihn das peinlich berührt, aber jetzt machte er sich zu viele Sorgen, als dass es ihn gekümmert hätte. »Wie in aller Welt kann das denn sein?«

»Das werde ich herausfinden, das verspreche ich Ihnen«, sagte Hondo. »So wie es aussieht, hat jemand das Ding auf dem Grundstück des Erinnerungsgartens platziert.«

»Absichtlich?«

»Offenbar.«

»Um meine Caitlyn zu verletzen?«

»Ich weiß nicht, wer das Ziel war. Vielleicht war es auch nur ein böser Streich, der aus dem Ruder gelaufen ist. Jedenfalls wollte ich Sie wissen lassen, dass sie operiert wird. Das verfluchte Ding hat eine Arterie verletzt, und wenn Gideon nicht da gewesen wäre, um die Wunde sofort abzubinden, dann wäre sie wohl verblutet.«

»Mein Gott!« Richard bekam weiche Knie und wäre wohl mitten im Vorraum der Kirche gestürzt, wenn Greta nicht an seine Seite geeilt wäre und ihn gestützt hätte.

»Richter?« Ihr Gesicht war voller Sorge.

»Fahren Sie mich ins Krankenhaus.«

»Sind Sie krank?«

»Nein, es geht um Caitlyn.« Er entzog sich ihrem Griff. Niemand sollte ihn für schwach halten, er kam schon allein zurecht. So alt war er nun wirklich noch nicht. Wohl wahr, er war fast vierzig gewesen, als Caitlyn geboren wurde. Aber er war erst fünfundsechzig, das war doch heutzutage kein Alter. Zehn gute Jahre hatte er locker noch vor sich. Wenn nur diese verdammte Arthritis in den Knien ihm nicht ab und zu einen Streich gespielt hätte!

»Geben Sie mir die Autoschlüssel«, sagte Greta.

Richard fischte in seiner Tasche nach den Schlüsseln und reichte sie ihr. Die schwere Holztür der Kirche schloss sich hinter ihnen.

»Warten Sie hier am Straßenrand«, sagte Greta. »Ich komme mit dem Auto.«

Er stand da, fühlte sich wie ein Idiot und wünschte, er

hätte sie nicht gebeten, ihn zu fahren. Er war doch kein Krüppel! Er war nur … nun ja, erschüttert. Zu hören, dass Caitlyn hätte sterben können. Dass sie gestorben wäre, wenn dieser Garza nicht da gewesen wäre. Der Kerl hatte ihr das Leben gerettet!

Richard fragte sich schon seit ein paar Tagen, was wohl zwischen den beiden los war. Sie schienen umeinander herumzuschleichen, nicht sicher, wie ihre neue Beziehung aussehen sollte. Er beobachtete den Blumenladen und die Fortschritte im Erinnerungsgarten von seinem Büro aus und hörte, was in den Coffeeshops geredet wurde. Die Leute nahmen Wetten an, ob Caitlyn und Garza wieder zusammenkommen würden oder nicht.

Während er noch dastand und sich fragte, warum Greta so verdammt lange brauchte, drang der honigsüße Duft des Frühlings an seine Nase, und er blickte zum Stamm des Mimosenbaums. Eine Menge lilafarbener Glöckchen stand dicht an den Stamm gedrängt und duftete ganz köstlich. Aus einem Impuls heraus bückte er sich und pflückte ein paar von ihnen.

Greta kam mit dem Lincoln, hielt an und beugte sich herüber, um die Beifahrertür zu öffnen, damit Richard einsteigen konnte. Er ließ sich auf den Beifahrersitz gleiten und zog die Tür zu. Obwohl es erst März war, hatte sie die Klimaanlage eingeschaltet. Wahrscheinlich hatte sie mal wieder eine dieser Hitzewallungen. Schaudernd drehte er den Auslass von sich weg in ihre Richtung.

Sie stellte ihm keine weiteren Fragen. Das mochte er an ihr, und deshalb sagte er auch nichts zu der lästigen Kaltluft. Die Frau wusste immerhin, wann man besser den Mund hielt. Ein seltener Zug bei Frauen, nach seiner Einschätzung.

Nach wenigen Minuten fuhren sie am Krankenhaus vor. Greta ging vor ihm hinein und direkt zum Empfang. »In welchem Zimmer finden wir die Tochter von Richter Blackthorne?«

Die Angestellte tippte den Namen in ihren Computer. »Wir haben niemanden mit diesem Namen hier.«

»Caitlyn Marsh«, sagte Richard, die Hand immer noch fest um das Sträußchen mit den süßlich duftenden Blumen geschlossen. Allmählich bereute er, dass er sie gepflückt hatte. »Der Name ist Caitlyn Marsh.«

»Sie ist noch auf der Aufwachstation, Sir. Sie können im PACU-Wartebereich am Ende des Korridors im ersten Stock Platz nehmen. Eine Schwester holt sie dort ab, wenn Ihre Tochter Besuch empfangen kann.« Die Frau beugte sich über den Tisch, um ihm den Weg zu zeigen. »Diesen Korridor hinunter und …«

»Danke, ich kenne den Weg«, unterbrach Richard sie ungeduldig. »Ich habe mein ganzes Leben in dieser Stadt verbracht, sogar schon, bevor dieses Krankenhaus gebaut wurde.«

Die Angestellte warf ihm einen beleidigten Blick zu. »Na, entschuldigen Sie, dass ich atme.«

Es stimmte ja, er war gereizt. Dieser klebrige Geruch von Desinfektionsmittel und Krankheit in den Wänden machte ihn wahnsinnig. Außerdem kam man irgendwie immer nur hierher, wenn etwas nicht in Ordnung war. In diesem Wartebereich hatte er die Nachricht erhalten, dass Angelica die Gehirnoperation nicht überlebt hatte. Dass er jetzt wieder hier war, warf ihn zwanzig Jahre zurück,

und das war ein entsetzliches Gefühl.

Himmel, wenn Caitlyn etwas passierte, würde er seines Lebens nicht mehr froh werden. Seine Sturheit hatte sie aus seinem Leben verbannt. Sie waren einander schon viel zu lange entfremdet. Er hatte seinen Enkel nicht kennen gelernt, hatte so viele Feiertage und Feste verpasst, und das nur, weil er sich nicht verbiegen wollte, weil er sich nicht auf die modernen Zeiten und Sitten einlassen konnte.

Weil er nicht vergeben konnte.

In dem Wartebereich angekommen, Greta an seiner Seite, die lilafarbenen Blumen in der verschwitzten Hand, sah er als Erstes Gideon Garza. Der Kerl war groß wie ein Mammutbaum. Er hatte ihn gar nicht so groß in Erinnerung.

Außerdem saßen da ein paar von diesen aufdringlichen Weibern, die ihre Nase ständig in anderer Leute Angelegenheiten stecken mussten. Dotty Mae Densmore, Patsy Cross, Raylene Pringle. Und die junge Frau mit dem verkrüppelten Bein, der die *Twilight Bakery* gehörte. Richard war Stammkunde in *Mindy Lou's Pie Shop,* deshalb erinnerte er sich nicht mehr an ihren Namen.

Richard und Garza schauten sich an. Er wich nicht zurück. Er war daran gewöhnt, Dinge unter Kontrolle zu haben.

Garza schickte ihm einen flammenden Blick. Er hatte Oberarme wie Baumstämme, die er vor der Brust verschränkt hielt, die künstliche Hand hatte er in die rechte Achselhöhle geschoben. Richard erinnerte sich daran, wie der Junge im Gerichtssaal gestanden hatte und wie er ihm erklärt hatte, er hätte zwei Möglichkeiten: Gefängnis oder Militär.

Es war ein total ungerechter Urteilsspruch gewesen. Ein guter Anwalt hätte den Jungen rausgehauen, schließlich hatte er keine einzige Vorstrafe gehabt. Aber er war nur ein dummer Junge gewesen, der sich keinen Anwalt leisten konnte, und Richard wollte ihn so weit wie möglich von seiner Tochter wegbringen. Das Mädchen war so leicht zu beeindrucken. Zu leicht, wie ihm erst später klar geworden war, denn er war zu spät gekommen. Hätte er gewusst, dass Caitlyn schwanger war, dann hätte er Garza vermutlich nicht weggeschickt. Obwohl J. Foster ihn so dringlich darum gebeten hatte.

Garza kam auf ihn zu.

Richard blieb stehen, den Stock in der einen Hand, die Blumen in der anderen.

»Ich werde Sie nicht rausschmeißen, Richter«, sagte Garza. »Obwohl Sie es verdient haben, nach allem, was Sie uns angetan haben. Aber ich bin jetzt selbst Vater, und deshalb können Sie bleiben. Setzen Sie sich da drüben hin und halten Sie den Mund.«

Richard spürte, wie der Zorn in ihm aufwallte. »Sie haben kein Recht, so mit mir zu sprechen, junger Mann.«

Garzas Gesicht war wie versteinert. »Ich habe jedes Recht der Welt, so zu sprechen. Sie haben mir acht Jahre mit Caitlyn und Danny gestohlen. Sie sind schuld daran, dass ich eine Hand verloren habe. Wir wissen inzwischen, dass Sie Malone für seine Fehlinformation bezahlt haben. Und Sie haben meine Briefe an Caitlyn zurückgeschickt.«

Richard spürte, wie ihm die Brust eng wurde. Er wusste sehr genau, dass alle in diesem Warteraum ihn ansahen. »Ich habe getan, was ich für das Richtige hielt.«

»Ach ja? Na, Sie werden keine Gelegenheit mehr bekommen, das Leben anderer Menschen zu manipulieren. Es ist vermessen, Gott zu spielen. Ich weiß, das Richteramt ist Ihnen zu Kopf gestiegen. Sie haben einfach zu viel Macht. Aber ich bin nicht mehr der dumme Junge, den Sie über den Tisch ziehen konnten.«

Richard war beeindruckt. Vielleicht hatte er Garza doch unterschätzt. Schließlich hatte auch J. Foster ja am Ende seine Meinung über den Jungen revidiert.

»Aber um zu beweisen, dass ich nicht so bin wie Sie, werde ich Sie nicht daran hindern, Ihre Tochter zu sehen. Vorausgesetzt, sie will Sie sehen."

»Ich …« Richard straffte seine Schultern und räusperte sich. »Ich wollte Ihnen danken, dass Sie ihr das Leben gerettet haben. Hondo hat mir erzählt, dass sie verblutet wäre, wenn Sie ihr nicht geholfen hätten.«

Alle Frauen im Raum sahen ihn fassungslos an, auch Greta. Was war das denn? Der Mann konnte ja richtig nett sein, wenn er wollte. Sehr seltsam, das alles.

Selbst Garza schien verwirrt. »Ich habe sie nicht gerettet, um Ihnen einen Gefallen zu tun.«

»Das ist mir klar.«

Stille breitete sich aus. Das einzige Geräusch kam von dem Kaffeeautomaten in der Ecke.

In diesem Augenblick ging die Tür der Aufwachstation auf und eine Schwester schaute in den Wartebereich. »Wer von Ihnen gehört zu Caitlyn Marsh?«

»Wir alle«, antwortete Patsy Cross.

»Bitte immer nur einer zur Zeit. Entscheiden Sie selbst.«

Richard sah Garza an. »Ich bin ihr Vater.«

»Und ich habe ihr das Leben gerettet.«

»Alles klar«, sagte Richard. »Gehen Sie als Erster.«

»Alter vor Schönheit«, gab Garza plötzlich nach und zeigte

auf die Tür. Dann setzte er sich in den Warteraum neben die Frau vom Bäckerladen.

Was für eine unerwartete Wendung. Richard fragte sich, was Garza damit beabsichtigte. *Aber vielleicht beabsichtigt er ja gar nichts. Vielleicht versucht er nur, einen Riss zu kitten. Schon mal daran gedacht?*

Nein, daran hatte er nicht gedacht, aus dem einfachen Grund, weil er selbst keiner war, der Risse kittete. Schon die Idee war ihm fremd. Er glaubte eher daran, bei seiner Einstellung zu bleiben, was auch immer passierte. So war er schon immer gewesen, aber nachdem er Angelica verloren hatte, war dieser Charakterzug noch ausgeprägter geworden.

»Die Sache hat absolut keinen Haken«, sagte Gideon jetzt. »Ich bin keiner, der einen Vater von seinem Kind fernhält.«

Ah, so lief das. Nadelstiche. Na gut, solange er Garza einschätzen konnte, sollte es ihm recht sein.

Es war ein überwältigendes Gefühl, den Aufwachraum zu betreten. Mitarbeiterinnen in Kitteln liefen an ihm vorbei, die Ventilatoren machten schwere Atemgeräusche wie feuchte Lungen, die Luft einsaugen. Es roch nach Gas und Betadine und ein wenig versengt. Die Patienten lagen aufgereiht auf Tragen, alle an Sauerstoffgeräte, Infusionen und Monitore angeschlossen.

»Mrs Marsh liegt da hinten, Sir«, sagte die Schwester und zeigte auf das zweite Bett rechts.

Er schlich ein wenig näher, fühlte sich ganz und gar fehl am Platz. Die Schwester zog einen Vorhang um ihn und Caitlyn, um sie ein wenig von der Geschäftigkeit rundum abzuschirmen.

»Sie dürfen gern mit ihr sprechen«, sagte sie. Dann verschwand sie durch den Vorhang.

Caitlyn hatte die Augen geschlossen, und Richard wusste nicht, wie er anfangen sollte. Er trat noch näher und starrte hinunter auf ihr blasses Gesicht. Ihr linker Arm war dick verbunden. Durch einen Zugang in ihrem rechten Arm bekam sie eine Bluttransfusion. Sie musste viel Blut verloren haben, wenn sie das für nötig hielten. Sein Herz stolperte wieder, genau wie in dem Moment, als Hondo ihm gesagt hatte, dass sie im Krankenhaus war.

»Caity?«, sagte er leise. Wie viele Jahre hatte er sie nicht mehr so genannt? »Ich bin's, dein Daddy.« Auch das hatte er seit Jahren nicht mehr gesagt.

Ihre Lider flatterten, und dann fixierte sie ihn mit ihren blaugrünen Augen, die denen ihrer Mutter so ähnelten. »Du bist da?«

»Ich bin da.«

»Bin ich gestorben oder so?«

»Fast.« Er nickte.

»Dann hatte ich also recht«, flüsterte sie.

»Womit hattest du recht?«

»Dass ich wohl erst auf dem Sterbebett liegen müsste, damit du deinen Dickschädel überwindest und zu mir kommst.«

»Ach, Caity«, sagte er und spürte, wie ihm plötzlich Tränen in seine närrischen alten Augen traten. Er weinte doch nie. Warum weinte er denn jetzt? Es ging ihr gut, sie würde es überstehen. Kein Grund zum Heulen. Er war ein Richter, er weinte nicht.

»Ist schon gut, Dad. Ich kriege das hin, alles wird gut.«

Dad. Sie hatte ihn Dad genannt. Nicht Vater. Und auch

nicht Richter, wie sie ihn genannt hatte, seit er Garza in die Verbannung geschickt hatte. Er rieb sich mit dem Knöchel seines Zeigefingers übers Auge.

»Ich hab dir was mitgebracht«, sagte er und streckte ihr die lila Blumen entgegen.

»Lila Hyacinthen. Die duften so gut.«

Heißen die so?

Ein wunderschönes Lächeln zog über ihr Gesicht. »Ja, Dad, ja. Ich verzeihe dir. Alles ist vergeben. Danke, dass du den Mut hattest, zu mir zu kommen und mir lila Hyacinthen mitzubringen.«

Richard fuhr zusammen. Was redete sie denn da? Er hatte sie nicht um Verzeihung gebeten. Aber sie sah so glücklich aus, dass er jetzt keinen Rückzieher machen konnte.

Doch sie hatte es schon gemerkt. »Oh«, sagte sie, und das Licht in ihren Augen wurde schwächer. »Du wusstest das gar nicht, oder?«

»Was wusste ich nicht?«

»Dass lila Hyacinthen in der Blumensprache bedeuten: Es tut mir leid, bitte vergib mir.«

Die Blumensprache. Eine hoch komplizierte Sache. Angelica hatte darüber genau Bescheid gewusst.

»Natürlich wusste ich das«, bluffte er, weil er die Wahrheit nicht eingestehen wollte. Durch eine Laune des Schicksals hatte er endlich seine Tochter um Verzeihung gebeten.

»Ich ziehe bei dir ein«, verkündete Gideon, als er später an diesem Tag Caitlyn in ihren Van half.

»Wie bitte?« Sie zog eine Augenbraue hoch.

Man hatte sie aus dem Krankenhaus entlassen, versorgt

mit Schmerztabletten, Antibiotika und der Anweisung, Ruhe zu geben und in einer Woche ihren Hausarzt aufzusuchen. Schon erstaunlich, wie schnell man heutzutage aus dem Krankenhaus hinauskomplimentiert wurde, wenn man keine Krankenversicherung hatte. Und das, obwohl Gideon die Rechnung sofort und vollständig bezahlt hatte. Sie hatte mit ihm darüber diskutieren wollen, aber er war hartnäckig geblieben. Danach hatte sie zwar noch irgendetwas gebrummelt, dass sie ihm das Geld zurückzahlen würde, aber er konnte die Erleichterung in ihren Augen sehen, dass ihr keine große Rechnung drohte. Und er freute sich, ihr helfen zu können.

»Ob es dir gefällt oder nicht, ich lasse darüber nicht mit mir reden. Du brauchst Hilfe im Haushalt und mit Danny.«

»Ach. Wie viele Kinder hast du denn schon großgezogen?«

Er erzählte ihr nicht von den Waisenkindern, die er gerettet hatte. Den Kindern, die er in Sicherheit gebracht hatte. Es hätte angeberisch geklungen, und er wollte kein Lob dafür einheimsen. Um Gottes willen.

Also lächelte er nur und zog die Schultern hoch. »Ein kleiner Junge, siebeneinhalb Jahre alt. Wie schwierig soll das denn wohl sein?«

»Abwarten.«

»Du stimmst mir also zu, dass es eine gute Idee wäre, Hilfe zu haben.«

Sie warf einen Blick auf seinen Arm, und er wusste sofort, was sie dachte. Wie viel Hilfe konnte ihr ein verkrüppelter Mann wohl geben? Zwei halbe Wracks, die sich gegenseitig stützen.

Sein Lächeln verschwand und er spürte, wie er rot wurde.

Caitlyns verbundener Arm ruhte auf der Armlehne. Ihre Freundin Emma hatte ihr saubere Kleidung mitgebracht und ihr gesagt, sie solle sich um Danny keine Sorgen machen, sie und ihr Mann Sam würden den Jungen gern noch eine Nacht dabehalten. Aber Caitlyn wollte Danny unbedingt bei sich zu Hause haben, und so fuhren sie jetzt zu Emma und Sam, um ihn abzuholen.

»Ja, du hast recht, ich brauche Hilfe. Ich gebe es zu. Bist du jetzt glücklich?«, fragte sie.

Sagte sie das bloß, damit er sich besser fühlte?

»Du bittest nicht gern um Hilfe.«

»Du vielleicht?«

»Nein.«

»Siehst du.«

»Aber es ist kein Zeichen von Schwäche, um Hilfe zu bitten«, sagte er.

»Den Satz könntest du dir auch gleich hinter die Ohren schreiben.«

»Mach nur weiter so, aber glaub ja nicht, dass du mich damit verjagen kannst.«

Sie warf ihm einen schiefen Blick zu. Er hielt an einer Ampel. »Das mit meinem Vater war unheimlich, oder?«

»Sagen wir, unerwartet.«

»Er hat mich um Verzeihung gebeten.«

»Ehrlich? Das klingt aber gar nicht nach Richter Blackthorne.«

»Na ja, er hat nicht viele Worte gemacht, aber er hat mir lila Hyacinthen mitgebracht. Und wenn man das tut, dann heißt das, man bittet um Verzeihung.«

»Und du bist sicher, dass er das wusste?«

Caitlyn grinste. »Jetzt weiß er es jedenfalls.«

Gideon lachte. »Ich sehe dich so gern lächeln!«

»Und ich höre dich gern lachen. Das könntest du ruhig öfter tun.«

Sie schauten sich an.

»Klingt wie eine Versammlung des Vereins zur gegenseitigen Bewunderung«, sagte Caitlyn.

Ja, zum Teufel. Er bewunderte sie, und wie! Aber reichte das? Konnte er damit die Kluft überbrücken, die durch acht Jahre der Trennung aufgerissen worden war? Dies hier war ihre Gelegenheit, es herauszufinden. Sie würden in einem Haus wohnen und sich endlich wieder richtig kennen lernen.

»Hier abbiegen. Das zweite Haus auf der rechten Seite.« Caitlyn zeigte darauf. »Wenn du tatsächlich bei mir einziehen willst …«

»Das werde ich«, sagte er in einem Ton, der keinen Widerspruch zuließ.

»Ist ja gut. Aber dann müssen wir eins klarstellen.«

»Nämlich was? Wie sehen die Bedingungen aus?«

»Du schläfst im Gästezimmer.«

»Das war mir klar, aber mir war nicht klar, dass du meinst, ich könnte etwas anderes erwarten«, neckte er sie.

Sie zog die Nase kraus. »Komplizierter Satz.«

»Egal. Wir sollten Danny nicht verwirren, so viel ist klar.«

»Richtig.«

»Wir brauchen Zeit.«

»Auch richtig. Gut, dann ist das abgemacht. Und kein Sex.«

Gideon leckte sich über die Lippen und schluckte schwer. Er machte nicht gern Versprechen, von denen er nicht sicher war, ob er sie halten konnte.

»Puh«, machte sie. »Ich bin froh, dass wir das geklärt haben.«

»Wie erklären wir Danny, was passiert ist?« Gideon deutete auf ihren Arm. »Und wie erklären wir ihm, dass ich bei euch einziehe?«

»Wir sagen ihm die Wahrheit. Dass ich mich bei der Gartenarbeit verletzt habe. Dann warnen wir ihn vor allen scharfkantigen Werkzeugen und sagen ihm, dass du ein paar Tage bei uns bleibst, um mir zu helfen, bis ich mich wieder besser fühle.«

Die Wahrheit. Guter Plan. Er hatte größten Respekt vor der Art, wie sie ihren Sohn großzog. Nur zu gern hätte er ihr das gesagt, aber er war nicht sicher, ob er die Worte herausbrachte, ohne dass er einen Kloß im Hals bekam. Trotzdem: Sie hatte einen verdammt guten Job mit Danny gemacht. Kevin übrigens auch.

Eifersucht stieg in ihm hoch. Er hasste sich selbst für die kleinliche Art, auf einen Toten eifersüchtig zu sein. Dann fiel ihm ein, dass Kevin vermutlich auch eifersüchtig auf ihn gewesen war. Schließlich war er Caitlyns erste große Liebe gewesen und ein toter Kriegsheld – jedenfalls hatten das alle geglaubt. Ob Kevin sich unterlegen gefühlt hatte? Blöde Gefühle, man brachte sich damit nur in Schwierigkeiten. Deshalb hielt er sie ja auch so sehr unter Verschluss und versuchte nach Kräften, sie zu ignorieren.

»Das da?« Er deutete mit dem Kinn auf das hübsche zweistöckige Haus mit dem großen Garten und dem schwarzweißen Border Collie, der auf der Veranda saß. Caitlyns Haus war von hier nur zwei Straßen entfernt.

»Genau.«

Er hielt an, und Caitlyn wollte aussteigen, aber Gideon legte ihr eine Hand auf die Schulter. »Bleib sitzen, du bist noch schwach. Ich hole ihn.«

»Er hat dich doch erst einmal getroffen.«

»Bleib sitzen, du Glucke. Er kann dich von der Tür aus sehen, und außerdem ist es Zeit, dass er mich kennen lernt.«

Sie wurde ein klein wenig rot. »Du hast ja recht, ich weiß. Ich bin bloß noch so zitterig.«

Eine Welle zärtlicher Gefühle überrollte ihn. Caitlyn wusste es vermutlich selbst nicht, aber sie war verdammt zäh. Er spürte, dass er ebenfalls rot wurde. Es war schwierig mit ihr. Er begehrte sie mehr, als er mit Worten ausdrücken konnte, und trotzdem hatte er Angst. Nicht vor ihr oder den Gefühlen, die sie in ihm wachrief, sondern vor sich selbst und all den Dingen, die er nicht konnte. Oder nicht mehr.

Zum Beispiel, ein normales Leben führen.

Schnell, bevor sie die Angst in seinen Augen sehen konnte, drehte er sich um und ging den gepflasterten Weg hinauf, um den Sohn abzuholen, der nicht einmal wusste, wer er wirklich war. Wie sollte er das nur überleben, in einem Haus mit den beiden?

Dreizehn

Schafgarbe – Heilung

Gideon hatte gegrillte Käsebrote und Tomatensuppe zum Abendessen gemacht und dann darauf bestanden, dass Caitlyn eine Schmerztablette nahm und sich ausruhte. Jetzt war er ein wenig ratlos. Danny hatte kaum ein Wort mit ihm gesprochen, und nach dem Essen hatte er sich in sein Zimmer zurückgezogen, wo er mit seinem Nintendo spielte.

Gideon war keiner, der Stunden vor dem Fernseher oder vor dem Computer verbrachte. Er blieb sowohl körperlich als auch geistig gern in Bewegung. Und jetzt musste er etwas tun, wenn er nicht durchdrehen wollte.

»Danny?« Er klopfte an die Tür zum Zimmer seines Sohnes. Sohn. Das Wort ließ ihn immer noch zusammenzucken.

Eine Weile kam keine Reaktion. Gideon wartete geduldig, und als er gerade dachte, er müsste noch ein zweites Mal klopfen, ging die Tür auf und Danny schaute misstrauisch heraus. Der Wirbel an seinem Hinterkopf stand hoch.

»Ja?«, fragte er.

Gideon erinnerte sich, wie er selbst in dem Alter gewesen war. Ein verschreckter kleiner Junge, der sein Bestes tat, niemanden etwas davon merken zu lassen. Und genau wie Danny hatte er allein mit seiner Mutter gelebt. Er kannte die Verantwortung, die auf den Schultern eines Jungen lastete, wenn er die Rolle des Mannes im Haus übernehmen musste.

Und er wusste auch, wie es sich anfühlte, wenn auf einmal ein fremder Mann im Haus war. Mehr als einmal hatte er den heftigen Zorn gespürt, wenn irgendein Typ daherkam und so tat, als könnte er Daddy spielen und ihm womöglich Befehle erteilen.

Bei Linda waren ständig fremde Männer ein und aus gegangen, einfach weil sie überall nach Liebe suchte. Caitlyn war da anders, aber für ein Kind war ein Eindringling ein Eindringling.

»Hi«, sagte Gideon und fühlte sich im selben Moment wie ein Vollidiot.

Danny blinzelte ihn nur an.

Super Methode, ihn zu überzeugen, Garza.

Gideon atmete tief durch. »Deine Mom schläft, und ich wollte ein bisschen an den Karusselltieren arbeiten, aber die sind alle drüben im Erinnerungsgarten …« Um ein Haar hätte er dem Jungen gesagt, er müsse mitkommen, weil er ihn nicht allein im Haus lassen würde, solange Caitlyn schlief und Tabletten genommen hatte. Aber ihm war klar, dass diese Taktik nichts brachte. Was hätte ihn denn in diesem Alter motiviert, einem von Lindas Freunden bei irgendetwas zu helfen? »Würdest du mir wohl helfen, ein paar von den Tieren hier rüberzuholen?«

Danny hob das Kinn. »Was krieg ich denn dafür?«

Oha, geschäftstüchtig war er also auch! Der Knabe ähnelte ihm nicht nur äußerlich. In diesem Alter hatte er beschlossen, wenn er schon mit Lindas Kerlen zu tun haben müsste, könnte er sich ebenso gut dafür bezahlen lassen. Gideon zog einen Fünfdollarschein aus der Tasche.

»Für zehn komme ich mit«, sagte Danny.

»Du bist ein harter Verhandler.« Gideon zog noch einen Schein heraus.

»Und ich will mit dir auf dem Motorrad fahren.«

»Wir nehmen den Van. Die Karusselltiere können wir mit dem Motorrad nicht transportieren.«

Danny schaute ihn an, als wäre er nicht ganz gescheit. »Weiß ich doch. Ich meine, hinterher.«

»Wenn deine Mutter es erlaubt, nehme ich dich auf dem Motorrad mit«, versprach Gideon.

»Meine Mutter erlaubt das niemals.«

»Woher willst du das wissen?«

»Sie sagt Todesmaschine dazu.«

»Ich rede mit ihr.«

»Ehrlich?« Danny schenkte ihm das erste echte Lächeln.

»Ehrlich.«

Sie fuhren zum Erinnerungsgarten und holten ein paar Karussellpferde aus dem Schuppen. Mehrere Mitglieder des Gartenclubs waren dort und pflanzten im dämmrigen Abendlicht Blumen. Gideon war froh zu sehen, dass jemand Caitlyns Blut weggemacht hatte.

Die Damen vom Gartenclub plauderten noch ein wenig mit ihm, fragten, wie es Caitlyn ginge und spekulierten darüber, wer die Bärenfalle ausgelegt haben könnte. Sie waren einstimmig zu dem Schluss gekommen, dass es sich wohl um einen Konkurrenten aus einer Nachbarstadt handeln musste. In Twilight gab es doch niemanden, der zu so etwas fähig wäre.

Gideon schüttelte innerlich den Kopf über so viel Unschuld. Wie vertrauensselig die Leute hier in der Stadt doch waren!

»Gideon«, bemerkte Patsy noch, »sei so gut und sag Caitlyn, sie muss sich um den Laden keine Gedanken machen. Ich stelle mich da rein, bis es ihr besser geht, und was den Erinnerungsgarten angeht, so wechseln wir uns mit der Arbeit ab.«

»Das ist sehr nett von Ihnen, Mrs Cross.«

»Hier«, sagte Dotty Mae und reichte ihm einen Korb voll mit kleinen Blumen. »Das ist Schafgarbe, die hilft beim Heilen. Ich bin sicher, das macht ihr Freude.«

»Vielen Dank.«

»Übrigens machen Sie einen guten Job mit dem Karussell«, sagte eine andere Frau, deren Namen er nicht kannte.

»Die Arbeit macht mir Spaß. Aber wo wir schon davon sprechen …« Er deutete auf das Karussellpferd, das darauf wartete, eingeladen zu werden.

»Ja, natürlich. Ihnen eine gute Nacht, und sagen Sie Caitlyn, wir beten alle, dass sie sich schnell wieder erholt.«

Gideon dankte den Frauen noch einmal und rief Danny zu sich. Sein Sohn – da war das magische Wort wieder – half ihm beim Einladen, dann fuhren sie nach Hause, und er half ihm, sie in Kevins alte Werkstatt zu bringen.

Ein Pferd legten sie auf die Werkbank, die anderen stellten sie zwischen zwei Sägeböcken hin. Vor langer Zeit hatte er Caitlyn versprochen, er würde das Karussell reparieren und damit ihr Familienerbe wiederherstellen. Bei der Erinnerung, wie sehr sie sich darüber gefreut hatte, musste er lächeln.

»Ich wünschte, ich könnte schnitzen«, sagte Danny und fuhr mit der Hand über eines der Pferde. »Aber meine Mom sagt, ich darf kein Taschenmesser haben. Weil ich mich schneiden könnte.«

»Sie ist eine gute Mom.«

»Ja, aber wie soll ich denn lernen, mit einem Messer umzugehen, wenn sie mir nicht erlaubt, es auszuprobieren?«

»Da hast du allerdings recht«, sagte Gideon.

»Könntest du mit ihr reden?«

»Wegen des Messers?«

Danny nickte.

Der Drang, zu allem Ja zu sagen, was sich der Junge wünschte, war überwältigend. Er musste so viel nachholen, aber er wusste, wenn er jetzt in allem nachgab, würde er nie ein guter Vater. Also antwortete er nicht, sondern klopfte stattdessen mit der Hand auf den Metallhocker vor der Werkbank. »Kletter mal hier rauf, dann zeige ich dir, wie man ein solches Pferd restauriert. Und wenn wir an eine Stelle kommen, wo man schnitzen muss, dann zeige ich dir auch, wie man mit einem Messer umgeht. Also, mit meinem Messer.«

»Ehrlich?« Dannys Augen funkelten.

Dieser Blick ließ Gideon innerlich sanft erglühen. »Klar.«

Danny kletterte auf den Hocker. Er war Gideon so nah, dass man ihn riechen konnte. Dieses einzigartige Aroma, ein bisschen Caitlyn, ein bisschen Gideon, ein bisschen ganz er selbst.

Gideon griff nach dem Radio, das auf dem Fensterbrett stand. »Musik gehört zur Arbeit dazu. Was hörst du denn gern?«

»Toby Keith zum Beispiel.«

»Also Country- und Westernmusik.«

»Hmm.«

Gideon suchte nach einem passenden Sender. Wenig später tönte »Watching You«, ein Lied über einen Vater und seinen Sohn, von Rodney Atkins aus dem Lautsprecher. Die zeitlose Melodie packte ihn und ließ ihn wieder daran denken, wie viel er versäumt hatte. Der Verlust traf ihn wie ein Schlag in den Magen, doch er biss die Zähne zusammen und wappnete sich gegen die Gefühle. Sonst würde er noch vor dem Jungen in Tränen ausbrechen, und das musste jetzt wirklich nicht sein.

Aber er nahm die Situation ganz in sich auf, um sie nie wieder zu vergessen. Danny in seinen verschossenen Jeans mit dem Loch am Knie, dem rot-blau gestreiften T-Shirt und den schmutzigen Sneakers. Er war schlank, aber nicht mager. Seine Schultern waren ganz schön breit für einen Jungen seines Alters, aber Gideon hatte keinen Zweifel, dass er da noch hineinwachsen würde.

»Womit fangen wir an?«, fragte Danny.

»Erst mal wird alles abgeschliffen«, sagte Gideon. »Hast du schon mal mit einem Schwingschleifer und Sandpapier gearbeitet?«

Danny schüttelte den Kopf. »Mein Dad hat immer gesagt, ich darf nicht an sein Werkzeug gehen.«

Mein Dad. Die Worte waren wie ein Eimer Eiswasser auf die kleine Vater-Sohn-Phantasie.

»Na, inzwischen bist du ja schon etwas älter«, sagte Gideon und unterdrückte den Drang, dem Jungen zu sagen, dass er sein richtiger Vater war. »Irgendwann musst du ja mal lernen, mit Werkzeug umzugehen, oder?«

Danny strahlte. »Genau.«

Gideon zeigte ihm, wie man Sandpapier auf den Schwingschleifer spannt und den Gurt um die Hand straff zieht.

»Und jetzt pass gut auf, das Teil vibriert nämlich und ruckelt an deiner Hand. Du musst ein bisschen aufdrücken, um es unter Kontrolle zu behalten, aber auch nicht zu fest.«

»Okay.« Danny nickte bedeutungsvoll.

»Und du musst eine Schutzbrille aufsetzen, damit du nichts ins Auge kriegst.« Gideon nahm eine Schutzbrille vom Haken an der Wand, streifte sie Danny über und zog das Band am Hinterkopf straff. »Geht das so?«

»Ja, klar, aber was trägst du denn?«

»Du arbeitest mit dem Werkzeug, dann trägst du auch die Brille.«

»Klingt gut. Und jetzt?«

»Fahr mit dem Gerät leicht über das Holz, um die alte Farbe abzuschleifen. Erst die großen Flächen wie zum Beispiel den Sattel, dann die kleineren, an die man schlechter herankommt. So wie die Hufe.«

»Verstehe.«

»Soll ich einschalten?«

»Darf ich das machen?«

Der Junge gierte geradezu nach Unabhängigkeit. Caitlyn beschützte ihn zu sehr, aber er verstand sie durchaus. Sie hatte schon so viel verloren – ihre Mutter, ihn, ihren Mann, ihre Beziehung zu ihrem Vater. Kein Wunder, dass sie sich an das klammerte, was sie noch besaß. Aber irgendwann musste der Junge sich von den Schürzenbändern losmachen, er musste seine Welt erforschen und sein Selbstvertrauen stärken.

»Klar«, sagte Gideon. »Nur zu. Du musst nur damit rechnen, dass das Teil versuchen wird, sich von dir loszureißen.«

Danny schaltete das Schleifgerät ein und lachte voller Freude, als er damit über den Rücken des Karussellpferdchens fuhr. »Das macht Spaß!«

Gideon griff nach dem Sandpapier und kümmerte sich um das zweite Pferd, das er mit der Hand bearbeitete. Mit einem Auge war er ständig bei Danny. So ein Schwingschleifer war im Grunde genommen harmlos. Selbst wenn er die Kontrolle darüber verlor, gab es im schlimmsten Fall eine kleine Abschürfung.

So arbeiteten sie vergnügt nebeneinander her, Vater und Sohn in der Werkstatt, mit Country- und Westernmusik aus dem Radio. Die Neonröhre über ihnen summte leise mit, Farbpartikel und Staub hingen in der Luft und flogen in alle Richtungen. Danny arbeitete hochkonzentriert wie ein Hirnchirurg. Seine Zungenspitze war durch die Zahnlücke zu sehen, sein Blick war ganz auf die Arbeit gerichtet.

Gideon dachte an die Zeit zurück, als er die zauberhafte Welt der Werkzeuge für sich entdeckt hatte. Als er herausgefunden hatte, wie sie ihm helfen konnten, Dinge zu formen und zu erschaffen. In Dannys Alter hatte er das erste Schneidebrett für seine Mutter gemacht, und später, als er älter war und mehr wusste, auch noch einen Teigroller. Dabei hatte seine Mutter eigentlich nie Kuchen gebacken oder auch nur gekocht. Sie war eher die Sorte Mom, die mit ihrem Kind zu McDonald's geht oder ein paar Brote schmiert. Aber den Teigroller hatte sie ständig benutzt. Sie hatte damit das Eis für ihre Drinks zerstoßen.

Komisch, an was man sich erinnerte.

Danny kam mit dem Pferd gut voran. Innerhalb weniger Minuten hatte er die Sattelfläche abgeschliffen und arbeitete sich die Flanke hinunter. Es schien, als hätte er Gideons Begabung für die Arbeit mit Holz geerbt, und Gideon spürte überrascht und gerührt, wie stolz er darauf war. Aber wenn Danny seine guten Eigenschaften geerbt hatte, wie sah es mit den Fehlern aus? Was hatte er wohl da von seinem Dad?

Dad.

So ein freundliches Wort. Ein Wort, von dem er nie angenommen hatte, dass es mal jemand zu ihm sagen würde. Weil er zu kaputt war. Zu kaputt, um ein guter Vater zu sein.

Du bist kaputt, aber du musst nicht so bleiben. Der Gedanke ging ihm durch den Kopf, flüchtig, aber voller Erkenntnis. Nein. Er musste nicht so bleiben.

Ach, wirklich? Gegen die fehlende Hand kannst du nichts machen, die wächst nicht nach. Aber er war doch wohl mehr als seine Hand, oder?

»Hey!«, rief Danny über das Geräusch des Schwingschleifers hinweg.

»Was denn?«

»Es geht nicht mehr so gut.«

»Dann musst du das Sandpapier wechseln«, sagte Gideon. »Schalte das Gerät mal aus und spann ein neues Blatt Sandpapier drauf, wie ich es dir gezeigt habe.«

Danny drückte auf den Schalter, schob die Schutzbrille hoch und schüttelte seinen Arm aus. »Das kitzelt ganz schön.«

Gideon lachte. »Ich hab dich gewarnt.«

Danny kratzte sich heftig am Arm.

»Es hört aber auf, sobald du dich daran gewöhnt hast.«

»Du weißt ganz schön viele Sachen«, sagte Danny.

»Ich bin ja auch schon alt.«

Danny legte den Kopf schief und betrachtete ihn. »So alt bist du doch noch gar nicht.«

»Oh, vielen Dank.« Gideon lächelte.

»Du warst im Krieg, oder?«

Gideon nickte. »Genau.«

Danny wurde still. Sein Blick sprang zu Gideons Gesicht, und in diesem Moment sah er wirklich genauso aus wie seine Mutter. Voller Sorge und Zögern. »Hast du jemanden umgebracht?«

Gideon atmete tief ein. Wie sollte er dem Jungen diese Frage beantworten, ohne zu lügen? »Manchmal muss ein Soldat töten, um unschuldige Menschen zu beschützen«, sagte er schließlich.

»Vor bösen Kerlen?«

»Vor bösen Kerlen«, bestätigte er und wünschte gleichzeitig, das Leben wäre wirklich so einfach. Böse Kerle gegen gute Kerle. Richtig gegen Falsch. Gut gegen Böse. Er hatte viel zu oft böse Menschen Gutes tun sehen und umgekehrt. Und am Ende hatte er manchmal nicht mehr gewusst, wer denn nun wer war.

Dannys Blick richtete sich auf seine Hand, und Gideon konnte die nächste Frage schon vorausahnen. »Hat jemand versucht, dich umzubringen?«

»Ja.«

»Was ist mit deinem Arm passiert?«

»Ich habe eine Bombe von der Straße aufgehoben.«

Danny sah ihn an, als wäre er nicht ganz gescheit. »Warum hast du das denn gemacht?«

»Ich wusste nicht, dass es eine Bombe war. Sie war in einer Puppe versteckt, die ein kleines Mädchen fallen ließ. Ich habe die Puppe aufgehoben, um sie dem Mädchen zu geben, und da hat mir die Bombe den Arm abgerissen.«

Das war hart. Vielleicht hätte er nicht so ehrlich sein sollen. Wie konnte er erklären, dass jemand ihm so sehr nach dem Leben getrachtet hatte? Dass er die Bombe in ein Kinderspielzeug gesteckt und damit das Leben des eigenen Kindes riskiert hatte?

Danny lachte laut auf. »Ein Mädchen hat die Bombe geworfen?«

Das Lachen überraschte Gideon, aber er sah schon, worum es ging. »Genau.«

»Ein kleines Mädchen?«

»Ein kleines Mädchen.«

»Das war dir bestimmt peinlich.«

»Allerdings.« Er war erleichtert, dass Danny die komische Seite und nicht nur die Düsternis sah. Diesen Zug hatte er jedenfalls weder von Caitlyn, noch von Gideon. Vielleicht hatte Kevin so einen schwarzen Humor besessen – nach allem, woran sich Gideon erinnerte, war das gut möglich.

»Haben die anderen Soldaten dich deswegen aufgezogen?«

»Nein, eigentlich nicht. Ich hatte ja den Arm verloren.«

»Ja, stimmt.« Dannys Gesicht wurde wieder ernst. »Darf ich mal anfassen?«

»Die künstliche Hand oder den Stumpf?«

»Beides.«

Gideon krempelte den Ärmel hoch und zeigte Danny die Stelle, wo die Prothese an seinem Arm befestigt war. Danny fuhr leicht mit den Fingern darüber. »Cool. Sieht aus wie eine Roboterhand.«

»Ist es ja auch.« Er zeigte Danny, wie die Hand funktionierte, und dann nahm er sie ab, zeigte sich offen und verletzlich.

Danny betrachtete den Stumpf. »Sieht ganz schön schlimm aus.«

»Du hättest ihn sehen müssen, bevor die Wunde verheilt war.«

Vorsichtig berührte Danny die Stelle, wo man die Wunde genäht hatte. Die Narbe war inzwischen weiß. Dannys sanfte Berührung weckte schlafende Nervenenden, und Gideon spürte – ja, was? Eine Welle von Empfindungen, die er kaum beschreiben konnte.

»Tut das weh?«, flüsterte Danny.

»Nein, nicht mehr. Aber manchmal kriege ich Phantomschmerzen.«

»Was ist das?«

»Dann tun mir die Finger und die Hand weh.«

»Aber die sind doch weg!«

»Deshalb nennt man es ja auch Phantomschmerzen. Es ist, als hätte mein Gehirn den Nervenenden noch nicht gesagt, dass die Hand weg ist.«

»Ist ja gruselig.«

»Kann man wohl sagen.«

»Ich hoffe, ich kriege nie Phantomschmerzen.«

»Das hoffe ich auch«, sagte Gideon ehrlich.

»Und was hast du gemacht, bevor du Soldat geworden bist?«, fragte Danny und ließ die Hand los.

Erleichtert über das Ende der Untersuchung, setzte Gideon die künstliche Hand wieder an und krempelte den Ärmel herunter. »Ich war immer schon Soldat. Also, natürlich nicht, als ich noch ein Kind war. Da habe ich Sachen aus Holz gemacht.«

»So wie das Karussell?«

»Na, ein so großes Projekt war damals noch nicht dabei, aber im Grunde genommen hast du recht. Solche Sachen.«

»Mom sagt, das Karussell gehört zu meinem Erbe.«

»Da hat sie recht. Einer deiner Vorfahren hat es gebaut. Damals, als es hier noch Cowboys und Indianer gab.«

»Aber ich habe ihn nie kennen gelernt, oder?«

»Nein.« Gideon musste über die kindlichen Zeitvorstellungen lächeln. »Er ist gestorben, lange bevor deine Mutter geboren wurde.«

»Mein Dad ist auch gestorben.« Plötzlich sah Danny traurig aus.

»Hab ich gehört. Tut mir echt leid.«

»Er fehlt mir.«

»Das kann ich mir vorstellen.«

»Er ist mit mir zum Angeln gegangen. Manchmal ist meine Mom auch mitgekommen.«

»Klingt gut.«

»Kannst du angeln?«, fragte Danny.

»Als ich so alt war wie du, bin ich oft am See angeln gegangen.«

Der Junge schaute ihm tief in die Augen. »Meinst du, du könntest mich mal mitnehmen? Zum Angeln, meine ich.«

»Danny«, erwiderte Gideon, »nichts würde mir mehr Freude machen.«

Vierzehn

Rote Kamelie – du bist eine Flamme in meinem Herzen.

Caitlyn hatte es satt, immer nur zu schlafen, zu lesen und fernzusehen. Sie nahm keine Schmerztabletten mehr, weil das Medikament sie so müde machte. Ihre Hand schmerzte und klopfte, aber dieser Schmerz verschaffte ihr eine Vorstellung davon, was Gideon durchgemacht hatte. Und das war ihr ganz recht. So verstand sie ihn ein bisschen besser.

Es war neun Uhr am Dienstagmorgen. Jetzt würde Patsy Cross den Laden aufmachen. Caitlyn wusste, ihr Geschäft war in guten Händen, aber sie machte sich trotzdem Sorgen. Gideon hatte Danny mit Frühstück versorgt und in die Schule geschickt. Dann hatte er ihr Frühstück ans Bett gebracht, Toast und Rührei und Orangensaft.

Man konnte sich durchaus damit anfreunden, so verwöhnt zu werden.

Der Korb mit Schafgarbe, den Dotty Mae ihr geschickt hatte, brachte sie zum Lächeln, als sie aufstand, sich den Bademantel anzog und das Frühstückstablett, so gut es mit der einen Hand ging, in die Küche balancierte. Wieder einmal musste sie an die Schwierigkeiten denken, die Gideon bei ganz einfachen Alltagsaufgaben meisterte.

Die Küche war leer und blitzsauber, auch die weiß gefliesten Arbeitsflächen und die chromglänzenden Armaturen. Es roch nach Reiniger mit Fichtennadelduft. Sie war gerührt, dass Gideon sich so sehr um alles kümmerte. Die meisten

Männer hätten das nicht getan, nicht mal Kevin, der ziemlich viel im Haushalt gemacht hatte. Aber er hatte beim Abwaschen immer die Krümel übersehen, die noch auf der Arbeitsfläche lagen.

Gideon jedoch hatte sich jahrelang um seine kranke Mutter gekümmert. Ihr Herz tat einen leisen Sprung. Er war kein Mann der schönen Worte – eigentlich machte er überhaupt nicht viele Worte –, aber er zeigte ihr seine Gefühle mit vielen freundlichen Taten, und das war im Grunde romantischer als ein gefühlvoller Liebesbrief.

»Gideon?«, rief sie. Ihr Haus war nicht groß, wenn er da war, würde er sie hören.

Sie trat auf die hintere Veranda. Der kühle Wind fuhr ihr in den Kragen, aber die Sonne wärmte ihre Wangen. Als sie sich die Haare aus dem Gesicht strich, sah sie, dass die Tür zu Kevins Werkstatt offen stand.

Sie ging hin und schaute hinein. Seit Kevins Tod war sie nicht mehr dort gewesen, weil sie nicht die Kraft hatte, sich auch noch um seine Sachen zu kümmern.

Gideon saß auf einem Hocker mit dem Rücken zu ihr, in seine Arbeit vertieft. Sie lehnte sich mit der rechten Schulter an den Türrahmen, die verbundene linke Hand an die Brust gedrückt, und beobachtete ihn. Er bemalte etwas und schaute auf seine Arbeit, aber das war es gar nicht, was sie so sehr überraschte.

Er benutzte seine künstliche Hand, hielt den Pinsel zwischen den Roboterfingern und drehte ein wenig umständlich den Ellbogen, um den Pinsel zu bewegen. Und so malte er die rote Kamelie hinter dem Ohr des Karussellpferdes. Er ließ sich von der Behinderung nicht beeindrucken. Und er sorgte dafür, dass seine Prothese funktionierte wie eine echte Hand, selbst bei einer solchen Kleinarbeit. Caitlyn schluckte. Ihre eigene verletzte Hand schmerzte vor Mitgefühl. Wie dumm. Als könnte sie ihr Missgeschick mit dem vergleichen, was ihm passiert war. Dieser große, kräftige Mann – verstümmelt und entstellt und darauf angewiesen, die einfachsten Dinge wieder neu zu lernen. Schuhe zubinden, Zahnpasta auf die Zahnbürste drücken, ein Hemd zuknöpfen.

»Du machst das so gut!«

Gideon fuhr hoch und ließ den Pinsel fallen. Eine rote Farbspur zog sich über das Pferd, als der Pinsel wegrutschte.

»Oh, das tut mir leid!" Sie kam zu ihm geeilt. »Ich wollte dich nicht erschrecken.«

»Jetzt habe ich es versaut«, sagte er angespannt. »Jetzt muss ich noch mal von vorn anfangen.«

»Mein Fehler.«

»Bloß keine Entschuldigungen«, grummelte er. »Das ist ein Zeichen von Schwäche. Außerdem bist du nicht schuld, ich hatte einen Krampf im Ellbogen.«

Für einen Moment war sie verletzt, dann begriff sie, dass er nur so redete, weil ihm die Situation peinlich war. Sie presste die Lippen aufeinander.

»Was machst du hier draußen? Du solltest doch im Bett liegen«, fragte er rau und hob den Pinsel mit der rechten Hand auf.

»Mir war langweilig, und schließlich habe ich mir nur die Hand verletzt, nicht die Beine und schon gar nicht den Kopf.«

»Du blutest.«

»Was?« Als Caitlyn auf ihren Arm schaute, sah sie, dass

Blut durch den Verband sickerte. »Du sollst ihn hochhalten«, erklärte er.

»Es tut mir …« Sie brach ab, bevor sie »leid« sagen konnte.

»Mein Mädchen.« Er grinste.

Es tat gut, ihn das sagen zu hören. Und es tat gut, ihn lächeln zu sehen. Bei ihm fühlte sie sich als etwas Besonderes, so wie früher. Aber das war ein gefährlicher Gedanke, denn sie war nicht mehr dieselbe wie früher, ebenso wenig wie er. Sie konnten nicht in alte Muster zurückfallen oder sich auf ihre alte Art der Kommunikation verlassen. Dies war in jeder Hinsicht eine neue Beziehung, und sie hatte keine Ahnung, was passieren würde – ob überhaupt etwas passieren würde. Sie würden vieles neu aushandeln müssen, und sie hatten über so vieles noch nicht gesprochen. Ja, sie beide waren Dannys Eltern, aber ansonsten …

»Los.« Gideon steckte den Pinsel in ein Glas mit Terpentin, das auf dem Fensterbrett stand. »Wir müssen uns darum kümmern.«

Er nahm sie an der rechten Hand und führte sie zurück ins Haus. Es fühlte sich so gut an, so einfach und doch voller Zärtlichkeit. Aber sie spürte, dass er es darauf anlegte, die Aufmerksamkeit von ihm auf sie zu lenken.

Das ist nicht fair. Du hast ja wirklich geblutet.

Ja, aber er hatte die Gelegenheit genutzt, um sie von seinen Malversuchen mit der künstlichen Hand abzulenken. Offenbar wollte er nicht darüber reden; sie sollte am liebsten gar nicht wissen, dass er versuchte, seine Feinmotorik zu verbessern. Warum das?

Er war noch nie besonders offenherzig oder hat viel über das geredet, was ihm im Kopf herumging. Das weißt du doch.

Es war ihm immer schon schwergefallen, über seine Gefühle zu sprechen.

»Wo ist der Erste-Hilfe-Kasten?«

»Im Badezimmerschrank.«

Er brachte sie ins Schlafzimmer, vorbei an ihrem Bett, dass sie mit der einen Hand nicht machen konnte, und ins Bad, das ihr auf einmal sehr klein vorkam, als sie beide darin standen.

»Kannst du da raufspringen?« Er klopfte auf den Waschtisch.

»Mit einer Hand ist das gar nicht so einfach.«

»Musst du mir nicht sagen. Ich helfe dir.«

Als sie mit seiner Hilfe schließlich auf der kühlen Keramikfläche saß, wurde ihr auf einmal sehr bewusst, dass sie nur ihren Schlafanzug trug. Einen braven Baumwollschlafanzug, alles andere als sexy, aber trotzdem …

Gideon suchte im Schrank, holte Verbandsmull, Klebeband, Desinfektionsmittel und eine Kompresse heraus, dann wickelte er bedächtig den Verband ab und stellte sich so hin, dass sie die Verletzung nicht sehen konnte.

»Wie sieht's aus?«

»Du wirst Narben behalten.«

»Lass mal sehen.«

»Bist du sicher?«

»Irgendwann muss ich es mir ja ansehen.«

Zögernd trat er zur Seite.

Sie hatte mit einigem gerechnet, aber die ausgezackte Wunde rund um ihr Handgelenk sah wirklich übel aus. An den Rändern klebte geronnenes Blut, und jetzt sickerte frisches Blut nach. Der Chirurg hatte alles schön ordentlich zusammengenäht, aber Gideon hatte wohl recht, sie würde eine hässliche Narbe davontragen.

Zu ihrer Verblüffung beugte er sich über sie und küsste sie auf die Innenseite des Arms am Ellbogen. »Es tut mir so leid, dass du dich verletzt hast.«

»Hallo!«, antwortete sie. »So was ist ein Zeichen von Schwäche.«

Lächelnd richtete er sich auf. »Reibst du mir jetzt meine eigenen Worte unter die Nase?«

»Na klar.«

»Ha, warte nur, wer zuletzt lacht. Ich werde jetzt nämlich deine Wunde auswaschen.« Er klemmte sich ein Handtuch unter den Arm und schraubte die Flasche mit dem Desinfektionsmittel auf. »Und das brennt, das verspreche ich dir.«

Vorsichtig träufelte er die kühle Flüssigkeit auf ihr Handgelenk. Sie atmete zischend ein, während das Zeug sprudelnd seine Wirkung tat, aber eigentlich nicht vor Schmerz, sondern weil sie ihn so intensiv spürte, seinen Duft, seinen muskulösen Körper, den Kontrast seiner dunklen Haare an ihrer hellen Haut. Als er den Kopf neigte, streifte er ganz leicht ihre Brüste. Sofort wurden ihre Brustwarzen hart wie winzige Steine.

Aufhören! Aber sie konnte nicht aufhören.

Nach dem Auswaschen der Wunde legte er die Kompresse auf und wickelte den Mullverband darüber. »So, fertig.«

Ihre Haare waren wie ein Schleier vor ihr Gesicht gefallen, sie wagte nicht aufzublicken. Was, wenn er das Begehren in ihren Augen sah? Sie konnte spüren, wie sein Brustkorb sich hob und senkte.

»Caitlyn.«

Sie schaute ihn an und fing seinen intensiven Blick auf. Sie atmeten im Gleichtakt. Heisere, abgehackte Atemzüge. Seine Lippen waren ihren so nah, fest und eckig und männlich. Er roch nach Desinfektionsmittel, Holz und Terpentin.

Ein süßer Schmerz zerrte an ihrem Inneren. Noch nie hatte sie eine solche Erregung gespürt, ein so nacktes, schmerzhaftes Begehren. Sie brauchte ihn!

Im nächsten Moment hatte sie ihre Arme um seinen Hals gelegt und küsste ihn, als würde gleich die Welt untergehen und sie wären die letzten beiden Menschen.

Hormonrausch, das war ihre einzige Entschuldigung. Sie spürte, wie sich alles in ihr zusammenzog. Jetzt! Bitte!

»Ich hab einen unheimlichen Ständer«, flüsterte er.

Das hatte sie auch schon gemerkt, die Beule hinter dem Reißverschluss seiner Jeans war hart wie Beton.

Sie küsste ihn heftig, und er erwiderte den Kuss wie eine Explosion.

Seine Finger kneteten ihren Hintern, er drückte sie fest an sich. Seine Zunge glitt in ihren Mund, und seine Hand unter ihr Schlafanzugoberteil, wo er ganz leicht in eine ihrer Brustwarzen kniff.

Er küsste sie auf die Schulter, und sie schlang die Beine um seine Taille und klammerte sich fest, als hinge ihr Leben davon ab. Seine Zunge fuhr durch ihren Mund, als wollte er sich an ihr satt trinken.

Er wollte diesen Moment für immer festhalten, mit beiden Händen.

Der Gedanke ließ ihn zurückfahren. Er hatte keine zwei Hände, mit denen er nach dem Glück greifen konnte. Er hatte nur eine. Und plötzlich kam er sich entsetzlich behindert und unfähig vor.

Caitlyn musste die Veränderung gespürt haben, denn auch sie zog sich zurück und sah ihm in die Augen. »Gideon, alles okay?«

»Ja, alles okay.«

»Bist du sicher?«

Er schluckte gegen seine widerstreitenden Gefühle an, senkte den Blick und trat noch einen Schritt zurück. »Ich muss wieder an die Arbeit.«

»Nein«, sagte sie.

Er zog eine Augenbraue hoch. »Nein?«

»Mir gefällt das hier, und ich wünsche mir mehr davon.«

»Du warst es, glaube ich, die gesagt hat, kein Sex.«

»Regeln sind dazu da, dass man sie bricht.«

»Ich will aber nicht, dass du etwas tust, was du später bereust.«

»Wer sagt denn, dass ich es bereue?«

»Du bist noch nicht wieder ganz fit.«

»Wir könnten ganz vorsichtig sein.« Hoffnungsvoll sah sie ihn an.

Er stöhnte leise auf, und weil er sich ohnehin nicht zurückhalten konnte, küsste er sie wieder.

Ihre Lippen schmeckten nach Frühling. Nach Ostereiern und Schokoladenhasen. Süß und voller Hoffnung. Sie schenkte ihm Hoffnung. Aber Hoffnung war eine gefährliche Sache.

Im selben Moment fuhr sie mit der Hand in seine Haare, zog ihn näher an sich heran und vertiefte den Kuss. Ihre raffinierte kleine Zunge drückte gegen seine Zähne, forderte mehr, forderte Einlass.

Verdammt noch mal, er war zu schwach! Stöhnend öffnete er die Lippen.

Ihre Zunge glitt in seinen Mund, und ihr Griff wurde fester.

Jetzt fühlte er sich wieder vollständig, und es war ein verführerisches Gefühl. Er hielt sie mit dem rechten Arm fest, zog sie so fest an sich, wie er nur konnte.

Ihr Körper bewegte sich an seinem.

Sein Schwanz pulsierte, schmerzte, wurde immer hungriger.

Der Duft ihrer Haare – nach Blumen – drang in seine Nase. Er atmete tief ein, atmete ihren Duft ein, ihren Geschmack. Diese Frau! Er fand keine Worte, um zu beschreiben, wie viel Genuss sie ihm bereitete.

Ihre Haare streiften seine Wange, glitten wie Seide über seine Haut. Ihre Finger bewegten sich über sein Rückgrat, forschend, suchend.

Ein wohliger Schauer durchlief ihn, er bewegte seinen Mund ein Stück weg, hielt sie aber immer noch fest. »Caitlyn, nein«, murmelte er.

»Bitte, Giddy, bitte«, erwiderte sie und benutzte den albernen Spitznamen, den sie ihm irgendwann einmal gegeben hatte. Irgendwann in einem anderen Leben. *Giddy.*

Ein Bild stieg vor seinem inneren Auge auf. Sie hatten Liebe gemacht, in ihrem Zimmer, ihr Vater war auf einer Dienstreise gewesen. Sie war nackt, saß rittlings auf ihm, seinen Cowboyhut auf ihrem Kopf, ihre festen Brüste stolz in die Luft gereckt und ein Lächeln im Gesicht. Kühn hatte sie sich auf ihn herabgesenkt, hatte den Cowboyhut geschwenkt und ihm damit auf die Schenkel geschlagen. »Auf geht's, Giddy!«

Von da an hatte sie ihn immer dann Giddy genannt, wenn sie besonders scharf auf ihn war. Es war ihr Codewort geworden für »Ich will dich«.

Die Erinnerung zerrte an seinem Herzen, wie alle Erinnerungen an sie. Wann immer er Caitlyn ansah, musste er an die Vergangenheit denken, und an alles, was er verloren hatte und ihr nicht mehr geben konnte.

Er schob sie ein Stück von sich weg. »Nein, Caitlyn, nicht jetzt. Nicht heute.«

Sie sah verletzt aus. Streckte die Hand aus, um mit den Fingern über ihre Lippen zu streichen.

Er biss die Zähne zusammen und verhärtete sein Herz. Ja, sie hatte Hunger auf Sex. Und sie glaubte sicher, dass sie ihn wollte. Aber wenn er zu ihr kam, wollte er absolut sicher sein, dass sie beide es nicht bereuten.

»Ich will, dass es sich richtig anfühlt«, sagte er. Und das war die Wahrheit. Wovon er nicht sprach, war seine Angst, es würde sich nie richtig anfühlen. Er hatte zu viele Narben. Sie brauchte jemanden, der aus ihrer kleinen Welt kam. Jemanden, der ebenso wie sie im Nest dieser kleinen Stadt lebte, in seliger Unwissenheit, was die Gefahren da draußen anging.

»Wann?«, fragte sie. Sie schrie es fast.

»Ich weiß es nicht.«

»Liegt es an mir?« Sie berührte ihre Kehle mit der Hand. »Ich weiß, ich sehe nicht mehr so knackig aus wie früher. Schließlich habe ich ein Kind bekommen, da verändert sich der Körper, dehnt sich, sackt ein bisschen ab.«

»Himmel, nein!«, sagte er, entsetzt, dass er sie dazu gebracht hatte, ihre Weiblichkeit anzuzweifeln. »Du bist so schön! Schöner als je zuvor!«

»Was ist es dann?«

»Ich bin einfach noch nicht bereit.«

Sie warf einen Blick auf seine Armprothese. »Du hast mit keiner Frau geschlafen, seit …«

»Doch, habe ich, aber es hat mir nichts bedeutet.«

»Und ich bedeute dir etwas?«

Verstand sie denn nicht, dass sie ihm *alles* bedeutete? Aber das würde er ihr nicht sagen. Er brachte es einfach nicht fertig, ihr sein Herz zu Füßen zu legen und zu riskieren, dass sie es zertrat. Er konnte ihr nicht sagen, dass er sich davor fürchtete, sie immer noch zu lieben. Er traute sich ja selbst nicht über den Weg – wie sollte er ihr trauen?

»Ich finde, das Timing ist nicht richtig. Wir müssen noch eine Menge Dinge klären, bevor wir entscheiden können, ob wir das hier beide wirklich wollen.«

Ihr Lachen klang etwas schrill. »Hörst du dir eigentlich selbst zu? Auf einmal bist du der Vorsichtige und ich riskiere alles. Du hältst dich zurück, während ich mich kopfüber hineinstürzen will.«

»Und genau das ist das Problem, Tulpenmädchen. Wir können uns nicht kopfüber hineinstürzen.«

»Wegen Danny.« Sie nickte.

»Nicht nur.«

»Sondern?«

»Du weißt immer noch nicht, was aus mir geworden ist.«

Sie leckte sich über die Lippen, und diesmal war sie es, die einen Schritt zurücktrat. An ihren Augen konnte er sehen, dass sie darüber nicht nachgedacht hatte. Sie hielt immer noch an ihrem Traum aus der Vergangenheit fest, war immer noch siebzehn und betete, ihr Liebster möge zurückkehren. Und jetzt war er wieder da, und sie versuchte, ihre Phantasien mit Leben zu füllen. Während er wusste, dass das alles nur ein süßer, unmöglicher Traum war. Er wusste, wenn sie jemals das Ungeheuer zu sehen bekam, das er tief in sich begraben hatte, das Ungeheuer, das ohne Zögern einen Menschen töten konnte, dann würde sie sich von ihm abwenden.

Er konnte nicht riskieren, die Maske fallen zu lassen. Und solange er die Maske nicht fallen ließ, konnte er auch nicht mit ihr zusammen sein. Seine Beziehung zu Moira war sehr entspannt, aber Moira wusste auch ganz genau, wer er war. Sie machte sich nichts vor.

Er tauchte unter ihrem Arm durch, wandte sich ab und hörte an ihrem hohen, schnellen Atmen, dass er sie sehr verletzt hatte. Aber er wusste auch, es war besser so.

Fünfzehn

Affodil – Reue

»Wollen wir mit Danny angeln gehen?«, schlug Gideon am Samstag nach dem Vorfall im Badezimmer vor.

Während der letzten drei Tage waren sie sich aus dem Weg gegangen. Caitlyn hatte angefangen, die Arbeiten am Erinnerungsgarten zu beaufsichtigen, da Patsy sie auf keinen Fall zurück in den Laden ließ. Sie brauchte schließlich zwei gesunde Hände, um die Wünsche ihrer Kunden zu erfüllen, während auf dem Gelände des Erinnerungsgartens nur zwei scharfe Augen und klare Entscheidungen nötig waren, damit die freiwilligen Helfer machten, was sie ihnen sagte.

Gideon zog sich ins Gästezimmer zurück, wenn er sich nicht mit Danny beschäftigte oder an dem Karussell arbeitete. Seine Zurückweisung hatte sie mehr verletzt, als sie sich selbst eingestehen wollte, und sie verstand immer noch nicht, was sie falsch gemacht hatte. Außerdem fühlte sie sich entsetzlich unbefriedigt, mehr als je zuvor, und wusste nicht, wohin mit sich. Sobald sie ihn ansah, spürte sie eine Mischung aus Verlangen, Verwirrung und Zorn. Sie war wütend auf ihn, weil er sie zurückgewiesen hatte, und auf sich selbst, weil sie so gebettelt hatte.

Am Montag würden die Fäden gezogen, dann konnte sie ihm sagen, er solle ausziehen. Aber die Verbindung zwischen ihm und seinem Sohn wurde immer stärker. Danny hatte sich schnell an ihn gewöhnt, und wenn er aus der Schule kam, fragte er immer als Erstes: »Wo ist Gideon?«

Also gut, ein Angelausflug. Sie suchten sich eine abgelegene Stelle, wo die Einheimischen Ruhe vor den Touristen hatten. Die Bäume blühten, Judasbaum und Hartriegel, Mimosen und Eichen. Die Sonne hatte schon Kraft, aber die Luft war noch kühl. Auf der Wiese am Fluss blühte üppiger Affodil mit seinen sternförmigen kleinen Blüten, dazu Lupinen und Kokarden.

Sie hatten eine Kühltasche mit Sandwiches und kalten Getränken mitgenommen. Caitlyns Arm schmerzte immer noch, wenn sie ihn zu lange nach unten hielt, aber es wurde schon besser.

Danny war aufgeregt und plapperte in einem fort, während er zwischen ihnen und dem Flussufer hin und her rannte. Sie hatte darauf bestanden, dass er eine Schwimmweste trug, trotzdem befahl sie ihm, nicht zu dicht ans Ufer zu gehen.

Gideon legte ihr eine Hand auf die Schulter. »Nur die Ruhe, du Glucke. Lass ihn mal ein bisschen ein kleiner Junge sein.«

Caitlyn biss sich auf die Unterlippe. Gideon war ihr eine echte Hilfe gewesen, er hatte Danny für die Schule fertig gemacht, ihm etwas gekocht und ihn abends ins Bett gebracht, aber in den letzten Tagen – vor allem nach dem, was im Badezimmer passiert oder eher nicht passiert war – hatte es auch ein paar Meinungsverschiedenheiten zwischen ihnen gegeben. Gideon fand, sie würde den Jungen zu sehr behüten, und möglicherweise hatte er damit sogar recht, aber Danny war schließlich ihr einziges Kind. Und sie war von Natur aus vorsichtig.

»Es ist schon auch deine Aufgabe, ihn die Welt entdecken zu lassen. Ihm genug Vertrauen zu zeigen, damit er auf eigenen Beinen stehen kann.«

»Du willst mir also jetzt sagen, was meine Aufgabe ist?« Ja, sie war auf Krawall gebürstet, und sie konnte irgendwie nichts dagegen tun. Eigentlich war das gar nicht ihre Art, und sie reagierte eher noch gereizter, weil sie es spürte. Hatte das alles mit Sex zu tun?

Gideon trug die Angelruten und den Kescher in der gesunden Hand, den Eimer mit den Ködern in der anderen. Caitlyn trug die Kühltasche. Als sie Danny am Fluss eingeholt hatten, stellte Gideon die Angelruten ab und ging nochmal zurück zum Van, um die Campingstühle zu holen.

In diesem Moment blickte Caitlyn auf und sah den Lincoln, der in der Nähe der Rampe für die Boote stand. Ihr Vater saß davor, den Hut auf dem Kopf und eine Angelrute aus Rohr in der Hand. Seit seinem Besuch im Krankenhaus hatte sie ihn nicht mehr gesehen. Im ersten Moment hatte sie gute Lust, ihre Sachen wieder einzupacken und zu flüchten. Sie hatte ihm zwar verziehen, aber acht Jahre unbehaglichen Schweigens waren nicht spurlos an ihr vorbeigegangen.

Gideon kam mit den Klappstühlen unter dem Arm zurück und winkte ihrem Vater zu. »Hallo, Richter.«

Richard winkte zurück.

Es sah aus, als hätten die beiden es geschafft, die Vergangenheit hinter sich zu lassen. Das war gut, oder?

Gideon stellte die Stühle und einen Sonnenschirm auf. Dann ging er zu Danny und half ihm, den Köder auf den Haken zu stecken und die Angelrute auszuwerfen.

»Darf ich mich zu euch gesellen?«

Als Caitlyn aufblickte, stand ihr Vater neben ihrem Campingstuhl. »Setz dich doch«, lud sie ihn ein, obwohl es ihr widerstrebte.

Er stellte seinen eigenen Stuhl neben ihren und ließ sich darauffallen. »Hier haben wir beide früher auch geangelt.«

»Ich weiß.«

»Eine schöne Tradition.«

»Ja.«

Das Gespräch verebbte. Caitlyn legte eine Hand über ihre Augen und beobachtete Gideon und Danny. Sie wusste nicht, worüber sie mit ihrem Vater reden sollte. Im leichten Wind nahm sie sein Aftershave wahr – Old Spice. Bienen summten in den Blumen am Bootsanleger.

»Wie geht es deinem Arm?«

»Wird langsam wieder. Am Montag kommen die Fäden raus.«

»Das ist gut.«

Wieder breitete sich das Schweigen zwischen ihnen aus. Ein unbehagliches Schweigen.

Richard deutete mit dem Kinn zu Danny. »Er macht das gut.«

»Kevin war jeden Sommer oft mit ihm hier.«

»Kevin war schon in Ordnung.«

Caitlyn fuhr herum und starrte ihn an. »Du willst doch wohl nicht etwa zugeben, dass du dich in jemandem getäuscht hast?«

»Ich gebe mir Mühe, Tochter. Schenk mir ein bisschen Nachsicht.«

Sie unterdrückte ein Lächeln. Bei Danny hatte offenbar ein Fisch angebissen, denn er schwenkte die Angelrute und schrie vor Aufregung. Gideon legte ihm eine Hand auf die Schulter und erklärte ihm, wie er den Fisch am besten heranholte.

»Gideon ist auch nicht so übel.«

»Wenn du so weitermachst, falle ich in Ohnmacht«, sagte Caitlyn.

Richard drehte sich zu ihr. »Soll ich gehen?«

»Nein, bleib nur, ich höre schon auf mit den spitzen Bemerkungen.«

»Danke.«

Danny hatte einen Barsch gefangen, so groß wie seine Hand. Er zappelte herum vor Begeisterung. »Mom, Mom!«, rief er und kam mit dem Fisch noch am Haken zu ihr gerannt. »Guck mal, was ich gefangen habe.«

Sein Grinsen war so breit wie ganz Texas; man konnte seine Zahnlücke sehen.«

»Ja, Wahnsinn!«, rief sie aus. »Was bist du für ein toller Angler.«

»Können wir den heute Abend essen?«

»Ich weiß nicht, ob er groß genug ist. Erinnerst du dich, was der Mann im Laden gesagt hat, als Gideon die Erlaubnis gekauft hat? Ihr müsst ihn messen, um zu sehen, ob er groß genug ist. Wenn nicht, musst du …«

»… ihn wieder freilassen.« Danny klang enttäuscht.

»Es geht darum, keine allzu jungen Fische zu fangen.«

»Mom meint, er ist vielleicht nicht groß genug«, rief Danny über seine Schulter Gideon zu.

»Wahrscheinlich hat sie recht«, erwiderte Gideon.

Danny warf einen Blick auf Richard. »Wer sind Sie?«

»Weißt du nicht, wer ich bin?«

Danny schüttelte den Kopf. »Ich hab Sie schon mal in der Stadt gesehen. Die Leute sagen, Sie sind ein komischer Kauz.«

»Ach, sagen sie das?«

»Ja.«

»Ich bin dein Großvater.«

Danny verzog das Gesicht. »Nein, sind Sie nicht. Mein Großvater wohnt in Michigan.«

»Ich bin der andere Großvater.«

»Und warum erzählen Sie mir das gerade jetzt?«

Richard warf Caitlyn einen Blick zu, zog die Schultern hoch und blieb die Antwort schuldig.

Caitlyn spürte, dass sie wütend wurde und dass sich jeder Muskel in ihrem Körper anspannte. Sie fand es nicht gut, dass ihr Vater einfach so daherkam und Danny sagte, wer er war. Ihr ging das alles zu schnell. Sie hatte erst mal sehen wollen, ob ihre Beziehung zu ihrem Vater eine Chance hatte. Jetzt geriet das alles außer Kontrolle, und das gefiel ihr überhaupt nicht. »Danny, sei so gut und setz den Fisch wieder ins Wasser, sonst stirbt er.«

Danny drehte sich um und ging zum Wasser.

»Warum hast du es ihm gesagt?«, fragte sie ihren Vater.

»Weil es stimmt.«

»Du hättest mich erst mal fragen können.«

»Also wirklich, ich habe mich acht Jahre lang zurückgehalten und dir die Bühne überlassen.«

»So ein Quatsch! Du wolltest mich vor die Tür setzen, weil ich schwanger war, jetzt fang nicht an, mir die Schuld zuzuschieben.«

Richard hob beide Hände. »Ich habe dich offenbar wütend gemacht.«

»Ach, glaubst du?« Caitlyn sprang auf. »Gideon, ich fühle mich nicht so gut, lass uns nach Hause fahren.«

»Genau, lauf nur weg. Das kannst du ja am besten«, sagte ihr Vater

Caitlyn fuhr zu ihm herum. »Wenn ich nicht weggelaufen wäre, wenn ich auf dich gehört hätte, dann wäre dieser kleine Junge jetzt nicht hier.«

Richard schluckte schwer. »Das war ein Fehler von mir, ich gebe es zu. Ich wünsche mir sehr, meinen Enkel kennenzulernen.«

»Daraus wird aber nichts, wenn du es so angehst.«

»Wann wolltest du ihm denn sagen, wer ich bin, Caitlyn? Wenn er zwanzig ist?«

»Vielleicht.«

Caitlyn spürte eine schwere Hand auf ihrer Schulter. »Bleib locker, Tulpenmädchen«, sagte Gideon leise.

Aber sie war nicht in der Stimmung, locker zu bleiben. Sie drehte sich von ihm weg. »Versuch bloß nicht, mich zu besänftigen.«

»Mom?«

Danny stand da und sah sie eindringlich an. Seine braunen Augen waren denen seines Vaters so furchtbar ähnlich!

»Ja?«

»Ist der Mann wirklich mein Großvater?«

»Ja, leider.«

Danny starrte Richard an. »Und warum hast du mich noch nie besucht?«

»Da musst du deine Mutter fragen.«

»Ich werde dieses Gespräch jetzt hier nicht weiterführen«, sagte Caitlyn. Sie war zu wütend, wenn sie jetzt weiterredete, würde sie Dinge sagen, die sie den Rest ihres Lebens bereute. »Entschuldigt mich.«

Sie marschierte los Richtung Van. Hinter ihr hörte sie, wie Gideon zu Danny sagte: »Zeig doch deinem Großvater mal, wie gut du den Köder auf den Haken stecken kannst.«

Caitlyn lief heftig atmend vor dem Wagen hin und her. Vielleicht sollte sie versöhnlicher sein. Im Krankenhaus, unter dem Einfluss von Schmerzmitteln und Narkose, hatte sie ihrem Vater verziehen, aber dass er jetzt einfach so daherkam und Danny erzählte, wer er war … Dass er so tat, als wäre sie schuld an der Entfremdung zwischen ihnen … Das war wirklich total daneben.

»Na?«, sagte Gideon leise, als er sie eingeholt hatte.

Sie schob sich ein paar Haarsträhnen aus dem Gesicht und lief weiter. »Er hätte das nicht machen dürfen. Ich entscheide, wann und wo Danny davon erfährt.«

»Stimmt, er hätte das mit dir absprechen sollen.«

»Genau.« Sie zeigte mit dem Finger auf ihn. »Genau das hätte er tun sollen.«

»Aber er hat trotzdem ein Recht darauf, seinen Enkel kennenzulernen.«

Caitlyn starrte Gideon an, und vor Verblüffung fiel ihr die Kinnlade herunter. »Wie bitte? Schlägst du dich jetzt auf seine Seite? Auf die Seite des Mannes, der gelogen und betrogen hat, um uns zu trennen?«

»Er bereut es, jedenfalls hat es den Anschein. Und er ist alt.«

»Ja, genau, das entschuldigt natürlich alles. Was hast du denn gedacht, als J. Foster sich gegen dich wandte?«

»Das ist nicht dasselbe.«

»Warum denn nicht?«

»Dein Vater wünscht sich eine Beziehung zu Danny.«

»Das ist mir scheißegal!« Sie tigerte weiter, auch wenn das überhaupt nichts brachte.

»Unser Sohn wird irgendwann darunter leiden, dass er seinen Großvater nicht kennen gelernt hat. Hier geht es nicht um dich.«

»Dieser Mann …« Sie zeigte mit dem Finger auf Richard. »Dieser Mann da unten wollte mich zwingen, Danny zur Adoption frei zu geben. Deshalb bin ich weggelaufen. Deshalb habe ich Kevin geheiratet. Und deshalb habe ich ihn in den letzten Jahren praktisch komplett ignoriert.«

Gideon atmete hörbar ein. »Ich verstehe deinen Standpunkt, aber ich glaube, er begreift jetzt, dass er sich falsch verhalten hat.«

»Er wollte, dass ich mein Kind weggebe!«

»Und ich bin unheimlich stolz auf dich, dass du es nicht getan hast. Himmel, Caitlyn, du warst so wahnsinnig tapfer. Ich kann mir nicht mal vorstellen, wie viel Angst du gehabt haben musst.«

»Natürlich hatte ich Angst. Es war der Horror! Ich war siebzehn. Und schwanger. Ich dachte, der Mann, den ich liebte, wäre tot. Und in dieser Situation wandte sich mein Vater von mir ab, weil ich *unser* Kind nicht weggeben wollte.« Sie musste aufhören zu reden, damit sie nicht laut losheulte.

Gideon wartete. Stark, schweigend, aufrecht wie ein Baum. Er ging ihr so wahnsinnig auf die Nerven!

»Sag doch was, verdammt!«

»Wann wäre die richtige Zeit gewesen, um Danny von Richard zu erzählen?«

»Weiß ich nicht.«

Seine Stimme wurde leiser, und in seinen Augen erschien ein Ausdruck, den sie nicht deuten konnte. »Und wann ist die richtige Zeit, um Danny von mir zu erzählen?«

»Weiß ich auch nicht.«

»Dann solltest du darüber nachdenken. Denn ich bin zwar nicht so wie dein Vater, ich werde nicht einfach damit herausplatzen. Aber ich will, dass er weiß, dass ich sein Vater bin.« Gideons Stimme war schwer von Gefühlen. »Das ist mir sehr, sehr wichtig.«

Noch nie hatte er mit solcher Leidenschaft zu ihr gesprochen. Sie starrte auf die Wiese hinaus, wo die Blumen im Wind nickten. »Ich kann es ihm jetzt noch nicht sagen. Nicht nachdem er gerade von seinem Großvater erfahren hat. Das muss er erst mal verarbeiten.«

»Und was glaubst du, wie lange er dazu braucht? Eine Woche? Einen Monat?«

»So etwas kann man nicht in den Terminkalender schreiben. Ich muss sehen, wie Danny damit zurechtkommt. Es ist doch erst sieben Monate her, dass Kevin gestorben ist.«

»Wer hat hier eigentlich Probleme, etwas zu verarbeiten, Caitlyn? Danny oder du?«

»Was soll das denn heißen?«

»Das soll heißen, vielleicht geht es überhaupt nicht um Kevins Tod oder die Auseinandersetzung mit deinem Vater oder deine Beziehung zu mir.«

»Nein?« Sie war so wütend, dass sie am liebsten etwas kaputt geschmissen hätte. »Dann sag mir doch mal, worum es geht. Denn ich weiß es nicht, verflucht noch mal!«

»Du hast eine Heidenangst davor, Danny auch nur ein kleines Stück weit loszulassen.«

Er hätte ihr keinen größeren Schock versetzen können, wenn er ihr eine Ohrfeige verpasst hätte. Caitlyn griff mit der Hand an ihre Wange. Hatte er recht? War sie so auf dem falschen Weg? So viele Jahre lang hatte sie gedacht, nein: gewusst, dass sie recht hatte. Und womöglich hatte sie dabei nicht gemerkt, dass sie ihrem Vater immer ähnlicher wurde.

Der Gedanke haute sie fast um.

Klammerte sie sich zu sehr an Danny fest, so wie Richard sie festgehalten hatte? War sie so festgefahren in ihrer Haltung gegen ihn, dass sie keine anderen Möglichkeiten mehr sah?

»Ich gehe jetzt wieder da runter zu Danny«, sagte Gideon. »Und dann schicke ich deinen Vater hier rauf, damit ihr reden könnt. Ich möchte, dass ihr eine Lösung findet, in unser aller Interesse.«

Es irritierte sie ohne Ende, dass er ihr sagte, was sie tun sollte. Und es irritierte sie noch mehr, dass er recht hatte. Sie atmete aus und nickte.

Gideon ging hinunter zum Fluss und sprach mit ihrem Vater. Ein paar Minuten vergingen, dann kam Richard über den Anleger zu ihr.

»Caitlyn«, murmelte er.

Sie zwang sich, ihn anzuschauen. Sein Haar war grauer, als sie es in Erinnerung hatte, seine Schultern stärker gebeugt, aber seine Augen waren immer noch scharf.

»Ich wollte dir nie wehtun«, sagte er leise. »Ich dachte, wenn du erst selbst ein Kind hast, verstehst du das.«

»Du wolltest aber nicht, dass ich ein Kind habe«, unterbrach ihn Caitlyn. »Du wolltest, dass ich den Jungen weggebe.«

Er machte den Mund auf, schloss ihn wieder, öffnete ihn wieder. »Das war falsch von mir.«

»Ja«, sagte sie. »Allerdings. Du hast mir keine Wahl gelassen. Du hast mich in die Ecke gedrängt, mit dem Rücken zur Wand. Ich musste mich entscheiden zwischen meinem Kind und dir, aber was gab es denn da zu entscheiden? Ich liebe dich, Dad, ich habe dich immer geliebt, aber mein Sohn steht an erster Stelle. Und das muss auch so sein.«

»Du … du liebst mich immer noch? Trotz allem, was ich getan habe?« Er sah furchtbar traurig aus.

Reue zerrte an ihrem Herzen. »Natürlich liebe ich dich. Du bist doch mein Vater!«

»Ich wollte nur, dass du aufs College gehst. Dass du deine Ausbildung beendest, damit du ein besseres Leben hast. Und ich wollte, dass du einen Gefährten fürs Leben findest.«

»Den hatte ich schon gefunden. Hättest du ihn nicht in den Krieg geschickt, dann hätte ich ihn geheiratet. Du hast Gideon und mich um acht gemeinsame Jahre betrogen, und du hast etwas absolut Unglaubliches getan: Du hast diesen Hiram Malone dafür bezahlt, dass er mich anlügt und mir gefälschte Dokumente vorlegt. Du hast mich glauben lassen, dass Gideon tot ist.«

»Caitlyn, bitte, versteh doch. Ich wollte dich beschützen. Ich hätte alles getan, um dich zu beschützen. So wie du alles tun würdest, um Danny zu beschützen.«

»Ich habe ihn nie angelogen.«

»Doch, genau das tust du. Du hast ihm noch nicht gesagt, dass Gideon sein Vater ist. Und warum?«

»Das ist keine Lüge«, stritt Caitlyn alles ab, obwohl das schlechte Gewissen in ihrem Herzen sich rührte. »Ich warte lediglich auf den richtigen Zeitpunkt.«

»Weil du ihn beschützen willst.«

Sie nickte.

»Und deshalb belügst du ihn. Indem du nichts sagst.«

»Ich kann ja nicht einfach so damit herausplatzen wie du.«

»Du hast Angst, dass er wütend wird.«

»Ja.«

»Dann weißt du ja, wie ich mich gefühlt habe. Und immer noch fühle.«

»Wenn es dir damit so schlecht geht, warum hast du nicht längst etwas unternommen?«

Er spreizte in einer ratlosen Geste die Finger. »Ich bin ein fehlbarer alter Mann, der zu eitel war, es zuzugeben. Aber ich will mich ändern. Ich möchte nur zu gern wieder ein Teil deines Lebens sein, Caitlyn. Ich vermisse dich nämlich. Du hast mir im Krankenhaus vergeben, und darauf beziehe ich mich jetzt. Ich möchte meinen Enkel kennen lernen, bevor es zu spät ist. Er hat jetzt Frühlingsferien. Bitte, lass ihn ein paar Tage mit mir verbringen. Ich möchte mit ihm nach Fort Worth fahren, ihm die Stockyards zeigen, wo das Vieh zusammengetrieben wird. Vielleicht sogar nach Six Flags fahren.«

»Du? In einen Vergnügungspark? Mit einem Jungen, der demnächst acht Jahre alt wird?«

»Greta fährt mit. Sie hat zwei Neffen in Dannys Alter. Er wird seinen Spaß haben.«

Sie war nahe daran, Nein zu sagen, aber als sie zum Fluss blickte, sah sie, dass Gideon zu ihnen herüberschaute, während Danny angelte. Seine Worte hallten in ihren Ohren wider. *Du hast eine Heidenangst davor, Danny auch nur ein kleines Stück weit loszulassen.*

Was sie als Nächstes sagte, fiel ihr ungeheuer schwer. Schwerer als alles, was sie jemals gesagt hatte. Es war, als würde sie symbolisch die Schürzenbänder lösen, als würde sie ihr Kind loslassen. Aber sie zwang sich tatsächlich, es zu sagen. »Wenn Danny Lust dazu hat, sage ich Ja.«

Das sonst so harte Gesicht ihres Vaters wurde weicher. »Caity, Liebes, du hast mich gerade zum glücklichsten Großvater in ganz Twilight gemacht.«

Caitlyn hatte also auch ihre Schwächen.

Gideon hatte sie so lange auf ein Podest gestellt, dass es ihn durchaus irritierte, sie dabei zu beobachten, wie sie auf ihren Vater losging. Aber auf eine Art machte es ihm auch Mut. Caitlyn tat ein bisschen Staub auf dem Heiligenschein ganz gut. Und auf diese Weise sah auch seine Ritterrüstung nicht mehr ganz so verbeult aus.

Auf der Heimfahrt redete Danny die ganze Zeit von seinem Großvater. Nachdem Richard und Caitlyn sich endlich ausgesprochen hatten, hatte ihr Vater Danny geholfen, einen Fünf-Kilo-Wels zu fangen. Und er hatte zu einem großen Fischessen für den nächsten Abend eingeladen, wenn Danny kommen und die Nacht bei ihm verbringen wollte. Richard hatte ihm sogar angeboten, seinen besten Freund Charlie mitzubringen, und ihm versprochen, sie dürften im Garten zelten.

Gideon freute sich über die Fortschritte, aber er war auch eifersüchtig, das musste er zugeben. Nun wusste Danny also, dass Richard sein Großvater war, aber das bedeutete auch, Gideon musste noch länger mit der Enthüllung warten, dass er Dannys Vater war.

»Mom?«, fragte Danny von hinten.

»Ja, mein Schatz?«

»Warum hast du mir nicht gesagt, dass Richter Blackthorne mein Großvater ist?«

Caitlyn schaute aus dem Fenster, Gideon konnte die Anspannung in ihren Schultern sehen. Es fiel ihr noch schwer, darüber zu sprechen. »Weil wir lange Zeit sehr böse aufeinander waren.«

»Aber jetzt bist du nicht mehr böse auf ihn, oder?«

»Nein.«

»Das ist echt cool, er hat nämlich eine Sammlung mit Pfeilspitzen, die er mir zeigen will, und ein Schweizermesser, das er mir schenken will, und …«

Caitlyn wollte etwas sagen, und Gideon wusste sofort, sie würde gegen das Schweizermesser protestieren, also knuffte er sie leise und sagte: »Schürzenbänder.«

Sie schaute ihn wütend an, machte aber den Mund zu.

Verrückt, dass er jetzt so etwas wie der Friedensstifter in der Familie war. Diese Rolle hatte er noch nie gespielt, aber offenbar lernte man im Krieg den Frieden schätzen. Ihm gefiel diese neue Rolle. Sogar sehr.

Er fühlte sich nützlich. Und ja, er fühlte sich gut.

Vor allem aber hatte er das Gefühl, vielleicht, ganz vielleicht würde er eine Chance bekommen, die Sünden der Vergangenheit abzuwaschen und einen echten Neuanfang zu wagen.

Sechzehn

Feuerlilie – Hass und Abscheu

Als sie nach ihrem Ausflug zu Hause ankamen, war Caitlyn zu müde, um etwas zum Abendessen zu kochen. Abgesehen davon, dass sie immer noch ein wenig verschnupft war, weil Gideon die Partei ihres Vaters ergriffen hatte.

»Bestell doch eine Pizza«, sagte Gideon und drückte ihr einen Zwanzig-Dollar-Schein in die Hand. »Ich lad euch ein. In der Zwischenzeit fahre ich noch mal kurz zum Garten und baue die beiden Karussellpferdchen ein, die ich diese Woche restauriert habe. Zwei erledigt, einundfünfzig fehlen noch.«

»In Ordnung.«

»Soll ich auf dem Rückweg eine DVD mitbringen?«

»Das klingt gut. Kino und Pizza. Vielleicht haben sie ja den neuesten Pixar-Zeichentrickfilm. Der soll nämlich echt gut sein.«

»Ich schau mal.«

Gideon fuhr los, und Caitlyn rief bei *Pasta Pappa* an, bestellte eine extragroße Pizza mit Peperoni und schickte Danny derweil in die Badewanne.

Die Idee eines Familienkinoabends war sehr entspannend und löste die negative Energie, mit der sie sich seit dem Zusammentreffen mit ihrem Vater herumschlug. Sie war immer noch nervös bei der Vorstellung, Danny bei seinem Großvater übernachten zu lassen, aber es war definitiv ein Schritt in die richtige Richtung. Vielleicht konnten die alten Verletzungen so doch ausheilen.

Sie stellte Pappteller auf den Tisch und summte leise vor sich hin, als es an der Hintertür klopfte. »Komm rein!«, rief sie in der Annahme, es handele sich um Kenny, den Pizzaboten.

Die Tür ging auf.

»Das Geld liegt auf dem Küchenschrank.« Caitlyn drehte sich um. »Ich …«

Sie verstummte. Vor ihr stand nicht der sechzehnjährige pickelige Kenny Johnstone, mit dem sie gerechnet hatte, sondern Bowie Goodnight, der in ihrer kleinen, gemütlichen Küche noch riesiger wirkte als sonst.

»Was … was willst du hier?«, flüsterte sie alarmiert. Das Blut rauschte in ihren Ohren.

Bowies Gesicht sah aus wie in Granit gemeißelt, ebenso seine muskulösen Oberarme, die aus den Ärmeln eines schwarzen T-Shirts herausragten. Seine Augen waren kleine schwarze Halbkugeln, seine Nase scharf wie die eines Raubvogels. Sein hartes Lächeln sagte, dass er fünfzehn Runden gegen Mike Tyson boxen und gewinnen konnte. Und er stank nach Bourbon.

Caitlyn verstand sofort, wie sich ihre Hennen fühlen mussten, wenn ein Raubvogel über sie hinwegflog. Panisch. Voller Entsetzen.

»Hallo, Caitlyn«, sagte Bowie mit einer erstaunlich sanften Stimme, die sie nur noch mehr beunruhigte. »Ich suche Gideon.«

»Äh«, machte sie, weil ihr nichts anderes einfiel.

»Ich habe gehört, er wohnt hier.«

»Ja. Und er kommt jede Minute wieder.«

»Ach, wunderbar, es macht dir doch sicher nichts aus, wenn ich hier auf ihn warte?« Bowie griff nach einem Küchenstuhl, der im Kontrast zu seinem riesigen Körper aussah wie ein Möbelstück für Puppen. Sie dachte daran, wie er Crockett in ihrem Blumenladen angegriffen hatte. An dem Tag, als J. Foster gestorben war.

Sie hatte keine Ahnung, was sie tun sollte. »Kann ich dir irgendwie helfen?«

»Nein.« Bowies bösartiges, verächtliches Lächeln ließ ihr das Blut in den Adern gefrieren. »Das geht nur ihn und mich etwas an.«

»Vielleicht könntest du wiederkommen, wenn er da ist.« Nervös verlagerte sie ihr Gewicht aufs andere Bein und legte ihre verletzte Hand auf dem Küchenschrank ab, weil sie schon wieder schmerzte.

Bowies Nase zuckte, als könnte er ihre Angst riechen. »Was ist passiert?«

»Hm?« Sie zuckte zusammen und merkte, dass sie ihn angestarrt hatte wie in Trance.

»Deine Hand.« Er nickte zu ihrem verbundenen Arm hin. »Was ist mit deiner Vorderpfote passiert?«

»Ein Unfall bei der Gartenarbeit.«

Er lachte, als hätte sie etwas unheimlich Lustiges gesagt.

Caitlyn kaute an ihrer Unterlippe, dann wurde ihr klar, dass sie so noch ängstlicher aussah, und sie zwang sich, damit aufzuhören.

Bowie betrachtete sie voller Interesse. »Du und Gideon, ihr seid …«

»Freunde.«

»Ganz besondere Freunde, nicht wahr?« Er zog die Augenbrauen hoch, grinste und ließ seinen Blick anzüglich über ihren Körper wandern.

Sie wollte ihn gerade auffordern zu gehen, da klopfte es wieder an der Tür.

»Vermutlich kommt jetzt derjenige, den du erwartet hast«, sagte Bowie.

Caitlyn ignorierte ihn, so gut es ging, nahm auf dem Weg zur Tür das Geld mit und öffnete. Kenny stand vor ihr und lächelte. »Hallo, Mrs M…« Als er Bowie sah, brach er ab. »Hallo, Mann, gehört der tarnfarbene Hummer da in der Gasse Ihnen?«

»Genau«, sagte Bowie.

»Nettes Teil.«

»Und das ist noch stark untertrieben.«

»Krass.«

»Genau«, versicherte Bowie dem linkischen Jungen.

»O Mann, meine Freundin würde ausflippen, wenn ich in dem Teil zu einem Date käme.«

»Das kann ich mir vorstellen.«

Kenny holte die Pizzaschachtel aus dem Container. Caitlyn bemerkte, dass *Pasta Pappa* sein Logo geändert hatte. Aus irgendeinem komischen Grund hatten sie die runde Pizza durch eine orangefarbene Feuerlilie ersetzt, die sich um ein Pizzastück rankte. Dann erinnerte sie sich, dass die Frau des neuen Besitzers Lily hieß. Ob sie ihr wohl mal sagen sollte, dass orangefarbene Feuerlilien Hass und Abscheu symbolisierten?

»Wie viel kostet so ein Teil?«, fragte Kenny, der immer noch mit Bowies Hummer beschäftigt war.

»Keine Ahnung, ich hab ihn geerbt.«

»Ist ja irre!« Kennys Stimme ging eine Oktave nach oben.

Caitlyn wünschte, die beiden würden endlich ihr Haus verlassen. »Wenn ihr mich jetzt entschuldigt«, sagte sie. »Ich rufe mal Gideon an und frage, warum er so lange braucht.«

»Nur zu.« Bowie stand auf und schlenderte zu der Pizzaschachtel. »Ich darf mir doch sicher ein Stück nehmen.« Es war eine Feststellung, keine Frage. »Du auch, Kenny?«

»Nein, Mann, ich kann keine Pizza mehr sehen. Wenn man in einem italienischen Restaurant arbeitet, reicht es irgendwann.«

Bowie nahm sich ein Stück. Caitlyn hasste seine anmaßende Art. Sie ging an ihre Handtasche, die im Flur am Türknauf hing, und nahm ihr Handy heraus. Gideons Nummer, schnell.

Es klingelte sechs Mal, dann sprang die Mailbox an. *Mist.*

»Gideon, hier ist Caitlyn. Bowie Goodnight ist in meinem Haus, er ist einfach hier reinmarschiert. Er sagt, er sucht dich. Und ich glaube, er ist betrunken.« Sie wollte Gideon wissen lassen, wie unwohl sie sich fühlte, aber gleichzeitig fürchtete sie, Bowie könnte sie belauschen. »Könntest du bitte sofort nach Hause kommen?«

Sie hängte auf und ging zögernd zurück in die Küche. Kenny war immer noch da und bedrängte Bowie mit Fragen über den Hummer.

»Na, ist er unterwegs?«, fragte Bowie.

»Ja«, schwindelte sie.

»Gut. Wir haben einiges zu besprechen.«

»Nämlich?«, fragte sie.

»Das geht nur ihn und mich etwas an.« Bowie nahm sich ein weiteres Stück Pizza aus der Schachtel.

Sie war stocksauer, dass er ihre Pizza aufaß, aber sie hatte echt Angst vor ihm und davor, was passieren könnte, wenn sie ihm sagte, er solle damit aufhören.

»Sag mal …« Bowie wischte sich mit dem Handrücken Mozzarella vom Kinn. »Das Zeug ist ja richtig gut. Hast du ein Bier für mich?« Er spazierte zum Kühlschrank und schaute hinein. »Pizza schmeckt immer besser, wenn man ein Bier dazu trinkt.«

Gideon hatte vor ein paar Tagen einen Sixpack Malzbier gekauft. Fünf Flaschen standen noch im Kühlschrank. Bowie nahm sich eine und drehte den Verschluss ab. »Willst du auch eins? Du siehst so aus, als könntest du eins gebrauchen. Deine Stirn ist ja ganz verknittert.« Er äffte ihr wütendes Gesicht nach.

Caitlyn schüttelte den Kopf.

»Du eins?«, fragte er Kenny.

»Ja, gern.«

»Er ist erst sechzehn«, sagte Caitlyn warnend.

»Ah, tut mir leid, dann wird da nichts draus, mein Junge«, sagte Bowie in einem Ton, der klarmachte, dass er einem Minderjährigen nur zu gern Alkohol gegeben hätte, wenn sie nicht im Zimmer gewesen wäre.

»Na«, meinte Kenny, »ich muss dann auch wieder los. Mein Chef hält mich an der kurzen Leine.«

»Du Ärmster«, sagte Bowie und trank die Hälfte des Biers mit einem einzigen langen Schluck.

Kenny verzog sich, und Caitlyn dachte fieberhaft über eine Möglichkeit nach, Bowie aus dem Haus zu komplimentieren, ohne ihn zu verärgern. Es war sehr lange her, dass sie das letzte Mal solche Angst gehabt hatte. Vor ein paar Jahren war ein Alzheimer-Patient aus dem Pflegeheim weggelaufen und in ihren Blumenladen gekommen. Dort hatte er sich sehr seltsam benommen und am Ende sogar behauptet, sie wolle ihn umbringen. Damals hatte sie sich ähnlich gefühlt wie jetzt.

Eine Minute nach Kennys Abgang tauchte Gideon an der Hintertür auf, einen stahlharten Ausdruck im Gesicht. »Goodnight.« Er spuckte den Namen aus, als würde er schlecht schmecken.

»Ach, sieh an, da ist er ja«, lallte Bowie. »Der verlorene Sohn.«

»Wir machen jetzt einen Spaziergang da draußen.« Gideon wollte ihn am Ellbogen packen, aber sein Halbbruder schüttelte ihn ab.

»Fass mich nicht an, ja?«

Gideon trat ganz nah an ihn heran. »Und du tauchst hier nicht noch einmal auf und bedrohst mich und meine Familie.«

Unerwartet brach Bowie in ein Grinsen aus. »Hey, wer sagt denn, dass ich dich bedrohe?« Er warf Caitlyn einen Blick über die Schulter zu. »Hab ich ihn bedroht oder was?«

Gideon spannte sich an. »Draußen.«

Bowie sah aus, als wollte er noch weiterdiskutieren, aber dann nickte er. »Gut. Draußen.«

Sobald die beiden Männer das Haus verlassen hatten, drückte Gideon den Arm des anderen mit aller Kraft zusammen. »Wag es nicht noch mal.«

»Was denn?« Bowie grinste, um ihm zu zeigen, dass der Griff mit der Eisenklaue ihm nichts ausmachte. »Ich bin bloß mal vorbeigekommen, um meinen lange verlorenen Bruder zu besuchen und ein bisschen mit seiner netten Freundin zu plaudern. So ein süßes, unschuldiges Mädchen.«

»Du hältst dich von ihr fern«, sagte Gideon.

»Und wenn nicht? Bringst du mich dann um?« Blanker Hass funkelte in Bowies Augen. »Dann bring mich doch um. Du hast mir ja sowieso schon das Einzige genommen, das mir etwas bedeutet.«

»Reiz mich nicht, du Knallkopf.« Gideon stieß ihn gegen die Hausmauer, setzte ihm seinen Ellbogen an die Kehle und schaute ihm eindringlich in die Augen. »Lass dich von der Armprothese nicht täuschen, ich war ein Green Beret.«

»Ist ja schon gut!«, sagte Bowie. »Ich wollte keinen Ärger machen.«

»Du hast getrunken.«

»Ja, und?«

»Und du spazierst einfach ungebeten in unser Haus rein und erschreckst meine … erschreckst Caitlyn zu Tode.«

»Ich hab sie gar nicht erschreckt. Ich hab mir bloß ein Stück Pizza und ein Bier genommen. Nenn es meinetwegen unhöflich, aber erschrecken. Ehrlich nicht. Ich bin doch dein Bruder! LaVon hat die Ergebnisse des DNA-Tests bekommen. Jetzt ist es offiziell, wir sind verwandt.«

»Und deshalb bist du gekommen? Um mir das zu sagen?«

»Unter anderem.«

»Was noch?«

Bowie hob beide Hände. »Ehrlich, ich wollte bloß reden.«

»Dann rede.«

»Ich will dir die Rocking J abkaufen.«

»Sie gehört mir doch noch gar nicht. Ihr habt das Testament angefochten, und damit liegt alles erst mal auf Eis und du kannst dort wohnen bleiben, bis das Verfahren durch ist.«

»Das reicht mir aber nicht. Die Ranch bedeutet mir alles, und ich kann … ich werde sie nicht aufgeben.«

»Du fängst schon wieder an zu drohen. So erreichst du nie, was du willst.«

»Aber wie dann? Sag es mir! Wie viel willst du haben, Garza?«

»Ich will, dass du meine Familie in Ruhe lässt. Wenn du sie das nächste Mal bedrohst, gibt es kein Pardon mehr.«

»Deine Familie? Caitlyn ist nicht deine Frau, und Danny ist nicht …« In diesem Moment dämmerte eine Erkenntnis in Bowies Augen. »Verflucht noch mal, Danny ist dein Sohn! Warum habe ich das nicht gleich kapiert? Natürlich! Er sieht Kevin überhaupt nicht ähnlich. Er sieht ganz klar aus wie ein Goodnight!«

Eine böse Vorahnung senkte sich auf Gideon herab. Er hatte gerade einen Riesenfehler gemacht, das war ihm jetzt klar.

»Ach nein, was für eine Ironie des Schicksals. Du bist J. Fosters Bastard, und Danny ist deiner.«

Glühend heiße Wut schoss durch Gideons Adern. Sie fraß sich förmlich durch seinen Körper. Es dauerte kaum eine Sekunde, dann war er nur noch ein Krieger und hatte alle zivilisierte Lebensart vergessen. Das Ungeheuer entkam aus seinem Käfig, erhob sich, blind und ohne jede Vernunft. Er packte Bowie, drehte ihm den Arm auf den Rücken und zog ihn fest hoch.

Bowie schrie auf.

Gideon zerrte ihn zu seinem Hummer, den er so arrogant mitten in Caitlyns Einfahrt geparkt hatte.

Bowie stolperte und schrie wieder, als Gideon noch einmal an seinem Arm drehte. Dann ging die Tür des Angeberwagens auf und er schubste Bowie hinein. »Verschwinde. Auf der Stelle. Und lass dich nicht noch einmal auf Caitlyns Grundstück erwischen. Sonst wirst du beten lernen, das schwöre ich dir.«

Bowie ließ den Hummer an und fuhr mit quietschenden Reifen rückwärts aus der Einfahrt. Gideon atmete tief durch und drehte sich um. Caitlyn stand in der Küchentür. Sie hatte alles gesehen. Und was sie gesehen hatte, war nur ein Bruchteil dessen, wozu er fähig war.

Panik erfasste ihn. Panik und Zweifel und Unsicherheit. Würde sie ihn fallen lassen? Würde sie ihn rauswerfen? Ihm sagen, dass sie einen gewalttätigen Mann nicht in der Nähe ihres Sohnes haben wollte?

Regungslos wartete er ab, unfähig, ihre Gedanken von ihrem Gesicht abzulesen.

Dann kam sie ihm entgegen und umarmte ihn. »Komm rein«, murmelte sie. »Ich hab die Pizza in den Ofen getan, sie ist schon wieder heiß.«

Gideon gab ihr ein Gefühl der Sicherheit, wie sie es bei Kevin nie erlebt hatte. Der immer fröhliche Kevin hätte sich wahrscheinlich mit Bowie hingesetzt und ein Bier getrunken. Und vermutlich hätte er überhaupt nicht verstanden, warum sich Caitlyn von dem großen Kerl bedroht fühlte.

Gideon war da anders. Ein Blick in ihr Gesicht, und er hatte Bescheid gewusst. Er hatte nicht gezögert, sondern Bowie aus dem Haus gezerrt und ihm unmissverständlich klargemacht, dass er mit diesem Benehmen hier nicht willkommen war.

Caitlyn warf einen vorsichtigen Blick auf Gideon. Sie saßen zu dritt auf der Couch, Gideon auf der einen Seite, Caitlyn auf der anderen und Danny in der Mitte. Danny lachte über die Streiche der Zeichentrickfiguren im Fernseher, aber Caitlyn schaute gar nicht richtig hin. Und sie hatte das Gefühl, Gideon tat es auch nicht.

Die Elektrizität zwischen ihnen war fast mit Händen zu greifen. Gideon hatte seinen rechten Arm auf der Rückenlehne ausgestreckt, und Caitlyn kam ihm mit ihrem linken Arm entgegen.

Eine Minute verging, während sie dort saßen, die Arme eng beieinander, ihr Sohn zwischen ihnen.

Caitlyn spürte ein Kitzeln am Handgelenk. Sie schaute nicht hin, aber ihr war klar, dass Gideon ganz leicht mit den Fingern über ihre Narbe fuhr. Die Haut war noch empfindlich, aber seine Berührung war so leicht, dass es sich gut und fast heilend anfühlte. Er konnte so viel Kraft einsetzen, das hatte er ja gerade erst an Bowie demonstriert. Aber er konnte zu ihr und zu Danny auch so unglaublich zärtlich sein.

Heute hatte sich etwas verändert.

In ihm.

In ihr.

In ihnen beiden.

Am nächsten Morgen fuhr Danny zu seinem Großvater, um dort zwei Nächte zu bleiben. Es fiel Caitlyn schwer, ihn loszulassen, aber sie tat es. Nicht nur um seinetwillen, sondern auch, weil sie es brauchte. Und weil sie damit den ersten Schritt tat, um die Kluft zu heilen, die sich vor so langer Zeit aufgetan hatte.

Danny winkte lächelnd, als er mit dem Richter in seinem Cadillac wegfuhr. Caitlyn zerriss es fast das Herz.

Gideon legte ihr den Arm um die Taille, lehnte sich an sie und flüsterte: »Du bist eine unheimlich gute Mutter. Und ich bin unheimlich stolz auf dich.«

»Ja, und jetzt brauche ich dringend etwas, was mich auf andere Gedanken bringt. Komm, wir machen uns an die Arbeit im Garten.«

Sie verbrachten den ganzen Tag dort. Caitlyn kümmerte sich mit den freiwilligen Helfern um die Pflanzen, wässerte und jätete und düngte, während Gideon mit seinen eigenen jungen Helfern aus der Highschool am Karussell arbeitete. Als sie erschöpft nach Hause fuhren, war es schon dunkel.

Caitlyn hatte beschlossen, ein schönes heißes Bad zu nehmen, und Gideon enterte Dannys Badezimmer, um zu duschen. Sie schloss die Badezimmertür hinter sich ab. Auf dem Wannenrand sitzend, stellte sie die richtige Temperatur ein und ließ das Wasser einlaufen. Als die Wanne gut gefüllt war, zog sie ihre Arbeitsklamotten aus und ließ sich in das einladend warme Wasser gleiten. Dann nahm sie ihre Lavendelseife, hielt sie an die Nase, um den entspannenden Duft einzuatmen, und legte den Kopf zurück. Mit geschlossenen Augen genoss sie den Moment, während sie die Dusche im anderen Bad rauschen hörte.

Sie stellte sich vor, wie Gideon nackt unter dem heißen Wasserstrahl stand, und ihr Herz klopfte schon wieder laut bei dem Gedanken an seinen muskulösen Körper. Ihre Brustwarzen wurden so hart, dass sie fast schmerzten. Und tief in ihr wurde alles warm und weich.

Wo sollte das enden, wenn sie schon auf einen Gedanken

an ihn so reagierte? Vor ihrem inneren Auge sah sie ihn dastehen, mit gierigem Blick, seine Männlichkeit groß und hart vor Verlangen.

Du machst dich verrückt! Hör auf damit!

Aber sie wollte nicht aufhören. Sie wollte sofort aus der Wanne steigen, hinüber in das andere Badezimmer laufen und zu ihm unter die Dusche steigen. Zitternd vor Begehren stand sie auf und trocknete sich ab. Ob sie es wirklich wagen würde, so impulsiv zu handeln?

Doch bevor sie sich wirklich entschließen konnte, hörte sie, wie die Dusche abgestellt wurde und die Badezimmertür zuging. Sie stand da, lauschte auf ihr hämmerndes Herz und rührte sich nicht. Keine Bewegung brachte sie zu Stande, obwohl sie sich nichts mehr wünschte, als endlich mit Gideon zu schlafen.

Sie legte die Hand auf den Türknauf, wagte aber nicht, ihn zu drehen. Was, wenn sie seinen Erinnerungen an früher nicht mehr entsprach? Wenn sie ihn mit ihren Schwangerschaftsstreifen und ihren Brüsten, die ein Kind gestillt hatten, enttäuschte? Wenn sie einfach nicht raffiniert genug war, um ihn zu befriedigen?

Die Angst hielt sie mit eisernem Griff gefangen. Schließlich trat sie von der Tür zurück, zog ihr Nachthemd an und legte sich ins Bett.

Und da lag sie dann ein paar Stunden, starrte die Decke an und fragte sich, ob sie wohl jemals den Mut aufbringen würde, um das zu bitten, was sie brauchte. Am Ende fiel sie in einen unruhigen Schlummer.

Um zehn nach drei am Morgen wurde sie von einem gequälten Schrei aus dem Schlaf gerissen.

Gideon!

Sie sprang aus dem Bett, rannte aus ihrem Zimmer und den Flur hinunter. Seine Schreie waren ohrenbetäubend, als würde er gefoltert. Ohne lange nachzudenken, platzte sie in das Gästezimmer.

Mondlicht schien durch die offenen Vorhänge und beleuchtete die seltsame Szene vor ihr. Gideon kniete splitternackt in seinem Bett und schlug mit der Faust auf sein Kissen ein. Dabei heulte er und knirschte mit den Zähnen wie ein verletztes Tier.

»Gideon!«, rief sie. »Was ist denn? Was ist denn los?«

Er fuhr herum und starrte sie mit einem so leeren Blick an, dass ihr ein dunkles, verzweifeltes Schaudern durchs Herz schnitt. Im gleichen Moment begriff sie, dass er noch schlief und offenbar einen entsetzlichen Albtraum hatte. Was um alles in der Welt hatte dieser Mann im Irak und in Afghanistan gesehen? Was für Schrecken fraßen seine Seele auf?

»Gideon?«, flüsterte sie.

»Wer ist da?« Er verzog das Gesicht und drehte sich so, dass er auf seinem Bett saß.

»Ich bin's, Caitlyn. Wach auf, du hast einen Albtraum.«

»Caitlyn?« Sein Gesicht wurde weich.

Sie schlich sich näher an ihn heran und streckte vorsichtig eine Hand aus, um seine Schulter zu berühren.

Er fuhr zurück.

»Gideon, du bist zu Hause, du bist in Sicherheit, in Twilight.«

»Caitlyn?«

»Ja, ich bin hier.« Sie setzte sich zu ihm aufs Bett.

»Caitlyn.« Seine Augen funkelten im Mondlicht, und er

sah sie mit einer so grenzenlosen Sehnsucht an, dass es ihr den Atem raubte. »Caitlyn.«

»Bist du jetzt wach?«

»Ja«, erwiderte er heiser.

»Willst du darüber reden?«

Er schüttelte den Kopf.

»Das muss ein furchtbarer Albtraum gewesen sein. Hast du schon mal mit jemandem darüber gesprochen?«

Wieder schüttelte er den Kopf. »Das geht nicht.«

»Bitte! Bitte lass mich dir helfen. Ich wünsche mir nichts mehr, als dir zu helfen.«

»Und ich wünsche mir nichts mehr, als dich zu küssen.«

Sie musste nicht hinschauen, um seine Erektion zu sehen, aber sie fand es nicht gut, dass er den Sex benutzte, um sie abzulenken. Er wollte nicht über seine Gefühle sprechen, das war ihr klar. Und ihr war auch klar, dass es schrecklich sein musste, die schlimmen Dinge, die er gesehen hatte, immer wieder zu durchleben.

»Wenn du nicht darüber redest, gehen die Albträume nicht weg.«

»Frauen.«

»Was?«

»Frauen wollen immer, dass man über seine Gefühle redet. Was soll das bringen?«

»Das wirst du nie erfahren, wenn du es nicht versuchst.«

Er seufzte.

»Du hast ein posttraumatisches Belastungssyndrom, nicht wahr?«

»Warum braucht das einen Namen? Ein Etikett? Was soll das? Davon wird es doch nicht besser!«

»Du redest, und das ist schon mal gut. Red weiter.«

»Wie soll ich darüber reden. Ich will diese Finsternis nicht in deine Welt bringen.«

»Diese Finsternis ist aber in deiner Welt, und du bist ein Teil meiner Welt«, erklärte sie ihm. »Wenn du mir davon erzählst, kann ich wenigstens verstehen, warum du mitten in der Nacht schreist und auf dein Kopfkissen eindrischst.«

Die Erektion war verschwunden. Er versuchte nicht mehr, sie mit Sex abzulenken. Gut. Ein Fortschritt.

»Ich bin nicht der, für den du mich hältst. Ich bin ganz anders. Ich habe mich so sehr verändert.«

»Das muss aber doch nichts Schlechtes sein.«

»Für mich schon.«

Er war heiser, und sie sah die Verletzlichkeit in seinen Augen, die er mit seinem Kriegergehabe überdecken wollte. »Ich kann dich da drin noch sehen«, flüsterte sie und nahm seine Wange in ihre Hand. »Ich kann den Jungen sehen, den ich kannte, versteckt hinter all dem Kummer, Verlust und Schmerz.«

Er versuchte, sich zurückzuziehen. Das tat weh, aber sie versuchte, ihm ihren Schmerz über die Zurückweisung nicht zu zeigen. Sie verstand ihn ja. Oder nein, sie verstand ihn eigentlich nicht, aber sie wollte ihn gern verstehen. »Gideon, worum geht es? Sag mir, was du fühlst.«

Er hatte immer schon Schwierigkeiten damit gehabt, aber sie sah, dass er es versuchte. Weil sie ihn darum bat. »Ich habe gehofft …«

»Was?«, fragte sie nach ein paar Sekunden, als er nicht weitersprach. »Was hast du gehofft?«

Er schüttelte den Kopf. »Ich hatte wohl gehofft, wir könnten irgendwie die Zeit zurückdrehen, aber jetzt begreife ich, dass das eine alberne Idee war.«

»Gar nicht albern.« Sie legte ihre Hand auf seine. »Überhaupt nicht.«

Er rührte sich nicht, sah sie nicht an, aber er ließ seine Hand da liegen, unter ihrer.

»Sag es, Gideon. Was wäre das Schlimmste, was passieren könnte?«

Er schaute ihr mit gequältem Blick in die Augen. »Dass du mich rausschmeißt. Dass du mir sagst, du kannst mir nicht mehr ins Gesicht sehen. Wegen der Dinge, die ich getan habe.«

Ein kalter Schauer durchlief sie. Was in aller Welt *hatte* er getan? »Nichts, was du tun könntest, bringt mich dazu, dich rauszuschmeißen«, sagte sie tapfer und legte ihre Hand auf ihr Herz. »Ich weiß, wer du tief in deinem Innern bist. Sag es mir, Gideon, gegen wen kämpfst du in deinen Albträumen?«

»Gegen mich«, sagte er. »Ich versuche, mich umzubringen.«

Sie bekam keine Luft mehr. »Hab Vertrauen«, flüsterte sie. »Du kannst mir dein dunkelstes Geheimnis anvertrauen.«

Gideons Blick verschleierte sich, und er biss die Zähne zusammen. »Die Bomben. Meine Hand …«

»Und noch mehr.« Sie sagte es wie eine Feststellung, keine Frage.

Er wandte sich ab, starrte an die Wand, und eine hoffnungslose Minute lang dachte sie, er würde es nicht schaffen. Doch dann sprach er endlich, so leise, dass sie ihn fast nicht hörte. »Bei meinem ersten Einsatz wurde ich in ein Gebäude geschickt, wo sie vermuteten, dass Saddam Hussein Massenvernichtungswaffen lagerte.«

Gideon hielt inne, aber Caitlyn wartete. Sie musste ihm Zeit und Raum lassen, so viel er eben brauchte.

»Aber da waren keine Waffen. Wir hatten das ganze Gebäude durchsucht und wollten gerade gehen. Ich war der Letzte, der hinausging.«

Caitlyn streckte die Hand aus und strich über seinen Oberarm. Schließlich drehte er sich wieder um und sah sie an. »Er tauchte auf wie aus dem Nichts. Er hatte sich in einer Zwischendecke versteckt, und jetzt fiel er praktisch auf mich runter.«

Sie leckte über ihre Lippen, unfähig sich vorzustellen, was das für ein Gefühl gewesen war.

»Er hatte ein Messer und griff mich an. Nahkampf.« Gideon hob seinen linken Arm leicht an. »Da hatte ich meine Hand natürlich noch.«

Wieder eine lange Pause.

»Ist schon okay«, sagte Caitlyn. »Du musst nichts mehr sagen.«

Gideon wischte sich mit dem Handrücken den Mund ab. »Ich habe ihn umgebracht«, sagte er. »Sonst hätte er mich umgebracht. Aber als es vorbei war und ich hinunterschaute, sah ich, dass er ein Junge war. Fast noch ein Kind, höchstens fünfzehn.«

»Oh, Gideon, aber das konntest du doch nicht wissen! Du warst ja selbst noch ein halbes Kind, gerade mal neunzehn. Und du hattest Angst.«

Er lachte freudlos und zittrig auf. »In dem Moment war es, als hätte ich mich selbst getötet. Gideon Garza aus Twilight in Texas war tot. Und an seine Stelle trat ein Mörder.«

Caitlyn nahm ihn in die Arme und wiegte ihn, wie sie

Danny nach einem Albtraum gewiegt hätte. Und er ließ es zu, weil er den Trost ihres weichen Körpers so sehr brauchte.

Sie küsste ihn auf die Stirn, dann seine Lippen, und er erwiderte den Kuss. Und schließlich küsste er sie heiß, aus dem verzweifelten Verlangen, seinen Schmerz mit körperlicher Leidenschaft zu betäuben.

Und Caitlyn hieß ihn willkommen.

Er nahm sie in die Arme, zog sie an sich und küsste sie, als hinge ihrer beider Leben davon ab.

Siebzehn

Wunderblume – Flamme der Leidenschaft

Aus der Zärtlichkeit nach seinem Geständnis wurde bald reine Lust. Gideons Küsse machten sie atemlos und hungrig. Sie wollte mehr, immer noch mehr.

Mit siebzehn hatte sie sich nichts Kraftvolleres vorstellen können als Gideon Garzas Küsse. Er hatte sie hypnotisiert, in Trance versetzt. Mit ihm zu schlafen, war das großartigste Gefühl, das sie kannte. Es war mehr als nur eine körperliche Empfindung gewesen, obwohl er weiß Gott wusste, wie man ihren Körper zum Singen brachte. Aber wirklich himmlisch war es gewesen, weil sie sich so sehr liebten. Eine ungeschminkte, urtümliche, einzigartige und nicht zu leugnende Liebe.

Erst später, in ihrer Ehe mit Kevin, hatte sie begriffen, *wie* wunderbar es mit Gideon gewesen war. Ihr war immer schon klar gewesen, dass es wunderbar war, aber erst im Vergleich sah sie, dass ihre Beziehung zu Gideon etwas ganz Besonderes gewesen war. Ihr Mann war ein Mann mit eher milden Leidenschaften gewesen. Er hatte einfach gelebt und geliebt, ohne große, erderschütternde Gefühle. Das war durchaus angenehm und beruhigend gewesen, zumal sie ja wusste, dass es mit keinem Mann jemals wieder so sein würde wie mit Gideon.

Aber jetzt war er wieder da, von den Toten auferstanden, und liebte sie, wie sie noch nie geliebt worden war. Nicht einmal als Teenager.

In den Jahren seiner Abwesenheit hatte er einiges gelernt, und sie konnte darüber nur staunen. Er war ein besserer Liebhaber als andere Männer mit zwei Armen. Er ließ sich Zeit, übereilte nichts. Das hatte sich geändert, früher war er hitzig und wild gewesen. Sie hatte die Aufregung durchaus genossen, aber sein langsameres Tempo passte besser zu der Frau, die sie heute war. Denn ja, sie war eine Frau, kein Mädchen mehr.

Gideon fuhr mit den Fingerspitzen über ihre Haut, federleicht und warm. Kleine Hitzeperlen entstanden überall dort, wo er innehielt.

Sie stöhnte leise auf, senkte die Lider und genoss den Augenblick.

»Gefällt dir das?« Seine Stimme war heiser, fast rauchig.

»Hmmm«, schnurrte sie.

Er machte weiter, streichelte sie sanft, seine Hand wurde zum Pinsel, der vor und zurückstrich, vor und zurück, und ihre Nervenenden mit Schichten von Vergnügen bedeckte.

Sie badete in seinen Liebkosungen. Es fühlte sich einfach wunderbar an. Vielleicht zu wunderbar. Er sollte nie damit aufhören. Sie wollte nie mehr ihr Bett verlassen. Sie wünschte, sie könnte die Zeit einfrieren oder in Flaschen abfüllen, um diesen Moment für immer zu genießen. Sie hatten so viel verpasst, und sie wollte nicht, dass es so schnell vorbeiging. Jetzt verstand sie, warum er sie hatte warten lassen, warum er nichts überstürzen wollte. Ein Quickie konnte eine feine Sache sein, aber ihr erstes Mal nach acht Jahren Trennung sollte wirklich etwas Besonderes sein.

Er senkte den Kopf und fuhr mit der Zunge über ihre Stirn und über die Stellen, die er gerade liebkost hatte. Für diese

Zunge brauchte er einen Waffenschein, er war absolut in der Lage, sie damit umzubringen. Ihr Herz raste, ihre Zehen verkrampften sich, Schweißperlen standen zwischen ihren Brüsten. Ihr Atem ging so schnell, dass sie sich kaum vorstellen konnte, wie lange ihre Lungen das mitmachen sollten.

Er nahm den Saum ihres Nachthemds in die Hand und zog es ihr langsam über den Kopf. Dann ließ er es ebenso langsam auf den Boden fallen.

Er setzte Küsse auf ihren Arm bis hinauf zur Schulter, dann von der Schulter zu ihrer Halsbeuge und schließlich auf den fliegenden Puls, der an einen erschöpften Marathonläufer erinnerte. Und das war ja erst der Anfang!

»Tulpenmädchen«, flüsterte er.

Ein Klang wie Honig. *Tulpenmädchen.* Sie wurde schlagartig wieder siebzehn und dachte an das allererste Mal mit ihm.

Es war auf einer Decke in einem dichten Wacholdergebüsch gewesen, im Sweetheart Park. Sie hatten nur schwer einen Platz gefunden, denn ihr Vater war streng und Caitlyn fürchtete, er würde etwas Schreckliches tun, wenn er Gideon in ihrem Zimmer fand. Und bei ihm zu Hause lag seine kranke Mutter im Nebenzimmer. Das ging überhaupt nicht.

Also hatten sie sich unter der Woche mitten in der Nacht im Sweetheart Park getroffen. Sie hatte die Decke mitgebracht, er die Kondome. Sie hatten es eilig gehabt, waren beide voller Sorge gewesen, dass man sie entdecken könnte. Aber es war trotzdem wunderbar gewesen. Am nächsten Tag hatte ihr alles wehgetan, aber jedes Mal, wenn sie den Schmerz spürte, lächelte sie. Sie war keine Jungfrau mehr. Sie hatte sich an ihren Liebsten verschenkt. Und so hastig es auch gewesen war, es hatte sich sehr, sehr richtig angefühlt.

»Giddy«, antwortete sie mit dem Spitznamen, den sie ihm damals gegeben hatte. Sie hatte keine Ahnung, ob er den albernen Namen noch mochte, aber ihr kam es ganz natürlich vor.

Er küsste ihre Lippen, sanft und ruhig. Und sie genoss es, schloss die Augen und konzentrierte sich ganz auf den Moment. Er schmeckte anders als damals. Früher war sein Aroma eher »grün« gewesen, wie Granny-Smith-Äpfel. Heute schmeckte er eher nach Apfelkuchen: tiefer, komplexer, nicht nur eine einzige Geschmacksrichtung. Die Tiefe passte zu ihm. Sie fürchtete, dass sie flach und eintönig schmeckte. Sie hatte Texas nie verlassen, hatte nichts von der Welt gesehen. Sie hatte keine Ahnung, wie es da draußen zuging, aber in seinen Küssen konnte sie etwas davon schmecken.

Gideon stützte sich auf den linken Ellbogen und legte die Decke über seinen Armstumpf. Sie wusste nicht, wie sie ihm erklären konnte, dass der Anblick ihr nichts ausmachte. Dabei war es so. Sie war einfach nur glücklich, ihn wiederzuhaben. Verwundet, voller Narben, aber egal. Gideon war am Leben und lag in ihrem Bett. Die Welt war ein wunderbarer Ort der Vergebung.

Mit leuchtenden Augen blickte er auf sie herunter. »Vor acht Jahren dachte ich, du wärest die wunderbarste Frau, die ich je gesehen habe. Du hast dich bewegt wie fließendes Wasser, so geschmeidig und ruhig. Ich wollte so furchtbar gern ein Teil von dir sein. Ich habe gedacht, wenn ich Liebe mit dir mache, färbt etwas von deiner kühlen Geschmeidigkeit auf mich ab.«

»Und du hast nicht geahnt, dass diese kühle Geschmeidigkeit nur eine gute Tarnung für meine Unsicherheit war. Erst durch dich habe ich mich schön gefühlt.«

»Im Übrigen habe ich mich geirrt.«

»Inwiefern?«

»Du bist heute viel schöner als damals.«

»Na ja, meine Brüste sind nicht mehr so fest.«

Er beugte sich über sie, küsste erst die eine Brustwarze, dann die andere. »Diese Brüste haben unser Kind genährt. Schöner kann es gar nicht sein.«

»Du weißt wirklich, was du einer Frau sagen musst.«

»Ich wünschte, ich wäre dabei gewesen«, erwiderte er. »Es zerreißt mir die Seele, dass ich nicht da war.«

Sie betrachtete sein Gesicht, das auf einmal sehr traurig geworden war.

»Ich habe so viel Zeit mit Danny verpasst, die ich nie zurückgewinnen kann.« Der Schmerz in seinen Worten schnitt ihr ins Herz.

»Gideon, es tut mir so leid.« Sie fuhr mit dem Finger über seine Wange.

Er rang sich ein Lächeln ab, versuchte den Schmerz zu verbergen, aber sie sah ihn in seinen Augen und hörte ihn in seiner Stimme. »Du kannst ja nichts dafür.«

»Aber du bist nicht der Einzige, der etwas verpasst hat. Danny und ich mussten irgendwie ohne dich weiterleben.«

»Wohl wahr«, sagte er. »Ich tue mir nur einfach ein bisschen selber leid.«

»Das habe ich nicht gemeint. Du hast alles Recht der Welt, verletzt zu sein und dich betrogen zu fühlen.«

»Was geschehen ist, ist geschehen. Ich kann ja die Vergangenheit nicht ändern.«

»Wir haben beide Fehler gemacht.«

»Stimmt.« Er wandte den Blick ab.

Sie nahm sein Kinn in ihre Hand, damit er sie wieder ansah. »Aber das hier ist kein Fehler. Und Danny ist auch kein Fehler. Er ist ein glücklicher Unfall, nie und nimmer ein Fehler. Und genau das hat mein Vater nicht verstanden.«

Gideon zog sie an sich und begrub sein Gesicht in ihrem Haar. »Es tut mir so leid, Tulpenmädchen, alles, was du durchgemacht hast.«

»Das war nur ein kleiner Bruchteil dessen, was du erlebt hast.«

Sie lagen eine Weile da, genossen die Wärme und den Trost des anderen Körpers, dann fing Gideon wieder an, sie langsam zu streicheln. Erst ihr Haar, dann ihr Gesicht und schließlich ihre Brüste.

Caitlyns Brustwarzen wurden sofort hart und standen aufrecht wie zwei kleine Berggipfel.

Er ließ sie ein kehliges Lachen hören, bevor er anfing, erst an der einen, dann an der anderen Knospe zu saugen. Sein warmer Mund schickte Funken des Begehrens durch ihren gesamten Körper. Ihr Bauch zitterte, zog sich zusammen. Sie wollte ihn so sehr!

Er hielt sich lange dort auf, küsste und saugte, nippte an ihren Brüsten und schmeckte sie. Sie konnte die Anspannung in ihrem Innern spüren, die mit jedem Moment höher und heißer wurde. Ein langes, tiefes Stöhnen kam über ihre Lippen.

Gideons kluger Mund rief Reaktionen in ihr hervor, die sie gar nicht gekannt hatte. Und als er anfing, mit dem Mund von ihren Brüsten aus nach unten zu wandern, stöhnte sie laut auf, griff mit einer Hand in sein Haar und wölbte sich nach oben, um ihn anzutreiben.

Immer weiter bewegte er sich. Seine Zunge hielt inne, um ihren Nabel zu necken, bevor sie weiterglitt. Und endlich erreichte er den kleinen Hügel mit dem lockigen Haar.

»Gideon«, flüsterte sie.

»Ja, Liebste?«

»Du musst das nicht tun. Ich …«

»Schsch«, unterbrach er sie. »Schsch.«

Mehr musste sie nicht hören. Sie öffnete ihre Beine, damit er ganz in ihr Reich eindringen konnte. Der König war zu Hause angekommen. Sie lächelte zur Decke hinauf, als seine heiße Zunge ihren empfindlichsten Punkt berührte.

Sekunden später begriff sie, dass Gideon in der Tat ein paar Dinge gelernt hatte. Früher hatte er sich an dieser Stelle immer sehr beeilt. Jetzt … wow!

Caitlyn verdrehte die Augen, ihr ganzer Körper spannte sich an. Mit beiden Händen klammerte sie sich an die Patchworkdecke mit dem schönen Wunderblumen-Muster. Genau der richtige Quilt, um darauf Liebe zu machen.

Seine Zunge tanzte über ihre Klit, und sie spürte, wie es in ihrem Bauch immer heißer wurde. Ihre Oberschenkelmuskeln verkrampften sich um seinen Kopf. Sie spürte die sanfte Berührung seiner Haare auf ihrer Haut. Gideon. Er war nicht nur am Leben, er war wieder ganz da, in ihrem Bett, und er machte wilde, spannende Dinge mit ihr. Mit seinem Mund. Und was für ein Mund! Er musste aus reiner Lava bestehen, und er raubte ihr die Sinne.

Schnell wurde seine Zunge zu einem Instrument süßer Folter. Er brachte sie bis an den Rand des Höhepunkts, aber dann zog er sich zurück und ließ sie mit zwei widerstreitenden Gefühlen zurück: Verlangen und unendliche Frustration.

»Oh, bitte!«, flehte sie.
»Bitte was?«
»Bitte, bitte …«
»Du musst mir schon sagen, was du willst«, neckte er sie.
»Bitte, lass mich kommen. Bitte!«
»Dein Wunsch ist mir Befehl.«
Die Folter endete, und er brachte sie dorthin, wohin sie wollte, wie eine Surferin hoch auf der Welle seiner Zunge, bis sie ganz und gar verging.
»Gideon!«, rief sie und verkrampfte ihre Finger in seinen Haaren.
Er lachte leise.
Das Geräusch irritierte sie, aber er lachte wieder und machte da weiter, wo er aufgehört hatte, um sie noch ein kleines Stück höher zu treiben. Und dann spürte sie, wie sie ein zweites Mal kam, in ihrem Blut, in ihrem Kopf, überall.

Beim zweiten Mal war es immer noch schöner, dachte Gideon, als er sich in ihr bewegte.
Sie lag auf ihrem Rücken auf dem Bett und sah ihn mit weit aufgerissenen, leuchtenden Augen an. Er liebte die Art, wie sie sich um ihn schloss, wie sich ihre Muskeln bewegten und ihn drückten. Selbst mit Kondom war es ein unglaubliches Gefühl.
»Mehr«, flüsterte sie. »Tiefer.«
Das hatte sie früher nicht getan. Sie hatte ihm nie gesagt, was sie brauchte. Als Teenager war sie ihm gefolgt, wohin er sie brachte. Das war gut gewesen, aber jetzt freute er sich, dass sie ihm sagte, was ihr gefiel.
Er legte seinen rechten Arm unter ihren Kopf, schaute ihr

in die Augen und spürte, wie sich ihre Seelen berührten. Caitlyn. Er hatte sie so vermisst. Er hatte ihr sein dunkelstes Geheimnis verraten, und sie hatte sich nicht von ihm abgewandt.

Langsam glitt er tiefer in sie hinein.

Caitlyn stöhnte. »Ich hatte vergessen, wie groß du bist.«

»Aber ich hatte nicht vergessen, wie gut du dich anfühlst«, murmelte er leise und streichelte sie weiter.

Sie zappelte ein bisschen, und die Bewegung heizte ihn noch weiter an.

»Biest.«

»Ich brauche ein bisschen mehr Reibung, mein Lieber.«

»Du bist ganz schön fordernd.«

»Ist das ein Problem?«

»Nein, gar nicht. Dein Wunsch … du weißt schon.« Gideon erhöhte das Tempo und beobachtete, wie sie die Augen noch weiter aufriss.

»O ja, das fühlt sich schön an.«

»Nur schön?« Er ging tiefer, wurde schneller.

»Mehr als schön.«

»Und wie ist es hiermit?« Er stieß hart in sie, dass die Matratze wackelte und das Kopfteil des Bettes gegen die Wand krachte. So heftig hatte er sie früher nie genommen. So schnell und hart und fast tierisch.

Aber je härter er sie nahm, desto mehr stöhnte sie.

»Ja, ja, ja!«

Er gab ihr alles, sank bis zum Anschlag hinein. Sie atmete scharf ein, hob dann ihre Hüften an und kam ihm entgegen. »Gideon! Gideon ich komme schon wieder.«

Er zog sich zurück. »So schnell geht das nicht.«

Sie ballte die Fäuste und schlug auf seine Schultern. »Bastard!«

»Weiß ich schon.«

»So habe ich es nicht gemeint.«

»Ich weiß«, sagte er. »Ist schon gut.«

Sie keuchte. »Du quälst mich.«

»Ich weiß, Süße, aber es ist zu deinem eigenen Wohl. In ein paar Minuten wirst du mir dankbar sein.«

»Das musst du mir beweisen.«

»Schau dich doch an.« Er neigte den Kopf und küsste sie, während er langsam wieder anfing, sodass ihre Erregung ein weiteres Mal stieg. »Du bist so feucht, Frau. So süß.«

»Los jetzt!«, flehte sie. »Mach weiter.«

»Weiter damit?« Er erhöhte sein Tempo, das Kopfende schlug wieder gegen die Wand.

»Bitte!«, flehte sie.

Und dann sagte sie ein Wort, dass sie noch nie zu ihm gesagt hatte. Der schockierende Klang ließ ihn den Kopf in den Nacken werfen und laut lachen. Er gab ihr alles, was er hatte, bis sie einen kehligen Schrei losließ und ihm beide Arme um die Taille legte, um ihn noch tiefer in sich hineinzuziehen.

Sein Schwanz pulsierte. Sein Gehirn summte wie ein Bienenschwarm. Seine Hoden zogen sich fest zusammen. Er spürte, wie er kam, gleichzeitig mit ihr. Sie hielt ihn in sich fest umklammert.

»Caitlyn!«, rief er, und im gleichen Moment flüsterte sie seinen Namen.

»Gideon.«

Sie erzitterten zusammen in einem gemeinsamen Höhepunkt, so machtvoll, dass er ihnen beiden den Atem raubte.

Sie klammerten sich aneinander, sein Mund lag auf ihrem Scheitel, ihr Kopf an seiner Brust, und ihre Körper waren eins, genau wie ihre Seelen.

Er hielt sie fest, während ihr Höhepunkt verebbte. Hielt sie fest und küsste sie und flüsterte ihren Namen immer wieder.

Es war ein so intensives Gefühl, und sein Verlangen war so groß, dass es ihn fast erschreckte. Er durfte sie nicht wieder verlieren. Niemals.

Denn das war seine größte Angst. Die Vorstellung, er könnte sie noch einmal verlieren. Das würde er nicht überleben.

Einige Zeit später wurde Caitlyn wach. Sie fühlte sich lebendiger als seit Jahren. Gideon war da, in ihrem Bett. An dem Ort, an den er gehörte.

Warte, flüsterte die Stimme der Vorsicht in ihrem Hinterkopf, die so schreckliche Angst davor hatte, wieder verletzt zu werden. *Keine vorschnellen Schlüsse.*

Aber sie konnte nicht anders. Die letzte Nacht war so unglaublich gewesen, dass sie sich nur eins wünschte: Es sollte ein Leben lang so weitergehen. Caitlyn drehte sich auf die Seite, legte beide Hände unter ihre Wange und betrachtete ihn im weichen Morgenlicht, das durchs Fenster drang.

Sein Gesicht war ganz ruhig, die Anspannung verschwunden. Sein Mund stand einen Spalt offen. Eine Locke war ihm in die Stirn gefallen. Sein Anblick brachte ihr Herz zum Überlaufen.

Gideon. Ihre große Liebe.

Sie musste sich sehr zusammenreißen, um nicht mit dem

Finger seine Züge nachzufahren, die Narbe auf seiner Wange zu berühren, seinen Nasenrücken. Was für eine männlich kräftige Nase. Danny würde ganz ähnlich aussehen, wenn er erwachsen war. Die beiden hatten dieselbe Stirn, denselben kantigen Mund. Die Ähnlichkeit zwischen Vater und Sohn brachte ihr Herz zum Tanzen. So viel Liebe!

Sie konnten eine Familie werden.

Der Gedanke verlieh ihr Flügel. Sie wünschte es sich so sehr, aber sie konnte es ihm nicht sagen. Noch nicht, es war einfach noch zu früh. Sie war selbst ein vorsichtiger Mensch, und Gideon war es auch. Er trug immer noch an einem schweren Rucksack, seine Albträume waren der Beweis dafür.

Zeit. Sie brauchten beide Zeit, um mit der Vergangenheit abzuschließen und sich dann auf den Weg in eine strahlende Zukunft zu machen. Keine Eile.

Er machte ein Auge auf. »Du beobachtest mich.«

»Stimmt«, gab sie zu.

»Und was siehst du?«

Sie steckte die Zunge ein kleines Stück weit heraus. »Ich habe gerade darüber nachgedacht, wie sehr Danny dir ähnelt.«

»Und du wolltest ihn als Kevins Sohn ausgeben. Kein Mensch in der Stadt ist darauf reingefallen.«

»Ich weiß«, erwiderte sie. »Aber sie haben alle so getan als ob.«

Er lächelte.

Er lächelte nicht oft, aber wenn er es tat, war es, als würde die Sonne nach wochenlangem Regenwetter endlich wieder scheinen.

»Wir könnten uns zusammen ein Frühstück machen«, sagte er. »Dein Lieblingsfrühstück, Waffeln mit Pecannüssen.«

»Das weißt du noch?«

Er streckte einen Finger aus und fuhr über ihren Nasenrücken. »Natürlich weiß ich das noch, Caitlyn. Du warst meine erste Liebe.«

»Wie viele Lieben hattest du denn?«, fragte sie und ergänzte sofort: »Nein, vergiss es, ich will es nicht wissen.«

»Es gab ein paar Frauen in meinem Leben«, sagte er trotzdem. »Aber du musst bedenken, dass ich im Mittleren Osten unterwegs war, da gibt es nicht so viele Gelegenheiten, sich zu verlieben.«

»Erzähl mir von den Frauen«, sagte sie, obwohl sie fürchtete, er würde ihr von Prostituierten berichten. Sie hätte es ihm nicht einmal übel nehmen können, er war schließlich ein Mann, und Männer hatten ihre natürlichen Bedürfnisse. Sie wollte nur ganz gern auf die Details verzichten.

»Eine Frau«, sagte er, »habe ich gleich nach dem Unfall kennengelernt. Aber das war eine ziemlich ungesunde Beziehung, weil sie auf so etwas stand.«

»Auf was?«

»Auf Amputierte.«

»So eine Art Fetisch?«

»Genau. Aber das ist keine Liebe, diese Leute lieben nur die Tatsache, dass dir etwas fehlt.«

»Krass.«

Er zuckte mit den Schultern. »Viele Amputierte kommen irgendwann in Kontakt mit solchen Fetischisten. Am Anfang ist es natürlich ganz verführerisch, vor allem, wenn man nichts darüber weiß. Man denkt, der oder die andere nimmt einen endlich so an, wie man ist. Dabei geht es nur um diese … ja, fast könnte man sagen, Sucht. Sie wollen dich nur, weil du amputiert bist. Einigen Amputierten ist das egal, sie sind froh, dass überhaupt jemand sie liebt, warum auch immer.«

»Aber dich hat es gestört.«

»Ja«, gab er zu.

Sie krabbelte zu ihm, kam näher, schaute ihm tief in die Augen, fast schon durch ihn hindurch. »Ich nehme dich so an, wie du bist, Gideon. Mir machst du keine Angst. Dass dir ein Arm fehlt, schreckt mich nicht ab, es zieht mich aber auch nicht besonders an. Es ist einfach so, es gehört zu dir, so wie deine Größe oder deine Haarfarbe.«

»Das sagst du jetzt.«

»Denkst du wirklich so schlecht von mir? Dass ich mich von deiner Behinderung abschrecken lasse?«

»Das ist alles viel komplizierter, als du es jetzt darstellst.«

»Wie auch immer«, sagte sie und legte ihm ihre Hand mit gespreizten Fingern auf die Brust. »Deine Art, Liebe zu machen, hat es jedenfalls nicht beeinträchtigt. Du bist viel besser als vor acht Jahren, das kann ich dir sagen.«

»Findest du?« Er sah tatsächlich aus, als fühlte er sich geschmeichelt. Und das durchaus mit Recht, denn er hatte sich letzte Nacht selbst übertroffen.

»Ich hatte noch nie so einen wunderbaren Liebhaber.«

»Wie viele Liebhaber hattest du denn außer mir und Kevin?«

»Keinen«, gab sie zu.

»Das heißt also«, neckte er sie, »in Wirklichkeit bin ich nur besser als Kevin.«

»Du warst wie ein Erdbeben.«

»Okay, das muss genügen.«

»Also. Abgesehen von mir und der Fetischistin, was für Frauen waren da noch?«

»Es gab eine kurze Sache mit einer Amerikanerin während der Grundausbildung. Sie sah dir sehr ähnlich, ich wollte mich wohl mit ihr trösten, vermute ich. Wenn ich schon dich nicht haben konnte, dann wenigstens eine Frau, die so ähnlich aussah.«

Sie war gleichzeitig gerührt und traurig. Er hatte Ersatz gesucht, während sie nicht einmal versucht hatte, ihn zu ersetzen. Sie hatte gewusst, dass sie in Kevin nicht verliebt war. Und Kevin hatte es auch gewusst, aber er war ohnehin nicht auf der Suche nach der einen großen Liebe gewesen. Die hatte er erlebt, mit seiner ersten Frau, die im Alter von achtundzwanzig Jahren an Brustkrebs gestorben war. Kevin wollte Gemeinschaft. Und er wollte Danny ein guter Vater sein. Wenn sie daran dachte, war sie auch darüber traurig, dass sie und Kevin sich damit zufrieden gegeben hatten. Aber er war ein guter Vater gewesen. Und ein guter Ehemann.

»Und dann natürlich Moira.«

»Moira?« Caitlyn schaute ihn an und spürte, wie Eifersucht in ihr hochstieg, mehr als vernünftig war. Gideon war hier bei ihr, keine Moira weit und breit.

»Eine Mitarbeiterin einer Hilfsorganisation. Britin, ursprünglich aus Liverpool. Sie sprach tatsächlich mit dem gleichen Akzent wie die Beatles, es klang total lustig. Wir waren uns sehr ähnlich, sie und ich.«

Ganz anders als Caitlyn und Gideon, die wie Tag und Nacht waren. Caitlyn knabberte an ihrer Unterlippe. »Und was ist zwischen euch passiert?«

»Ich habe Afghanistan verlassen.«

»Ihr habt euch also erst vor Kurzem getrennt.« Sie hatte nicht erwartet, dass sie so eifersüchtig sein würde. Ein hässlicher Zug, aber sie konnte nicht viel dagegen tun.

»Wir waren eigentlich nie zusammen, weißt du. Moira und ich waren eher so was wie sehr spezielle Freunde. Wir wussten beide, dass mehr nicht drin war.«

»Bist du sicher?«

Gideon lächelte. »Du bist doch nicht etwa eifersüchtig auf sie?«

»Nein«, schwindelte sie.

»Doch, bist du wohl!« Er lachte laut.

»Gar nicht!«

»Dann sag mir doch mal, warum du so rote Ohren kriegst.«

»Krieg ich ja gar nicht.« Sie hielt sich die Hände über die Ohren.

»Doch, du kriegst immer rote Ohren, wenn du eifersüchtig bist. Erinnerst du dich noch an Gina Watkins, die Kellnerin im Funny-Farm-Restaurant, die in deiner Gegenwart so schamlos mit mir flirtete?«

Caitlyn verzog das Gesicht. »Ich habe mich geweigert, dort noch mal zu essen, weil sie dich zu Weihnachten unbedingt unter dem Mistelzweig küssen wollte.«

Er lachte leise und legte ihr eine Hand an die Wange. »Ich schwöre dir, du hattest absolut keinen Grund, eifersüchtig zu sein. An Gina hatte ich kein Interesse, ich hatte doch nur Augen für dich.«

»Und Gina Watkins hatte nur Augen für dich.«

»Ich glaube, wenn sie jetzt hier wäre, würdest du ihr immer noch den Hintern versohlen.«

»Das würde dir gefallen, was? Dass sich zwei Frauen um dich schlagen.«

»Es macht mir nur Spaß, dich zu ärgern.«

»Gina Watkins hat gut daran getan, die Stadt zu verlassen.«

»Ich sag dir was.« Gideon legte ihr den Arm um die Taille und zog sie an sich. »Wir verbringen noch ein Stündchen mit Liebemachen, und dann gibt es Pfannkuchen. Und danach fahren wir zum Fädenziehen ins Krankenhaus.«

»Du spinnst«, sagte Caitlyn und zog ihn auf sich.

Achtzehn

Ambrosia – deine Liebe wird erwidert

Zwei wunderbare Tage verbrachten die beiden im Bett und vernachlässigten ihre Pflichten im Erinnerungsgarten. Man konnte sagen, sie pflegten ihre eigenen Erinnerungen, schließlich war Gideon ja ein heimgekehrter Held. Und so verließen sie das Haus nur für die eine Fahrt zum Krankenhaus. Wenn das Telefon klingelte, ließen sie den Anrufbeantworter laufen und checkten hinterher, ob nicht womöglich Caitlyns Vater angerufen hatte.

Sie erforschten ihre Körper. Gründlich. Massierten sich gegenseitig und saßen zusammen in der Badewanne. Sie zündeten Kerzen an, und die Luft war erfüllt von Ambrosiaduft. Sie plünderten den Kühlschrank, wenn sie Hunger hatten, aber auch, um Material für allerlei kreative Spiele zu finden, bei denen sie jeden Krümel genossen. Sie verbanden sich die Augen und beschrieben einander, was sie rochen, schmeckten und spürten. Süße, saftige Erdbeeren mit Schlagsahne. Säuerliche Dillgurken und Kartoffelchips zum Sandwich mit Putenschinken. Den brennend würzigen Geschmack einer mexikanischen Hühnersuppe.

Bei ihren erotischen Picknicks wurden alle Sinne angesprochen. Erdnussbutter und geschmolzene Schokolade auf der Haut wurden genussvoll abgeleckt. Sie tranken Wein durch einen Strohhalm, bis sie einen Schwips hatten. Sie steckten beide die Lippen durch das Loch eines Donuts und futterten sich dann von innen durch das süße Gebäck. Und die ganze Zeit kicherten sie wie Teenager.

Es waren zwei wunderbare sorglose Tage, und sie klammerten sich mit Leib und Seele daran.

Dann kam Danny nach Hause, und sie verwandelten sich wieder in Erwachsene. Gideon schlief wieder im Gästezimmer, sie arbeiteten weiter und genossen das Familienleben.

Zwei schöne Wochen lang war alles in bester Ordnung.

Dann, am ersten Samstag im April, als die Blumensamen keimten und sich in den blauen Himmel streckten, kam Crockett Goodnight in Caitlyns Blumenladen. Seit Gideons Umzug in ihr Haus hatte er sich kaum blicken lassen, und das Flirten hatte er komplett aufgegeben. Sie war froh darüber, vor allem nach dem Erlebnis mit Bowie.

»Morgen, Caitlyn«, begrüßte er sie mit breitem Lächeln.

»Hallo, Crockett.«

»Wie geht's dem Handgelenk?« Er warf einen Blick auf die Narbe, die rosa leuchtete und immer noch ziemlich schlimm aussah.

»Viel besser, danke der Nachfrage.«

»Und? Hat Hondo rausgekriegt, wer die Bärenfalle da ausgelegt hat?«

»Nein, es waren keine Fingerabdrücke darauf.«

Er schnalzte mit der Zunge. »Schade um so ein hübsches Handgelenk. Ich hoffe, sie finden ihn und buchten ihn ein.«

»Wer sagt denn, dass es ein Mann war? Könnte doch ebenso gut eine Frau sein.«

Er schüttelte den Kopf. »Eine Frau, die eine Bärenfalle auslegt? Sehr unwahrscheinlich.«

»Wer weiß.«

»Na, wie auch immer.« Er klatschte in die Hände. »Seid ihr bereit für das Baseballspiel, du und Danny?«

Sie hatte vollkommen vergessen, dass sie Danny versprochen hatte, er könnte zu dem Spiel in Arlington gehen.

»Ich habe dir doch schon vor Wochen abgesagt. Ich schaffe das nicht, ich muss arbeiten.«

Crocketts Gesicht sackte in sich zusammen wie bei einem Erstklässler, dem man sagt, es gibt keinen Kuchen zum Frühstück. »Dann also nur Danny und ich?«

»Gideon übernimmt meine Eintrittskarte, wenn dir das recht ist.«

Crockett kniff die Augen und Lippen zusammen, aber dann lachte er und sagte: »Ja, klar, kein Problem.«

»Wenn es dir unangenehm ist, musst du es sagen. Als wir das so verabredet haben, wusste ich noch nichts von dem Testament.«

Crockett zuckte mit den Schultern. »Wenn Garza damit klarkommt, mir macht das nichts aus.«

»Ich komme bestens damit klar, Goodnight«, sagte Gideon.

Als Caitlyn und Crockett sich umdrehten, standen Gideon und Danny in der Tür. Danny hatte seinen Baseballhandschuh dabei und strahlte, als wäre schon wieder Weihnachten. Die Anspannung zwischen den beiden Männern war spürbar.

»Ich wollte ein bisschen früher losfahren«, sagte Crockett. »Weil ich eine Überraschung für Danny habe. Vor dem Spiel gibt es einen Workshop für Nachwuchsspieler, und da habe ich uns angemeldet.«

»Echt?« Dannys Augen leuchteten. »Crockett, du bist der Größte.« Er lief auf ihn zu und umarmte ihn.

Caitlyn sah Gideons Blick, und es tat ihr in der Seele weh. »Danny, komm mal her und hör mir zu. Ich weiß, du willst am liebsten sofort los, aber du musst mir erst noch einen Moment zuhören.«

»Yes, Ma'am.« Er seufzte theatralisch und stapfte zu ihr.

Caitlyn hockte sich hin, sodass sie auf gleicher Höhe waren. »Sonnencreme auftragen. Mütze aufziehen. Nicht zu viel Fastfood essen. Und vor allem …«

»Ja?«

»Viel Spaß.« Sie küsste ihn auf die Wange.

»Mom!« Er wischte ihren Kuss weg. »Doch nicht vor allen Leuten.«

»Bis später dann«, sagte sie zu Gideon. »Ich gehe von hier aus direkt in den Garten und komme sicher erst nach Hause, wenn es dunkel wird.«

Ihre Blicke trafen sich über Dannys Kopf. Nur zu gern hätte sie ihn zum Abschied geküsst, aber sie hatten beschlossen, sich nichts anmerken zu lassen, bis sie so weit waren, Danny die Wahrheit zu sagen. So, wie es in letzter Zeit lief, würde das nicht mehr lange dauern.

»Bis später.« Gideon zwinkerte ihr zu und folgte Crockett und Danny zur Tür hinaus.

Gideon graute vor diesem Ausflug, aber zu seiner großen Überraschung tat Crockett so, als hätten sie keine Probleme miteinander. Die meiste Zeit quasselte er Baseballzeug, ein unverfängliches Thema, wenn man davon absah, dass Gideon nach seiner langen Zeit im Ausland keinen einzigen Spieler kannte.

Danny freilich kannte sie alle. Er wusste überhaupt unheimlich viel über Baseball. Gideon hatte sich in Dannys Alter nicht so für Sport interessiert. Ihm war es viel wichtiger gewesen, Sachen auseinanderzunehmen und herauszufinden, wie sie funktionierten.

Sie brauchten mehr als eine Stunde, um nach Arlington zu fahren, einen Parkplatz zu finden und in den Ball Park hineinzugehen. Es roch nach Erdnüssen, Popcorn und Hotdogs. Danny war so aufgeregt, dass er kaum still stehen konnte. Er zappelte und kicherte und redete ohne Punkt und Komma.

Zuerst gingen sie zu dem Platz, wo der Workshop stattfand, den ein früherer Spieler der Texas Rangers leitete. Crockett ging mit Danny auf den Platz, während Gideon zurückblieb.

»Na komm!«, sagte Crockett und winkte ihm.

Aber Gideon schüttelte den Kopf. »Muss nicht sein, ich schaue euch zu.«

»Zum Teufel, du bist ein Kriegsheld! Da denkt sich doch niemand etwas dabei.«

»Nein, geht nur.« Danny war so lebhaft in Crocketts Gegenwart, so glücklich.

Wenn er mit seinem Sohn zusammen war, fühlte Gideon sich immer etwas überfordert. Er fürchtete sich nicht vor dem Vatersein, im Gegenteil, er genoss die Rolle. Und er kannte sie ja von seinem Kontakt mit den Waisenkindern in Afghanistan. Aber darum ging es nicht. Was ihm unter die Haut ging, war die entspannte Art, wie sein Halbbruder mit Danny umging. Er warf ihm einen Ball nach dem anderen zu, und Danny strahlte, wenn er sie fing.

Gideon hatte seine bessere Hand verloren. Natürlich konnte er auch mit rechts werfen, aber nicht besonders gut. Und mit der Prothese fangen konnte er überhaupt nicht.

Schlagen konnte er vergessen. Wie auch immer er es drehte und wendete, er konnte seinem Sohn nicht alles geben, was er brauchte. Crockett schon.

Hör auf mit dem Selbstmitleid. Die Stimme in seinem Kopf gehörte Moira. Britisch, rau und bestimmt.

»Gut gemacht, Danny!«, rief Crockett. Der Ball ging zwischen ihnen hin und her, sie wurden langsam warm und warteten jetzt, bis sie mit Schlagen drankamen. »Wirf ihn zurück, mit aller Kraft!«

Danny schwang den Arm zurück und warf.

Crockett fing den Ball locker auf.

»Hey, Gideon!«, rief Danny. »Hast du das gesehen?«

Die Frage holte Gideon aus seiner düsteren Stimmung. Lächelnd wandte er seine Aufmerksamkeit wieder seinem Sohn zu

Als der Workshop zu Ende war und Danny ein paar Autogramme von Spielern ergattert hatte, begaben sie sich zu ihren Plätzen. Gegner der Rangers bei diesem Eröffnungsspiel waren die Yankees, es war ausverkauft.

Alarmiert stellte Gideon fest, dass sie weit oben hinter der Home Plate saßen. Seit der ersten Bombenexplosion in Bagdad, bei der er eine Gehirnerschütterung davongetragen und für eine Weile sein Gedächtnis verloren hatte, bekam er immer wieder Gleichgewichtsstörungen, wenn er in die Höhe kam. Keine Höhenangst, eher ein unangenehmes Schwindelgefühl.

Sein Sohn sprang die Treppe hinauf und war schon ein ganzes Stück vor ihm. Gideon hatte Schwierigkeiten mit den hohen Metallstufen, zumal er auch noch die Maischips und die Limonade trug, die Danny gern haben wollte. Das Schwindelgefühl wurde immer stärker.

»Alles in Ordnung, Mann?«, fragte Crockett.

»Ja ja«, brummte Gideon.

»Du siehst nicht so richtig gut aus.«

»Nein, ist schon okay.«

»Komm, ich nehm dir das ab.« Crockett griff nach den Chips.

»Ich hab gesagt, es ist okay«, grollte Gideon.

Crockett hob beide Hände. »Ich geh ja schon, Mann!«

Verdammt, er benahm sich wie ein Esel. Natürlich mochte er Crockett nicht, aber er war wohl auch deshalb so gereizt, weil sein Halbbruder seinen Sohn auf eine Weise beeindruckte, die ihm nie gelingen würde. Er sah Crockett an. »Mir wird so weit oben leicht mal schwindelig.«

»Gideon!«, rief Danny von der obersten Reihe aus. »Ich hab unsere Plätze gefunden! Sind die nicht toll?«

»Sobald ich sitze, ist es gut«, sagte Gideon zu Crockett. »Und ja, du kannst die verdammte Limo tragen.«

»Na bitte. Ist doch gar nicht so schwer, mal um Hilfe zu bitten.«

Gerade hatte er angefangen, den Kerl ein kleines bisschen zu mögen, da sagte er schon wieder etwas, wofür er ihm am liebsten eine runtergehauen hätte.

Sobald sie saßen, konnte er den Schwindel unter Kontrolle halten. Solange er sich nicht zu sehr nach vorn lehnte, ging es sogar ganz gut. Er versuchte, sich auf das Spiel zu konzentrieren. Das Wetter war ganz ordentlich, die Chips auch, und Danny hatte einen Riesenspaß.

Im siebten Inning schunkelten Crockett und Danny mit den anderen Fans zu einem der Schlachtgesänge. Gideon blieb lieber sitzen.

Im achten Inning kam ein hoher Ball in ihre Richtung geflogen. »Fang ihn, Gideon! Fang ihn!«, schrie Danny.

Gideon wollte ihn nicht enttäuschen, stand mit erhobener Hand auf und versuchte, den Ball zu fangen, aber ihm wurde sofort wieder schwindelig, und er musste sich hinsetzen, sonst wäre er über die Sitzreihe vor ihnen gestürzt. Crockett schaffte es, den Ball für Danny zu fangen, indem er ein paar Leute zur Seite schubste.

Die Leute um sie herum flippten fast aus. Einige jubelten, andere buhten.

Schmunzelnd warf Crockett Danny den Ball zu. »Da hast du ihn.«

Sie schlugen die Fäuste aneinander.

Von einem Ohr zum anderen grinsend setzte sich Danny wieder hin. Strahlend sagte er: »Crockett ist so toll. Ich wünschte, er könnte mein Dad sein.«

Es war dunkel und still im Haus, als Caitlyn von der Arbeit im Garten heimkam. Es war schon nach neun. Die anderen Mitglieder des Gartenclubs waren auch da gewesen. Jemand – vermutlich Raylene – hatte ein paar Flaschen Wein mitgebracht, und am Ende hatten sie genauso viel getrunken wie Unkraut gejätet. Noch im Windfang kickte sie die Gartenschuhe von den Füßen und machte die Tür hinter sich zu. Im Laufe des Tages hatte sie beschlossen, Gideon zu sagen, er könne Danny jetzt erzählen, wer er wirklich war. Ursprünglich hatte sie gedacht, ein weiterer Aufschub würde alles einfacher machen, aber sie hatte sich geirrt. Also konnten sie es ebenso gut gleich machen, sich mit den Folgen auseinandersetzen und das ganze Drama hinter sich bringen. Und dann würden sie nach vorn schauen und ihre nächsten Schritte planen.

Aber wie sahen die aus, die nächsten Schritte? Sie lebten schon zusammen, eigentlich wäre es nur logisch, zu heiraten. Aber er hatte ihr nie gesagt, dass er sie liebte, und sie würde in dieser Hinsicht sicher nicht den ersten Schritt tun. Sie wusste, dass er sie liebte, sie sah es in seinen Augen, spürte es in seinen Berührungen, aber solange er es nicht sagte … War das albern gedacht? Sollte sie ihm einfach sagen, dass sie nie aufgehört hatte, ihn zu lieben? Wie würde sie dann dastehen? Bedürftig? Wollte sie das? War sie das?

Du hast zu viel Wein getrunken, Mrs Marsh.

Ob die beiden schon zu Hause waren? Am Garten waren sie jedenfalls nicht vorbeigekommen. Vielleicht hatte das Spiel lange gedauert, oder vielleicht hatte Crockett noch nicht nach Hause fahren wollen. Manchmal lief das ja so.

»Gid?«, rief sie leise.

Keine Antwort.

Sie ließ ihre Autoschlüssel auf den Küchentisch fallen und schaltete das Licht an. Das Spülbecken war leer, der Küchenschrank blitzend sauber. Gideon hatte sich gekümmert. Sie lächelte über das gute Gefühl, dass sich jemand um sie und ihr Haus kümmert.

»Gid?« Sie ging ins Wohnzimmer.

Doch das Zimmer war leer, der Fernseher ausgeschaltet. Auf dem Couchtisch lag das Programmheft des Baseballspiels zusammen mit den abgerissenen Tickets, einem Baseball mit Autogrammen und einer Texas-Ranger-Mütze in Kindergröße. Sie lächelte wieder. Offenbar hatte Danny einen schönen Tag gehabt.

Sie hatte nicht so lange wegbleiben wollen, aber sie hatte eben auch einen schönen Tag gehabt, und sie hatte einiges geschafft, trotz (oder vielleicht gerade wegen) des Weins. Sie war müde, aber auf eine gute Art. Harte Arbeit und Gemeinschaft.

Sie öffnete die Tür zu Dannys Zimmer, aber auch sein Bett war leer. Die Decke war zurückgeschlagen. Im Schlafzimmer waren die beiden auch nicht.

Allmählich wurde ihr etwas unbehaglich zu mute. Keine echte Sorge, keine Angst, aber ein leichtes Ziehen, das ihr sagte, irgendetwas war anders als sonst. Sie öffnete die Tür zum Gästezimmer und trat ein.

Gideon lag auf der Seite, Danny daneben, an seinen Bauch geschmiegt. Sie waren beide angezogen. Und sie schliefen tief und fest.

Ihr Herz tat einen Sprung, und sie musste wieder lächeln. Vater und Sohn. Sie sahen so glücklich und friedlich aus. Eine ganze Weile stand sie einfach im Dunkeln, nur das bisschen Licht aus der Küche ließ sie etwas sehen.

Die beiden atmeten im Gleichtakt. Sie sahen sich unheimlich ähnlich mit ihrem dunklen Haar, der gebräunten Haut und den absolut gleichen Nasen. Schließlich schlich sie ein paar Schritte weiter. Sie wollte Danny vom Bett heben, ohne ihn zu wecken.

Als sie sich über ihn beugte und den Arm unter seine Schulter gleiten ließ, sah sie plötzlich eine Waffe vor ihrem Gesicht. Sie wusste nicht, woher diese Waffe kam. Sie hatte nicht mal gespürt, dass Gideon sich bewegte. Die Waffe kam aus dem Nichts.

Er musste sie unter dem Kopfkissen gehabt haben, etwas

anderes konnte sie sich nicht vorstellen. Und jetzt berührte der Lauf fast ihre Nase, und ihr Herz hämmerte wie wahnsinnig. Die Knie wurden ihr weich.

»Was soll das?«, schnauzte Gideon. Er starrte sie mit leerem Blick an, die Hand fest um den Griff der Pistole geschlossen. Ein Albtraum. Er war gar nicht richtig da, er träumte irgendetwas Schreckliches.

In ihrer Brust tobte die Angst. Der Mann war nicht wach, er hatte im Schlaf die Pistole auf sie gerichtet. Sie blieb wie festgefroren stehen, aus Angst, sich zu bewegen, ihn zu irgendeiner Reaktion zu provozieren, ihn auch nur zu wecken. Schweiß tropfte ihr von der Stirn, lief über ihre Nase. So konnte sie nicht stehen bleiben, mit dieser Waffe vor ihrem Gesicht und Gideons leerem Blick, der sie total verstörte.

»Gideon«, flüsterte sie schließlich. »Wach auf, ich bin's, Caitlyn.«

»Mom?«

Himmel, jetzt war Danny auch noch aufgewacht!

»Schsch, Schatz, nicht bewegen.«

»Mom!« Seine Stimme klang ganz hoch und aufgeregt. »Warum hat Gideon eine Pistole?«

»Er schläft. Er weiß nicht, was er tut.« Sie hatte einen metallischen Geschmack im Mund. Ihre Knochen fühlten sich an wie Gummi.

»Gideon!«, sagte Danny scharf. »Aufwachen!«

Caitlyn keuchte auf und hielt die Luft an.

Gideon riss die Augen auf, starrte sie an, dann Danny, dann die Waffe in seiner Hand. Im nächsten Moment begriff er, und die Kinnlade fiel ihm herunter.

Er warf die Pistole weit weg und sprang aus dem Bett. »Es tut mir leid, es tut mir so leid, Caitlyn. So leid.«

»Sieh zu, dass diese Waffe aus meinem Haus kommt. Und zwar sofort«, befahl sie ihm und zeigte mit dem Finger auf die Pistole, die auf dem Teppich lag.

»Ich gehe. Ich gehe sofort.« Er zog sich die Schuhe an.

Danny saß auf dem Bett und schaute nervös von einem zum anderen.

»Du musst nicht gehen. Du sollst nur die Waffe aus dem Haus bringen. Warum hast du eine Waffe?«

»Ich bin Soldat, Caitlyn. Soldaten haben Waffen.«

»Aber du bist kein Soldat mehr. Du bist Schreiner und Holzkünstler. Du brauchst keine Pistole.«

Er packte die Pistole und steckte sie sich in den Hosenbund, das Gesicht tief im Schatten. Er sah genauso ausgezehrt und verzweifelt aus, wie sie sich fühlte. »Ich komme später wieder und hole meine Sachen.«

»Wohin willst du denn mitten in der Nacht?«

»Ich finde schon ein Motel, mach dir keine Sorgen.«

»Du musst wirklich nicht gehen.«

»Doch. Ich bin …« Er schluckte, sein Gesicht, das sie jetzt sehen konnte, war leichenblass. »Ich bin fassungslos, dass ich dir so etwas antun konnte.«

»Mir ist doch gar nichts passiert.«

»Nein, aber ich hätte … ich …« Ihm fehlten die Worte, sie sah es ihm an. Er war vollkommen zerrissen.

Dann drehte er sich um und ging, flüchtete hinaus in die Nacht. Nachdem die Küchentür hinter ihm ins Schloss gefallen war, hörte sie sein Motorrad starten und wegfahren.

»Mom«, sagte Danny, »was ist denn passiert?«

Sie setzte sich neben ihn, legte ihm den Arm um die Schulter und erklärte ihm so ruhig und so gut sie konnte, warum Gideon so war, wie er war.

»Ich hab Gideon gern. Kommt er wieder?«

Als sie ihrem Sohn mit einer Hand durchs Haar fuhr, fühlte sie sich mehr als elend. »Ich weiß es nicht, mein Schatz. Ich weiß es wirklich nicht.«

Caitlyn hatte das Ungeheuer in ihm gesehen und war zutiefst entsetzt gewesen. Natürlich, das war doch klar. Sie war so unschuldig, so hell, wie sollte sie mit der Finsternis in ihm zurechtkommen? Gideon machte ihr keinen Vorwurf, er verstand sie vollkommen. Es gab keinen Platz für ihn bei ihr und Danny. Keinen Platz in der zivilisierten Gesellschaft.

Am schlimmsten war der Gedanke, dass er ihr Angst gemacht hatte. Dass sie sich vor ihm fürchtete. Er war fähig zu Gewalt. Er hatte Menschen im Namen seines Landes verletzt. Es war seine Pflicht gewesen. Und er würde es wieder tun, wenn er musste. Um seine Familie zu schützen.

Aber waren die beiden denn seine Familie? Allem Anschein nach war er Dannys biologischer Vater, und die letzten paar Wochen hatte er mit Caitlyn zusammengelebt, als wären sie ein Ehepaar, aber im Grunde hatte er doch nur so getan, als wäre ein Happyend möglich.

Er hatte immer gewusst, dass er es verderben würde. Wie dumm von ihm, zu träumen, dass es anders sein könnte. Er war der, der er war. Daran konnte er nichts ändern.

Lass sie los.

Es war auch eine Sache der Ehre.

Gideon fuhr mit seinem Motorrad durch die stillen Straßen von Twilight, ohne zu wissen, wohin er eigentlich fuhr. Irgendwann stand er davor. Vor der Rocking J Ranch. Er fuhr nicht zu dem Haus, in dem Bowie lebte, sondern parkte das Motorrad am Straßenrand und starrte die Ranch an, die im Mondschein vor ihm lag.

Ein riesiges, geräumiges Haus im spanischen Stil mit Ziegeldach. Sobald das Verfahren durch war, würde er – immer vorausgesetzt, man sprach ihm die Ranch zu – sie Caitlyn überschreiben. Sie konnte sie dann behalten oder verkaufen, wie sie wollte. Er atmete tief seufzend ein, fast erleichtert über die Entscheidung, aber gleichzeitig auch zutiefst verzweifelt, dass seine dunkle Seite alles zerstört hatte.

Auf den mondhellen Weiden graste das Vieh. Geisterhafte Schatten eines Erbes, auf das er kein Recht hatte.

Er würde ins Exil gehen.

Und er war froh, dass er Caitlyn nicht gesagt hatte, wie sehr er sie liebte. Fast hätte er es ihr gesagt, während dieser zauberhaften Tage, als sie miteinander allein gewesen waren. Er wusste, er würde nie eine Frau so lieben wie sie.

Er musste fort. Es wäre egoistisch, zu bleiben, nachdem er so viel Zerstörung und Gefahr in ihr Leben gebracht hatte.

Aber was, wenn du dich doch ändern könntest? Willst du dich nicht ändern? Für die beiden? Für dich?

Doch, das wollte er. Er wollte gesund und heil sein, aber das war nicht möglich. Er hatte es versucht, und er war gescheitert.

Dann erinnerte er sich an den Abend in der Kneipe, als Hondo zu ihm gesagt hatte, er würde ihm helfen. Gideon wusste, Hondo würde ihn verstehen. Er hatte Ähnliches erlebt wie er und war irgendwie da rausgekommen. Er hatte überlebt.

Nein, er wollte hier nicht weg. Er wollte nur zu gern bleiben. Aber so, wie er war, konnte er nicht bleiben.

In seinem Herzen tobte ein neuer, unbekannter Krieg. Auf der einen Seite die Liebe, die darum kämpfte, hereingelassen zu werden. Aber wie sollte er das tun? Ein Typ, der nirgendwohin gehörte, nie irgendwohin gehört hatte? Sein einziges Zuhause waren die Green Berets gewesen, und die hatte er für immer verloren. Hier in Twilight fühlte er sich immer noch fehl am Platz. Und er wusste, das war seine eigene Schuld.

Danny und Caitlyn warteten auf ihn. Sie wollten nichts anderes, als ihn lieben, er sah es in ihren Augen, wenn sie ihn anschauten. Er sah es in Dannys eifrigem Lächeln. Dieser Junge war mehr als bereit, ihm, Gideon, eine Chance zu geben.

Er stieg wieder auf sein Motorrad und fuhr weiter. Und als er das Haus am See erreichte, stieg er ab und ging auf die Veranda. Klopfte an der Tür. Fest, sodass man ihn auch sicher hörte. Ein paar Minuten darauf ging die Tür auf, und Hondo stand vor ihm. Im Schlafanzug.

Gideon schaute ihn mit einem Ausdruck tiefster Verzweiflung an und sagte nur zwei Worte: »Hilf mir.«

Neunzehn

Gladiole – Charakterstärke

Hondo entwickelte für ihn einen ganz einfachen Plan. Kein Alkohol, was für Gideon eh kein Problem war. Viel Arbeit – das Karussell würde dafür sorgen. Beziehungen langsam angehen lassen. Ihm wurde allmählich klar, dass er und Caitlyn zu früh zu weit gegangen waren. Sie hatten sich mitten in ein Märchen gestürzt, ohne für die Wirklichkeit bereit zu sein.

»Du musst sie umwerben«, sagte Hondo zu ihm. »All die Dinge tun, für die ihr bisher keine Zeit hattet. Mach langsam. Es könnte die beste Zeit eures Lebens sein, wenn du das zulässt.«

»Zulassen kann ich das. Aber woran merke ich, dass ich bereit bin? Dass ich bereit für den nächsten Schritt bin?«

»Dein Herz wird es dir sagen. Du wirst wissen, wenn es so weit ist.«

»Das klingt ganz schön vage.«

»Hab Vertrauen. Hab einfach Vertrauen. Und wenn dich etwas beschäftigt, friss es nicht in dich rein, sondern sprich darüber. Mit anderen, die Ähnliches erlebt haben, zum Beispiel bei den *Veterans of Foreign Wars*. Dort weiß jeder, was du durchmachst. Du bist nicht allein, Gideon, wir sind für dich da. Ich und viele andere.«

Sich anderen zu öffnen, das war die größte Herausforderung. Aber es war unbedingt nötig, und gerade hier hatte er viel versäumt, das war ihm klar. Seine Waffe gab er Hondo.

Wenn er ein Leben ohne Gewalt führen wollte, dann musste es ein Leben ohne Waffen sein. Und ohne Rüstung und geschlossenes Visier.

»Vertrauen kommt nicht über Nacht«, sagte Hondo. »Das ist einfach so, du musst dir Zeit lassen.«

Er zog wieder in seine Zimmer im *Fröhlichen Engel* und verbrachte die Tage mit Arbeit am Karussell. Sonntags ging er mit Danny, Caitlyn und ihrem Vater zum Gottesdienst. Er saß mit ihnen in der Kirchenbank, sang und betete mit ihnen, und dann ging er zurück in sein Pensionszimmer und fing ganz, ganz langsam an, sich nicht mehr so schrecklich fehl am Platz zu fühlen.

Der Erinnerungsgarten wuchs und gedieh, und ebenso ging es mit der stillen neuen Verbindung zwischen ihm und Caitlyn. Einer Verbindung, die in der Gegenwart entstand und nichts mehr zu tun hatte mit den Gespenstern ihrer Vergangenheit.

Ein Monat verging. Im Garten blühten die Blumen, die Kräuter grünten, Gemüse und Obst wuchsen – und er restaurierte die Karusselltiere. Und in der ganzen Zeit hatte er nicht einen einzigen Albtraum.

Da wurde ihm klar, dass er jetzt wirklich auf dem Wege der Besserung war.

Caitlyn vermisste Gideon mehr, als sie mit Worten ausdrücken konnte, aber sie verstand, was er tat und warum er es tat. Und sie bewunderte ihn umso mehr, weil er den Mut gehabt hatte, in Twilight zu bleiben und sich seinen Dämonen zu stellen. Außerdem sah sie ihn jeden Tag vom Fenster ihres Ladens aus, wie er an dem Karussell arbeitete. Abends nahm sie Danny mit in den Garten, und sie arbeiteten zusammen mit Freunden und Nachbarn. Die ganze Gemeinde baute an dem romantischsten Garten von ganz Texas mit.

Eines Tages Anfang Mai, kurz vor dem Frühlingsfest, kam Caitlyn vom Einkaufen zurück und spürte, dass etwas nicht stimmte. Ihr standen die Nackenhaare zu Berge, als sie in die Einfahrt fuhr. Danny spielte auf dem Rücksitz mit seinem Nintendo. Sie schaltete den Motor ab und stieg aus, ließ den Blick über ihr Grundstück schweifen und fragte sich, was ihre Instinkte so alarmiert hatte.

Dann sah sie, dass die Tür zum Hühnergehege offen stand, und ihr Herz schlug einen Salto. »Bleib im Auto«, sagte sie zu Danny und lief los.

Die Hühner waren nirgendwo zu sehen, aber über dem Freilauf hörte sie den Ruf eines Raubvogels.

»Chicks, chicks!«, rief sie. Ihr Magen zog sich zusammen. »Chicks, chicks!«

Aber sie kamen nicht angelaufen, wie sie es sonst immer taten. Nur der Raubvogel zog weiter seine Kreise über ihrem Hof.

Sie drohte ihm mit der Faust. »Du Mistvieh, wenn du meinen Hühnern was getan hast!«

»Was ist denn, Mom?« Danny stand neben ihr und sah sie besorgt an.

»Hast du die Tür zum Hühnergehege aufgemacht?«

Feierlich schüttelte er den Kopf.

Aber wer konnte es dann gewesen sein? Das ungute Gefühl, das sofort nach ihr gegriffen hatte, als sie in die Einfahrt gefahren war, ließ einfach nicht nach. »Danny, schnell, lauf zu Dr. Sam und frag, ob wir Patches ausborgen können. Die Hühner haben sich bestimmt vor den Raubvögeln versteckt.«

»Okay.« Er steckte den Gameboy in die Hosentasche und lief los. Sam, Emma und Charlie wohnten eine Straße weiter, und ihr Border Collie Patches hatte mit seiner ausgezeichneten Fähigkeit zum Hüten schon viele Preise gewonnen. Er würde die Hühner im null Komma nichts finden.

Wenn es noch etwas zu finden gab.

Sie hatte einen Kloß im Hals. Vielleicht klang es albern, aber sie liebte ihre Hühner, und es tat ihr weh, wenn ihnen etwas passierte. Sie dachte an die drei kleinen Buff Orpingtons, die sie letzten Herbst tot aufgefunden hatte, kaum mehr als ein Haufen Federn, nachdem der Sperber sie erwischt hatte. Das war kurz nach Kevins Tod gewesen und hatte sie deshalb umso mehr verstört.

Sie ging in den Garten und rief weiter nach den Hühnern. Vielleicht hatten sie sich ja über ihre Erdbeeren hergemacht? Aber all ihr Rufen blieb vergeblich.

Die Raubvögel kreisten weiter über ihr, als wollten sie sich über sie lustig machen. Wütend und verängstigt zugleich stemmte sie die Hände in die Hüften. »Ihr habt echt Glück, dass man euch nicht abschießen darf.«

Nur die Schreie der Vögel waren zu hören.

Die Natur konnte so grausam sein. Caitlyn ging am Geißblatt-Gestrüpp vorbei, das außen am Zaun des Hühnergeheges wuchs. Dort hörte sie auf einmal ein Rascheln. Erleichtert atmete sie auf. »Chick, chick. Chick,chick.« Sie schnalzte mit der Zunge.

Ein mutiges Buff-Hühnchen steckte den Kopf heraus, und Caitlyn hüpfte erleichtert in die Höhe. Sie dachte daran, Futter zu holen, um die Hühner zurück ins Gehege zu locken, aber solange die Sperber kreisten, wollte sie sie nicht ohne

Schutz lassen. Sie musste warten, bis Danny mit Patches zurückkam. Die Raubvögel würden sich nicht heranwagen, wenn sie zu dritt das Geflügel beschützten.

Minuten später kam Danny zurück, nicht nur mit Patches, sondern auch mit Dr. Sam Cheek.

»Was höre ich da, die Sperber machen dir Angst?«, sagte Sam.

»Na, den Hühnern mehr als mir.«

»Patches findet sie gleich«, versicherte er ihr.

»Oh, vielen Dank!«

Sam blies auf seiner Hundepfeife, die nur der Border Collie hören konnte, und der Hund machte sich sofort an die Arbeit. Er lief am Zaun entlang, die Nase am Boden, hoch konzentriert. Als er zum Geißblatt kam, bewegte sich etwas, und schon rannten die Hühner los in Richtung Freilauf. Als Caitlyn hinterherkam, waren alle Hühner drin und Patches schaute Sam an, als wollte er sagen: *Das war's schon? Mehr Arbeit hast du nicht für mich?*

Caitlyn zählte schnell durch und stellte fest, dass noch ein Huhn fehlte. Das eine, das immer ein wenig herausstach. Ihre Faverolles-Henne.

»Collette ist nicht dabei.« Sie versuchte, nicht gar so panisch zu klingen, aber im gleichen Moment spürte sie schon, wie ihr die Tränen kamen. *Bitte, nicht Collette.* Die Buffies waren aus dem Tierheim, aber Collette hatte sie von Anfang an selbst großgezogen. Sie erinnerte sich noch an das winzige Küken, das gerade geschlüpft war und in ihre Hand passte.

»Nicht Collette«, flüsterte sie.

Sam legte ihr eine Hand auf den Arm. »Reg dich nicht auf«, sagte er. Und zu seinem Hund: »Patches, such das Huhn.«

Patches machte sich wieder auf den Weg in das Geißblatt-Gestrüpp, schnüffelte und suchte, und dann setzte er sich und bellte scharf.

Caitlyn schaute Sam an, der genauso besorgt wirkte wie sie. Sie wollte nicht, dass Danny es sah. »Danny, könntest du bitte schon mal die Einkäufe aus dem Auto holen und in die Küche bringen?«

»Was ist mit Collette?«

»Dr. Sam und ich finden sie. Auf geht's.«

Danny sah sie zögernd an, aber dann trabte er los. Sobald er außer Sicht war, kniete Caitlyn sich neben Patches und schob die Ranken zur Seite. Als sie das Blut sah, setzte ihr Herz einen Schlag aus, und sie spürte, wie ihr übel wurde. Natürlich, es war nur ein Huhn, aber sie kam gegen ihre Gefühle nicht an. Gegen dieses heftige Gefühl von Verlust. Verdammt noch mal, sie hatte in ihrem Leben schon so viel verloren! Warum denn jetzt auch noch Collette?

Vorsichtig zog sie das Huhn aus dem Gestrüpp. Collettes Körper war noch warm.

Dann spürte sie eine Bewegung.

Collette war nicht tot!

Mach dir nicht zu viel Hoffnung, sie könnte lebensgefährlich verletzt sein. Der Gedanke war fast noch schlimmer. Sie wollte nicht, dass Collette leiden musste.

Und immer noch schrien die Sperber, als wollten sie sich über sie lustig machen. Mistviecher!

Sam streckte die Hand aus und nahm ihr Collette ab. Das Huhn öffnete die Augen und blinzelte sie an.

Vorsichtig betastete der Tierarzt Collettes Körper. »Ein Raubvogel hat sie erwischt, keine Frage. Ein großer Teil ihrer

Schwanzfedern ist weg, und sie blutet, aber irgendwie muss sie es geschafft haben, ihm zu entkommen und sich im Dickicht zu verstecken, bevor noch mehr passierte. Allerdings geraten Hühner sehr leicht in einen Schockzustand.«

Während er noch sprach, schüttelte Collette den Kopf und schlug mit den Flügeln.

Caitlyn spürte, wie Freude und Hoffnung in ihr aufstiegen.

»Ich nehme sie mit in die Praxis und behalte sie ein paar Stunden da, bis ich weiß, dass sie okay ist.«

»Danke«, flüsterte Caitlyn. »Vielen Dank, Sam.«

»Kein Problem.« Sam nahm Collette sanft in den Arm, pfiff Patches und ging die Straße hinunter.

Als er gerade weg war und Caitlyn das Törchen des Freilaufs schloss, kam Gideon auf seinem Motorrad angefahren. Er schaltete den Motor aus, nahm den Helm ab und kam auf sie zu, während sie immer noch dastand, mit der Schulter an den Zaun gelehnt.

»Was ist denn los?«, fragte er mit einer Stimme voller Sorge.

Sie deutete zum Himmel, aber die Raubvögel waren verschwunden. Offenbar hatten sie begriffen, dass ihre mörderischen Pläne abgewehrt worden waren. »Ein Sperber hat sich Collette geschnappt.«

»Deine Lieblingshenne.«

Caitlyn nickte und spürte, wie ihr schon wieder die Tränen kamen.

»Aber wie kann das sein? Das Gehege ist doch gut gebaut.«

»Als Danny und ich vom Einkaufen kamen, stand die Tür offen.«

»Kann es sein, dass du sie heute früh nach dem Füttern offen gelassen hast?«

»Auf keinen Fall.«

»Und Danny?«

»Er sagt, er war nicht an der Tür.« Sie schaute ihm in die Augen.

Er schaute sich das Törchen und das Schloss an. Außer dem normalen Schnappschloss gab es noch drei Holzriegel, weil die Waschbären unglaublich geschickt mit Schlössen waren. Und es gab sehr viele Waschbären in dieser Gegend unweit des Sees.

»Das ist nicht aus Versehen aufgegangen«, sagte er.

»Nein«, stimmte sie ihm zu.

»Da war jemand dran.«

»So sieht es aus.«

»Aber wer?«

»Das ist die Vierundsechzigtausend-Dollar-Frage.«

Gideon presste die Lippen zusammen und runzelte die Stirn. Sie wusste, was er dachte.

»Bowie Goodnight«, sagte sie. Und er widersprach ihr nicht.

Collette erholte sich vollständig, und am Wochenende war Frühlingsfest. Ein warmer, sonniger Samstag dämmerte herauf, aber es würde nicht so unerträglich heiß werden, wie es im Mai oft schon sein konnte.

Caitlyn stand auf und machte Frühstück für Danny und sich: Porridge mit Bananen und Walnüssen, etwas Solides als Grundlage für all die Süßigkeiten und das Fastfood, die dieser Tag bringen würde. Zuckerwatte und Krapfen, Brathähnchen und Steak am Stiel, Maiskolben und Hotdogs.

Sie duschte, während Danny die Hühner fütterte und die

Eier einsammelte. Vielleicht – hoffentlich! – würde Gideon zu dem Fest kommen. Er hatte gesagt, er würde kommen, und sie wollte hübsch aussehen, falls er es tat. Nachdem sie verschiedene Kleider ausprobiert hatte, entschied sie sich für ein hellgrünes mit Gladiolenmuster, einem eng anliegenden Mieder und einem weiten Rock.

Seit Kevins Tod hatte sie ein bisschen abgenommen, sodass das Oberteil ein bisschen locker saß, aber der Ausschnitt zeigte gerade so viel, wie ihr angenehm war. Zu dem Kleid zog sie Espadrilles an, die Haare fasste sie zu einem lockeren Pferdeschwanz zusammen. Dann noch ein bisschen Rouge, Lipgloss und Wimperntusche.

Gemeinsam mit Danny spazierte sie zum Stadtplatz, wo das Fest schon in vollem Gange war. Danny war sehr aufgeregt. »Wow, Mom, schau mal, die malen Gesichter an. Darf ich mir Spider Man aufs Gesicht malen lassen?«

»Bist du sicher, dass du den ganzen Tag so rumlaufen willst?«

»Sicher!« Er nickte.

»Na dann.« Sie gab ihm fünf Dollar, und er flitzte los, um sich in einen Superhelden verwandeln zu lassen.

»Schön siehst du aus.«

Als sie sich umdrehte, stand Gideon hinter ihr. Und Himmel, er sah selbst verdammt gut aus. Sogar die Haare hatte er sich schneiden lassen, sie standen ausnahmsweise mal nicht in alle Richtungen.

Sein Blick liebkoste sie, glitt von ihren Augen zu ihrem Mund und dann ganz kurz in ihren Ausschnitt, bevor sie sich wieder ansahen. Caitlyn musste lächeln, und das merkte er natürlich.

»Schönes Kleid.«

»Danke.« Sie neigte den Kopf, weil sie spürte, dass sie rot wurde, wie damals, als er sie zum ersten Mal um eine Verabredung gebeten hatte. Das war bei einem Straßenfest gewesen, sehr ähnlich dem an diesem Tag. In Twilight fanden ja ständig irgendwelche Feste statt, jeden Monat gab es ein anderes Ereignis, das Touristen in die Stadt locken sollte.

Sie wusste, dass er sich redlich bemühte, sich normal zu benehmen, aber sie fragte sich trotzdem, was für ihn normal war. Es war sicher nicht leicht, von der angespannten, hektischen Situation im Mittleren Osten in diese gemütliche Kleinstadt zu kommen und dort einen Samstagsspaziergang zu machen. Sie hatte schon von Veteranen gehört, die sich so sehr an Gefahr und Action gewöhnt hatten, dass es ihnen schwerfiel, sich überhaupt wieder an ein normales Leben anzupassen. Alles war ihnen zu langsam, zu gleichmäßig, zu routiniert. Sie waren darauf konditioniert, ein Leben auf Messers Schneide zu führen, da musste eine Durchschnittsexistenz ja langweilig sein. War er deshalb nach seiner Verwundung in Afghanistan geblieben? War er deshalb nie nach Hause gekommen?

Er ist nicht nach Hause gekommen, weil er dachte, du willst ihn nicht mehr.

Sie biss sich auf die Unterlippe, um die Traurigkeit abzuwehren, die über sie hinwegschwappte. Was für ein hässlicher Gedanke, er in einem fremden Land, verwundet und allein und in dem Glauben, sie hätte ihn verraten. Während sie hier saß und dachte, er wäre tot. So viel Kummer!

Aber der Kummer war vorbei, und all ihr Bedauern würde

an der Vergangenheit nichts ändern. Da war es doch viel besser, den Augenblick zu genießen. Etwas anderes hatten sie doch nicht.

Sie standen zusammen und beobachteten, wie ihr Sohn rot und blau geschminkt wurde. Ihr Sohn. Sie konnten eine Familie werden. Reine, unverfälschte Sehnsucht fuhr wie ein Pfeil durch ihr Herz. Genau das wünschte sie sich, mehr als alles andere in der Welt. Sie legte ihren Arm um Gideons Taille.

»Ein toller Junge«, sagte Gideon. »Den hast du wirklich gut hingekriegt.«

»Danke.«

Mehr sagte er nicht. Er war noch nie ein Mann der vielen Worte gewesen. Und sie war ja auch keine Plaudertasche. In der Vergangenheit hatten sie oft ein einträchtiges Schweigen genossen. Aber dieses Schweigen hier war nicht einträchtig. Er mauerte immer noch, baute Grenzen auf, die sie nicht überschreiten konnte. Sie hätte nicht einmal gewusst, wie. Was würde sie tun müssen, um zu einem Durchbruch zu kommen?

Ein unglücklicher Gedanke. Sie befeuchtete ihre Lippen. Was auch immer zwischen ihnen passierte, er war und blieb Dannys Vater. Selbst wenn sie nicht wieder zueinanderfinden konnten, wenn sie die Lockerheit ihrer Jugend nicht wiederherstellen konnten, sie hatten ein gemeinsames Kind, daran würde sich nichts ändern.

»Sieht so aus, als würde die Schminkerei noch eine Weile dauern«, sagte Gideon. »Magst du was trinken?«

»Eine Limonade wäre schön.«

»Dann gibt es Limonade.«

Er ging zu dem Stand, wo hausgemachte Limonade verkauft wurde, und brachte zwei Gläser mit zurück. »Willst du dich hinsetzen?« Er deutete mit dem Kinn auf eine freie schmiedeeiserne Bank auf dem Rasen vor dem Gerichtsgebäude.

»Gern.«

Sie saßen da, tranken Limonade und lauschten dem Gesumm der vielen Stimmen. Die Leute kauften Basteleien, spielten, aßen Süßigkeiten. Ein perfekter Vormittag. Sie hätte absolut glücklich sein müssen, aber so einfach war das nicht. Die Sonne, die durch die Ulmen spitzte, wärmte ihre Wangen. In der Nähe sang eine Spottdrossel ein Medley aus geklauten Vogelstimmen.

Auf der anderen Straßenseite lag der Erinnerungsgarten. Sie hatten den Eingang mit Brettern versperrt, um Schaulustige davon abzuhalten, hineinzugehen und die zarten Pflänzchen zu zertrampeln. Caitlyn spürte, wie ihre Gedanken in Richtung Pflanzenpflege abdrifteten.

Jetzt war das Schweigen zwischen ihnen nicht mehr unbehaglich. Sie fühlte mehr als dass sie sah, wie Gideons Schultern sich entspannten. Auch sein Atem ging langsamer. Gut. Sehr gut.

»Caitlyn!« Terri Longoria rief ihren Namen und holte sie aus den Tagträumen.

»Ja?«

»Wir brauchen dringend deine Hilfe.«

»Was ist denn los?«

»Missy Ivey hatte sich für die Kussbude eingetragen, für die Stunde von elf bis zwölf, und jetzt taucht sie auf und hat Herpes. Kannst du dir das vorstellen?«

»Typisch Missy.«

»Könntest du sie vertreten?«

»Äh … Gideon und ich wollten eigentlich mit Danny einen Ausflug machen.« Sie wollte wirklich nichts weniger, als eine Stunde in dieser Bude sitzen. Ausgerechnet die Kussbude! Der einzige Mensch, den sie küssen wollte, war der Mann neben ihr.

»Ist doch nur für eine Stunde. Wir brauchen ja jemanden, der jung und attraktiv ist. Ich kann da nicht eine x-beliebige Frau reinsetzen.«

»Küsse verschenken ist aber überhaupt nicht mein Ding.«

»Du verschenkst sie ja nicht. Ein Dollar für Küsse auf die Wangen, zwei Dollar auf den Mund, keine Zungenküsse. Du kannst auch sagen, du lässt nur Wangenküsse zu.« Terri faltete flehend die Hände. »Bitte, bitte! Das Geld ist für einen guten Zweck, für benachteiligte Kinder.«

Warum musste sie das sagen? »Terri …«

»Bitte!« Terri wandte sich an Gideon. »Dir macht das doch nichts aus, oder?«

»Ich habe da gar nichts zu sagen. Caitlyn hat einen eigenen Kopf.«

Caitlyn seufzte. Sie fand es gut, dass er nicht über sie bestimmen wollte, aber in diesem Fall wäre es ihr lieber gewesen, er hätte Terri gesagt, dass es ihm sehr wohl etwas ausmachte. Noch ein Seufzer. »Na gut.«

Terri fiel ihr um den Hals. »Du rettest mir das Leben.«

»Vielen Dank für die Unterstützung!«, neckte Caitlyn Gideon, als sie aufstand, um Terri zu der Bude zu folgen.

»Hey, du bist ein großes Mädchen.«

Sobald sie sich gesetzt hatte, stellten sich zwei alte Knaben aus dem Altenheim an. Sie bezahlten je einen Dollar, und sie hielt ihnen die Wange hin. Sie küssten sie und zogen von dannen, wobei sie sich wilde Geschichten über den Kuss erzählten. Sie verdrehte die Augen und wandte sich dem nächsten in der Schlange zu.

Gideon. Mit einem Hundert-Dollar-Schein in der Hand.

»Was hast du denn vor?«

»Ich habe festgestellt, dass mir die nötige Reife fehlt, zuzusehen, wenn andere Männer dich küssen. Selbst wenn es zwei Tattergreise sind, die schon von Glück sagen können, dass sie noch ein paar Zähne im Mund haben.«

»Wo ist Danny?«

Gideon zeigte auf die Budenstraße am anderen Ende des Platzes. »Bei den Spielen.«

»Normalerweise lasse ich ihn nicht allein losziehen.«

»Er ist fast acht, lass ihn ein bisschen die Flügel ausbreiten, du Glucke.«

»Ehrlich, es wäre mir lieber, wenn du bei ihm wärst.«

»Wir können ihn doch von hier aus sehen.«

»Und eine Sekunde später könnte er verschwunden sein.«

»Wir sind in Twilight, was soll denn hier passieren? Jeder kennt ihn, und er kennt jeden. Das hier ist ein sicherer Ort, Caitlyn.«

Vom Kopf her wusste sie das, aber sie konnte die Sorgen nicht einfach abstellen.

Gideon rieb mit dem Daumen über den Hundert-Dollar-Schein. »Hey, ich bin ein zahlungskräftiger Kunde«, sagte er.

»Ich habe aber nicht so viel Wechselgeld.«

»Ich will ja auch keins.«

»Du kaufst mir Küsse für hundert Dollar ab?«

»Genau. Und damit wir uns richtig verstehen, ich bin absolut nicht interessiert an Wangenküssen.«

»Aber etwas anderes habe ich nicht anzubieten?«

»Keine Ausnahmen?«

»Keine«, flirtete sie. »Es wäre doch unfair den anderen gegenüber, wenn du mich auf den Mund küsst, während alle anderen nicht dürfen.«

»Na gut«, murmelte er und senkte die Lider. »Und wie sieht es mit anderen Küssen aus?«

»Zum Beispiel?«

»Wie viel kosten zum Beispiel Schmetterlingsküsse?«

»Was ist das denn?«

»Kennst du keine Schmetterlingsküsse?«

»Nein.«

Er schüttelte den Kopf. »Was für ein trauriges Leben.«

»Ich hab halt immer hier in meinem Kokon gelebt.«

»Der Schmetterling ist also noch nicht geschlüpft.«

»Genau.«

»Wie wäre es, wenn ich dir eine Vorschau auf das Leben außerhalb des Kokons gewähren würde, Madame Butterfly?«

»Indem du mir einen Schmetterlingskuss gibst?«

»So sieht's aus.«

»Und welchen Preis kann ich dafür verlangen?«

»Tja«, sagte er. »Ein Schmetterlingskuss ist inniger als ein Wangenkuss, aber nicht so persönlich wie ein Kuss auf den Mund. Sagen wir, einen Dollar fünfzig.«

»Sagen wir, du erklärst mir erst mal, wie so ein Schmetterlingskuss vor sich geht.«

»Hast du denn gar kein Vertrauen zu mir?«

»Nimm's nicht persönlich, ich habe zu fast niemandem Vertrauen.«

»Das ist das Risiko, wenn man als reiches Mädchen geboren und erzogen wird. Du nimmst automatisch an, die Leute mögen dich nur wegen deines Geldes. Oder?«

Sie fuhr innerlich zusammen. Hatte er recht? War sie deshalb so vorsichtig?

»Du musst einfach Vertrauen haben, sonst wird das nichts.«

»Oder ich passe und küsse einfach den nächsten in der Reihe. Über seine Schulter hinweg sah sie schon wieder einen aus der geriatrischen Abteilung.

»Oder du vertraust mir doch«, grinste er.

»Also gut, einen Schmetterlingskuss.« Sie beugte sich nach vorn und hielt sich an dem Brett fest, das die provisorische Theke darstellte.

Gideon lehnte sich an sie. Er roch so gut! Nach Muskat und Sandelholzseife. Sein Gesicht war ihrem so nah, und seine Lippen berührten sie fast.

Sie atmete heftig, als er seine Stirn gegen ihre drückte, ihr in die Augen sah und dann blinzelte. Seine Wimpern liebkosten ihre Haut. Er blinzelten noch ein paar Mal ganz schnell, und jedes Mal, wenn seine Wimpern über ihre Haut glitten, vibrierte ihre Stirn vor Wohlbehagen. Es war ein irrsinnig erotisches Gefühl, so albern das auch klang.

»Das«, sagte er heiser, »war ein Schmetterlingskuss.«

»Wo hast du das denn gelernt?«

»Bei meiner Mom.«

Was für eine erstaunlich intime Geste. Er blinzelte nicht mehr, schaute ihr nur tief in die Augen, ohne sich zu bewegen.

Er stand einfach ganz still, als könnte er, wenn er nur lange genug blieb, die Antwort auf alle Fragen finden.

»Okay«, sagte sie atemlos und ein wenig fassungslos.

»Dann«, bemerkte er sehr lässig, »gäbe es da noch die Eskimoküsse. Ich weiß, der Begriff ist politisch nicht korrekt, aber ich weiß nicht, wie ich sie sonst nennen soll.«

»Die kenne ich.«

»Und wie viel kosten die?«

»Sagen wir, einen Dollar fünfzig, wie die Schmetterlingsküsse«, schlug sie vor.

»Klingt fair.« Langsam, sanft, ihre Gesichter weniger als einen Atemzug voneinander entfernt, rieb er mit seiner Nase über ihre.

Caitlyn erwiderte das Reiben. Es war ein unglaubliches Gefühl. Und es fing an, ihr Spaß zu machen, alle möglichen Küsse auszuprobieren.

»Dann sollten wir die Engelküsse nicht vergessen.«

»Woher hast du das alles?«

»Ich sagte doch schon, von meiner Mom. Sie war eine sehr zärtliche Frau.«

»Gut. Was ist ein Engelkuss?«

»Mach die Augen zu.«

»Gideon ...«

»Vertrau mir.«

Sie atmete aus und schloss die Augen. Sobald sie nichts mehr sah, wurden ihre übrigen Sinne schärfer. Sie hörte, wie der Verkäufer in der Nachbarbude Eis aus dem Behälter löffelte, sie roch Zuckerwatte im Wind und spürte das Holzbrett unter ihren Handflächen.

Und den Druck von Gideons Lippen, als er ganz leicht erst

das eine Augenlid küsste, dann das andere. »Engelküsse«, murmelte er.

Sie öffnete die Augen und ertappte sich dabei, dass sie flüsterte. »Was noch?«

»Ohrläppchenküsse.«

»Einen Dollar pro Ohrläppchen.«

»Hey!«, protestierte der Kunde hinter Gideon. »Jetzt ist aber mal Schluss mit der Knutscherei.«

Gideon hielt seinen Hundertdollarschein hoch.

»Ach, zum Teufel«, sagte der Alte und ging weg.

»Wo waren wir stehen geblieben?«, fragte Gideon.

»Bei Ohrläppchenküssen«, sagte Caitlyn, die das Spiel mehr und mehr genoss und ihren Kopf schon drehte, damit er ihr Ohrläppchen besser erreichte.

»Gut, dass du einen Pferdeschwanz trägst.«

»Sehr gut.«

Dann spürte sie seinen heißen Mund auf ihrem Ohrläppchen. Er nahm es zwischen die Zähne und saugte sanft daran.

Das Gefühl schoss wie ein Blitz direkt in ihren Bauch. Mitten auf dem Stadtplatz, am hellen Mittag, umgeben von Touristen, wurde sie auf einmal richtig scharf. So scharf, wie sie nicht mehr gewesen war, seit … seit er das letzte Mal an ihrem Ohrläppchen gesaugt hatte.

Das hier war keine gute Idee. Und keine kluge, so viel war klar. Sie spürte, wie feucht und heiß sie geworden war. Sie zog sich zurück, räusperte sich und senkte den Blick. »Genug damit. Keine Ohrläppchenküsse mehr.«

»Aber ich durfte erst ein Ohrläppchen küssen«, protestierte er. »Und ich habe noch jede Menge Geld übrig.«

Sie drehte ihm ihre Wange hin. »Du kannst so viele Wangenküsse haben, wie du willst.«

»Einen traditionellen.« Er glitt mit den Lippen über ihre Wange. »Und einen besonderen.«

»Was …«

Aber da küsste er sie schon zum zweiten Mal auf die Wange und flüsterte ihr dazu ins Ohr: »Ich will dich an hundert verschiedenen Stellen küssen.«

Sie fuhr zurück und wurde feuerrot.

»Gideon!«

»Ich hätte etwas viel Unartigeres sagen können.«

Sie nahm ihm den Schein aus der Hand. »Der Rest ist Spende.«

»Aber nur, wenn du mir hilfst.«

»Nämlich womit?«

»Ich habe mich auf das Memorial-Day-Picknick der Veteranen eingelassen und brauche eine Begleitung. Bitte, lass mich nicht hängen«, sagte er.

»Ich muss sehen, ob ich einen Babysitter finde.«

»Du könntest den Richter fragen.«

»Ehrlich gesagt, ist das gar nicht so mein Ding. Ich bin ein furchtbarer Stubenhocker.«

»Mein Ding ist es auch nicht, aber was soll's? Wenn wir zusammen hingehen, ist es unser gemeinsames Nicht-Ding.«

»Warum gehst du denn überhaupt?«

Er hob seinen linken Arm an. »Weil ich offenbar der Kriegsheld des Tages bin, den sie ehren wollen.«

»Und wie fühlst du dich dabei?«

»Es gefällt mir überhaupt nicht. Ich halte mich nicht für einen Helden. Ich habe nur meinen Job erledigt. Aber es sieht so aus, als würde es alle anderen glücklich machen.«

»Und du willst hingehen?«

»Ich will endlich mal wieder mit dir ausgehen.«

Sie sah ihm in die Augen. »Das kannst du auch haben, ohne mich zu einem Veteranenpicknick zu schleppen.«

»Aber ich habe schon zugesagt. Und jetzt brauche ich eine Begleitung, verstehst du?«

»Ich denke darüber nach.«

»Lass mich nicht hängen.«

»Mach, dass du weiterkommst, du hältst hier den ganzen Betrieb auf.«

»Ich habe das so gesagt, wie ich es meine, mit den Küssen an hundert verschiedenen Stellen, wenn dir das die Entscheidung erleichtert.« Er schaute ihr noch einmal sehr lange in die Augen, dann drehte er sich um und spazierte davon. Und Caitlyn stand da, sehr erhitzt und sehr verwirrt.

Zwanzig

Rosa und weiße Rosen – ich liebe dich immer noch und werde dich immer lieben

Als die Menge ihn mit »For He's a Jolly Good Fellow« begrüßte, war Gideon drauf und dran, auf dem Absatz umzudrehen und wegzulaufen.

Sie waren tatsächlich zum Veteranenpicknick am Memorial Day gegangen. Es roch nach Bier, Zigarren und Barbecuesauce. An der Stirnwand des holzgetäfelten Raums hing ein Transparent: »Gideon Garza – Held unserer Stadt«. Und auf dem Büffet stand ein Blechkuchen mit einer Aufschrift aus Zuckerguss: »Wir lieben dich, Gideon!«

Die ganze Aufmerksamkeit war ihm höchst unangenehm. Nicht nur, weil er sich nicht als Held fühlte, sondern weil in diesem Saal drei Dutzend Männer saßen, die die Anerkennung mindestens so sehr verdient hatten wie er.

Einige Leute kamen zu ihm, um ihm die Hand zu schütteln oder ihm auf die Schulter zu klopfen. Hier und da bedankte sich jemand, weil er seinem Land gedient hatte. Als hätte er eine Wahl gehabt. Richter Blackthorne und J. Foster hatten schon dafür gesorgt, dass ihm nur die Army blieb. Er ließ den Blick durch den Saal schweifen und suchte Caitlyn, fand sie aber nirgends.

»Nimm dir einen Teller und komm nach draußen. Wir haben uns einen schönen Picknicktisch unter einem Pecanbaum gesichert, mit Blick auf den See.« Hondo deutete auf das Büffet und dann auf die Tür, die nach draußen führte.

Obwohl er sich immer noch komisch fühlte, beschloss Gideon, das Beste aus der Situation zu machen, packte sich den Teller mit geräucherter Rinderbrust und Coleslaw, Kartoffelsalat und gebackenen Bohnen, einem Brötchen und Apfelmus voll und folgte Hondo nach draußen.

Er hatte sich kaum hingesetzt, als Hondo auch schon fragte: »Wie läuft es zwischen dir und Caitlyn?«

»Äh, gut.« Er schnitt die Rinderbrust in kleine Stücke.

»Junger Mann!« Ein älterer Herr mit Pearl-Harbor-Mütze und Rollator war an ihren Tisch getreten. Er hatte silbergraues Haar und blassblaue Augen und sprach mit dem singenden Akzent des östlichen Texas. »Mein Name ist Mort Gilchrest, und ich wollte Ihnen gern die Hand schütteln, um Ihnen für Ihren Dienst an unserem Land zu danken.«

Gideon biss die Zähne zusammen. Der wahre Held war doch dieser alte Mann! Von den Überlebenden des Angriffs auf Pearl Harbor waren nicht mehr viele übrig. Er schüttelte Morts Hand, dann salutierte er vor ihm. »Es ist mir eine große Freude, Sie kennen zu lernen, Sir. Und ich danke Ihnen für *Ihren* Dienst.«

Der alte Mann warf einen kurzen Blick auf Gideons künstliche Hand. »Hab gehört, was Ihnen da drüben passiert ist. Tut mir wirklich leid.«

Gideon zog die Schultern hoch. »Mit so was muss man leider rechnen.«

»Wohl wahr«, stimmte Hondo zu.

Ein kurzes Schweigen breitete sich zwischen ihnen aus. Drei Soldaten, die für die Freiheit gekämpft und viel verloren hatten.

Zivilisten würden das nie ganz verstehen. Genau deshalb gab es ja die *Veterans of Foreign Wars,* damit man Menschen fand, mit denen man reden konnte, weil sie eine Meile in den gleichen Stiefeln marschiert waren. Für Gideon war es ein Segen, hier zu sein und Geschichten zu hören und zu erzählen. Seitdem fühlte er sich nicht mehr so allein, und die Albträume hatten aufgehört.

»Ich wollte Ihnen nur sagen, dass wir so etwas nicht für selbstverständlich halten«, sagte Mort noch und ging dann langsam weiter.

Hondos Augen leuchteten auf, und als Gideon sich umdrehte, um seinem Blick zu folgen, kam Patsy Cross durch die Tür, einen Teller in der Hand. Sobald sie Hondo entdeckte, zog ein Lächeln über ihr Gesicht. Sie kam zu ihnen herüber, und Hondo rutschte ein Stück, damit sie bei ihm auf der Bank sitzen konnte.

»Kaum zu glauben, dass übermorgen schon die Preisrichter wegen des Erinnerungsgartens kommen. Es gibt noch so viel zu tun! Nach dem Picknick fahre ich wieder rüber, um weiter mitzuarbeiten.«

»Ich auch«, sagte Hondo.

»Ich glaube ja, dass wir gewinnen.« Patsy lächelte.

»Red nicht von ungelegten Eiern«, warnte Hondo.

»Du kannst leider gar nichts dazu sagen, Hondo Crouch, denn du bist wirklich alles andere als ein Romantiker.«

»Letzte Nacht hast du noch ganz anders geredet«, murmelte Hondo und kniff sie in die Seite.

»Pst, alter Bock, das ist Gideon doch peinlich.«

Gideon spülte den letzten Bissen Rinderbrust mit einem Schluck Limonade herunter und wünschte sich sehnlich, Caitlyn wäre da.

In dem Moment hatte Hondo sie entdeckt. Patsy winkte mit beiden Armen. »Caitlyn! Juhu! Hier!«

Gideon warf einen Blick über die Schulter und umarmte Caitlyn mit seinen Augen. Sie hatte ihre hellen Haare hochgesteckt und sah himmlisch aus. Ihre Wangen waren rosig, als wäre sie gerannt, und sie trug ein gelbes Shirt und eine einfache weiße Baumwollbluse, sodass sie ein wenig aussah wie ein Gänseblümchen. »Sie liebt mich, sie liebt mich nicht ...«

Sofort fühlte er sich wieder wie damals, als er sie in der Highschool zum ersten Mal gesehen hatte, an einem Frühlingsmorgen, die Bücher an die Brust gedrückt, ein schüchternes Lächeln im Gesicht. Mit einer anmutigen Bewegung hatte sie sich eine Haarsträhne hinters Ohr geschoben. Einen winzigen Moment lang hatte sie dann aufgeschaut, und ihre Blicke hatten sich getroffen. Und er hatte ihre unglaublich Augen gesehen und ihr leichtes Lächeln.

Er hatte sich auf der Stelle rasend in sie verliebt. Und danach hatte er zwei Jahre gebraucht, um sie das erste Mal einzuladen.

Tulpenmädchen, hatte er damals gedacht, und dachte er auch jetzt. *Wenn du lächelst, geht die Sonne auf.*

»Juhu!« Patsy winkte noch immer, obwohl Caitlyn schon fast bei ihnen angekommen war.

»Hallo«, sagte Caitlyn in die Runde und klang dabei so atemlos, wie sie aussah. »Tut mir leid, dass ich so spät komme.«

Sie setzte sich so dicht neben Gideon, dass er die Wärme ihres Körpers spüren konnte. Sehr nah. Sein Blick fiel auf ihre Lippen, auf denen das erdbeerrote Lipgloss leuchtete. Und sie duftete tatsächlich nach Erdbeeren.

Er spürte eine geradezu kosmische Kraft in sich aufsteigen, in seinem Herzen und in seinem ganzen Körper. Hondo hatte gesagt, er würde wissen, wann der richtige Zeitpunkt gekommen sei. Und jetzt, nach dem Blick in diese Augen, wusste er es tatsächlich. Es war an der Zeit. Er hatte keine Angst mehr.

»Danny übernachtet bei meinem Vater«, murmelte Caitlyn. »Hast du schon Pläne für den Abend?«

»Hast du einen Vorschlag?«

Er grinste. »Hast du Zeit?«

»Willst du mit mir ausgehen?«

»Ich dachte eher, wir gehen rein.«

»Was soll das denn heißen?«, kicherte sie.

»Um sieben in meinem Zimmer im *Fröhlichen Engel*«, sagte er und stand auf.

»Hey, wohin willst du denn?«

»Ich muss mich vorbereiten. Das wird eine Nacht, die du nie vergisst.«

Als Caitlyn Gideons Zimmer im *Fröhlichen Engel* betrat, blieb ihr die Luft weg. Sie blieb auf der Schwelle stehen, mit offenem Mund, rasendem Herzen und einem wilden Rauschen in den Ohren. Gleichzeitig waren alle ihre Sinne geschärft.

Überall im Zimmer waren rosa und weiße Rosenblütenblätter verstreut. Auf dem Bett, auf dem Boden, in der Badewanne, wirklich überall. Ihr Blick wurde verschwommen, sie musste erst ein paar Glückstränen wegblinzeln. In ihrem Leben hatte sie weiß Gott viele Blumen gesehen, aber eine romantische Geste wie diese – nein. Es war wie im Paradies. »Weißt du, was rosa und weiße Rosen bedeuten?«

»Natürlich«, sagte er. »Ich habe es sogar nachgeschlagen. Ich liebe dich noch immer und werde dich immer lieben, Caitlyn.«

»Oh, Gideon!«

»Es tut mir leid, dass ich dir so viel Kummer machen musste. Die Sache mit der Pistole vor allem. Es tut mir auch leid, dass ich mich zurückziehen musste. Aber es ging nicht anders.«

»Ist schon gut. Du bist ja nicht weggelaufen, sondern geblieben. Hast dafür gesorgt, dass deine Wunden heilen. Und jetzt ist alles gut.«

»Du hast mich heil gemacht«, flüsterte er. »Du mit deinem Garten, deinem Karussell – und unserem Sohn. Ich war vollkommen kaputt, als ich hier ankam. Ohne es zu wissen.«

Sie atmeten gleichzeitig ein und nahmen den unglaublichen Rosenduft wahr, der das Blut erwärmte und heiße Wellen des Begehrens durch ihre Körper schickte.

Rosa und weiße Rosenblütenblätter. *Ich liebe dich immer noch und werde dich immer lieben.*

Sie warf den Kopf in den Nacken und lachte. So also duftete die Liebe. Caitlyn drehte sich um und sah Gideon dastehen, mit halb gesenkten Lidern. Er spürte es auch. Diese Sehnsucht, endlich zusammen zu sein.

Acht Jahre hatte sie sein vertrautes Lächeln nicht gesehen. Dieses sorglose Lächeln eines jungen Mannes. Was für eine verführerische Mischung, dieser Duft und dieser Mann.

Sie sah den Schalk in seinen Augen tanzen, als er auf sie zukam. Langsam zog er sein T-Shirt aus, und als sie seine kräftigen Brustmuskeln sah, wurden ihr die Knie weich.

»Komm her«, murmelte er mit heiserer, rauchiger Stimme,

während er sie mit einem geradezu erschütternden Blick fesselte und seine Hand nach ihr ausstreckte.

Wie im Traum bewegte sie sich auf ihn zu.

Er nahm ihre Hand, führte sie zum Bett, legte sie auf die Blütenblätter, deren Duft um sie herum aufstieg. Dann legte er sich neben sie und küsste sie zärtlich, als wäre sie etwas ganz Seltenes und Kostbares.

Sie zogen sich gegenseitig aus, Schuhe flogen durch die Luft, Kleidungsstücke rutschten weg, bis sie ganz nackt waren.

Gideon küsste sie heiß und lange. Sie lagen auf den samtig weichen Blütenblättern. Unter seinen kundigen Händen erblühte ihr Körper so wunderbar wie der Erinnerungsgarten, und sie bebte bei jeder Berührung.

Die Liebe überschwemmte sie. Er war ihr Mann, war es immer gewesen, und sie wollte ihn, jetzt, sonst würde sie sterben. Als sie seine Unterlippe zwischen ihre Zähne zog, stöhnte er vor Vergnügen auf.

Er nahm ihr Gesicht in seine Hände, neigte den Kopf und küsste sie so wunderbar, dass es ihr Herz erwärmte. Es war ein unglaublicher Moment, als würden ihre liebsten Phantasien Wirklichkeit. Liebe auf einem Bett aus Blumen. Mit Gideon, ihrer einzigen großen Liebe.

Sie bewegte sich noch näher an ihn heran, ihre weichen Brüste an seinen Muskeln. Er streichelte ihren Arm. Sie bog den Kopf zurück, und er legte eine Spur von schnellen Küssen auf ihren Hals, knabberte an ihr, setzte sie in Flammen.

Vorsichtig rieb er mit dem Daumen über ihre eine Brustwarze, bis sie hart wurde. »Ah«, sagte er und neigte wieder den Kopf, um die kleine Perle zu küssen.

Ein heißer Nebel hüllte sie ein, voller sinnlicher Begierde. Sie brauchte ihn so sehr, dass sie nur noch leise wimmern konnte.

Seine Zunge spielte mit ihrem Schlüsselbein, und als er kleine Kreise auf die Innenseite ihres Armes malte, zitterte sie wieder.

»Liebster«, keuchte sie.

»Ja?« Er lächelte.

Sie bebte noch mehr, schwitzte, ihre Knie zitterten und ihr Herz raste. Sie spürte ihn in jeder Zelle ihres Körpers.

Er liebte sie mit dem Mund, mit seiner erstaunlichen Zunge, ein langsames Gleiten von ihrer empfindsamen Kniekehle und die Innenseite ihres Schenkels hinauf, bis sie sich vor Ekstase wand.

Sie schwebte, es war, als hätte sie keinen Körper mehr. Sie war ganz da, ihr gesamtes Sein ein einziges großes Pulsieren sexueller Energie.

Jetzt malte er heiße, große Kreise mit seiner Zunge, bis er sich endlich dem Ort näherte, an dem sie ihn haben wollte: dem kleinen Dreieck zwischen ihren Beinen. Als er seine feuchten Lippen um sie schloss, stellte sie sich vor, sie sei ein saftiger Sommerpfirsich, bereit zum Pflücken.

Sein feuchter Mund neckte sie. Er atmete sie ein, und dann liebkoste er sie mit den sinnlichen Bewegungen seiner Zunge. Er saugte an jeder einzelnen Falte und Ritze und hob sie ein wenig an, um sie noch mehr zu genießen.

Sie ritt auf seiner Zunge, als gehörte sie ihr. Ein Vibrieren setzte ein, tief in ihrer Kehle, und kam als wildes Stöhnen heraus. Sie warf sich gegen seinen Mund und umklammerte seinen Kopf mit ihren Schenkeln.

Ihre Haut war unglaublich empfindlich, ihr Körper vibrierte und wurde ganz weich. Sie versuchte, ihn wegzuschieben, es war einfach zu viel.

Aber er blieb, und jetzt schob er seine Zunge tief in sie hinein, zog sie wieder heraus und bewegte sich weiter. Das neue Gefühl ließ sie fast ausrasten. Ihre Muskeln krampften sich zusammen, sie sah helle Blitze vor ihren Augen und hörte das Rauschen des Meeres in ihrem Kopf. Unkontrollierbare Zuckungen durchfuhren ihren Körper.

Ihre Welt löste sich auf.

Gideons Zauberfinger berührten sie, kitzelten sie und brachten ihren Körper zum Singen. Ihren Hintern, die Innenseiten ihrer Schenkel, ihre Klit. Er senkte einen Finger tief in ihre Feuchtigkeit, während seine Zunge weiter ihren Zauber bewirkte.

Sie fiel wie eine Sternschnuppe vom Himmel.

Wild und verrückt war das alles. Zeit und Raum drehten und bewegten sich. Sie war wie verzaubert, hypnotisiert, in Trance. Eingehüllt in ein Verlangen, so süß und ernsthaft, dass sie kaum noch Luft bekam. Vor lauter köstlicher Qual schrie sie ihr Vergnügen heraus.

Er lehnte sich zurück, hielt sie fest und fuhr mit seinen Fingern durch ihr Haar, bis ihre verrückten Herzen sich beruhigten.

Nachdem sie sich ein wenig ausgeruht hatten, liebte er sie noch einmal, sanfter jetzt. Er war ihr Liebhaber, sie wollte ihn bei sich haben, und er sehnte sich so sehr nach ihr.

Ihre Körper vereinigten sich auf dem Bett aus Rosen. *Ich liebe dich immer noch und werde dich immer lieben.* Der Duft von Rosen und Sex sättigte die Luft, verband sich zu einem uralten Tanz, so alt wie Sonne, Mond und Sterne.

Und die ganze Zeit, während er in ihr war, schaute er ihr in die Augen, als hätte er sich in ihrem Blick verloren und fände nicht wieder hinaus. Als wollte er gar nicht wieder hinausfinden.

Aus zwei mach eins.

Ein einziges Wesen.

Sie klammerten sich zitternd aneinander.

Er füllte sie aus, bewegte sich tief in ihr, so tief es nur ging. Hinein und hinaus, in einem gleichmäßigen Tempo, das ihre Seele wiegte. Er ritt sie und sie ritt ihn, bis sie wieder kamen, gleichzeitig, in strahlend, blendend hellem Licht.

Irgendwann viel später wachte Gideon auf, lag da und lauschte auf Caitlyns leises Atmen. Die geliebte Mutter seines Kindes. Ihr Kopf ruhte auf seiner Brust, und es fühlte sich so gut an, dass er in die Dunkelheit lächelte und nichts anderes dachte, als wie sehr er sie liebte.

»Gideon?«, flüsterte sie.

»Hmm?«

»Hast du noch Kondome?«

»Ja.«

Sie stützte sich auf einen Ellbogen und sah ihn an. »Meinst du, wir könnten es noch mal tun?«

»Erst muss ich dich etwas fragen.«

»Nämlich?«

Splitternackt rollte er sich aus dem Bett, ging zu seiner Kommode, holte eine kleine Schachtel heraus und kniete sich zwischen die Rosenblüten, die auf dem Boden lagen. Er schaute ihr ins Gesicht, das vom Mondschein beleuchtet wurde, und sagte: »Es hat lange genug gedauert, Caitlyn Blackthorne Marsh, aber willst du mich heiraten?«

»Gideon!«, flüsterte sie mit zitternder Stimme, die Hand auf ihrer Brust ausgebreitet. »Bist du sicher? Bist du wirklich bereit dafür?«

»Ich war mir nie im Leben sicherer. Ich will dich heiraten. Bei dir sein. Jetzt und für alle Zeit. Ich will unseren Sohn mit dir aufwachsen sehen. Will noch mehr Kinder mit dir. Bitte, Caitlyn, ohne dich bin ich nur ein halber Mensch.«

»Oh, Gideon! Ja! Ja, ich will dich heiraten.« Sie legte ihm die Arme um den Hals, und er küsste sie sehr, sehr lange.

»Und morgen«, sagte er schließlich, »morgen sagen wir Danny, dass ich sein Vater bin, ja? Und dass wir heiraten.«

»Ja, ja, ja.«

Als er ihr den Ring an den Finger steckte, wurde sie von einer ungekannten Freude überwältigt. »Ich liebe dich immer noch«, flüsterte er. »Und ich werde dich immer lieben.«

Sie zog ihn über sich auf das Bett, stöhnte leise auf und nahm ihn noch einmal in sich auf. Der Mond schien durch das offene Fenster auf sein geliebtes Gesicht. Sie schaute ihm in die Augen und bewegte sich unter ihm. Sie liebkoste sein Gesicht mit ihren weichen Händen, flüsterte süße Nichtigkeiten, bis aus dem sanften Säuseln ein heftiges Stöhnen und Keuchen wurde. Bei ihm fühlte sie sich wie die am meisten geliebte Frau auf Erden.

»Ich liebe diese sexy Geräusche, die du machst«, sagte er. »Wenn ich die bis zum Ende meines Lebens hören darf, sterbe ich als glücklicher Mann.«

Als der Höhepunkt kam, verschränkten sie die Hände über ihrem Kopf und bewegten sich mit einer einzigen heftigen Bewegung aufeinander zu. Sie drückte den Rücken durch, um ihm entgegenzukommen, und zog ihn noch tiefer in sich hinein. Ihre Finger verbanden sich, ihre Blicke verbanden sich, und sie kamen gemeinsam mit einem großen Beben.

Zusammen. Für immer. Mann und Frau.

Einundzwanzig

Tagetes – Grausamkeit

Im Morgengrauen erwachte Caitlyn und lächelte zur Decke hinauf. Ihre und Gideons Beine waren ineinander verschränkt. Sie kniff sich in den Oberarm, um sicherzugehen, dass sie nicht träumte. Nein, es war die reine Wirklichkeit. Sie war verlobt mit dem Mann, den sie für tot gehalten hatte. Sie hielt die Hand hoch und schaute bewundernd ihren Ring an.

Am liebsten hätte sie ihn mit heißen Küssen geweckt, aber sie hatten keine Zeit mehr für Liebesspiele. Nur noch heute hatte sie die Chance, ein paar letzte Handgriffe an ihrem Werk zu tun. Sie war so stolz auf diesen Erinnerungsgarten, mehr als auf irgendetwas, was sie im Leben getan hatte. Abgesehen von Danny und Gideon natürlich.

Aber als sie die Beine aus dem Bett schwang, klopfte es an der Tür. Sie schnappte sich ihre Kleider. Gideon setzte sich auf.

»Was ist?«, fragte er.

Wieder dieses Klopfen.

»Caitlyn?«, rief Patsy. »Bist du da drin?«

Caitlyn schaute Gideon an.

»Kleinstadt«, sagte er. »Das muss man lieben, sonst hält man es nicht aus.«

»Caitlyn, bitte mach auf. Ich habe schreckliche Neuigkeiten.«

Danny!

Caitlyn eilte zur Tür und stopfte während der paar Schritte ihre noch nicht zugeknöpfte Bluse in den Rockbund. Gideon blieb im Bett und zog sich die Decke bis zum Kinn. »Was ist denn? Was ist passiert?«

Patsy sah aus, als würde sie gleich in Tränen ausbrechen. Und Patsy heulte weiß Gott nicht leicht. Ihr Gesichtsausdruck machte Caitlyn richtig Angst. »Du musst mitkommen, sofort.«

Caitlyn hielt Patsy am Arm fest. »Geht es um Danny? Ist ihm was passiert?«

»Nein, mit Danny ist nichts.«

»Oh.« Caitlyn schnappte nach Luft. Gott sei Dank. Doch dann durchfuhr sie ein anderer schrecklicher Gedanke. »Mein Vater?«

Patsy schüttelte den Kopf. »Es geht um den Garten.«

»Was?!«

»Komm einfach mit.«

Caitlyn sprang in die Schuhe, knöpfte ihre Bluse zu und folgte Patsy.

»Ich komme gleich nach!«, rief Gideon hinter ihr her.

Patsys Mund war eine dünne, verkniffene Linie, als die beiden aus dem Bed & Breakfast und über den Stadtplatz marschierten. Caitlyn konnte kaum mit ihr Schritt halten. Irgendwie, holte Gideon sie kurz vor dem Zugang zum Garten ein. Die Holzbretter, die sie angebracht hatten, um die Touristen abzuhalten, waren noch da, sodass Caitlyn nicht gleich sah, was Patsy so in Aufruhr versetzt hatte.

Patsy schob ein Brett zur Seite. »Geh rein.«

Caitlyn trat einen Schritt vor und sah zuerst nur die Rücken der anderen Mitglieder ihres Gartenclubs. Doch dann …

Eine einzige Verwüstung.

Sie blieb neben Belinda Murphey stehen, die sich mit Kleenex die Tränen trocknete. Dotty Mae murmelte etwas Unverständliches. Ohnehin hörte Caitlyn nichts mehr, es war, als wäre sie plötzlich taub geworden. Jedes bisschen Aufmerksamkeit war auf ihren Garten gerichtet.

Oder besser gesagt, das, was einmal ihr Garten gewesen war.

Alles war demoliert, zerstört, beschädigt.

Zarte Blütenblätter waren in den Dreck getreten. Verdrehte Wurzeln und zerbrochene Stängel lagen da wie Tote auf einem Schlachtfeld. Blätter flogen umher. Zerbrochene Scherben von Tontöpfen waren überall verstreut. Der weiße Staketenzaun war umgetreten worden, man konnte die Stiefelabdrücke noch sehen. Und die gelben Bänder, der Willkommensgruß für die heimkehrenden tapferen Soldatinnen und Soldaten, waren von den Bäumen im Eingangsbereich abgerissen worden.

So viel schwere Arbeit. So viel Hoffnungen und Träume. Alles unwiederbringlich zerstört.

Zitternd ging Caitlyn ein paar Schritte auf das Grundstück, fiel auf die Knie, nahm eine geköpfte Rosenknospe in die Hand und atmete ihren üppigen Duft ein. Eine Träne rollte ihre Wange hinunter, dann noch eine und immer mehr Tränen, bis es aus ihren Augen geradezu regnete. Ihr Herz krampfte sich zusammen. So verzweifelt war sie nicht mehr gewesen, seit sie gedacht hatte, Gideon sei tot.

Ihr Magen drehte sich um, sie musste sich übergeben. Wer konnte etwas so Schreckliches, Grausames tun?

Belinda reichte ihr ein Taschentuch, damit sie sich Augen und Mund abwischen konnte. Es ging ihr gar nicht so sehr um den Wettbewerb – aber dass jemand all die schönen Blumen ermordet hatte, brach ihr das Herz.

»Schätzchen, es tut mir so leid«, murmelte Dotty Mae und legte Caitlyn eine Hand auf die Schulter. »All die viele Arbeit.«

»Hat jemand etwas gesehen?«, hörte sie Sheriff Crouch hinter sich fragen. »Oder gehört?«

Caitlyn zog die Schultern zusammen, in ihrem Kopf pochte es wie verrückt. Sie hatte sich diesen Garten so sehr gewünscht. Weil sie das Geld brauchte, aber auch, um Gideon zu ehren. Und schließlich, weil sie beweisen wollte, dass sie den romantischsten Garten in ganz Texas gestalten konnte. Weil sie beweisen wollte, dass sie mehr war als nur ein Kleinstadtmädchen in einer kleinstädtischen Welt. Jetzt war selbst dieser einfache, unschuldige Traum zerstört.

»Caitlyn.« Gideons Stimme klang leise und besorgt.

Sie drehte den Kopf und sah ihn an. »Warum tut jemand so etwas?«

Er streckte die Hand aus, um ihr vom Boden aufzuhelfen. »Ich weiß es nicht«, sagte er leise. »Aber ich kriege es raus, und ich werde ihn zur Verantwortung ziehen.«

»Das nützt doch nichts.« Sie schüttelte den Kopf. »Den Schaden kann man ja nicht wiedergutmachen. Die Obstbäume und Gemüsepflanzen sind verdorben, die Kräuter und Gewürze mit den Wurzeln herausgerissen. Und die schönen Blumen …«

Er zog sie an sich und hielt sie fest im Arm. »Der Wettbewerb hat dir viel bedeutet.«

»Ja«, murmelte sie. »Natürlich. Und selbst wenn wir nicht gewonnen hätten, ich habe mein Bestes gegeben. Aber das hier …« Sie machte eine ausladende Handbewegung und schluchzte leise auf.

»Schsch.« Gideon zog ihren Kopf an seine Brust und küsste sie auf die Schläfe. »Keine Sorge, wir kriegen das wieder hin.«

Sie lachte verzweifelt auf, ein hässlicher, scharfer Ton. »Wie um alles in der Welt sollen wir das wieder hinkriegen? Morgen kommen die Preisrichter.«

»Wir haben immer noch das Karussell. Das haben sie nicht angerührt.«

»Das Karussell ist aber nichts wert ohne den Garten.«

»Wir finden einen Weg. Alle zusammen. Die ganze Stadt wird mithelfen.«

»Aber wie? Wir haben ja nur noch einen Tag Zeit.« Ihr Blick schweifte über das Trümmerfeld.

»Gib die Hoffnung nicht auf.« Er nahm ihr Kinn in seine Hand, hob ihren Kopf an und zwang sie so, ihm in die Augen zu sehen. »Wenn ich die Hoffnung aufgegeben hätte, eines Tages zu dir zurückzukehren, hätte ich nach dem Verlust meiner Hand niemals überlebt. So viele Male wollte ich aufgeben, wollte einfach aufhören zu kämpfen und sterben. Aber dann habe ich an dich gedacht und weitergemacht.«

»Obwohl du dachtest, ich will dich nicht mehr?«

»Ja«, flüsterte er. »Ich hatte ja nur dich. Und deshalb habe ich mich an dir festgehalten, so gut ich konnte.«

»Gideon.« Sie legte den Kopf an seine Brust und atmete seinen Geruch ein.

Dieser Mann war voller Widersprüche. Er war kompliziert und vielschichtig, und er bat sie, an ihn zu glauben, in seine Fähigkeit, diese schreckliche Sache wieder in Ordnung zu bringen. Sie hatte keine Ahnung, wie das gehen sollte, aber sie wollte ihm so gern glauben. Er war von den Toten auferstanden. Wer konnte da behaupten, er wäre nicht in der Lage, ein paar Blumen von den Toten aufzuerwecken?

»Ich habe nämlich eine Idee«, sagte er jetzt.

Sie atmete tief ein und straffte ihre Schultern. Wenn sie irgendetwas von ihm gelernt hatte, dann, wie man mutig seinen eigenen Ängsten ins Gesicht sah. »Lass hören«, sagte sie.

Jeder in der Stadt, der etwas beitragen konnte, kam zu dem Gartengrundstück. Caitlyns Vater bot ihr an, Danny noch eine Nacht bei sich zu behalten, und sogar Greta kam, um bei Gideons kühnem Plan zu helfen. Unzählige Freiwillige arbeiteten rund um die Uhr. Caitlyn weigerte sich, schlafen zu gehen oder auch nur eine Pause zu machen.

Und Gideon war die ganze Zeit an ihrer Seite.

Als die Preisrichter aus Austin am nächsten Tag um zehn Uhr kamen, war Gideon trotzdem absolut sicher, dass sein Vorschlag grundfalsch gewesen war.

Sie hatten nicht versucht, Caitlyns wunderbaren ersten Entwurf wiederherzustellen. Stattdessen hatten sie einen neuen Last-Minute-Entwurf ausgeführt. Die zerstörten Blumen hatten sie so gelassen, wie sie waren, auch die umgetretenen Zäune und die zerschlagenen Blumentöpfe. Aber inmitten all der Verwüstung hatten sie Setzlinge aus Caitlyns Gewächshaus eingepflanzt.

Die Tiere auf dem Karussell hatten sie mit Stoffen im Tarnmuster verkleidet und ihre Gesichter mit Ruß eingeschmiert. Als Karussellmusik erklang jetzt nicht mehr das kitschige »Tie a Yellow Ribbon«, sondern die »Battle Hymn of the Republic«.

Nein, in diesem Garten ging es nicht mehr nur um Romantik und Schönheit. Alles Weiche war verschwunden. Die Botschaft war die von Hoffnung mitten in der Zerstörung. Von der Heilung böser Wunden, wie die Setzlinge zeigten, von neuem Leben gegen alle Widerstände. Dieser Garten erzählte davon, dass die Liebe trotz Chaos und Schmerz überleben konnte.

Er erinnerte Gideon an die einfachen Menschen im Irak und in Afghanistan, die stark und unerschütterlich trotz aller Härten ihr Leben meisterten, voller Würde und Ehre, auch wenn die Welt um sie herum verrückt geworden war.

Gideon hielt Caitlyn an der Hand, als die Preisrichter zunächst einmal ungläubig auf diesen Garten starrten und dann langsam hinein- und hindurchgingen.

»Sie verstehen es nicht«, flüsterte Caitlyn.

»Macht nichts. Wir haben es versucht. Nach dem Wettbewerb können wir weiterarbeiten und den Garten wieder so gestalten, wie er ursprünglich geplant war.«

»Deine Idee war genial«, sagte sie. »Wenn wir einen Erinnerungsgarten haben wollen, dann müssen wir auch zeigen, wie die Erinnerungen aussehen.«

»Ich bin so stolz auf dich«, flüsterte er.

»Und ich auf dich.«

»Was auch immer geschieht, wir haben jetzt schon gewonnen«, sagte er. »Wir haben überlebt. Und unsere Liebe hat überlebt.«

Als die Preisrichter alles gesehen hatten, versammelten sie sich vor dem Eingang. »Wer hat diesen Garten entworfen?«

Caitlyn trat vor. »Ursprünglich war ich das, aber …«

Der älteste der drei Preisrichter, ein groß gewachsener, gebildet aussehender Mann mit einem Ziegenbärtchen, lächelte sie an. »Sie sind noch so jung!«

»Ich bin Floristin«, erklärte sie. »Aber …«

»Sie haben da etwas ganz Wunderbares gestaltet«, sagte die zweite Preisrichterin, eine Frau mit Strohhut. »Eine so kreative Idee! Keiner der anderen Gärten ist so vielschichtig und durchdacht wie dieser.«

»Was sagen Sie da?« Caitlyn konnte kaum glauben, dass die Preisrichter diesen vom Krieg zerrissenen Garten wirklich mochten.

»Wir sagen …« Die dritte Preisrichterin war noch etwas jünger als die anderen beiden. Sie hatte ein Klemmbrett im Arm. »Wir sagen, dass Ihr Garten den ersten Preis in der Kategorie Kreativität gewonnen hat.«

»Wir haben gewonnen?« Caitlyn blinzelte ungläubig. Sie hatte den romantischsten Garten anlegen wollen, und nun bekam sie den Preis für eine besonders kreative Gestaltung.

»Genau so ist es.«

Der Preisrichter mit dem Ziegenbart und Tagetes im Knopfloch reichte ihr das blaue Band und einen goldenen Pokal.

»Aber diesen Preis kann ich nicht für mich beanspruchen«, sagte sie. »Das Thema kam von Green Beret Sergeant Gideon Garza, nachdem Vandalen unseren ursprünglichen Garten zerstört hatten.« Sie sah Gideon an. »Er hat so viel überstanden, und er hat uns allen gezeigt, wie man lebt. Und überlebt.«

Caitlyn streckte die Hand nach Gideon aus und zog ihn zu sich, gerade als der Fotograf sie mit dem Preis ablichten wollte.

Die Menschen applaudierten, und Gideon spürte, wie ihm von innen her warm wurde. Caitlyns Anerkennung und die Anerkennung der ganzen Stadt taten ihm gut. Er fühlte sich auf einmal hier zu Hause. Ein seltsames, aber doch großartiges Gefühl.

Caitlyn reichte ihm den Pokal. »Der gehört dir«, flüsterte sie.

»Uns.«

»Du hast mich gerettet.«

»Ohne die Setzlinge aus deinem Gewächshaus wäre das alles nicht möglich gewesen.«

»Zum ersten Mal seit zwanzig Jahren läuft das Grant-Karussell wieder«, sagte Patsy.

Die Pferdchen mit ihren tarnfarbenen Satteldecken sprangen auf und nieder. Aus dem Lautsprecher ertönte der Refrain »Glory, glory, hallelujah«.

Blaze fuhr an Caitlyn vorbei, das Pferdegesicht mit Ruß beschmiert und ein Camouflage-Halstuch in die Mähne geknüpft. Ein paar Leute lachten und klatschten Beifall, und zum ersten Mal, seit er seinen Arm verloren hatte, fühlte sich Gideon Garza wieder wie ein vollständiger Mensch.

»Gideon!« Richter Blackthorne hatte ihn gerufen. Gideon schaute seinen künftigen Schwiegervater an, der etwas abseits stand und die Feierlichkeiten betrachtete. »Ist Ihnen eigentlich klar, dass Sie mich gerade zum ersten Mal beim Vornamen genannt haben?«

»Nein.« Richard sah ihn seltsam an. »Ehrlich?«

»Ja.«

»Mein Fehler.«

»Schon gut.« Gideon lächelte. »Kann ja mal vorkommen.«

»Also, was hat sie gesagt?«

Am Memorial Day, bevor Gideon den Verlobungsring für Caitlyn gekauft und sein Zimmer im *Fröhlichen Engel* mit Rosenblättern dekoriert hatte, war er zu Richard gefahren und hatte um die Hand seiner Tochter angehalten. Richard hatte ihm seinen Segen gegeben.

»Sie hat Ja gesagt.«

»Wurde aber auch Zeit.«

»Finde ich auch.«

»Ich hätte euch nie im Weg stehen dürfen. Ihr wart noch jung, viel zu jung, wie ich fand. Und ich dachte, du wärst nicht gut genug für sie. Ein Vorurteil, wie ich zugeben muss. Aber sie liebt dich von ganzem Herzen. Sie hat dich immer geliebt. Selbst in der Zeit, als sie mit Marsh verheiratet war.«

»Ich weiß es sehr zu schätzen, dass Sie uns Ihren Segen gegeben haben.«

»Ich habe noch mehr gute Neuigkeiten.«

»Nämlich?«

»Bowie und Crockett habe ich es schon mitgeteilt: Das Testament von J. Foster Goodnight ist wasserdicht und nicht anzufechten. Alle Zeugen wurden befragt, alles wurde überprüft, und ich habe inzwischen das Urteil unterschrieben. Die Rocking J gehört dir.«

Gideon war nicht sicher, was er dazu sagen sollte. Er hatte die Ranch nie haben wollen und das Erbe nur Danny zuliebe angetreten. Ansonsten war es ihm nur darum gegangen, als J.

Fosters Sohn anerkannt zu werden. Jetzt fühlte sich die ganze Sache nicht mehr so wichtig an. »Ich bin bloß gar nicht so sicher, was ich damit anfangen soll.«

»Sie weiterbetreiben, verkaufen, deinem Sohn überschreiben, was weiß ich?« Richard schaute sich in der Menge um. »Wo ist Danny übrigens.«

»Er ist mit Ihnen gekommen, vielleicht ist er zu seiner Mom gelaufen.« Gideon suchte Caitlyn in der Menge. Sobald er sie sah, schlug sein Herz schon wieder schneller. Seine Frau. Endlich war sie wirklich seine Frau. Für immer.

Er konnte es kaum erwarten, Danny zu sehen und ihm zu sagen, wer er war. Ihn wissen zu lassen, dass er seine Mutter heiraten würde. Sie würden endlich eine Familie sein.

Caitlyn schaute ihn an und lächelte. »Danny?«, formte sie den Namen ihres Sohnes mit den Lippen.

Er zuckte mit den Schultern. »Nicht bei dir?«

Sie schüttelte den Kopf.

Gideon runzelte die Stirn. »Danny!«, rief er laut. Aber das Karussell übertönte seine Stimme. Er wandte sich zu Richard um. »Wann haben Sie ihn zuletzt gesehen?«

»Wir sind hier raufgekommen, vor nicht mal zehn Minuten. Ich bin sicher, er muss in der Nähe sein. Keine Panik.«

Zweiundzwanzig

Sommeraster – Eifersucht

Sie versuchten, Danny auf dem Handy anzurufen, aber das lag auf dem Sitz von Richards Cadillac. Sie suchten den ganzen Platz ab, liefen zu Caitlyns Haus und zu Richards Haus und suchten an allen möglichen anderen Orten. Nach einer Stunde jedoch mussten sie sich eingestehen, dass er weg war. Verschwunden.

»Wir finden ihn«, sagte Gideon zu Caitlyn. »Ich schwöre dir, wir finden ihn. Wir müssen den Radius erweitern, ich hole das Auto.«

»Und ich gebe eine Suchmeldung raus«, ergänzte Hondo und lief zu seinem Streifenwagen.

Caitlyn gab Gideon die Wagenschlüssel, sie konnte jetzt nicht fahren. Sie hatte genug damit zu tun, jetzt nicht durchzudrehen. Sie hatte immer schon dazu geneigt, sich Sorgen zu machen, aber jetzt schien ihre größte Angst sich zu bewahrheiten. Ihrem Sohn war etwas Schreckliches zugestoßen.

»Ich habe ihm seit zwei Tagen keinen Kuss mehr gegeben. Am Memorial Day war ich mit dir zusammen, danach habe ich nur noch im Garten gearbeitet. Verflucht sei dieser Garten, wenn ich dafür mein Kind vernachlässige.« Ihr Magen war in totalem Aufruhr, sie musste sich eine Hand vor den Mund halten, damit sie sich nicht übergab.

»Ich bin bei dir«, sagte Gideon. »Wir stehen das zusammen durch.«

Sie fing seinen Blick auf und dankte Gott im Stillen, dass sie ihn hatte. Was würde sie nur ohne ihn tun? Sie drehte den Ring an ihrem Finger und atmete tief durch, um die Panik niederzukämpfen. Gideons Ruhe beruhigte auch sie.

»Ruf alle Bekannten an, die wir noch nicht kontaktiert haben«, sagte Gideon. »Da hast du was Vernünftiges zu tun, das hilft.«

Sie nickte, zog ihr Handy aus der Tasche und fing an, Leute anzurufen. Nach ein paar Minuten gab sie verzweifelt auf. »Nichts. Niemand hat ihn gesehen.«

»Hast du es schon bei Crockett versucht?«

»Nein, aber das ist eine gute Idee. Er hat seinen Baseball-Laden heute nicht offen, und auf dem Platz habe ich ihn auch nicht gesehen.« Sie scrollte durch ihre Kontakte, bis sie Crockett fand.

Als sie schon dachte, der Anruf würde auf der Mailbox landen, ging Crockett dran. Er klang ganz atemlos. »Hallo?«

»Hallo, Crockett, hier ist Caitlyn.« Sie war überrascht, wie ruhig sie klang. Wie war das möglich?

»Ah«, erwiderte er. »Wenn ich das richtig sehe, muss man dir gratulieren.«

»Hör zu, hast du Danny heute schon gesehen?«

»Dein kleiner Garten hat einen Preis gekriegt, hm?«

»Crockett, Danny ist verschwunden.«

»Es ist schon witzig, dass du immer wieder durchkommst, Caitlyn. Wie eine Sommeraster, hm?«

Sie spürte, wie sie immer gereizter wurde. Er hörte ihr überhaupt nicht zu, es war, als führten sie zwei verschiedene Gespräche. »Hast du mich gehört? Danny ist verschwunden.«

»Da zerstört jemand den ganzen Garten, und du gewinnst trotzdem.«

»Hast du Danny gesehen?«

»Und dann höre ich heute früh, dass du dich mit Garza verlobt hast. Habe ich dir eigentlich jemals etwas bedeutet?«

»Crockett, wir waren nie zusammen.«

»Wir haben uns geküsst.«

»Du hast mich geküsst. Ich habe deinen Kuss nie erwidert.«

»Du lügst!«, schrie er.

Die Härchen auf ihrem Arm stellten sich auf. Plötzlich erinnerte sie sich an die Schlägerei in ihrem Blumenladen. An das Messer in Crocketts Hand, den bösartigen Blick, den er auf seinen Bruder gerichtet hatte. Bowie und Gideon kamen nach ihrem Vater. Crockett sah aus wie seine Mutter. Wie die Mutter, die Jahre ihres Lebens in einer psychiatrischen Klinik verbracht hatte.

»Sag mir doch mal eins, Caitlyn«, sprach Crockett weiter, jetzt wieder mit tödlicher Ruhe in der Stimme. »Hast du der Verlobung mit Gideon zugestimmt, bevor oder nachdem ihm dein Vater geholfen hat, mir mein Erbe zu stehlen?«

Ihr Mutterinstinkt flammte auf. Sie beendete das Gespräch. »Fahr zur Rocking J, Gideon. Sofort. Crockett ist durchgedreht vor Eifersucht, und ich bin sicher, Danny ist bei ihm.«

Gideon donnerte mit dem Van über das Viehgitter auf der Zufahrt zur Rocking-J-Ranch, aber weder Bowies Hummer noch Crocketts Mustang stand vor dem Haus.

Caitlyn öffnete die Tür, bevor der Wagen ganz zum Stillstand gekommen war. »Danny!«, schrie sie. »Danny, wo bist du?«

»Mom!«

Die Stimme klang so klein und weit weg!

»Danny!«, rief jetzt auch Gideon laut. Sie rannten auf die Stimme zu, die sie gehört hatten, vorbei an dem großen Ranchhaus, das jetzt Gideon ganz offiziell gehörte. Vorbei an Scheunen und Schuppen und Koppeln.

Caitlyn drehte sich im Laufen um die eigene Achse. »Wo bist du, Danny?«

»Hier oben!«

Mit einem Ruck blieben sie beide stehen und schauten nach oben, direkt auf das mehr als achtzig Meter hohe dünne Gestell eines Windrades. Nur ein paar Meter unterhalb des tödlichen Rotors hing ihr Sohn.

»Ich bin hier raufgeklettert«, sagte Danny. »Und jetzt komme ich nicht mehr runter.«

»Gideon«, keuchte sie leise auf. »Wenn er abrutscht …«

Die Angst ließ auch Gideon das Blut in den Adern gefrieren. »Ruf Hondo an und erklär ihm, was los ist«, sagte er, aber er wusste zugleich, dass er nicht abwarten durfte. Caitlyn hatte recht, und sie wussten ja nicht, wie lange Danny schon da oben hing. Gut möglich, dass er sich nicht mehr lange halten konnte. Gideon spürte, wie seine Handflächen feucht wurden. Er würde da raufklettern müssen. Mit einem gesunden Arm, einer Prothese und schlimmen Schwindelanfällen, sobald er in die Höhe kam.

Er suchte alle Green-Beret-Zellen in seinem Körper zusammen, als er auf das Windrad zuging. »Rede mit ihm, Caitlyn«, sagte er. Das Gespräch mit Hondo hatte sie schon beendet. »Ich hole unseren Jungen da runter.«

»Sei vorsichtig!«, rief sie ihm nach.

»Hey, ich werde doch nicht zulassen, dass einem von uns etwas passiert! Nicht, wo wir jetzt bald eine Familie sein werden.«

Sie legte eine Hand an die Lippen und sah furchtbar tapfer aus, wie sie dastand, den Wind in den Haaren. »Wie lange bist du schon da oben, Kumpel?«

»Lange.«

Gideon machte sich auf den Weg nach oben. Er war ein kräftiger Mann, und dieses Gestell hielt nicht viel aus. Es schwankte bedenklich. Die Angst griff mit eiskalten Fingern nach seinem Herzen.

»Mom, das wackelt!«

»Das ist bloß Gideon. Er kommt zu dir rauf, durchhalten, Kumpel!« Ihre Stimme war weich wie Butter, aber er wusste, sie hatte genauso viel Angst wie er.

»Er ist zu groß, Mom. Das wackelt so!«

Gideon konnte Caitlyns Stöhnen hören. Er hatte keine Zeit zu verlieren. *Danny braucht dich, mach schnell! Schneller!* Er strengte sich an, seine Nerven zu besiegen.

»Danny«, sagte Caitlyn jetzt. »Wie bist du denn eigentlich da raufgekommen?«

»Crockett hat gesagt, er hat einen Baseball mit dem Autogramm von Alex Rodríguez. Und er hätte ihn geworfen, aber er wäre hier im Gestänge hängen geblieben. Er hat gesagt, er ist zu schwer, um raufzuklettern, aber wenn ich es tue, darf ich den Ball behalten. Aber hier oben ist gar kein Ball. Und Crockett ist einfach in sein Auto gestiegen und weggefahren. Warum hat er mich hier allein gelassen, Mom?«

Die Frage zerriss Gideon das Herz. Er brummte böse wie ein Bärenvater. Wenn er Crockett in die Finger bekam, würde er ihn windelweich prügeln. Es war schwierig, auf das Windrad zu klettern, zumal mit nur einem gesunden Arm. Bisher hatte der Schwindel noch nicht eingesetzt, aber er würde kommen, das wusste er.

»Und du kannst nicht wieder runter?«

»Nein, Mom, ich habe solche Angst!«

»Alles gut, Schätzchen, halt dich bloß fest, Gideon ist gleich bei dir.«

»Aber Gideon wird schwindelig, wenn er von was Hohem runterguckt«, sagte Danny. Gideon verdrehte die Augen. Er hatte nicht gewollt, dass Caitlyn davon erfuhr. Nicht in diesem Moment.

Nach einer gefühlten Ewigkeit, die vermutlich nur zehn Minuten gedauert hatte, war er bei Danny angekommen.

»Hallo, Kumpel.« Gideon klammerte sich an das Gestänge und wagte nicht, hinunterzuschauen. Wie sollte er mit dem Jungen runtersteigen, ohne sie beide umzubringen?

»Hallo«, erwiderte Danny mit hoher, zittriger Stimme. Ihm ging langsam die Kraft aus, das war klar.

Gideon hasste Crockett mit jeder Faser seines Herzens. Wie konnte er so etwas tun? Den Jungen hier raufschicken und dann abhauen? Wenn der Kerl wusste, was gut für ihn war, würde er ihm nie wieder unter die Augen treten.

»Meinst du, du kannst dich umdrehen und auf meinen Rücken klettern? Dann könntest du die Arme um meinen Hals legen und ich nehme dich Huckepack mit nach unten.«

»Okay.«

»Also, mach vorsichtig.« Gideon klammerte sich mit der

künstlichen Hand an das Metallgestell und streckte die gesunde Hand nach Danny aus. Er betete inständig, dass die Prothese wirklich so viel aushielt, wie der Hersteller behauptete.

Es dauerte einen Moment, aber dann hatte es Danny geschafft, auf Gideons Rücken zu klettern. Zentimeterweise bewegten sie sich nach unten. Gideon musste ein paar Mal pausieren und die Augen schließen, um den Schwindel niederzukämpfen, aber dann kletterte er weiter.

Als sie nur noch ein paar Meter über dem Boden waren, kam Hondo angefahren, begleitet von einigen Feuerwehrmännern mit einer Drehleiter.

»Ich sehe schon, wir kommen zu spät«, sagte Hondo, während er Danny von Gideons Rücken hob.

Gideon zitterte am ganzen Körper vor Anstrengung, aber er versuchte, es vor Caitlyn zu verbergen. Das war nicht schwierig, sie war ohnehin damit beschäftigt, ihren Sohn zu umarmen.

»Wir haben Crockett gestoppt, als er versuchte, die Stadt zu verlassen. Er ist jetzt im Bezirksgefängnis und wartet auf seine Anklage. Gefährdung eines Kindes, mindestens. Er hat auch schon alles zugegeben und sogar damit geprahlt. Die Bärenfalle, das Hühnergehege, die Zerstörung des Gartens – alles er. Aber wir haben ihn gefasst, und euch Dreien geht es gut. Das ist das Einzige, was zählt.« Hondo schlug Gideon auf die Schulter.

Bowies Hummer kam die Einfahrt hochgefahren. Mit verwirrtem Blick stieg Bowie aus und kam auf sie zu. »Was ist denn hier los?«

Hondo erzählte ihm die Geschichte in aller Kürze.

Bowie fuhr sich ratlos mit der Hand durch die Haare. »Seit Dad gestorben ist, hat er seine Medikamente nicht mehr genommen. Ich habe weiß Gott alles versucht, um ihn dazu zu bringen, dass er sie wieder nimmt, aber vergeblich.«

»Was für Medikamente denn?«, fragte Gideon.

»Er hat eine bipolare Störung, derselbe Mist wie unsere Mom. Nicht so schlimm wie bei ihr, solange er seine Medikamente nimmt, ist alles okay. Aber wenn er sie nicht nimmt, wird er unberechenbar.«

»Und als er erfahren hat, dass Richter Blackthorne das Testament unseres Vaters bestätigt hat, da ist er ausgerastet.«

»Genau«, entgegnete Bowie. »Und dann noch eure Verlobung … Seit Kevins Tod redet er sich ein, er würde sie irgendwann heiraten.«

»Tut mir leid«, sagte Gideon. »Von all dem hatte ich keine Ahnung.«

Bowie zuckte mit den Schultern. »Wir haben versucht, die Sache mit seiner Krankheit unter der Decke zu halten. Du weißt ja selbst, wie viel in dieser Stadt getratscht wird.«

Nachdem sein Sohn jetzt in Sicherheit war, wollte Gideon großzügig sein. Ihm war klar geworden, dass er im Grunde genommen ein besseres Leben führte als seine Brüder, ohne dass er das je gewusst hatte. »Das Vermögen unseres Vaters ist doch groß genug für uns alle drei. Ich brauche diese Ranch nicht. Sie gehört dir. Wir versuchen, Crockett zu helfen, legen seinen Anteil in einem Treuhandvermögen fest, und du zahlst mir meinen Anteil aus.«

»Ehrlich?« Bowie sah ihn ungläubig an. »Das würdest du tun? Nach allem, was Crockett euch angetan hat?«

»Er hat ein Riesenproblem, und wenn er Hilfe braucht, dann soll er sie bekommen.«

Zu Gideons Überraschung fiel ihm Bowie um den Hals. »Danke, du Bruder von einer anderen Mutter.«

»Wir reden später im Detail darüber«, sagte Gideon. »Im Moment würde ich gern erst mal meine Familie nach Hause bringen.«

Dreiundzwanzig

Heliotrop – ewige Liebe

Caitlyn saß am Fenster und beobachtete Danny, der draußen spielte. Seit dem Vorfall auf der Rocking J ließ sie ihn nur ungern aus den Augen. Angst und Wachsamkeit bestimmten ihr Denken. Sie war immer schon vorsichtig und nicht besonders risikofreudig gewesen, aber Gideon – er war so mutig. So impulsiv. Er hörte auf sein Bauchgefühl und tat, was er für richtig hielt, unabhängig von der Meinung der anderen. Er hatte ein stark ausgeprägtes moralisches Empfinden, einen angeborenen Sinn für richtig und falsch. Ohne ihn …

Sie schauderte bei dem Gedanken, was Danny hätte zustoßen können.

»Caitlyn«, flüsterte Gideon. »Es ist Zeit.«

Er streckte die Hand nach ihr aus, und sie griff danach. Seine Hand war so stark und beruhigend. »Es wird gut. Alles wird gut.«

Nach allem, was sie miteinander erlebt hatten, wusste sie, er würde nie wieder weggehen. Sie musste endlich ihre Angst besiegen. Früher einmal hatte sie ihn so sehr geliebt, dass diese Liebe sie fast zerstört hätte. Ohne Danny wäre es wohl tatsächlich so gekommen. Aber ihr Sohn hatte sie am Leben gehalten. Ihre Angst war nur noch eine nutzlose dünne Mauer. Und jetzt war es an der Zeit, sie einzureißen.

Sie schluckte. »Ich würde sagen, wir gehen mit ihm zum Karussell.«

Sie öffneten die Haustür und riefen ihn.

Ein breites Lächeln zog über Dannys Gesicht, als er sie beide Hand in Hand da stehen sah. »Hi«, sagte er und kam angerannt. »Was ist los?«

»Woher willst du wissen, dass etwas los ist?«, fragte Gideon.

Danny legte den Kopf schief. »Ihr schaut so.«

»Wie schauen wir denn?«, fragte Caitlyn.

»Als hättet ihr wichtige Neuigkeiten.«

Gideon warf ihr einen Blick zu. »Sehr aufmerksam.«

Das hat er von dir.

Danny trat von einem Fuß auf den anderen und sah sie beide besorgt an. »Sind es gute Neuigkeiten?«

»Wir hoffen, dass du sie gut findest.« Sie zerzauste ihm das Haar.

»Sag schon!«

»Komm, wir machen einen Spaziergang«, sagte Gideon.

»Also sind es schlechte Neuigkeiten. Ist jemand gestorben?«

Es brach ihr das Herz, dass er sofort an schlechte Neuigkeiten dachte. »Nein, niemand ist gestorben.«

»Dann sag doch!«

»Komm«, erwiderte Caitlyn, als sie beim Erinnerungsgarten angekommen waren. »Wir fahren eine Runde auf dem Karussell.«

Sie und Danny stiegen auf. Er wollte zu einem der Pferde gehen, aber sie führte ihn zu einer der goldenen Kutschen mit aufgemalten Heliotrop-Blüten auf der Seite. »Wir setzen uns hier rein und reden, ja?«

Ihr Sohn zuckte mit den Schultern und ließ sich auf die zweite Bank fallen. Gideon startete das Karussell mit niedrigster Geschwindigkeit und stieg dann ebenfalls auf. Als er zu der Kutsche kam, schaute er sie beide an, mit ruhigem Blick. Die Musik fing an zu spielen. »Tie a Yellow Ribbon«.

Gideon setzte sich neben sie, ihrem Sohn gegenüber.

»Ihr benehmt euch echt komisch«, sagte Danny. Er klang ganz nervös und rieb sich mit der Handfläche über die Nase, als wollte er die Sorge einfach wegwischen.

Gideon nahm wieder Caitlyns Hand. »Wir müssen dir etwas Wichtiges sagen.«

»Ja, das ist mir schon klar.«

Sie sahen sich an. »Willst du anfangen?«, fragte er.

Sie hatten sich schon darauf geeinigt, dass Gideon ihm von der bevorstehenden Hochzeit erzählen würde und dass sie ihm die Nachricht überbringen würde, wer sein echter Vater war. Aber wer anfangen sollte, darüber hatten sie nicht gesprochen.

Caitlyn atmete tief durch. »Ich glaube, ich springe ins kalte Wasser.«

»Mom, du machst mir echt Angst! Sag schon!«

Danny hatte recht, sie machte viel zu viel Theater darum. »Danny ...« Hundert Mal hatte sie es geübt, seit sie von der Rocking J nach Hause gefahren waren, aber die Worte wollten einfach nicht kommen. »Ich weiß, du hast Kevin sehr lieb gehabt. Er war ein guter Dad.«

»Ja.« Danny hatte die Fäuste geballt und hielt sie dicht an seine Oberschenkel gedrückt.

»Caitlyn«, unterbrach Gideon, »runter mit dem Pflaster, es ist echt besser so.«

»Danny ...«, setzte sie wieder an. »Kevin war nicht dein leiblicher Vater. Weißt du, was das bedeutet?«

Sie wusste nicht, was sie erwartet hatte. Schock? Empörung? Zorn?

Danny jedenfalls zeigte keins dieser Gefühle. »Das hab ich mir schon gedacht«, sagte er.

Sie sah ihn verblüfft an. »Was soll das denn heißen?«

Danny zuckte mit den Schultern. »Na ja … mein Dad … also Kevin … der hatte rote Haare, und ich hab schwarze. Er hatte blaue Augen, meine sind braun. Er war total ungeschickt mit den Händen, ich bin ziemlich geschickt. Und außerdem habe ich gehört, was die Leute so reden.«

»Reden? Welche Leute?«

»Na, zum Beispiel die Frauen von deinem Gartenclub. Einmal hab ich gehört, wie sie sagten, ich sehe genauso aus wie mein echter Dad.« Er schaute ihr in die Augen. »Wer ist mein echter Dad?«

»Ich«, sagte Gideon leise.

»Oh.« Dannys Blick ging ein paar Mal zwischen Caitlyn und Gideon hin und her. »Oh.«

Eine Weile sagte niemand ein Wort. Das Karussell drehte sich weiter, die Musik spielte. Dann fuhr sich Danny mit der Zunge über die Lippen und sah Gideon eindringlich an. »Warum bist du weggegangen und hast uns hier allein gelassen?«

»Ich wusste noch nichts von dir, als ich ging.«

Danny sah seine Mutter an, mit dem anklagenden Blick, vor dem sie sich immer gefürchtet hatte. »Warum hast du ihm denn nicht von mir erzählt?«

»Ich wusste noch nicht, dass ich ein Baby bekommen würde, als Gideon wegging. Und als ich versucht habe, ihn wiederzufinden, hat mir jemand gesagt, er wäre tot.«

»Und Da… Kevin?«

»Er wusste, dass er nicht dein Vater war, aber er hat dich geliebt, als wärst du sein eigenes Kind. Er hat mich geheiratet, damit du einen Dad und ein richtig schönes Zuhause bekommst.«

Danny nickte, man sah ihm an, dass er die Neuigkeiten erst mal verdauen musste. »Dann bist du also jetzt mein Dad.«

Er lehnte sich zurück, verschränkte die Arme vor der Brust und sagte eine ganze Weile nichts. Sie ließen ihm Zeit, bis er schließlich sagte: »Das ist gut. Ich bin froh, dass ich einen Dad habe. Und ich bin froh, dass du es bist.«

»Darf ich …« Gideon sah so unsicher aus, dass es Caitlyn fast das Herz brach. »Darf ich dich mal in den Arm nehmen?«

Mehr war nicht nötig. Wie eine Rakete schoss Danny von seinem Platz hoch und fiel Gideon um den Hals. Gideon lächelte ihr über den Kopf ihres Sohnes hinweg zu, mit Tränen in den Augen. Ihre Augen waren auch feucht geworden.

Als die Umarmung endete, legte Gideon den Arm um Dannys Schulter und zog ihn auf den Platz zwischen ihnen beiden. »Das ist aber noch nicht alles.«

In einer urkomischen Geste schlug sich Danny mit der flachen Hand gegen die Stirn. »Sag jetzt nicht, ich habe jede Menge Brüder und Schwestern, die ich noch nicht kenne.«

»Nein«, lachte Gideon. »Das ist es nicht.«

»Sondern?«

»Wir werden heiraten«, erwiderte Gideon. »Und wir hätten gern, dass du Ja dazu sagst.«

»Du wirst also wirklich, wirklich mein Dad?« Danny lächelte so breit, dass Caitlyns Mundwinkel schon vom Zusehen schmerzten.

»Wirklich, wirklich.«

»Das ist ja cool.«

»Ich hab dich unheimlich lieb, Danny. Schon vom ersten Moment an, als ich dich gesehen habe.«

Jetzt standen Danny die Tränen in den Augen. »Ich hab dich auch lieb, Dad. Ich auch.«

Das Karussell wurde langsamer, die Musik hörte auf zu spielen. In diesem Moment wusste Caitlyn, dass Liebe wirklich alle Wunden heilt.

Dank

Mein Dank gilt allen Soldatinnen und Soldaten, die täglich ihr Leben aufs Spiel setzen, um unsere Freiheit zu sichern. Gott segne euch!